谨以此书，献给我亲爱的
　　父亲郭大藩(字文雄)和母亲马燕惠(字凌芳)

铜 钵 盂
郭立纯

铜钵盂
伊 始

铜钵盂
冯创贵

铜钵盂
林继昌

铜钵盂
戴胜德

仁记巷
徐南铁

仁 记 巷
蔡东士

我是潮汕人
蔡东士

我 是 潮 汕 人
马流洲

我是潮汕人
林伦伦

我是 潮汕人
郭莽园

我 是 潮 汕 人
黄国钦

郭节母 廖太夫人

曾祖父 郭信臣

曾祖母 郭连淑发

曾叔公 郭任远

祖父 郭凤巢

父亲 郭大藩

母亲 马燕惠

左一 母亲 马燕惠

汾阳世家牌匾

保合太和

汕头安平小公园

光德里

梁启超　　　　　　　胡适　　　　　　　顾维钧

于右任　　　　　　　康有为　　　　　　　谭嗣同

十里红妆

郭小东 著

南方出版传媒·花城出版社

中国·广州

图书在版编目（ＣＩＰ）数据

十里红妆 / 郭小东著. -- 广州 ：花城出版社，
2020.1
　ISBN 978-7-5360-9127-6

　Ⅰ．①十… Ⅱ．①郭… Ⅲ．①长篇小说－中国－当代
Ⅳ．①I247.5

中国版本图书馆CIP数据核字(2019)第283434号

出 版 人：肖延兵
责任编辑：陈诗泳
技术编辑：凌春梅
封面题字：蔡东士
内文题字：范淳奇
封面设计：刘红刚

书　　名　十里红妆
　　　　　SHILI HONGZHUANG
出版发行　花城出版社
　　　　　（广州市环市东路水荫路 11 号）
经　　销　全国新华书店
印　　刷　佛山市迎高彩印有限公司
　　　　　（佛山市顺德区陈村镇广隆工业区兴业七路 9 号）
开　　本　787 毫米×1092 毫米　16 开
印　　张　18.75　7 插页
字　　数　300,000 字
版　　次　2020 年 1 月第 1 版　2020 年 1 月第 1 次印刷
定　　价　52.00 元

如发现印装质量问题，请直接与印刷厂联系调换。
购书热线：020 - 37604658　37602954
花城出版社网站：http://www.fcph.com.cn

那含泪播种的，必含笑获享收成。

——圣经·咏 126：5

人物表

马凌芳　马灿汉长女，郭文雄妻，毕业于上海圣约翰大学。逝于 2018 年 5
　　　　月，终年 97 岁，增闰为百。

马灿汉　马凌芳父，中国同盟会会员，黄埔军校一期教官，国军少将参谋，
　　　　中共地下党员。

郑素冰　马灿汉妻，马凌芳母，享年 99 岁。

阁　老　前清遗老，光德里老四祖叔密友。

阿　雅　马凌芳幼年时书童，后赴大南山参加革命。

郭仁卿　郭信臣父，郭氏"汾阳世家"掌门人，中国同盟会会员。

郭信臣　郭仁卿之子，上海滩潮帮富商，永茂源钱庄老板、银行家、慈善
　　　　家、开明士绅，上海德盛土行老板。

郭连淑发　郭信臣妻。

郭豫珊　郭信臣女，人称"淑女十八"，后嫁与马灿新。

郭凤巢　郭信臣三子，开明士绅。

郭文雄　郭凤巢次子，马凌芳丈夫。

郭豫瑶　郭信臣五子，国华银行董事长。后为大中中学园丁。

陈公河　前清秀才，溪东乡绅。人称"水鸡脚手"，一生传奇，尤以火烧藏
　　　　书阁为最。临终自敛于箩筐之中。

无影迹　治保主任。

郑桃花　陈公河妻。

郑喜来　乡村郎中，江湖客，三教九流中人。

陈一亭　上海大亨，溪东乡绅。

杜月笙　上海滩教父。

范家驹　中国末科进士，潮汕乡贤。

饶平范　屠夫，肉贩。抗日人士。

陈方言　出过洋，有来历的老中医。

马陈远　医学教授，马凌芳堂弟。

徐庆平　　国民党中宣部专员，曾任上海市长吴铁城秘书。

吴　忠　　又名吴东，濠浦水巡队副队长，起义人员。

林　影　　中共地下党员。

徐秀琳　　潮汕南阳抗日志士。

范德胜　　上海德盛土行合伙人，人称发财公。

半面神算　算命先生。

阿　三　　光德里长工，后参加大南山游击队。

郭贤辉　　于右任密友。铜钵盂乡绅，早年做过潮普惠专员，解甲归田多年，
　　　　　人称仰天狮。

郭豫木　　铜钵盂乡绅，在欧洲战场，参加第一次世界大战。后在东印度做
　　　　　鸦片掮客。人称趴地虎。

陈新玉　　陈公河女，圣约翰五美之一，任职军统，中共地下党员，疑拟失
　　　　　踪的特工"苦初3号"。

林　川　　大南山游击队负责人。

陈新秀　　陈公河侄孙女，溪东咸料铺女店主。

李纯洁　　陈新秀丈夫，甘肃人，来路不明，经历蹊跷，后不知所终。

笭筐婶　　做竹篾的传人。

光　　　　海南知青。书中某人之子，疑似惟一知道藏书阁机密的人。

苦初3号　一位至关重要，却始终无影无踪的女特工。

冰　　　　粤东传说中的游击队女侠。

目 录

诗叙

乡陌荒落红透里，绣球锦轿皇尘启。高唢呐，低镲轻揉许。
蜻蜓点水殷勤去，试问君意有何意？
欲出花园见姑舅，盖帘绫罗小苏流。鼠壳草，苦初说晚秋。
嫁与踏埠织金裘？唯恐徜徉在山丘。

千年姻缘百年缶，石阶流萤秋蝉哭。雅姿娘，十里红妆路。
谁许绣轿相思苦？浅屋深庐轻挪步。
城中篝火乌烟起，红妆溅碎龟裂兮。北风来，南山霜雪厉。
潮汕七日红旌旗，己丑乘风竟惊奇！

开篇　立春

东风解冻　蛰虫始振　鱼陟负冰

那天夜里，我告别光所在的废墟，告别残墙断壁的大夫第，告别知青朋友吴剑光之后，回到溪东。

我先去新秀家坐了一会儿，说起新玉的故事，问一些李纯洁过去的经历。李纯洁太像那年我在北京木樨地认识的一个人。

说到李纯洁，新秀很黯然。看得出，她依然无法忘情于他，她说天天在等着他回来。她说他没有理由不回来！有三个仔呢。我只好顺她的意说："是的。"我没有对她说杨改兰的事，也没有提醒她，李纯洁本不姓李，姓杨。

我离开咸料铺，经过后库的废墟，在月光惨白的夜色中，我下意识地望了黑黢黢的废墟一眼。然后，约林同志，去看练江平原夜的湿地。

湿地的河汉里有舢板，摇橹的姑娘在唱歌，唱的竟是朱庆馀的《近试上张水部》的七言绝句，很令人意外。

"洞房昨夜停红烛，待晓堂前拜舅姑。妆罢低声问夫婿，画眉深浅入时无。"

有长长的唢呐声，从湿地深处传来。我想象中的声音，在红的水烛、黄的水烛上驻留着，弹跳着，同时呜咽着。

在一片又一片血红的水烛中，走出送嫁的队伍。那是娘家人的队伍。

十六人抬的是庞大的两进眠床屋，八人抬的是四叠的梳妆台，四人抬的是巨大的双花柜，两人抬的是娇羞的绣桌，一人挑起的是套式红脚桶，两人扛着的是装着提桶、果桶、瓷瓶、埕罐的红扛箱。

一担担、一杠杠，朱漆髹金，流光溢彩。床桌器具箱笼被褥，一应俱全，日常所需无所不包。它们从女婴出生那天开始，便请传家的工匠，精雕细刻，日久天长做了十五年，和随酿十五年的女儿红一起，出花园，出闺阁，跟随新嫁娘，踏上十里红妆路。

蜿蜒十里的送嫁红妆，正从湿地深处，顺着河流，绕行洲渚，从女家窈窕，一直延伸到夫家桃李，浩浩荡荡。这条裹挟红袍的金龙，洋溢吉祥，炫耀喜庆，唢呐深深吹，摇曳十里红妆！

从这刻起，母亲就真的和我们永别了。这是 2018 年 5 月 6 日午后 3 时一刻。

这之前，她还在冒着青烟的骸骨，被两个火化工，完整地抬进烧瓷的棺材里。那是上午 10 时一刻。

之前的五天——4 月 30 日凌晨 8 时 08 分母亲在辛香里 7 号去世开始，在一连串繁缛礼节的寿殓之后，午时一刻，她躺进了从火葬场租来的水晶棺里。水晶棺放在邻近天井的后厅一侧。母亲将在棺里 5 天，直到最后去火葬场去凤凰山，和父亲合葬。

他们已经分别了近 50 年，即将要团聚了。

厅堂正中父亲的神龛和画像，暂时用红布幔蒙上。他们现在还不能见面。此刻，母亲还在人世，她还未曾真正离开我们。

我突然想起了溪东——我的出生地。那个常让我追忆，却无从记忆的地方。

没有了母亲，自然不会有溪东。母亲远去了，溪东却向我走来。它的突然出现，似乎是天空骤来的云雾。

云雾飘来飘去，溪东也一样。我只能从母亲和外祖母生前讲述的片言只语中，去虚构想象溪东的面貌。那个我自出生之后再也没回去过的地方。

我在溪东的时候，父母都很年轻，他们都还未到而立之年，真的太年轻了！

那天从母亲墓地回来，天地间出奇地寂静。

还未到日暗时分。夏天日长，黄昏来得很迟。上山时路很坎坷，几个抬棺的山工是安徽人，抬得很轻松，一路静默。

二十几年前，这几个人都才二十岁上下，他们打了几次群架之后，在此占山为王。靠这份生意，他们倒也赚得盆满钵满，儿孙满堂。工头生了 6 个儿女。

烟、酒、茶和红包天天都不缺，做白事比做红事更好赚钱。死者为大！散财当积德，谁也不会跟山工计较。山工们也总是编排出一些名目，多求几个钱。家里有白事，人的性情也变得柔和，山工们趁机多占些便宜。

下山的路很长，更崎岖。我怀疑不是来时的山道。山工说是同一条，来路也是去路。他不经意地说。我却吃惊！大约白事做多了，天天抬着棺材，送人去西天，说话也有着冥界的味道。

为首的山工是个略胖的中年汉子，做山工却有个大肚腩，供品吃多了？三牲三禽很肥腻。他见我一个人走得缓慢，忽然地对我说道："我死了也埋在这儿。"他指着远处说，早就做好了生基。我礼貌地问他贵姓贵庚。他回答："免贵姓戚，戚继光的戚。苟活五十，68 年生人，属猴。"

我又问："你老家安徽，不落叶归根吗？"

他不假思索地："父母儿女都过来了，老家没了！儿女都习惯说潮汕话了。潮汕很好！房子也不贵。做这工，鱼肉天天吃不完！烟也多，抽不完，还送朋友。够了！"

他大步流星走远了……

他是活得不错，做一份苦役也是美差。

我记住了生基，就是活人为自己准备的一个墓穴。

父亲去世那年，家里也为母亲做了一个生基，在父亲墓冢旁边。

这是母亲的意思。她是随时准备和父亲一起去的。只不过那时我们都太小，不会留意母亲的心思。而今想起来，我心揪，很痛！

溪东究竟是什么地方？溪东在哪里？溪东第一次庄严地进入我的灵魂。

母亲远去了，溪东应该替母亲活着。我要去找它！

天快暗了，我内心同样乌云密布……

溪东是个很明亮的名字，它与溪西相对。在练江上游，还有叫溪南和溪北的村庄。

潮汕人很有意思，明明是一条大江大河，可却习惯把流经家门口的那一河段称为溪。往细小里说，往温婉柔美里说。像钟爱一个孩子，照顾一个家人。那一声"溪"的发声，拖长了说，美得令人心颤！

听起来，像是说家里的一个物件，一个摆设。潮汕雅姿娘尤其如此。真真把天地整个柔顺了。

"雨为什么还没停？下了这么多年，还在下！"

母亲眼睁睁望着天花板。我下意识地往窗外望去，朗朗月色，偶尔让树影模糊。没有雨，更没有雨声。

母亲似乎很清醒，她转而望着窗外。她看见了夜的黑暗。没有月光，只有雨……

哪来的雨？

"雨声怎么这么大？"母亲睁大眼睛，有些忧伤地自言自语。

"绣轿呢？阿娘在哪里？落雨了……"她断断续续地说着，"私渡无船呢！"说着，她闭上眼睛。

我摸了她的额头，没有发烧，甚至有些冰凉。她说得平静、自然，以至于让我听到了雨打屋檐的雨声和风声。此刻，似乎窗外来风，风把灯火闪了一下。

窗户是关着的，风从哪里进来？我不禁有些毛骨悚然。明亮的阴影里，是母亲睁大的双目。她看定一个地方，不知是哪里，却到处都是她的目光。

"雨太大了，明天雨会停吗？"她不像是在问我，她像是在与另外的人说话。空冥中似有人影。

单人病房里，除了我，没有别人。

自己的母亲，没什么害怕的。但我还是感到背上阵阵发凉，心中有些凄楚，母亲这是怎么啦？

她想着雨？怕天落雨？想她的绣轿？想出嫁的日子？我不知道。

说起雨，说到下雨的日子，她总是很害怕。

父亲走的那天，滂沱的大雨和海浪一起，冲垮了海岸的堤坝，掀翻了过海的轮渡。海上有十二级的大风，几百艘渔船没有回来，海涂上是成千上万呼天唤地向海哀号的妇孺。

好像也是在那一天，父亲没有回来。父亲不是船工，他并不在船上，可是他没有回来。

他是走了，去了另一个地方。

母亲是这么说的。

雨停的时候，他就回来了！这也是母亲说的。

任凭我无边地想象，也无法明白母亲一直藏匿着却活跃了许久的思绪。

也许在母亲的感觉中，这雨，老是下个不停……将近50年，半个世纪，雨还是没有停。母亲是这样说的。

她对雨的恐惧，也许源于父亲在雨中的消失。这是她的想法吗？我不知道。

病中的母亲，她固执于某一点，是在情理之中的。有时，我甚至认为，只有在病中的母亲，她才有自由想象、自由固执的权利。她不是一个胆小偏执的人，可她却常常胆小地生活着。每一步，都唯恐踩错了脚印。

我没有反驳她。

可是她问我：雨还在下？我回应，是的，还在下。

肯定？

我有些犹豫。下雨呢？我似乎也听到雨打屋脊的声音，受了传染。

月光移到别处，树影飘在窗玻璃上。

自从母亲住进单人病房，屋里就关了电灯，点上了蜡烛和空罩灯，那种既能照明又能煮水的煤油灯，最古老的那种，病房便有了教堂的意味。

那天，母亲一住进病房，就让我去取烛台和空罩灯，说是她从上海带回来的。我一时懵懂，这些东西已被抄走多年，母亲是知道的。母亲一再强调，让我去取来烛台，就在五斗柜里。

是曾经有五斗柜，小叶紫檀的，可是也被抄走了。母亲健忘，我只好随母亲也健忘。

寻遍爱华街的古董店，找来烛台和空罩灯。古旧是古旧，很难保证是真品，全凭童年记忆拾得。不管真伪，母亲心情平缓了许多。

每一次开门进出，风摇曳着烛光，空间便有了明暗的光影，母亲的脸色，在飘摇的光晕里，显得神秘莫测。

她在想什么呢？

雨还没停吗？她又突然问起。她眼睛睁得大大的："雨停了就回来！你说过的！"

她忽然换了口吻和人称，直接对着已经走了许多年的父亲。我并不惊诧。很久了，她偶尔会突然走神，自说自话。

她内心觉得，他去了某个地方。他从未走远，就在身前身后不远处。天黑了他就会回到自己身边。像无数个曾经的夜晚，带着迟暮与黄昏的疲惫，回到有烛台和蜡烛的房间。

与其说我为母亲准备了这个病房，准备了蜡烛和老旧的烛台，不如说这一切都是母亲在冥冥中的暗示所致，她为自己准备了一座教堂。她最后的焦虑和病痛，是这幽微晦暗中的烛光，令她得以安静，回到童年的时光。

半夜，真的下雨了。

天漏了吗？安静了许久的母亲突然问。她不像是让雨惊醒的样子，反倒像是一直在等着这个时刻的到来，同时又在期待它消失。

我忽然有些明白，她一生都在等待的那个人——我的父亲，只要他还没有回来，雨就不会停息。至少，在她的心灵里，是这样的。

她突然问起："阿雅去了哪里？"

阿雅是她少年时的书童，也是她三年私塾的同窗。她俩从 5 岁到 15 岁，一起生活了十年，在光德里。十年间，断断续续，她们一起来往于上海与光德里之间。在上海，她们一起住在法租界里的马家花园。她们三人（连同阿雅的亲姐姐阿琳）和奶母大寮嫂一起，十年间形影不离。

阿雅是母亲的远房表妹，从五岁就和母亲一起，直到母亲去圣约翰读书，阿雅由外祖母做主，待嫁田中央一家做番批的人家。

母亲似乎不是对着我发问。她只是在自言自语。我已经习惯母亲的这种方式。

其实，她并不需要答案，也没有答案。她最近常常提到阿雅。以前，她从不对我们述说她童年的事。倒是外祖母常常说起。

雨停了吗？雨什么时候停？母亲又问。

本来就不曾下雨。我只好敷衍："应该快了。""哦！"她安静了许多。

"雨（音后）来噢"！这三个字，连在一起，用入声拖长了说，或用平声短促刚劲地说，或用不同的语气，对不同对象，在不同语境中，是各有意思的。特别是由潮汕女人用潮汕话说出，更是别有韵味。其变化意涵，也极其丰富复杂。既有昵爱之意，抑或倍添厌弃，有时也表示一种完全的决绝的否定。总的意思是指不可能、可笑、荒谬绝伦等等。以何种口吻说出，自有彼时彼地的情状。它好像还是女性的专用语。潮汕女性拥有的那套专用语，男人是万万不可说涉的，否则会被视为半男半女。在潮汕，男女之防皆甚！包括言语用词。

母亲恐惧并提防着雨，是否也包含着这种"雨来噢"的焦灼与困惑？我有些忧心。

第一章　雨水

獭祭鱼　鸿雁来　草木萌动

寻找"苦初 3 号"和一个叫光的人，其实是风马牛不相及的两件事。这两个人，毫无关联。苦初 3 号是一个消失于解放前的南方局特工，男女不详。

他（她）的代号是不是叫苦初 3 号？3 号，是肯定正确的。苦初，在潮汕方言里，依口音很难是唯一，可以有多种读音。所以，××3 号称谓的准确性，还是一个问题。

光是某位乡绅的后代。后来去海南岛，当知青，伐木。再后来，招工到某县车站搬运组，当搬运工。再后来，失踪。无社保，无档案，关于此人的一切记录皆无。或者有，只是不知失落在哪个角落。

在靠近极地的瓦努阿图，在几乎看不到人迹的海边丛林，我听到有人用潮汕话说起溪东。没错，是溪东！是溪东的口音。我循声而去，声音渐远。无人。

溪东是我的出生地，而我自满月之后，从未返回。我的父母都不是溪东人，却在溪东生下了我。

似乎在许多地方，都有溪东的消息。溪东是一个村庄，一个近似城的村庄，在 20 世纪 20 年代，已经很是繁华。

母亲和阿雅的出嫁，都和溪东有关。

溪东有许多亲戚，我的名字亦取自溪东，说不上有什么关联意义，可能仅仅是借以做个纪念而已。

溪东是一个村庄，但它又不仅仅是一个简单意义的中国村庄。它在近代的若干个世纪中，与东南亚、东印度、野人山、虎门和大上海，都有密切关联。

溪东是一个诗礼传家的地方，有最古老又恒定的礼俗。礼俗通过种种礼仪包括十里红妆，尽致表达到几近苛刻野蛮的程度，而成为现在的文明。同时，溪东又不缺少洋风美雨的沐浴，有 18 世纪的教堂，以及 19 世纪的巴洛克建筑……与作为商业城市的汕头相比，在汕头还没有电话和自来水的时候，溪东就已经有完整的自来水系和电话，它在城市的现代技术消费方面，几与上海同步。

这一切都得益于它毗邻的乡村，被世人称为"小上海"的铜钵盂。

溪东留给世人的最大秘密，是那座始于万历年间的藏书楼，传说它在己丑年毁于一炬，而它成为废墟之后，废墟又被一片野生的灌木和荒草所湮没……

这片丛林不但湮没了废墟，同时也遮蔽埋藏了许多秘密。这座位于溪东、潮汕最大最悠久的藏书楼，在一把大火之后，连最后的记忆也没有留下。

多年之后，大雨把几块刻有大字的门匾，从废墟中冲刷出来，给人搬去做了铺路石，这才让人记起，那年，有人烧了那楼。

溪东有些传说，偶尔会提到那楼。

藏书楼最后的主人、前清落第秀才陈公河已去世多年，据说他曾留有遗书，秘密就在遗书里。遗书秘藏了许多年，陈公河的后人也寻找了许多年。据说有人在陈氏祠堂祭祀时，不慎打翻了陈公河的神主牌，牌里有夹板，遗书就在夹板中……

铜钵盂是个名人辈出之地，这些名人因溪东的藏书楼，而有了许多瓜葛与勾连，自然也就连接那传说中的秘密。

既然发现了陈公河的遗书，照理说，离秘密也就不远了。可是相反，却变得更加扑朔迷离。遗书勾连出更多线索，太多线索反而网结出无数漏洞。

有记忆的人都已离世，未离世的都没有记忆。遗书所指的密约，都很明确，而通向明确的过程却很模糊。陈公河的小夫人桃花，那时依然在世，103岁了，已经老年痴呆。这些年，她至少说过十几个所谓的秘密，但没有一个符合逻辑。

溪东因此有许多的传说。想破解秘密的人，比传说还多。早先还有瞽姬编成唱词，在二弦的拉锯中，唱出了许多过门，皆无唱出结果。

据说秘密牵涉到一笔价值连城的财富，而这财富又与一个人或几个人的某一次出嫁，也就是与十里红妆有关。

陈公河的秘密，就在十里红妆之中。十里红妆包罗了太多东西！仪式就十分耐人寻味，遑论其他。

溪东的陈氏，有许多后人，后裔太多，人们反而对先祖恍若隔世。现在的陈公河，只是祠堂里的一块神主牌而已。而他的小夫人郑桃花，无人记得。在潮汕，祠堂里没有女人的神主牌位。

走不进20个世纪20年代的溪东，见不到前清遗老陈公河，就走不进溪东的历史。

溪东的小巷很深，深不可测，还有些弯曲。

一座村庄，只要曾经有过科举的历史痕迹，包括人与建筑，以及皇封旌表的记录，它的文明就不同凡响，它就一定进入了文化的另一管道。尽管那一切，于今日而言，也许已经消失无踪，但匿名就是它的签名。溪东就是这样。

既然溪东是我的出生地。母亲在那一年，在客居的乡土上，生下了我，我就自然而然地成为了讲述溪东的叙事者。而陈公河的藏书楼，也差不多在那个时候毁于一炬。

也许我就是唯一在襁褓中的旁观者。只是不知道陈公河有没有目睹那场大火？那烧毁了三百多年时间的大火！

可以想见那时的情景与人心。兴奋的、激愤的人群，终于在呐喊中，消灭了三百多年的封建余孽！他们始终都不会为那场大火负责。

焚书不是杀人放火，焚书在某些时候，反倒变成表达正义的举动与方式。连嗜书如命的陈公河，都心甘情愿地接受这一切。当时的报纸没有记载这件事，县志只提到藏书楼建于万历年间，之后就没有记录了。

据说，那把大火烧毁了整座明代的建筑，却没能烧毁全部的收藏。其中一些宋版孤本以及汉唐宋元明清书画，被人预先转移，去向不明。这是大秘密。而保守与传承这些秘密的约定，另有其人。而有关传说，始出于陈公河死后。当时还不算太老的郑桃花，却是一脸茫然，一问三不知。

遗书是找到了，却无人读懂。

阿雅要出嫁了。

在旧时乡间，嫁娶是家族也是乡村的大事。说是大事，是不管出身于什么人家，借红白喜事，趁机做个排场，这不仅仅是某个人家的私事，它对整个家族而言，关乎礼数礼治。即便家道再拮据，家族排场绝不能小视，马虎不得！至于大小隆重，就看家族"浩佬"（厉害）与否了，但排场是要有的。

光德里嫁女，自然要讲究尊卑，自有分寸把握。但入了马家大门的女子，特别是入了马灿汉（我外公）一房的人，婚丧嫁娶，红白喜事，自当非同一般。

马灿汉妻郑素冰（我外婆）是马家长媳，马老太太和四婶仙逝之后，光德里便由我外婆郑素冰主事。

大小姐凌芳的两个婢女，阿雅和阿琳，是远房表侄的女儿。阿雅5岁，阿琳6岁，她俩同时入了光德里。阿雅做了书童，阿琳做了婢女。那是1927年，凌芳5岁时候的事。三个年龄相仿的女孩，由一个阿娘（奶母）带着。

奶母做了她们三个的母亲。奶母大寮嫂那年18岁，有个两岁的孩子。

大寮嫂的孩子两岁断奶时，留在隔壁村大寮的娘家。隔三岔五，娘家人会带儿子来光德里，有时玩到天暗了，儿子便在光德里过夜。不过，此事要问过我外婆，允了照准方可。若不是恰逢每月初二、十六，或是别的祭祀，我外婆通常要在马家祠堂彻夜礼佛，兴师动众一番，我外婆一般是会允准的。

奶母每次都会很认真，抱着儿子去堂前拜见我外婆，也无须言语，允与不允，奶母大寮嫂一看便知，无须多问。自然，在那些时辰固定的日子里，娘家人是不会把孩子带过来的。由是，奶母便常有和儿子同宿团聚的夜晚。

阿琳一岁时，即阿雅出生之前半年，父亲郑洪昌（是个水客）去送批时，在虎门被抓了壮丁。郑洪昌一去五六年，杳无音信。江湖上各种传说都有。有说参加了北伐，做了官人。有说人在韶关，另有家室。有说去了武汉，死在战场。总之，生死未卜。郑家大嫂发誓要等夫君归来，死生契阔，独守白头。

我外婆也是郑家人，嘱夫君马灿汉查找郑洪昌下落。在外婆看来，夫君灿汉在黄埔军校做教官，着人查找，轻而易举。可是灿汉却从无回音。

她心急了，每信必提此事。灿汉烦了，反说她不识大体。丢话给她：乱世寻人，大海捞针！

她便想起他15岁时寄来的休书："汝非灿汉妻，但系马家人……"可他年年回家祭祖，住十天半月，难免恩爱，哪有休妻之举？真真令人忍俊不禁。

她有些讨厌可也不得不敬重的是：夫君那身黄皮，腰间的佩剑和枪，前后随行三五匹马，真是威风凛凛！哪个女人能无视这样的男人，这样的架势？

大寮嫂丈夫是个批脚，在送批时失足练江溺亡，留下个遗腹子。大寮嫂带着儿子回了娘家。娘家人丁众多，也很累赘，我外婆可怜大寮嫂的身世，见大寮嫂样子俊俏，人款亦好，正好光德里缺个奶母，加上阿雅、阿琳、凌芳正缺人照管，便招了她来。

大寮嫂侍候的是马家长房长女，她在光德里的身份便有些不同。在光德里一众女眷中，她颇有些地位。她的处事做派，甚至比那些七姨八婶还硬气得多！

她很会利用大小姐凌芳的名义，畅行于偌大的光德里。她在光德里无数的房间，以及各个房头的关系中，游刃有余。她的温婉处事，偶尔凌厉出手的风格，颇令外婆赏识。她总是把各种关系，处理得大方得体，波澜不兴。

这是马凌芳在离开光德里多年以后，久别重逢时，才突然悟到的。

这个样子孱弱的女人，在后来的岁月中，竟然成了主宰光德里的人物。这是后话了。

阿雅要出嫁了。

这个童年失怙的女孩，甚至都记不清自己的来路，她对自己的童年，完全没有印象。她最早的记忆，全在光德里。

在阿雅看来，光德里的女儿们，从来就没有父亲。起码她不曾有过父亲，凌芳也没有父亲。在这点上，她有理由和凌芳同病相怜。这一点，她从很小的时候就感觉到了。可是，她把大寮嫂当成母亲了。

她们经常谈到父亲，却很少谈到男人。仿佛父亲和男人无关。

父亲和男人无关，那是一种很奇怪的感觉。

光德里除了几个做粗活的男佣，全是女人和孩子，孩子是没有性别的。男佣们从不走正门，他们通常从伙巷直接去了后库，在内院的女眷是很难见到他们的。光德里唯一可以畅行无阻的男人四祖叔，偶尔会来内院，但也仅止于在天井里，发号施令，从不向前一步。阿雅们从不把这个古怪的老头当男人看。他不过就是一个阴沉古怪的老人，一个不近人情的老人而已。她们心目中的男人，不是这样的！

究竟是哪样？阿雅也不知道。

现在，很少见过男人的阿雅，要出嫁了。想着要和一个不曾见过面的男人，睡到同一张床上去，一起过日子，生许多孩子……阿雅顿时很惶恐，心里却又很燥热，她十分不安地胡思乱想，同时又有一种莫名的兴奋。

凌芳早在几个月前去了上海，阿雅因为婚期已定，半年前就择了吉日，不便陪同。何况去上海读书，读的是洋学堂，没有书童一说。尽管我外婆坚持要阿雅跟去，可凌芳说，除非让阿雅一起去读书，否则，阿雅去又有什么用？外婆想想也是，阿雅还是在乡下待嫁为好。15岁的女孩，待字闺中，何况又说好了婆家，连婚期吉日都择好了，还能有什么别的打算？外婆怕女儿凌芳有什么出格的想法，早早为凌芳订了去上海的火船票，临时又借故把阿雅送到乡下老家去住几日。凌芳临行前，才忽然发觉阿雅不在了，问谁都不知晓，母亲总是敷衍，也不明说。

轮船从新加坡开出，一路下来，每站停留半日。在汕头仅停两个小时上落客，容不得凌芳左等右等。凌芳甫一上船，从乡下闻讯赶来的阿雅，在西堤码头目送轮船起锚离去，无缘送别。从此凌芳和阿雅，一别难逢。再见已是多年之后。

第二章　惊蛰

桃始华　鸧鹒鸣　鹰化为鸠

省档案馆的林同志，是我的大学同学。他大学毕业后，在档案馆工作，做《遗书》的研究工作。这种研究僻冷，他却热衷。苦初3号和光，是他调研多年的重点。

苦初3号，有关一个重大的革命事件，关涉潮汕地下党的某个历史悬案。这个案子有关人事虽早已平反甄别完成，但无关大局的细节疑点还很丰富。它们是另一些故事的主要情节，以及次要人物的爱情遭际，也许更具有人间的烟火味。

而另一个人物光的存在，他的死活，对破解一桩与某乡绅（陈公河之流）的藏宝（文物）密码，有重大线索。光本人可能不知此事，但他却是一把通向密码的钥匙。

那年的春雨来得特别早。刚过完正月初十，离元宵还有三四天，桃林里便有灰蒙蒙的湿意。昨夜还是粉绿含红的花苞，晨起便被白霜裹起，全没了含苞待放的样子。

昨夜定然是来了细雨，那种夹着寒露霜冻的雨丝，堪比利刃刀片，横切寒夜的任何丝丝缕缕。细雨的刀光剑影，一定是在凌晨时逃遁无形，变成了屋檐上渐渐沥沥的雨滴。正月里春雨泛滥滴沥滴沥，有如人老之将至之尿器滴淋，不是好事。

四祖叔心中大惊，却不动声色。他在寨外的桃林里穿行了几个来回，仰头向天，感受晨风里细微雨丝的抽打。脸上痒痒的，却沁人肺腑，似有银针挑衅骨髓。

四祖叔活了这么大岁数，似乎从未遇过这种状况。正月里冷雨冷风吹打，

郭小东文集 — 十里红妆

是哪儿犯了天条？光德里周围的桃园和柑园，全都蒙上一层薄霜，伴着似有若无的雨丝。那雨丝无影无痕，却似有钢针轻划过肌肤，似痒似疼，难以言状。四祖叔向来笃信天意，此等反常之事，恐是流年不利之兆！

他急忙返往三清阁，先去翻翻老皇历，揣测流年天象。

老皇历里，千条万条，时辰八字，天象人事，找不出一条相合的。看似条条都有关联，却又没一条有准确解惑的。他在书房里转来转去，心中惶恐！莫不是连日来，田中央来了一些陌生人，风传欲破祠堂，毁神龛，平分地权等等妖言……

四祖叔百思不得其解。他心烦意乱，左思右想，不得要领，忙令人去请武阁老，且听阁老高论。

武阁老是前清举人，屡考贡士不中。直到光绪三十一年（1905 年）清帝废除科举，他仍是个落第举人。他是乡里至今还拖着辫子的人物。

清朝崩塌，民国多年，他依然之乎者也，长袍马褂，无事招摇乡里。眼见世道纷乱，谋生维艰，他无事可做，便替人看看风水，写写侨批。但凡算卦扶乩如是玄术，他是不堪去做的。他偶尔也替人做一点刀笔的事，写几页状纸，换几文几分，去烟馆过个瘾。

阁老这些日子，也听多了流言异祸，睡不安生，日日早起，读了半页《太上感应篇》，也觉无聊，便倚着水缸养莲。从水缸里见出自己面容枯槁，鼻下还有两道涕痕，已经干硬，有碍观瞻。正想捧水洗过，忽闻四祖叔有请。低头寻思，大清早的，还未梳洗，有何等急务？如此，只好匆忙打理一下，三步赶作两步，往光德里去。

有早起卖豆腐花的九叔，见阁老走得匆忙，恭敬地唤住他，来碗豆花暖肚，再行路不迟！

阁老想想也是。可是一摸袖兜，竟无半点银两。刚才走得急了。他面有赧色，遂把到手的豆花碗，轻轻放在箩筐的屉板上。连说不了不了！豆花太烫，怕四祖叔久等。心里想着：去老四府上，免不了有丰盛早茶。再抽足一口，免不了会赐一二银两，不是又赚下一天的开销么！

四祖叔有请，定然有事请教，束脩是少不了的。阁老散除连日来的烦忧。这个早晨气息甚好，细雨微风，十分舒畅！这一日又可好好打发了。

阁老是三清阁的常客，有事无事，三清阁都是一个不错的去处。至少在这深宅大屋的偏院里，花香鸟语不说，焚烫烟土那淡淡的幽香，终年不散，令人心旷神怡，时时做回了神仙。虽说南京政府已经出了告示：定于来年（1929年）3月1日为限，"凡吸食鸦片烟者，贩卖运输洋烟者及栽种罂粟者，一律治罪"。可是，潮汕乃山高皇帝远之地，在前朝旧时，连皇帝厝潮汕人都敢起，遑论南京政府一纸文告。

说归说，城中烟馆一夜之间，确实少了多间，纷纷转入地下。烟钱也涨了一些。所以，三清阁这个化外之地，就更令阁老敬重垂涎。四祖叔虽不贩烟，但神通广大，三清阁缺什么，也缺不了几粒药丸（烟土）。早年铜钵盂的郭仁卿，在烟桥茶山种烟，上等鸦片，少不了先供光德里。

更早年代，曾国藩做两江总督，凡治下之地，烟土买卖及烟馆开办，大多分由潮汕人经营。铜钵盂人（郭仁卿）在上海，更与曾国藩密约，予潮州会馆属下营商鸦片专卖，由曾氏湘军提兑10%，用于剿灭太平天国之军费。

铜钵盂人从18世纪就主导了鸦片线路，充当掎客保镖。从东印度入云南，经虎门，过台湾海峡，或走陆路经烟桥茶山，一路浩荡，去往上海。这条黄金线路，由铜钵盂郭氏打造，历经两个多世纪，最后死在郭氏传人郭仁卿手中。他于戊戌变法之后，一把火烧了烟桥，同时切断了从东印度到上海的烟路，结束了铜钵盂人几个世纪的生财之道。自己也金盆洗手，加入中国同盟会，从鸦片掎客和烟土大亨，化身为革命党。

四祖叔对此心知肚明。他自从闻悉郭仁卿焚烧烟桥时，便有先见之明，深知鸦片王国，已生末世之象。郭仁卿是谁？仅一代枭雄耳？实乃末世之鹰隼也！由是，赶紧囤入大量烟土。所囤粗略算计，足够三清阁终生受用。四祖叔自知，此生离不开三清阁一步。

那时，世间乱局，桃园似也有反时节之象。本是三月桃花，但到了四月末，竟与龙眼花同开。桃花先于万花开，桃实为符咒之术。只把新桃换旧符，说的正是此意。

在四祖叔看来，此事浅说无妨，乃气候迟早之碍。但往深里说，不是天意，何意？

当阁老和四祖叔在三清阁里，把着烟枪腾云驾雾之时，5岁的凌芳正跪在马老太太膝下，早诵《三字经》。作为惩罚，今日早诵，从通常10分钟，延至20分钟。皆因刚才，几个女孩在庭前灰埕演出过家家，有当新娘的，头上盖了荷叶；有当家父家母的，坐当受拜。恰好阁老路过窥见，便先拐道报与马老太太。马老太太本不介意，小孩嘛！玩过家家，也无甚出格。但阁老既已郑重说出，不可不有所呼应。阁老毕竟名高位重，乡下出个举人，权当半个地主。他说是非，便为是非。他的话，虽无甚分量，但在马老太太这里，也要有所权衡。女孩子，重在礼教嘛！

当日，阁老在三清阁过足了鸦片烟瘾，又与四祖叔小酌，就着咸薄壳、咸料叫，喝了几杯肉冰烧酒，顿觉世界大同！美哉大潮汕。别人饮酒，大鱼大肉，而四祖叔却喜好就咸料而饮，几粒凤眼鲑，几撮咸料叫，几颗乌榄，一小碟虾苗计（生腌虾苗），几条带花蕊点刺的咸瓜仔，要用上好的鱼露泡浸。这几样东西，细算起来不足几文钱。咸料铺里，这般物食，不下百多种。四祖叔偏爱这几种，百食不厌。食谱是为简单，但在四祖叔这里，这些物食的出处，却讲究到苛刻。

本来，潮汕物食，自古便讲究食材产地和季节。凡有出品，皆在题中。乌榄自是丰顺最好，但同是出于丰顺的乌榄，四祖叔偏要某乡里某处山垭某株乌榄树所结，还必得是鲜果。由自家用人，用滚烫黏稠的粥汤轻沸，再迅速用水沥过。别人用清水，他要用上好的茶水沥过，再用淡盐拌上（淡盐还须产于达埠），且随时沥去盐水，让其干爽鲜脆。几粒乌榄如此，别的生腌，学问更深！制作全程须经他过目，方为上品。

四祖叔此乃成为怪癖，光德里无人不知。他少食鱼肉，却偏于生腌杂咸，把自己养成一仙风道骨的干瘪老人。阁老原本无法同好，一来二去，在三清阁中，便也被炼成同道。只是每每回到家中，需大鱼大肉恶补一餐。

此刻，阁老过完了最充实的一天，闲下心来，又读了几段《太上感应篇》。

他吟哦出声：男不忠良，女不柔顺；不和其室，不敬其夫；每好矜夸，常行妒忌……阁老读过无数遍，吟哦无数次，今似有心得。又：无行于妻子，失礼于舅姑；轻慢先灵，违逆上命……近日街上所见所闻，男女携手宣讲游行，又有小女孩过家家，模拟嫁娶，成何体统！阁老不禁悲从中来，挥笔写下日记：

　　世道之变于今益甚，妇女不出闺阁古道宜然。民国以来放纵妇女，任其自由行动，与男争权，毫无羞耻，淫风之流行不知于胡底矣，大可浩叹。

写下这些，阁老心绪稍安。这是 1928 年正月十二，黄昏时刻。

阁老手扶线装残旧的《太上感应篇》，昏昏睡去。

母亲的记忆里尽是有雨的日子。

她是那样害怕雨天，毫无理由地害怕雨天！人为什么会害怕下雨？这是个根本无解的问题。我总是无法真正弄懂母亲的心思。她在病中，关心的总是雨。我有太多的揣摩，却很难接近真相。

雨是她幻觉的全部？

我问医生，医生也一头雾水。现在的医生，离开几台机器和几本教科书，就什么也不清楚。他们怎么能够回答母亲的这类问题？

可是，我不能让母亲在病痛中，还要承受这种雨天的恐惧与惊吓。我必须消解母亲心头的痼疾，这没来由的雨的阴影或恐吓。

也许应该请教精神科医生？这又是我最不愿意承认的问题。在我父母的家族史上，没有这方面的问题。

郭马联姻，在地方史上，可查的记录达上千年，里面的记录都非常正面。我不愿意往正确的方面去寻找不正确的原因。

我突然想到，近百年间，死于非命这个词，似乎与这个家族如影随形。这一点，倒是与母亲有些许关联的可能。也许，由于象征性焦虑，可能引发恐惧。我突然有了某种天启。

我越是回避这方面的思索，就越是仿佛有一种力量，强力往这个方向牵引。我开始像母亲一样，执着于往某个虚妄的深处注视。

雨抽打着泥泞的路面，像机关枪的扫射，在泥水上腾起一排排密集的水泡，没有哪一摊泥水，能躲得过雨的射击。四处流来的雨水，汇成一条污浊的河。雨像是来自天空的枪炮，任凭它如何凶残，落到地上，立刻成了污秽的受伤的水体。它们在大地上，伤怀不分彼此。

没有人去关注它们，或去思索彼此的关系。

其实，天下雨，再正常不过。只是潮汕女人那种花样百变的"雨来噢"的话语表达，令人对世事有太多的感慨。一些想不好又无法想清楚的事，纷至沓来，诡谲至极。比如落雨和一个人的正确有什么关系？比如一个人要怎样穿衣，对他人又有什么影响？等等。因为雨来了，或许根本就没有雨，所以更要以"雨来噢"予以反驳或奚落。因为，你总是在违忤着一些什么！因为，违忤正是你所要的那点东西。

母亲要喝水，她的眼神告诉我。姐姐贴近她的耳朵："伊是亚雷！"

母亲眼里满是我熟悉的神态，那种在每一次久别重逢时装得满满的期待又十分满足的神态。她对儿女的表达，从来都是含蓄而又热烈的。她的眼神里，分明在对姐姐说："雨来噢！我怎么会不知道他是亚雷？"那种以坚决的否定，促进肯定的话语，有着强大的自信与自持，这是母亲的风格。即便在骤来的大风大雨中，母亲永远都保持着一份静默，娴静得令人害怕，令人不忍，令人坚定于某一点。

马老太太的戒尺，在凌芳双手平展的手掌上，不轻不重地拍打了两下，然后，她威严地说："去踢桃（玩耍）！"

于是，5岁的凌芳，依例去到庭前荷塘的八角亭中晨读，画画。雨刚刚停，雨后的荷塘里伸枝展叶，一夜之间，几面睡莲上，竟竖起茎细细长长的花苞，十分清雅，也很孤丽。

一只鸟飞来，停在莲花骨朵上。

凌芳惊讶得屏住气息！

这是一只叫不出名字的鸟，一身红得滴血的羽毛，在早晨的阳光下，泛着金色的光芒。长长的尾羽，轻盈摇曳而又时不时挺直，在空间做着优美娴静的抖动或切割。

这鸟全身羽毛艳红如血，通体透亮，却有着紫得发蓝的羽冠，黑宝石似的眼睛和漆黑油亮的喙。凌芬从来没有见过这样的鸟，羽毛的区位及颜色，对比区别得如此鲜明，没有丝毫杂色。它纤细踞高的脚爪，轻触在莲花骨朵之上，似乎身轻如烟。

这只莲上的红色鸟，高贵得如同一袭红衣上的紫冠。在一塘清池上落落寡合，却独舞翩翩。它时而伫立静好，绝不东张西望；时而翻飞腾起，猛地倒踢羽冠潜入水中，激起一池水花；又忽地射出水面，在水面上摇曳着长长的尾羽，尾羽随着四溅的水珠，像一道红色的闪电，落在曾经伫立的莲朵上。仿佛有伴随始终的音乐，在小小的荷塘中回转。

这是神异的一幕，为初阅人世的凌芳，在光德里徐徐展开的绚丽时光。这个 5 岁的小女孩，完全被带进一个美丽的高贵的童话世界里。那是她未来的生命情景吗？

红色鸟独脚站立在莲苞上，它张开红得透明透亮的翅羽，像蝉翼一样的羽翅，在微风中轻轻翅动，唯恐惊动睡莲的美梦。它的身体有节奏地颤动，像竖琴在弹拨中。

此刻，空气里有小提琴的呜咽，有大提琴深沉的共鸣，偶尔会有一丝不易觉察的马尾无意轻滑过琴弦钢丝的切音，像心尖尖上的战栗。

一片荷塘，一只红色鸟，一个 5 岁女孩。大门口有上马石、拴马桩，桩顶有两只猴……

红色鸟飞起时，缓缓地，娉婷地在空中转圈，把长长的尾羽摇出了无数光晕。它有时就停在空中，定格在空气里，把天空虚无为一抹红色。

这个神奇美妙的早晨，给了凌芳与光德里完全相反的印象。她发誓要成为这只鸟。

此后，她的一生，都在寻找这只鸟！寻找这种可能。

我最早的记忆，是在我 5 岁的时候，我母亲给我讲述她 5 岁时的这个片段。关于一只鸟，一只高贵美丽的红羽蓝冠鸟的故事。母亲把她生命中最美丽的一幕，传递给我。她告诉我们，必须对高贵与美丽予以爱护与坚持。至于它的意义，她没有说，将由未来去悟觉。

这个故事，最先享受的是 5 岁时的大姐，然后依次是 5 岁时的二姐，5 岁的大哥，我和弟弟们的 5 岁亦同。只有一个例外，那就是我的六弟，母亲没能在他 5 岁时，为他讲述这个故事。这个遗憾，六弟至今不知。

他无缘这份高贵美丽的馈赠，究竟是好还是不好呢？在一个乱纷纷的年代里，善良和美丽，有时可能正是厄运的起因。

关于红羽蓝冠的鸟，故事还没有完。母亲常常只讲一个开头，然后源源不断随时延续。我渐渐明白，那是一个可以在雨前雨中或雨后的故事，但绝不是遗世独立的故事。

那天一定有雨，老屋没有阳光和风。我于是降生在潮汕平原小溪之东，一个叫潮阳成田溪东村的地方……那是 1951 年的事了。

这一年，我出生了，在溪东，在一个不是我祖地，却离祖地很近，隔河相望的地方，照老俗规矩，似乎有点违背常理。也就在这一年，另一个与溪东有关，曾是上海滩的大人物，一代枭雄杜月笙，在香港死了。他在世时，曾多次来过溪东，与一位叫陈一亭的人关联密切。

我之所以要特别说到此事，想必 1951 年，似乎是一个不祥的年份。

许多人和这个年份有关，并于这个年份彻底改变命运和人生，甚至生命。

第三章　春分

玄鸟至　雷乃发声　始电

苦初 3 号和光，属于两个时代的人。在苦初 3 号消失时，光刚刚出生。苦初 3 号可能逝世或不久于人世，而光，他失踪之后的二三十年中，有人说见过他，或听说过他。应该还在？

这两位应该是风马牛不相及的人，却突然出现在历史寻找的同一视野里，理所当然地走到一起。这电光火石般的时间闪现，完全出于偶然。潮汕的红色革命，曾经有过类似的偶然。1928 年南昌起义失败，共产党南撤，在三河坝一役之后，遂避走潮汕，由是有了"潮汕七日红"的革命风暴。潮汕的红色火种，一定历史性地蔓及苦初 3 号和光。

那天的雨下得很大，很久，一连几天都没有停的意思。雨越下越大。溪东浸水，大寮浸水，田中央浸水，光德里成了田洋中的水寨孤岛。

母亲从傍晚阵痛直至次日凌晨，于难产中生下我。

外面是汪洋，练江洪峰前赴后继，奔腾到海。大雨滂沱中，老屋如浮在水上的一只草鞋。练江三角洲，无处不在惊恐与呼号中。

我出生了。

杜月笙死了。

我出生在别人家的华屋老厝，在主人逃亡之后的弃屋之中。产房对面厢房里，放置着陈年老枢，老枢里躺着同治年间入棺的三品诰命夫人。此人十分有来历。她在庞大的金丝楠枢中已经躺了近百年，仍未入土为安，皆因等不到合适的灵地。

这是一座建于同治元年的驷马拖车，有三进天井和双伙巷，外带前后花园，一排后库和两个偏院，且附着南北两座碉楼。外门匾上书"资政第"，是康熙的御笔。内门匾上书"诗礼传家"，是此地名人郭经的书体。

几十间老屋，人去楼空。所到之处，都是仓皇逃亡离去的弃物。古画古物，箱包夹万，随处乱扔。我就出生在这曾经华贵而今仓皇且乌烟瘴气的老厝之中。母亲的惊惶和失落，可想而知。

老屋除了母亲和两位女佣（彼时改称阿嫂）之外，别无他人。外婆每日早晨，带着各种吃食，猪肚炖鸡等等，从光德里来，踮着金莲放大的小脚，行二里小路，到资政第来。午后原路回去。日日如是。

母亲虽然已经坐满月子，但还不能出去大门。产妇最忌深巷雨、穿堂风。

潮汕民居自古少有直巷直街，多为弧巷弯街，是风水，是审美，可能也为规避横雨直风。

母亲闲来无事，便在老屋随处走走。老屋已让农民协会的同志查抄过一回，金银细软抄掠得差不多了，剩下的多为古画书帖，有的烧毁成灰，或撕破扔弃，遍地都有。

我的父亲郭文雄，是练江江北铜钵盂人，母亲马燕惠（字凌芳）是成田（城前）田中央村人。母亲本应在婆家祖地铜钵盂生下我才对，但那时正当"土改"运动，父亲和他的堂兄弟郭大成，在铜钵盂领导"土改"，母亲只好回到娘家光德里。可光德里也有同样问题。更重要的原因，按潮汕旧俗，嫁出的女儿，不能在娘家生产，连在娘家村庄也不行。外婆终生都在求神拜佛，十足的老派人物，故一切依老派老规。

邻村溪东有家陈姓亲戚，全家去了香港，空留一座匾名"资政第"的老宅。老宅建于同治元年，有百多年历史，住过陈氏五六代人，上百子孙，如今人去楼空，等着分给贫苦农民。一个村庄就一个姓，全是亲丁内虾。潮汕这一带贫苦者，仅止于简衣陋食，大多无屋破之忧。亲戚的家产，无功而授，总有几分顾虑。故"土改"分田分地的工作，推动得并不顺利。屋主不是被扫地出门，就是弃屋择路而去，许多老屋便空在那里，几乎无人看管。外婆七拐八拐，找到关联人，十几块银元，把十几亩宽阔的老屋租了。

说来有趣，我出生时虽然难产，但场面非常阔绰，在这样辽阔的场景里，我像只漂在大海里的小小的草鞋。

此后，我再没去过溪东。很是想念传说中的阁老爷和出生地溪东。在母亲口中，我知道许多阁老爷和溪东的事。

"铜盂郭，城前马，汕陇郑，溪东陈，峡山周……"说话的是典威先生，人称"大把戏"。他欲言又止，等着我的反应。

"且听兄弟高见！"他说着，盯着我看。言外之意，是自以为将了我一军。

这些说辞，耳熟能详。但细究其中所以，则是一部难以言尽的潮汕风物史，家族史。我自认知其一，不知其二。相信也没几个人，能说尽其详。

我有些轻描淡写地说："典威先生，我父亲是铜钵盂郭，母亲是城前马，祖母和外婆是汕陇郑，姑父是溪东陈，姨父是峡山周。你看，这个能证明点什么吧？"

典威先生笑笑："这是自然，解答得很准确。但是，想过这是为什么吗？"

我多少知道一点，门当户对么！我是读过梁启超的《中国地理大势论》的。不过，太过具体的乡村情节，于我还是难题。

母亲见状，看出了我的局促。她笑吟吟地："典威你就说白了，说给亚雷听嘛！他们奴仔（孩子），都是新派，哪有你知道多。你是炉底炭，红通通！"

"真的？如此抬举！兄弟我只好班门弄斧了。"典威先生大言不惭。

这是当然。我跟他从不客气。单凭他开口闭口一句"兄弟我！"就该刮目相看。

那时，"文革"结束不久，我也刚在大学当助教。80年代，大家都喜欢讨论问题。典威先生已经退休，因为整理我父亲的遗作，他常到家里来，偶尔和母亲打打麻将。

他爱说话，吹拉弹唱演都行，形象虽然不怎么适合舞台，但敢于表演就更显独创性，无人敢比。他主要是放得开，又无所谓，纯粹是玩，无遮无拦，反出效果。人称他"大把戏"是有道理的。这个绰号，在潮汕印象里，有一种似褒似贬的善意。至少，小格局是做不来大把戏的。他有大格局。

典威先生打着麻将，口里却喋喋不休地说话。只要你有问题，他便举一反三，旁征博引，勾连延广，滔滔不绝。

他最是能够且喜欢细说一个村庄的历史。而在他口中，村庄的历史，就是由情色婚事构成的历史。一个村庄，就是男女生殖器相生相克的历史。以繁殖为目的而展开的历史。不是吗？他用孩子一般黑白分明的眼睛看着我，等着我的反驳。

下尾埔那个"刺（音赤）血槽"的故事，就出自他口。血腥和赤裸的女色，是其主题之一。他曾带我去看过那口青石凿成的血槽。他刮着石槽底部坚硬的沉积物，捏出一点："你尝尝，什么味道？明末清初，裸女的血渍，咸腥吧！"他伸出舌头舔了一下，像刚刚杀人之后，舌舔刃血一般。

那是一次以刺血为目的的裸女嘉年华。

他的故事荒唐而又真实，血腥然而温暖。典威先生的奇特之处，是他完全以自我的目光看待物事，他从不直接理会一切已知的教义。虽旁征博引，却绝不引经据典。他大大咧咧，无视权威的做派，很令人担忧。可幸的是，乡村的人们，并不留意文人们的所谓文化，不关心典威先生的种种言论。说到底，一个拓蚝生产队的会计文书而已。他的这些文化，与他们的生活没有什么关系。典威之所以是典威先生，原因就是，他是大把戏！他只不过是在搞搞把戏而已。

我在母亲面前，时而会说到典威先生如何如何，总之颇为欣赏。母亲会笑说："雨来喔！"很复杂很散漫的味道。我听出的意思却是，你别像他那般离谱啊！

这几个毗邻练江的村庄，依练江的弧形江岸，各在练江三角洲，互成东西南北中，形胜江湾的风景。

阁爷是潮汕的活字典和百科全书，这是在阁爷逝世多年之后，自称潮汕老土地的典威先生的发现。典威先生是我见过的学究中，最为谵妄的人。父亲对他的欣赏，导致了我对之的崇拜。他是我父亲多年前的学生，也是我家常客。他每次到来，都让我家客厅笑意盎然。他敦实，有些肥胖，阔脸多须又剃得脸颊铁青。他自称对潮汕文史风物，尤其是自韩愈入潮以降，汉唐以来的潮汕民间掌故，无不信手拈来。总之，上天文，下地里，左人事，右风俗，无所不知。

岁月久远，我对典威先生常有挂怀，认知弥深。我在大学教授中混了几十年，反觉得初中毕业生典威先生，是有真学问的。当下大学里那些文科教授，大多浑浑噩噩，没几个是学问家。典威先生的最高职务，是乡里蚝业大队的会计兼文书。

记得有一年，他来看我母亲。闲谈中，说起潮汕文事，涉及几个举人。提起举人阁老，典威先生是义愤有加，怨尤多多！

在 20 世纪的中国，潮阳是一个不可忽略的地方，它的影响力，在世界，而不仅仅在潮汕。人们可能知道潮阳，而不知潮汕，盖因潮阳名盖潮汕。

练江平原，三角洲收拢了练江流域的全部结晶与成果。它们的气脉，顺练江出海门，向南去东南亚，去暹罗；向北去上海，成海上潮阳帮。这几个家族，在十八九世纪，先做土行，去东印度，或贩烟，或做捎客，发了财再做钱庄。在工业时代，则做船务，做织造。在曾国藩治下，鸦片专卖，不但帮了湘军，崩塌天国，且救了清朝。有名望的如铜钵盂的郭子彬和郭信臣，城前的马元利和马灿雄，汕陇的郑培之和郑介臣，溪东的陈一亭等等……

别的鸟都是在秋天到来，特别是立秋之后，练江三角洲蔚蓝的天空，掠过一片又一片的彩云，那彩云是一群又一群的候鸟，洁白如冰雪的白鹭鸟，这种鸟最钟情三角洲富饶的河湾。潮汐昼夜的来去涨退，在河湾的滩涂上留下无数的海生物，蠘蜞和跳鱼，文蛤和苦初，让这些经历过西伯利亚寒流，越过冻土之上苍黑的云层，千里迢迢跋涉而来的鹭鸟，得以焕然一新，蜕换出纯美的新羽。是温暖的练江三角洲，给它们全新的生命。它们的纯美和安静，最使人感动怜惜。即便是落单的孤鸟，滩涂边上的寮居，也会给它们垒巢的屋檐。

暗红、赤褐的是信天翁，它们嘈杂聒噪，但是有鹰一般的力量。它们成群结队，遥远的轰隆声，像隐遁着的惊雷，沉重地喘息在向海的风声里。信天翁的勇敢，是它们受伤的原因。常常见到受伤的信天翁，在滩涂的泥涡中挣扎至死。这些宁愿挣扎而至的鸟，至死都不情愿把巢建筑在安全的地方。它们总是向着天际线飞，去悬崖和孤树上筑巢。

在母亲的童年时光里，练江三角洲是空旷的，辽远且充满着秘密的。沙田水秀的田洋和无边的海边丛林，因为有无数的候鸟，而变得格外明艳。清澈如镜的一江碧水，从大南山浩荡而来，连同深山里的木排一起，带来了山里诡秘的传说。

我至今不知道那只红羽蓝冠的鸟，叫什么名字，属于什么科目。后来，我在黎母山的原始森林中，见有许多色彩艳丽的鸟，它们有各种各样的名字，由不同的人口中说出，皆因全都是不平常的鸟。它们真正是神出鬼没。大凡过于艳丽，或庄严、或华贵的生物，大多是羞于见人，不期面世，并不诡谲。它们或在密林悬崖之巅，或在无人之地，方见真容。

母亲5岁时偶遇的红羽鸟，比我见过的所有的鸟，都要更神奇，更罕有。我只是在母亲的描述中见过这种鸟。母亲的每次描述，都令我更迫切更勤奋地去搜寻资料，来补充我的想象。后来，这种想象更融入我对母亲的思念中。

母亲去世之后，在她下葬的那一刻，我忽然就见到掠过墓地上空的一道红光，像一只鲜红羽毛的鸟，长长的尾羽柔软又坚韧如鞭，却没有鞭的扭结。红色尾羽平滑如丝的光泽，在午后三时的晴空里，似红拂轻摇，升降沉浮，如红色闪电，又如夜奔的白光，在我飘忽的目光中。它蓝色的羽冠呢？我在晴空里梭巡母亲描述的虚幻一幕，寻找那个光德里5岁女孩惊喜的清晨。

而此刻，是午后，我拍紧墓地上最后一捧黄土，我看见蓝天里，蓝色羽冠正在慢慢融入蓝天里。

我隐隐约约地悟到，红色鸟和母亲之间，似乎有一个密约。这个密约坚守了许多年，直至父亲的墓地上。

那只红羽蓝冠鸟在哪儿呢？它在何时死去？

一只鸟能活多久呢？我不知道。

如果它还活着，至少有一百岁了吧？

母亲后来还见过那只鸟吗？母亲从未告诉过我，我也没有问过她。想起来心里很疼！

这年年底，陈一亭比往年提早半个多月回潮汕老家溪东祭祖。年底回乡祭祖，这是每个出外讨叹（闯荡）的潮汕人一年中最重要的功课。

清明、中秋和年底祭祖（从迎神到送神，约一个月时间），是潮汕人三个大节日。往年，陈一亭总是在腊月廿六这一天，赶回来送神上天，然后过春节，大年初四准时赶回上海。今年例外，且有些兴师动众，排场颇大。他早早就着人回老家张罗，还专门请了正字潮剧团，摆七天七夜流水席，也演七天七夜流水剧。如此这般，于长期在上海做生意的陈一亭来说，很是例外。他在上海做生意，一般无事不出门，很少出现在场面上。这种做派，是潮汕做大生意人的特点，只管闷声发大财，绝不事张扬。求财欲静的道理，自古是潮汕商人做生意的不二法门。尤其做土行，本来叹的就系"积恶"钱，若不是为着"叹钱"，是万万不可做的，伤天害理，断子绝孙的生意，更要暗静做。男人在外叹钱，女人在家拿钱去礼佛，做善事，求佛宽恕，求神保贺就是。

一旦叹到钱，回到潮汕老家，无非光宗耀祖最重要。有两件事要做足做好。一是要给乡里人恩惠。修桥铺路，建祠堂家庙，建学堂，要舍得出钱，过年过节，礼数礼金礼物要齐全周到。二是凡事要够排场，家屋要做大做到最好。钱要花得多，场面要足够大。在外谋生，是要克苦咸涩，那是无办法的事。回到老家，就不能吝啬钱财！尤其是祭祖，婚丧嫁娶，要把架势做足足。

陈一亭此次回乡，不单要做足这两件事，做得风光！还要做给一个人看，让他看出潮汕人，不但在外面，在上海做事浪险，成得大事！在乡下，也有架势，不浪面（丢脸）。

这七天七夜的流水席、流水戏，有什么讲究且不说。练江两岸这几个村庄，为祭祖摆上七七四十九天流水席的，并不少见。七天，算是小意思的。练江北岸铜钵盂郭信臣家族，郭仁卿公仙逝时，摆了七七四十九日流水席，每日一百席。前十数天，四乡六里民众天天吃得舒坦，皆大欢喜。随后日见食客稀少，在村庄内外，找人来凑数，凑得辛苦，每日也未满十桌八桌。村人大多吃撑了肚子，连演流水戏的戏子们，也吃出毛病来，上不了戏台。信臣先生只好派人四处找寻，租来几十辆马车，赶车去普宁大南山，拉来一车车山民，摆足了七七四十九日的流水席。

说起仁卿先生，陈一亭是佩服得五体投地！郭仁卿在潮汕，在上海滩，都被传为神人，一个隐身乱世，却时时出没于江湖的商界枭雄！传说最广的是，郭仁卿当年在万木草堂听康有为讲变法，一时听得血性涌动，竟公然与谭嗣同诸公当场辩论，且立马献出十万批银，康有为惊为天人，引为朋党。多年后仁卿仙逝，康有为也早已不在人世。康同璧偕几位弟子，从京城专程来到潮汕参加仁卿先生葬礼。

陈一亭此次来，打算小小排场一回，自有他的道理。他要做给一个人看，区区七天足矣！

此人是谁？

杜月笙！杜月笙何许人也？

其原名月生，由章太炎建议，改名镛，号月笙。典出《周礼·大司乐疏》：西方之乐为镛，东方之乐为笙。月笙，取月之乐，以乐人也。1929年的杜月笙，已在上海霸业一方。

半年前，四月，杜月笙刚刚创办中兴银行，开始涉足上海金融业。创办银行伊始，极需商界支持。他首先想到的，是潮汕土行专卖的各方人物，只要拿下其中潮阳三老：郭子彬、陈一亭和郑介人三大家族，就等于拿下整个潮汕土行及洋行的生意。他清楚这些潮阳人，最乐于通吃，只要有钱赚，不问东西，什么生意都敢做，还特别守信用，有钱一起赚，有血一起流。杜月笙早就有意和潮汕人做老友。他自从踏入上海滩，在大世界混，知悉对面金陵中路住着的全是潮汕人，便有意经常走动其中。他也是郭仁卿郭信臣父子的常客。

当年他14岁，初到上海十六铺鸿元盛水果行当学徒，偶与几个地痞流氓混。其中几个小兄弟，祖上都是潮阳人，很义气，又大胆。后来拜青帮陈世昌为师，也识得几个潮州人，颇有心得。所以，结识潮阳人，和潮阳人一起拼搏，是杜月笙认准的发迹之路。

杜月笙是个聪明人，明白在家无父母可靠，出门就一定靠江湖兄弟。而在上海滩，潮州人虽不是本土人，但比上海人更江湖，更有势力。要求得在上海生存发展，就要找靠山。在政界军界要依傍浙江人，说白了，就是蒋介石。在商界，要求得头筹，就要靠紧潮汕人，尤其是潮阳人。他们不单在上海吃得开，整个东南亚，都成了他们的后花园了。

杜月笙自从走近潮阳人，攀上郭子彬和陈一亭，只要一有机会，便上落上海到潮汕的火轮船，随船到潮汕。那时，经营土行的潮汕人，为了确保安全，也遵守道上规矩，大宗生意都现金交易。用几百吨的火轮船，把银元运到广东汕头，换回烟土运回上海。大佬们把上海赚到的钱，也用火轮船，千里迢迢运回家乡。有时，杜月笙自告奋勇，随船押运。他很愿意用这种方式，进入潮汕人的江湖。有回乡祭祖的机会，他很乐于跟随。

他这是第几次到溪东？连他也记不清了。

父亲马灿汉的突然出现，让凌芳喜出望外。父亲每次从广州回光德里，总有很大动静。

凌芳虽然年少，不谙人事，但她见母亲忙里忙外，脸上笑盈盈的样子，感觉到家里有大事情了。大人们做事总是很张扬，潮汕人又讲排场。

凌芳从小就听大人们，更多的是用人们，谈到一个神秘的叫马灿汉的黄埔军人。

凌芳对"黄埔"这两个字的印象，就是三匹马和一个佩剑佩枪的青年人。马是一匹红马，还有两匹白马。青年军人骑红马，两个卫兵牵白马。她疑惑，黄埔是黄色的，怎么马却是红色和白色？

这天早晨，凌芳突然被领去偏院"硕士第"。在大堂石阶上，母亲郑素冰早已候在那里。只见母亲穿着一袭水洋红绣金色绛色花边式袄衣裙，月亮般的圆脸上，满是笑意，喜不自禁的笑窝，在脸上溢出一圈一圈的涟漪，怎么看都像是观世音的面容。

母亲拉着凌芳的手，进了大堂。

凌芳只有拜见父亲时，才能到硕士第来。对于光德里的孩子们来说，这里是禁地。上一次来硕士第，是半年前，那时，木槿开花不久，荷塘水是满的。那只红色鸟刚刚来过……转眼半年过去，凌芳虚龄已经七岁了。她天天在荷塘等红羽蓝冠鸟来，等不来红色鸟，却等来了骑红马的父亲。

大堂里有好几个人。和父亲并排，隔着一张八仙桌坐着的是一位穿长衫的人。那人有些特别，一手托着茶盅，一手捏着盅盖，抹去茶末，也不喝，只是不停地抹着，似有心事。他见凌芳进来，先是欠了一下身子，从袖口摸出一个红包，走到凌芳面前，拉起凌芳的手笑容满面说："囡囡，真漂亮啊！"接着他又转身对着母亲，"嫂夫人，勿见笑，一点心意！"双手把红包捧到母亲面前。

这样的场面不常有，但也见识不少，凌芳道了一个万福，轻声地说："多谢伯父！伯父万福！"把这人乐得哈哈大笑！

此人正是杜月笙。

在座的还有陈一亭先生，凌芳是认识的。父亲每次回家，这位陈伯父都是座上客。他笑吟吟的，也给了凌芳红包。母亲私下告诉凌芳，两位伯伯的红包，各是一百大洋的银票。

父亲马灿汉向来矜持，在外人面前，更是如此。他始终含笑看着凌芳，并不表现十分亲昵。母亲推了凌芳："快叫父亲！"在外人面前，凌芳有些害羞，往前几步，怯声叫父亲。灿汉揽过她，轻抚她的头发说："素冰，回吧！"示意她们退下。

马灿汉奉蒋介石之命，昨日星夜赶到光德里，密晤正在溪东随陈一亭祭祖的杜月笙。这次密会，全由陈一亭斡旋安排。原定在溪东陈家祠堂，怕人多眼杂，马灿汉带了一队国军，兴师动众，难免有碍。马灿汉临时决定，还是在光德里为好。

光德里大堂正中是孙中山像，两幅中轴：革命尚未成功，同志仍须努力。左侧是蒋中正和马灿汉的戎装合影，是授予马灿汉"中正剑"时的合照。右侧是马灿汉、胡宗南和于右任、胡适的合影，一式的竹布长衫，十分俊朗飘逸，应该是摄于黄埔。

此时杜月笙被蒋介石委任南京政府海陆空军总司令部顾问、军事委员会少将参议和行政院参议。这些没有实权的虚衔，使杜月笙在商界声名大振。他此次来潮汕，明说是陪陈一亭祭祖，其实和前几次大不相同。过去是跟随，这一次可是陈一亭特别邀请，其中便有与马灿汉密晤的安排在内。彼此心知肚明。

蒋公怎么说，就怎么做。这是杜月笙的信条。1927年在上海，组织中华共进会，设计诱杀工运领袖汪寿华一事，杜月笙起了大作用，因此与蒋有了交情。蒋投桃报李，给了他几个虚衔，也算得修成正果。杜月笙心里感激。蒋公有吩咐，当然鼎力办好。

三人坐定，马灿汉也不多言，他相信杜先生只要按图索骥就行。他和陈一亭之间，自会协调完成。所以，此行并无太多悬念。只要陈一亭没有异议，上海商界纵然有风，也掀不起浪。何况，杜月笙背后，还有黄金荣和张啸林。而和陈一亭站在一起的，是一个庞大的金元帝国——潮州商帮。那可是一个铁桶一般的钱庄。坐在面前的这两个人，用不着他马灿汉费心，蒋委员长有言在先，由杜先生方便就是。

马灿汉此来只是传话，同时做个架势给杜、陈看看。这个授意，是蒋公幕僚的主意，还是蒋公的意思，并不重要，马灿汉只要照章办事就好。

然而，1928年的田中央，是一个火药桶，刚刚被彻底赤化，中共在这里还建立了基层组织。

马灿汉在密晤杜月笙之前，对此人并不熟悉。当杜月笙在上海与流氓地痞为伍时，马灿汉正在美国密歇根大学和普林斯顿大学读书，沐浴欧风美雨。当马灿汉以一介书生初入黄埔时，杜月笙已是青帮"悟"字辈的人物，掌握全球烟土提运十之七八，风云上海滩，是蒋公、黎元洪和于右任的座上客。

马灿汉接到与杜月笙密晤的任务，马上调阅了保密局有关杜的资料。此公几乎与国民政府在沪上大事，事事有关。实在不是简单人物！在资料上，杜的面目是清晰的，却是粗略的。而在江湖传说中，杜绝非简单人物，他在青帮中举足轻重。黄金荣贪财，张啸林喜斗善打，杜月笙倒能运筹帷幄。好坏事，对错事，文功武打，对于杜月笙而言，事事皆宜，不分彼此。否则，他岂能千里迢迢，随陈一亭多次来汕祭祖，屈子孙之谊，最是令潮汕人感怀。杜月笙非常人，是一天赋之才。

杜乃一风雅武夫，心细如针，不可小视，但也不必担心。这是马灿汉从纸上得来的结论。而令他对杜有一点欣赏的意绪，是杜公馆高悬的楹联：友天下士，读古人书。以及黎元洪赠予的对联：春申门下三千客，小杜城南五尺天。马灿汉心想，与此人交，乐矣！愿小试牛刀。

马灿汉既已转达蒋公问候及相关文书，也就无须多言。国事为重，兼济江湖之困，相信杜月笙分得清楚，无须马灿汉忧虑。刚才马灿汉让夫人长女来拜，也向杜表明客人贵重，这是潮汕家宴的最高礼数。等一会儿正式宴客，女主人和女眷便不再露面。虽然已是民国共和，田中央也经赤色洗礼，但民生民风依旧，横风吹不进光德里。马灿汉的行事风格，在家内秉承古俗旧规，长袍马褂；在外恪守民主共和，西装革履。

陈一亭认识杜月笙多年。自在沪上相遇，陈一亭先是怜惜帮扶沪上小弟，后见此人胆比天大，凡事无不敢作敢当！且与人交往甚善，虽颇有心机，却分得清正邪得失。既有用人所长之意，又有可交之心，陈一亭便也有心提携。杜月笙每每随行来汕，他都感念至深，更添一份意思。凡杜月笙之提议要求，他都可不假思索，放手由其张罗，不问得失。这是杜月笙倍感钦慕，决意随来潮汕祭祖的原因。陈一亭以为，杜月笙有潮阳人的浪险，也有沪上的斯文，又有地痞的狠辣，更有江浙人的谋略，此乃乱世枭雄之翘楚者也。杜月笙为人可圈可点，实乃可亲可友。英雄莫问出处。他曾问过郭子彬，又引杜月笙见过郭信臣和郑介人。潮阳名流，大多对杜有好感，这颇为不易。

更为奇巧的是，陈一亭骨子里，与杜月笙颇为一脉相承。论长相，也颇有迎合之处，皆清瘦文弱却又涵厚富腴。这是粗通相术的郭仁卿的真言。说到相术，陈一亭更是深信不疑。但凡因缘际会，皆有天命。潮阳人最是迷信面相以及时辰八字。

溪东有四个寨门，北门是入门，门匾上书"厚积流风"，以示诗礼传家；

此门只供活人进出。南门是出门，门匾上书"去天尺五"，以示显赫；此门除正常进出外，礼数上远行特别是去科考的人，要往此门出去。东门是客门，门匾上书"紫气东来"，以迎嘉禾，这是个迎客门，大凡贵客到来，是要在此迎迓的。西门是死门，门匾上书"浩气长存"，以志死者德行，逝者西去，棺材要从此门出行。

练江古港，在铜钵盂，可直接通海。东晋时，潮阳县衙设在铜钵盂，故铜钵盂成了四通八达的通衢之地。旧时的官渡、官路和报功路，都通往铜钵盂，古港大道，是中举的报喜队伍，也是朝廷圣旨下传的必经之路。

溪东自古多出官贾，官道沿江而来，一头连着古港码头，一头连着东门，正好十里之遥。此路也为迎娶之道，无论迎娶的是乡里乡外，皆走通东门古港十里官道，哪怕迎娶的是邻家女孩，也要绕行十里官道，到邻家迎亲。

迎神送神，走十里官道，更是题中之义。至于客至的时辰以及行走的路线，皆有讲究。潮汕旧时礼俗，堪比京城朝廷之繁缛，一点都不马虎。

杜月笙此来潮汕，明里是随陈一亭祭祖，而此来荣耀是为新祠落成"推门"。所谓"推门"，是凡新建祠堂，落成典礼有两个仪式，其一为"谢土"，拜土地伯爷，感恩土地公公赐予土地，也歉疚建祠对土地的惊扰。其二为提高建祠堂的德行和仪式的隆重，表达对祖宗神位的礼拜的浩荡厚待，开启祠堂是祠堂行使祖宗权威，作为祖宗居高的第一道礼序，故推手必须是本族在外最德高望重、最有建树、最有影响力者，分文武或亦文亦武，不分年龄，只望高下。推手还将获得一份丰厚的赏金。其厚重程度也象征着祠堂的高贵程度。

溪东今年有祖祠新启，陈一亭决定破例请杜月笙当推手"推门"。此乃不合祖例旧规，族老们多有异议，但陈一亭固执己见。都民国共和了！祖先有知，定然乐见其成。杜月笙之仁，足以令先祖心安。可族老们不这么看！杜月笙纵使在上海呼风唤雨，哪怕做到沪上首富，可在小小的溪东村，他还是外人。

村中辈序最高的老者，是陈公河。陈公河的父亲陈仰贤是同治元年（1861年）的进士，做过陆河县令，在溪东，算是开科第一人了。陈公河恰生于同治元年。陈仰贤老年得子，双喜临门。那年是溪东有史以来的福年，多座大屋和家庙也因此借光始建。

人有双喜，天公自妒。陈公河自小残疾，小儿麻痹症，人虽有残，却天资聪明。陈公河15岁（1876年）中了秀才，之后，陈公河年年赴考，久考未中。直至1906年废了科举，依然是个秀才身。落第多年，陈公河不馁，倒炼成了溪东奇人。此乃后话。

此时陈仰贤早已死在任上，连尸骨也回不了溪东。陈公河也成了溪东科举的最后一人。

陈公河是陈一亭的祖叔，陈一亭从小就在陈公河主持的陈氏家庙私塾读书。溪东几代人，全是陈公河的学生。

此时的陈公河，已是七十老翁。

是日，陈一亭在家庙拜见陈公河。

陈公河自是不悦，但还是在太师椅上欠身行礼，他已经站不起来。

陈一亭并不提推门，而是先说扩建家庙，建小学堂之事。

陈一亭为溪东做了不少事，但凡可记入乡志的大事，都有陈一亭的份。但在陈公河看来，做得再多，也赎不了罪孽！罪在陈一亭发家在土行。尽管陈公河自己也偶吸几口，但那是因为周身病痛，遵医嘱而已。他常以此自嘲。

陈一亭做事果断，也狠得出手。做鸦片掮客出身，在江湖上不果断，不狠，成不了大事！时时关乎生死。这是一生寻求入仕，以科举为生的陈公河难以理解的。

陈一亭拜过祖叔陈公河，又令人献上一挑银元，足额五千块。言明为家庙和小学堂之用。

陈公河不为所动，冷冷地说："修家庙的多少，由账房去理，留下。至于学堂，私塾可以，新学不必。见得民国共和，礼崩乐坏！何新之有？至于推门，自择吧！"不待陈一亭说话，他便令侄女推他入室。太师椅装了轮子。

陈一亭一时愣住。千里迢迢讨个没趣！眼看着陈公河拖着灰白长辫的后脑勺，陈一亭后背发凉。在上海滩，在东印度，从未遇到如此局面。此乃溪东，仍在清朝。

他听到"自择"。这算是放话？也算是祖叔最后一点开明，在座的都听明白了。自择，给了陈一亭大大的开恩。

他早已告知杜月笙推门之托，杜月笙也自知。其中厚谊，并不推诿。

而陈公河不允，令陈一亭左右为难。僵持了几日，陈公河不战而溃，何故？

陈一亭从不过分顾虑过程，结果最重要。

推门，从午夜两点，折腾到上午11时，方告段落，杜月笙的程序全部结束。整整九个小时！杜月笙曾经枪林弹雨，冲锋陷阵，运筹帷幄，也没这么辛苦熬人。特别是推门时，高声喊出的四句诗词，必得用潮汕话流利说出，否则祖宗听不见。真是苦了杜月笙，为了这四句，他在陈氏家庙，练了半天才勉强说出。

溪东开了有史以来，请族外人推门的先例。此例，直到今日，一百年过去，也还是潮汕平原的孤例。陈一亭和杜月笙功不可没，也把潮汕祠堂撕了一个裂口。

祭祖那天，天降大雨。凌芳一早便随姑父陈新年来到溪东。

奇人陈公河。

陈公河活到99岁增闰一百零几。传说他死在一只箩筐里。

他自知时日无多，黄昏时，让侄媳妇找卖箩筐的竹篾婶，买来一只青竹皮做的箩筐。箩筐是按对卖的，单只不好买，侄媳妇只好买来一对，多花了5角钱。陈公河一阵好骂，好好的，多花5角钱，败家姿娘！他骂骂咧咧，骂得累了，便开始张罗后事。

他有些乏，喝了几口隔夜茶。那茶至少泡了3天，无味，泛着几叶泡烂了的茶渣。他用双手撑着爬下床，一点一点地往箩筐蹭。

他终于坐进了箩筐，挣扎着把箩筐坐正了。竹篾刺得屁股露肉的地方有点痛，他忍着，坐舒坦了。

残灯如豆，从门缝钻进来的风，闪着灯光，像黄豆在跳。他呆呆地看着床边的那张纸。纸上写着他的遗言。

刚才，他趁侄媳妇去买箩筐时，写下几句话。此嘱：埋在北坡风水山，竹裹衰身，无须棺木，埋掉衰萧，自认浪面。

他一生斯文，从未说过一句脏话俚语，临终却以"浪面"及"衰萧"告别人世。

这位前清秀才，自知没有棺木可以屈身，他弯成90度的身体，只有箩筐方能容身。赤条条来去！却无奈地屈身于箩筐中。

清晨，侄媳妇才发现箩筐里身体已经僵硬的祖叔陈公河。他已经自行穿好寿衣，穿戴齐整地坐在箩筐里。色彩过分鲜艳的寿衣寿帽，把侄媳妇吓出一身冷汗！她是见了活鬼了。陈公河老眼微睁，脸上一反平时的威严乖戾，显得笑意盎然。不端详，看不出是一个死人的脸。这张脸，从同治元年开始看世界，看了一百年。他看过太多的东西，看得疲倦同时索然寡味，以至于知道何时应该闭上眼睛，自认浪面和衰萧。遗憾的是，自从废了科举之后，他就再没站立过。他像一尊佛，常年坐在支起轮子的太师椅上。

这把有矮轮的太师椅，只有在每年祭祖那天，才会被推出来，推到祠堂里，领着众人祭拜祖先。早先，他还能被抬着，跟随在祭祀的队伍里，去营老爷，营联标，走过十里报功路。这些年他年事已高，出不了门，更看不到外面的世界！

奇怪的是，他却看到了另一个世界，和里面的人对话。

他有时会看到陈一亭，看到杜月笙。他们健壮，可活得太短；而自己残疾，却活得太长！老天真是不公。所以，他自认衰萧是合天理的，自认浪面也是应该的。否则，何以至死，都无法享有一个棺材，在一只箩筐里终老？

陈公河突然想起，那年，有一个人，也是死在箩筐里的。对，是那个外号叫"仰天狮"的郭贤辉。那是一个人物，一个死不瞑目的翘楚！

那天下大雨。不！大雨是后来才下的。在他被枪杀的瞬间，天突然下起大雨。

铜钵盂有两个人物，一个郭贤辉，人称"仰天狮"。一个郭豫木，人称"趴地虎"。取绰号的人，一定看多了《水浒传》。予人绰号，真神人也！趴地虎有故事，容后再叙。仰天狮郭贤辉，早年当过潮普惠专员，解甲归田多年。后被查出，在农民兄弟的教育下，他伤了脚筋。他被正法那天，两个儿子抬着他，去了刑场。他在箩筐里，依然是时时看天，正谓仰天狮！他的两个儿子，一个刚成年，一个14岁，被民兵押着，抬着父亲去刑场。儿子低头不敢看人，父亲抬头望天，父子目光不能相对……14岁的儿子，一路跟跄，好几次摔倒，跌得伤重的父亲一路哀叫。

陈公河听闻这一切，许是见得多了，也听得多了，他没有了声气，好似无所谓地问佘媳妇："贤公去了？"

"老（死）去了，崩（枪毙）掉了！"佘媳妇漠然。

良久，他迷迷糊糊地说："早死早超生！"

"贤公是个好人哪！"佘媳妇走后，陈公河自言自语，迎着风说。

好人不得好死，这太平常，没什么好惊奇的。上天本就是这样安排的。否则，人间的故事，就太乏味也太寡淡了！

从此，他对死有了冥想。一个箩筐，省事。

陈公河是如何入殓的，是否依他所愿，在箩筐里入土为安？还是被硬生生捶直了腰，塞进棺材里？

我不得而知。外婆没有说。陈公河是外婆的姑父，外婆帮忙料理过他的后事。母亲讲陈公河这个故事时，也忽略了这些细节。她们也许认为这并不重要。抑或以为，无论如何，人不能在箩筐里安葬。

我却以为，陈公河定会如愿，在箩筐里入土。他的身体屈不进棺材，除非打折了腰骨，他的后人一定不忍这样做。那年头，火葬场还未建设。一个活着站不起来的人，蜷坐着死去，这点夙愿，并不过分。

我关心仰天狮和趴地虎的结局。他俩的前传和外传，罕有人知。他们那个时代的人，死得差不多了，也没人去关心。人们甚至认为那是古代人的事情了。

很奇怪，现在的年轻人，竟常把他们出生之前的年代，称为古代社会，或解放前。他们的年代感很短暂，历史也是以天来计算的。他们年龄以外的时间，他们不关心，因为从未存在过！

第四章　清明

桐始华　田鼠化为鴽　虹始见

苦初 3 号，更像是一个情报站的代号。在整个事件中，他是一个上线的人物代号，与他直接关联，或叫接头的下线，在不同时期，应该有好几个。每一个都是单线联系。林影交接情报的地点在中鞍头寮居，这个地方十分宿命，俗语说："天下行到遭，不如达埠中鞍头。"说的就是这个地方的魅力。

中鞍头是一个天然的渔船码头。几条伸向海里的栈桥，两边各泊着许多的船。海岸上有寮居棚屋。寮居内外，聚集各式与海和渔船有关的人。卖肉卖菜卖水的，成群的鱼贩子等等。革命者混迹其中，也很平常。

苦初 3 号出没其中，十分安全。

那时，光的父亲母亲，也可能是生活在海与寮居一群中的人物，水巡队，或者是渔民、鱼贩。

我总是想着那只箩筐。

当年竹篾婶编织箩筐时，一定没有想到，她竟然是在做一个人的棺材。不知她会不会想到就后背发凉，心里发麻？

也许从没有人用箩筐裹自己的尸身，没有人会发明把人装在箩筐里，抬去行刑。这些事情的发生，匪夷所思，但竟然在溪东发生了！

竹篾婶应该有名有姓。然而旧时的潮汕，女人出嫁了，从里到外就都不是自己的，都给了夫家。我想，这其中绝非单是夫权的压迫，更多的是一种自觉才对。

人们习惯对出嫁的女人，以娘家地方命名。比如溪东嫂、铜盂婶、汕陇姐、城前姨、澄海姑；或以手工营生命名，称竹篾婶、灯笼嫂、角桃姐、糕仔姨；或以住屋命名，称大房婶、八尺姐，有的干脆就叫南北厅、厝仔婶。

五花八门。总之，女人无名。牵强于男尊女卑并不尽意。潮汕姿娘最有家庭地位，至于社会地位，十个潮汕女人，八个会答：爱伊做昵（要它做什么）？对此表示了轻蔑！

　　陈公河出殡那天，出行的队伍照自古既定的路线，分毫不差地行走。从西门出去，沿着江堤去往码头方向。队伍最前方是开路的大锣鼓，鼓点和锣钹有一种细碎的怆然，鼓点如人生脚步，锣钹似行脚的心情，两相演奏着极乐的期待。鼓点是无奈的，锣钹是沉重的，声声如叹息，在苦中轻喘着不想离去的眷恋。

　　举幡的长孙紧跟其后，披麻戴孝，沉重而高扬的青竹旗幡，有着继往开来的全部寄托和家族责任。长孙之后是陈公河的八个儿子，其中有一个是过继的庶子，一个是拜把的"同年"。他们依次排列，每人怀中抱着一节从同一根松木截段，并包上白麻的"棰杵"。这东西象征着同根的生命，它们将与父亲的棺椁埋在一起，陪伴着父亲，在漫长黑暗的地底安息。

　　随后是五服之内的全部男性，白衣白帽束麻。人丁队伍有半里之遥。这个庞大的家族，几乎占了溪东的大半人口。紧接着是宾客朋友。陈秀才活了百岁，众多子孙的世交友朋，散布于方圆百多里的四里八乡，这段队伍有五六里长。

　　尾随的是八音班。一路高扬着潮汕特别的"公尺公尺留"，是中国最古老韶乐，笛套音乐。那声凄婉，那声悠长，那声声唢呐的高扬和长箫的呜呜，那撕心的飘逸和脆断，碎了心扉，淬了豪情。

　　到了一处小小的丁字路口，没有去路，但有归途。女眷要在此叩拜，告别然后归去。她们还有生育繁衍的伟大任务，不宜继续前行。送君至此，回头有涯。这是女眷长旅随送的最后别过。她们一一叩拜，然后掉头从右侧方向，蛇行归返，留下清一色的男人队伍继续前行。

　　又到一处大十字路口。这是死者与尘世的最后告别，然后将由嫡子嫡孙，扶棺上山，入土为安。在大十字路口正中心，棺材置放齐正。嫡子嫡孙跪于棺前，五服之内亲人围聚肃穆，众宾朋默哀有时。须臾，殓师一声令起，众人同声呼喝，鼓乐遂起，八音班丝弦吹弹，为一个亡灵最后的众声喧腾，在天地间，且歌且泣。此后，山高水远，一路崎岖，与秀才同行，看清朝已远。

　　陈公河究竟葬身棺材，还是箩筐？已不可考。但其覆盖的棺椁足以遮蔽一些蹊跷。岁月久远，一切似乎可以忽略不计。

只是母亲凌芳有时说起，总有几分惆怅。她由老姑父陈公河之死，想起了父亲马灿汉之殇，想起了阿雅的出嫁，自己的婚事，以及族人的生生死死，红白喜事，各种排场。

我外婆对这位姑父陈秀才，又是另外的看法。她出身新学，婚后，在丈夫鼓动下，将小脚放大，又去汕头丘逢甲创办的同人学堂读新学。外婆对陈秀才那条不伦不类的猪尾巴，更为厌恶。可是厌恶归厌恶，陈秀才的辫子居然保留到 1960 年，这可真是奇人怪事！他的当下决绝及对清朝的留恋，始终是缠绵悱恻的。

那时，大把戏典威先生还很年轻，虽未成格成局，但几为陈秀才的得意门生。他对秀才另有评价，对其敬仰钦慕有年。

不知何故，他没来参加葬礼。

我揣想，如若陈一亭和杜月笙活到那时，他们是否会为秀才送行？

历史是一个弧，没有硬度，没有固定的方向。它总是在误会和假设中，如弧形闪电般出没，在虚构中蛇行。

在世人心目中，秀才是一老朽，于现世可有可无。在乡村宗族格局中，他始终是一个不可抹去的符号，一个不可或缺的宗族神龛。人们只有在和神鬼交往的时候，才会记起如活鬼一般的秀才陈。秀才陈似乎更妄于这种处境。他有时会想起武阁老，想起一些同病相怜的日子。

可惜，阁老走了许多年了。走得如此惨烈！陈秀才没亲临现场，没目睹那场大火，但他闻到了烟火味。这味道，伴随了他许多年，久久不散……

马灿汉的失踪及最后未经确实的结果，据说陈公河是少数知情者之一。

这事是陈公河一次酒后失言说出的。他说他是最后得悉马灿汉去向的人，但无人相信。一个足不出户的瘫子的酒后胡言罢了！

然而，我外婆相信。因游说策反 460 师的事，马灿汉去过溪东，找过陈公河。可以肯定的是，陈公河出了不少力。他不问是非，只认礼数。

陈公河为人处世的法度，仍在大清，仍在大清律法之中。虽然大清消失已久，时过境迁，人心大变。他看不懂世事，也不能随便引经据典，说一些过时的话，无人爱听，或会惹来口祸。但他绝不认同与大清律法相悖的事理。他顽固地认为，三十年河东三十年河西，世事轮流转，哪个朝代也不可能长治久安。长命也就三五百年。短命的如同治十余年，宣统也就三四年。

他把一切罪错都归结于废除科举。千多年的科举，说废就废了。这种断子绝孙的事，竟然为清帝所为，真是自作孽！他在心里不知为此哭号诅咒了多少回。他相信，清朝不可能就这样说没就没了。他要等着瞧！他不爱清朝，也说不上爱哪朝。但是，总是旧比新好。旧的顺心。头上没了那根辫子，总觉得后脑勺冷飕飕的，不堪风吹雨打。

民国开元，那时他还能走动，在街上让学生剪了辫子，羞得不敢出门。留了年余，方把辫子又蓄出一条猪尾巴长短。顿觉神清气爽，十二分的流利。

但是，有了上回的教训，他不敢大意。出门时，他还是把辫子藏进瓜皮帽里。

一向足不出户的陈瘫子，这几日却蠢蠢欲动，很想到街市上走走。这种发自内心深处的欲望，令他从长期心如止水的冬眠中，忽然醒来。

这些天，陈公河一直在等待玉亭前来。自那日玉亭从上海回来，风尘仆仆前来面见之后，五六天来，不见他的声息。这很不寻常。

听说还跟来了一个上海流氓，这令他不悦。听说玉亭还要请这个流氓来推门？即便有钱有势可也还是流氓！目不识丁之流。陈公河心中愤忿。诗礼传家，堂堂一门，岂容流氓玷污？

新祠堂是陈一亭捐款，连同从码头到溪东的五里大道，都由玉亭出钱包揽。从道理上说，祠堂的事，玉亭有说事权。但推门一事，自古以来有法度，必须按先祖设定的规矩做，请本族本姓中最有成就、最有权威的长者来主持推门仪式。此事岂能轻率让外人主事！他决意回绝玉亭这个决定，议都不议！

陈公河自然深知陈一亭不会善罢甘休。陈一亭的执拗是柔韧顽强的，他有此打算，且未经磋商，就把人领来，自有他的主张，轻易难以动摇。陈公河心知，遇到自废科举以来最难缠的苦恼了。

陈一亭此刻正在练江出海口，端坐在东鞍码头边的寮居中，与杜月笙喝茶。杜月笙也是泡工夫茶老手，近朱者赤嘛。他在水果铺学徒时，和潮汕人套近乎，靠的就是主动泡工夫茶。他的殷勤和中规中矩的泡茶炫技，很得潮汕大佬赏识。

南京政府已公开废烟，限期土行关门大吉。土行将转入地下。陈一亭有意另寻生意门道，正合杜月笙意。两人一拍即合。陈一亭为了表达对杜月笙的看重，主动邀请杜月笙来推门，而杜月笙也不自谦，颇有几分自告奋勇的豪爽。在杜月笙看来，能增进兄弟情谊，又是水涨船高的事，何乐不为呢？

夕阳照在寮居红色的屋顶上，软软的阳光透过木棚屋顶的空隙，洒在杜月笙瘦骨棱棱的脸上。他本来铁青的脸颊，让红色的光线涂抹得十分红润。一张过早沧桑的脸，在红光中显得有些仓皇。江口轻软安静的和风，依然洗脱不去长期沉积的疲惫。有多疲累的内心，才会有这样的脸色和眼神？

陈一亭在泡工夫茶，杜月笙有些发呆。大约该说的都已说完，无须饶舌。陈一亭专心冲茶，用心品着茶。杜月笙突然地："何日始归？"

陈一亭笑："老兄想家啦？"

杜月笙不置可否，低声问："推门呢？"

"不变。"陈一亭风轻云淡。

陈一亭找这个地方喝茶，有心让杜月笙品味家乡风情。

寮居是一个非常有诗意的地方。陈一亭的童年在这里。虽然他家里，从未有过讨海人。但有一些故人的家人，男的不是船老大，就是在寮居里讨叹，卖水卖物给船上。女的大多贩鱼做鱼，织网补网，做着与海有关的小生意。幼年时，他常在寮居里玩。

这种地方，也很合杜月笙口味，他小时在水果铺学徒，没学到什么手艺，却练得几下拳脚，也识人看人。

两个人气味相投。不觉天就黑了。

阻止杜月笙推门，作为族长，陈公河有这个权力。

大娘早夭，二娘郑桃花是陈公河的续弦。她是个新派。废除科举那年，她还不到15岁，她比陈公河年少40岁。因为陈公河是半个废人，她便算得半个族长。对内对外的事，她说一不二。谁都明白陈族长只是个傀儡而已，到时候出面，就出来摆个场面而已！

一切都是二娘在打理。所以，玉亭先找了二娘，细说原委。

二娘年方30，从汕陇嫁来陈家近15年，年纪轻轻，却已熬成大婆。乡间礼俗，红白喜事，善堂佛寺，所到所及，无所不能，把陈公河所有不能不做的事情悉数包揽。只因是姿娘，进不了祠堂，要不，她当真化身陈公河了。郑桃花真的是远近闻名的厉害雅姿娘。

陈公河是瘫了腿脚，其他功能却胜于常人。二娘郑桃花在十余年间，竟为秀才生了六子一女，惊为天人。更奇的是，30 岁的二娘郑桃花，生育 8 个子女，依然风姿绰约，身段窈窕惹人，肤白如雪，乌眸流盼。

民间有传说，说是陈秀才多年间年年上京赶考，由乡野而京城，得获多种宫中秘方。且一路赶考，大多夜行昼伏，深得江湖上流传的房中术秘籍，养生有方，故武艺了得！亦人丁兴旺。郑桃花对此也有所闻，她只是撇嘴一笑，笑得妩媚。于是流言更为坚定。

不知足不出户，也无人与之传达的陈秀才，对此传说，如何反应？反正他面对乱世，已无所求。六子一女令他心满意足，而家有娇妻，更为其乐融融。民间传说反使老朽之心跃跃欲试。

每逢初二、十六，郑桃花必去灵山寺烧香拜佛。一顶小轿在前，一干随行在后，十分浩荡。

离灵山寺约一里之遥，郑桃花为表对神明敬畏，便停轿步行。她手臂弯在胸前，挎着一只小花篮。她身后跟着两名信女，各挑着两只大花篮，花篮里装着各种香烛。又两三男丁挑重随后。担子里除了三牲三禽红角桃各种供品外，还有准备捐给佛堂的各种膳食。

郑桃花领着一队人马，一路招摇，婷婷袅袅，行至几里外的灵山寺庙拜佛，恰是径上风景。

郑桃花是灵山寺的恩主，每逢初二和十六，住持及一众僧人居士，都会守着时辰，在庙门外的乌桕树下，翘首迎候郑桃花一众香客。

第五章 谷雨

萍始生　鸣鸠拂其羽　戴胜降于桑

水巡队的起义和 460 师的反正，中鞍头是一个很重要的地方，出海与上山，攻击或防御，抑或逃跑逃命，中鞍头都是四通八达之地。中鞍头粗俗的繁华和快乐，是保证达濠埠作为举世闻名的渔村之精神乐土。

胡琏由北至南，一路抓来的壮丁，以及他的残兵败将，在达濠短短地驻防，士兵们滋生了故土般的眷恋，乐不思蜀了。中鞍头，是这些残兵败将在大陆最后的乡土，他们宁可不逃到台湾，就留在中鞍头。1949 年底，达濠中鞍头疯狂的最后繁华，多年以后，在依顿的小说中，我依然读出了一个王朝，以及人在将死之时，对人生快乐的绝望呼喊，以及奢华在临界时的淹没。

这种情绪，可能使林影或苦初 3 号，包括水巡队，都产生过轻敌的思想，从而放松了警惕，以至于贻误军机，造成不可挽回的损失。当然，惩处是严厉的，同样，结局也是不可挽回的。当然，这全然是我的推演。

这一点，想必苦初 3 号也考虑到了。他或她的消失，是否与此相关？

至于光，那时还没有出生。

那天确实下了很大的雨，似乎永远不想停下来。我是在大雨中回望溪东的方向的。其实，在滂沱大雨中，森林里一片昏黑，四野莫辨，我并不清楚溪东的方位。

后来母亲说，在大雨中，她看见了他的背影。这个背影很熟悉，也很亲切。他前行，向后挥动着手势示意再见。母亲说她在我多部小说里，读到有着这个手势的背影，是这个男人的背影。

没错！我写过。马灿汉和辛迪神父偶然邂逅之后，离去时的背影，就是这个样子。那天有下大雨吗？母亲很肯定："有。下了很大的雨！"

人间若有悲恸的事件发生，老天通常都会下大雨。

我只是不能肯定这一切，是怎样发生在母亲记忆里的。她总是能说出一些她并不在现场，却与我有关的细节。她不可思议的话，都有着令人吃惊的真实。

我的难产使她的记忆充满着苦难的味道。而老厝华屋百年死枢的气息，又使这种味道变得惊骇且异常诡谲。

难产和老屋，以及与老屋有关的时势所包围的一切，是难产的原因。母亲从未逃脱这个阴影。而真正的心病，是另一件事。

一次很偶然的时机，母亲说到这件事，她仅仅说了一个莫名其妙的开头，没有过程和结局。她喃喃地说，有一个人想见她，千辛万苦托人带话，让她去见他。她犹豫了几日，她不敢去。最终……

当她终于决定去见他时，她失去了时机。她再也没有机会！

那天，突然下起了大雨，在浓浓的雨幕中，她看见了那个背影。

他消失了。消失在大雨中……

那天好像是清明。皇历上写着：桐始华。田鼠化为鴽，牡丹华。虹始见。凌芳不明白其中的含义，有怎样的玄妙。只是觉得似乎有某种暗示，她心中布满歉疚。

她没有明说那个人是谁。

每年清明，外婆会踮着那双放大的小脚，从乡下到母亲工作的城里来。外婆和母亲在里屋压低着声音说话，很是神秘。外婆每回来，总是乡下有什么事。她不愿到城里来跟母亲住。宁愿跟经年多病的舅妈一起，守着光德里空荡荡的后库，她独自住在柴房里。后来农民们另起新屋，光德里作为侨房，又回到外婆手里。

这时的光德里更加空荡，几成鬼屋。常有各种莫名其妙的响动，不分昼夜，倏忽而起。说不清是人声，还是别的什么，总之令人心悸。

听舅妈说，最常听见的，是老妇人的怪笑，或是小女孩咯咯的笑声。舅父在旁插嘴：猫在叫春呢！

果然有猫在叫春。但还是有别的响动，无法说清的响动。屋子太老了，又没人住，阴气太重，鬼气是免不了的。墙脚长出的青苔，冬天枯干了，贴在墙根的石灰上，怎么看都像恶鬼的脸。

有些长期摆放陈年死柩的屋子，就更加鬼气阴森。虽然经过"打柩运动"，但民间的死柩是打不完的。野火烧不尽，春风吹又生。送去火葬场的棺材里，装着的是去皮的猪羊。躺在死柩里的，才是真的死人。

过去不说它，到了现在，更甚！几千元，买通两个火化工，万事大吉。火化工自有道行，赚死人钱，不算缺德。你知我知，天知地知，只求神鬼不知。

光德里最怕下雨。空屋落雨，雨打芭蕉。雨下得猛烈，到处都是撕裂的危险。

雨下得太久，淅淅沥沥，又太瘆人、心寒。

那几年，我还在上小学。外婆几乎年年在清明时来，总是和母亲在里屋密谈。外婆平时常来，就没有这个情况。

清明一定藏着她们之间的某个秘密。

我从未问过母亲。我知道母亲最惊怕的，就是往事。往事在她那里，非但并不如烟，她几乎就全生活在往事里。那是一块从不降温的烙铁，火红欲喷的烙铁。

外婆在清明时来，形同给母亲又送来一块烙铁。

记不清是哪一年清明，那年，全国在大炼钢铁，到处都是土垒的炼钢炉。好像所有的人，都必须到公社大食堂去吃饭。外婆来得很勤，每次都从乡下带一些吃的来。

最珍贵的是用烈酒和盐生腌的苦初，一种河湾里的小白鱼，装进细颈玻璃瓶，可以储存很久，还能治胃寒。母亲胃寒。

我听到里屋母亲啜泣的声音。外婆压低声音，一直在说着什么。她们好像在说一件发生了很久的事。她们老是提到溪东，提到外祖父马灿汉的名字。

我很盼望外婆来。小白鱼太好吃了！小小的一条，软软的，满口酒香、鱼香，有点苦，有些说不出的好味道。我小心地用牙尖咬下一点点，舍不得吞掉。就这样，牙签长短的一条小白鱼，吃了半天。忘记了母亲啜泣的事。

多年以后，我从一首蟹姬吟唱的潮汕歌谣里，才知道这种小白鱼叫苦初。鱼的内脏有饱满的胆囊，很苦，但很好吃。性辛烈，补气，治胃寒。母亲的胃病，一直靠外婆的苦初。

最好的苦初，是溪东的苦初。练江的流水，在溪东注成一湾辽阔的湿地。湿地上河汊密布，咸草和火烛如茂林修竹。江水与大海涨潮的海水汇合，淡水且咸，咸水且淡，半咸淡的水流，给生物以另一种生命。所以，溪东的苦初，和别处是不同的，不同在溪东苦初的苦味，如甘饴之苦。

仿佛溪东湿地里，隐匿着一种神秘的生命之泉，它总是能使同一物种，有极致之美。

此时，离陈公河去世，还有两年多的时间。这两年，练江流域还有许多大事发生，而县志将所记寥寥。后来送别陈公河的那场盛大的民间葬礼，当年的孩子，现在的老人，还有人依稀记得。

也就是在那时，有一次，我跟外婆去光德里，见到来访光德里垂垂老矣的陈公河，外婆让我称他太姑父。

在孩子眼里，太姑父的样子太骇人。他的脸，皱成一个有些开裂的老核桃。那根从脑后绕颈垂在前胸的长辫，细小而且焦黄，疲惫而无力地衰败着。

一棵老核桃笑起来，是什么感觉？只有老核桃自己知道。我们看到的，是老核桃开裂的样子。而退回去30年，壮年的太姑父是什么样子呢？没有人告诉我。但是，邻村汕陇郑在上海做电影拍过《定军山》的郑正秋，在回乡祭祖时，为陈公河留下了一张照片。这是陈公河此生唯一的照片。

陈公河拒绝这张照片，其理由颇可笑，西人照相，皆摄人魂魄之术。本想一把火烧了，又觉不妥。人身未去，怎可先烧了魂魄？他令家人将照片收起，藏于匣中，永久不得启用。并着人另画一张。

祖宗像从来都是真人临摹，一笔一笔画出来的，乃大画师所为。为陈秀才画像的是谁？陈公河求赐画像的乃潮汕末科进士范家驹。

范家驹是我曾祖父郭信臣挚友。范先生与祖父郭凤巢，曾于同一私塾开蒙。曾祖父、祖父的墓志铭，均为范家驹先生题撰。

《潮阳县志》记录范先生。其实，关于范先生，真实情况应该更复杂丰富得多。

范家驹，别名芝生，号蹶翁。潮阳县峡山都和平人（1881—1943），1904年登进士，授法部郎中，为潮邑末科进士。1906年因病辞官返乡疗养，1910

年病愈，随父往上海经商，时与知名人士黄遵宪、李瑞清、刘大同、朱汝珍等往来密切，更与同乡郭子彬、郭信臣等有商务来往，乡谊私交甚笃，是为密友。范先生是为潮邑有名书法家。县内现保存其笔迹多处，如潮阳和平镇桥尾大峰祖师墓的古碑亭内，有其石刻题书："万事从宽其福自厚，仁慈者寿凶暴者亡。"

范先生为陈公河画作甚工，有见过画作的武阁老描述：画像上公兄面黛多色，七窍一通双目，两耳垂肩珠滴，胸前闲庭信马，靴底驾雾腾云。乃形神在神也。

在陈公河看来，范先生功不在画作，在字。至于武阁老是赞是弹，窃并不为意。他以为武阁老言语浩渺开合，听来颇为顺耳。何况以老朽之身，得阁老一番美辞，已属不易。阁老是何等人也。同为乡试同袍，风流倜傥之辈。而鄙人，本就面目不清，范公已添色不少，何况一老朽者耳。陈公河明知阁老打趣，但此公话里是一派正色的，至于话外，无须计较。

陈公河对画像稍有不满，以为范老有意隐去长辫，以官帽蔽之，对此甚为不悦。遂把画像置起。且邀范老来叙，拐弯抹角，蜻蜓点水，欲说还休。

范老咋不明白？既不是有意所为，也确不是无意忽略。只是民国开元多时，前清声名不保，再弄一根辫子，一味耽于前朝，实属迂腐。而陈公又固执于清制衣饰，实属不伦不类。如照实临摹，龟背鸡胸，何置陈公堂堂正气？

陈公河在此地方圆百千里，是个人物，既士又侠，且捐有功名，三品补挂。连远在千里之外的上海潮州帮中，陈公河也小有名声。其书其画，也可与范公比肩。只是吝于自画而已！

除了传说中的房中术、养生秘籍了得外，陈公河擅测流年运势，十浏九中。声名遐迩。说是遐迩，一点也不夸张。潮汕本土，好此术者，无人不知。而潮汕人最多的东南亚，每有人专程而来，竟有拖家带口的老华侨，慕名而来。陈公河竟一概拒之门外。这一来反而洛阳纸贵，求之者如过江之鲫。老时代，陈公河还择大善者，或大恶者，予测字看相。到了新朝，他竟令郑桃花在大门外，显眼之处，贴上红纸黑色"破除迷信"四个大字。每字脸盆大小，那字是十足十的书法，馆阁体。开始时众人并不留意，只当笑话流传，都说陈秀才哪天不迷信，哪天"雨来噢"！除了祭祖，人们从不把秀才当回事。

大中学校的园丁郭老先生例外。他一见秀才的字，四顾无人之时，即不动声色，揭起便走，干净利索。几日，秀才又贴出，又让人揭走。

郑桃花大怒，当街喊骂。治保主任"无影迹"（绰号。贬义，无谱）是昔日秀才家的长工，翻身解放仍念旧日主仆情怀，更是羡渴桃花好人品，好美色。便暗中埋伏窥测，所谓侦察敌情，终于逮住一人，竟是自家小儿陈新年。小儿正读初小三年级，未届十岁，人事不知。

本想借此献媚桃花，趁机嗅嗅桃花味道也好。岂知人犯竟是自家小儿，一时犯难，不知如何是好！

岂止有人现状，消息早到了桃花那儿。揭去字纸事，桃花本不在意，心想反正秀才终日无事，再写就是。只是张贴太烦。煮浆糊费事，还损失粮食。

潮汕人不吃面食，弄点面粉不易。每次贴纸，秀才还要亲自监工。墙很高，高挑的桃花也贴得很辛苦。偏偏秀才还很顶真，指点半天，还不遂意，烦得桃花要去跳楼。

秀才并不着急，任是桃花急得跳脚，他老人家不乱、不恼，气定神闲，无事一般。只管自说自话。雕龙的手杖在空无中指点江山，喉咙里还有口咳不出的痰。秀才小辫低垂，却脑袋高昂。那条斑竹烟杆，却安静地含在双唇之间，像悬崖斜伸的乱竹。

治保主任无影迹存心帮忙，凑上去扶这拽那，反弄得桃花手忙脚乱。桃花有些警惕治保，存心耍他。她心知肚明，这个人称"无影迹"的古时长工，早就对她垂涎三分。未解放时，哪有他近前的份！男长工连后库都不能随时进入，何况有女眷的偏院。那时桃花自知有双远远的眼睛在窥视，无处不在。她便故意更妖娆一些，多扭几下腰肢，反正又不蚀本，权当舒身活血。而已而已。

以治安保护为借口，无影迹常常在静园神出鬼没。在治保眼中，静园这一带的阶级斗争新动向，总是比较多。五类分子聚居的地方嘛！在无影迹看来，秀才在世时，敌情还没那么多，秀才仙逝了，桃花成了寡妇，敌情就自然多了起来。

50出头的寡妇桃花，在鳏夫无影迹看来，比潮剧《桃花过渡》里的桃花，要雅上百倍。桃花是公认的妖娆，秀才未死时呢，桃花的妖娆是雅姿娘，过雅过雅。秀才死了，桃花虽已半老徐娘，但那样相！唉！无影迹在光棍堆里，忍不住时时喟叹。似乎不做点什么，就对不住桃花的妖娆，为桃花雅艳的白白空置，大鸣不平！

一个女人的妖娆，妖娆便为祸害。桃花的闲话，自然在腥风里，飘得很远。无影迹说："桃花，电影里的女特务一样，雅到让人害怕。"

无影迹是有美德的，他是长工出身的治保主任，虽落个不太雅的花名，但还是一个没太多劣迹的好干部。起码，作为溪东四乡（含溪南溪西溪北）鳏夫的代表性人物，其光棍历史并无具体作奸犯科的记录，这是很可贵的。偶尔"妻哥"（色迷迷）一二，也很好理解。不过，也就是死瞪住某个部位，或借机磨蹭体贴尔尔，起码不敢霸王硬上弓。

他总是在桃花出现的地方及时出现。所以，桃花很可能是溪东四乡，唯一敢走夜路且不心惊的女人。不是她胆"辣辣青"（胆大），而是她自知有人保护。无影迹这一绰号，是桃花与闺蜜闲话治保时无意说出的，便成了治保的花名。

治保的大名叫陈景章，章与长同音，有叫成陈警长的。自桃花说出无影迹之后，世间再无陈景章或陈警长了。

无影迹抓贼不成，反抓出自家小儿。多事者捷足先登，报与桃花。桃花胸有成竹，坐等无影迹前来解释。

大中学校园丁郭老先生，旧时是大中校长，更早是国华银行董事长。郭老郭豫瑶，是郭信臣五子。郭信臣夫人郭连淑发，15 岁嫁与信臣，未满 60 岁时过身。40 多年里，郭老夫人为郭氏诞下十五个男丁、一个女丁，在民国传为佳话，登上过《申报》。上吉尼斯也未尝不可。

豫瑶先生亦为陈秀才老友，铜钵盂与溪东四乡，在地理上，本就顺着练江流向，形踞东西南北中，缠作一团。五地声气皆同，又喜世代联姻，故五乡人口，积九代繁衍、传承，均不出五服。见面不是同姓本家，便是姑表姨表。旧时晋科中举之功名，最为人敬重。

陈秀才十年寒窗，更得一手好字，尤是馆阁体，庄严珍重，四平八稳，如四点金，如驷马拖车。既有下山虎之雄悍，又有百鸟朝凤的威仪。

在豫瑶先生看来，馆阁体之高下，迹人品胸怀之格局格致也。陈秀才公河的馆阁，正追潮汕老厝之千年传衍，乃绝世之色象、之气概。

那日，范家驹在豫瑶座上，说起陈公河早年递潮阳县令为本乡节妇请行旌表的奏文时，评语是：陈公秀才之字，圆厚华润，安静深穆。而其公文论略，又何其高标论略。

豫瑶更以潮汕老厝之启，喻秀才馆阁之象。家驹大为赞赏。自然有人把话传给陈公河。陈公河却不买账，口上敷衍，心中却不以为然。自15岁乡试中举，争得个秀才，之后屡试屡败，至科举崩废。几十年间，白了少年头，却仍是个秀才。秀才之老，傲气自存，然羞于人前。

在陈公河眼里，此范公谁也？乃一后学耳！竟于22之虚龄中举人，24岁登末科进士，开了潮汕文才之先河。陈公河老朽，不能不佩服毕至！范公毕竟官至法部郎中，且年轻势盛，如日中天之时，却又绝意仕途，以病辞官，下野乡间，不可思议然为人敬服。陈公河自惭形秽矣！只能以万事从宽，其福自厚，求其心安。

解放后，豫瑶好不容易在自家先祖创办的大中学校，谋了份园丁的工作。园丁是神父辛迪的说法，当地人叫"种花的"。

老革命出身的校长，是南下部队下来的文化教员余延年，清楚豫瑶的出身，十分恭敬地称他为工友。

工友郭豫瑶，每天早出晚归，负责种花除草，兼做敲钟工。这位曾经做过国民政府四大银行之一国华银行董事长的豫瑶先生，现在是一名最称职的敲钟工和花匠。这还是他辛苦谋来的美差。当年在上海，他和主管金融的顾维钧，是可称兄道弟的同袍与朋友。

童年时，我见过这位至亲祖叔。一个苍白苍老常眯眼微笑的清瘦老人。现在想来，他就是一位在英国伦敦海德公园散步的普通老人。他活了很久。我已近中年时，他好像仍在世。他算是一位收藏家，专收一些没有人要彼时并不值钱的东西。我看过他的藏品，包括那一沓红纸黑字"破除迷信"的纸片，陈秀才的手书真迹。

在那些年里，大中学校的钟声，和海关钟楼的钟声同时响起，日日如此，不差分毫。似乎无人注意到这一点，只有余延年心中明白。多年之后，余延年弥留之际，他亲口而言，十分叹息，在位时，没能更好照顾这位先生。

无影迹从自家小儿追根到豫瑶先生，弄清小儿所为，全系豫公唆教。作为酬谢，豫公教给小儿剪贴各种纸船。这是豫公手艺之一。豫公亲自揭了两张，余下几张，全是小儿所揭。无影迹当场缴获揭纸的小竹竿。

无影迹向桃花邀功，本想桃花会给个笑脸，灿烂一下。谁想桃花并不给脸，冷冷地：谁让你多事！豫公是你这种人能得失（得罪）的么？"砰"的一声，把无影迹关在大门外。

把无影迹气得生痛：这雅姿娘也太恶作了！生得雅，连农会干部也不放在眼里了么？

无影迹讨个没趣，可也不怎么恼。他刚才与桃花挨得近，桃花身上的香粉味，头发里的刨花椰油味，令他心潮暗涌，差点不能自已。骂归骂，讲古话本里不是说，打是疼骂是爱么！为桃花做事，大小都值，很是趣味。无影迹想得开！心想陈瘸子，老不死，哪天就老了（死了）。娶个老桃花也不错！无影迹的目标，就是咒陈瘸子早点死！

无影迹一点也不懊丧。他心想，哪天找个阶级斗争新动向，把桃花传去农会治保室，对她斗争斗争，教育教育，提高提高，顺便也赏识赏识，也很过瘾，受用一下！他想得美美的。

他只是不明白，豫公要陈瘸子那几张纸干什么？用得着让小儿去揭来揭去么？

没过几年，陈公河死了。天下难寻公河真迹。其实，豫瑶先生收藏的那几张真迹，是陈公河最后的作品，也是全天下字体最大的连字帖。丈八宣纸涂红，背纸还有"松竹斋"御纸字样，是荣宝斋前身松竹斋南纸店的出品，一百多年前的纸品。起码购于同治元年，是陈公河出生时陈家秘藏。已丑年事变，农民兄弟只收浮财，不喜字纸，故得以存世无扰。

豫瑶先生去世时，祖叔家徒四壁，儿女散于国外，公河真迹尚在，此乃后话。

第六章　立夏

蝼蝈鸣　蚯蚓出　王瓜生

有些时候，想起破落已久面目全非的中鞍头，我颇为伤感。旧时的寮居和摇晃却坚固的栈桥，已经没有了，三桅船、包帆船和舢板，也泊到别的港口。偶尔有从台湾来避风的机帆船，也仅泊在离海岸很远的海面上，时有载人的小驳船从海上驶过来，很孤单。不禁会让人想起当年，那些在大船小船间摇橹穿行的小舢板，摇舢板的雅姿娘，寮居里的渔姑。

我忽然就有了无端的遐想，苦初3号，或许就是摇橹渔姑中的一个？她鬓发上的翡翠和珊瑚，碧绿与嫣红的步摇，和着桨橹、船舷和海水的波动，在大船和栈桥之间轻灵游动，令人顿觉接送情报的危险，亦是一种美艳的浪漫。危险中的美丽，令人垂涎！登徒子也不过如此。

谍战剧的习惯性思维，突出血腥和暴力，烙铁和老虎凳，还有辣椒水，那是弱智编剧的三板斧。中鞍头的谍战，应是雅姿娘粗朴的妩媚。现代审美叫小蛮腰或女体想象。

苦初3号，也许是一个回眸浅笑的雅姿娘，能令对面拿枪的手，永远扣不动扳机。

那么，光呢？

南方的夏天，早在立夏之前的四月就开始了。练江河口，广袤的海边湿地，前几日还在暮春，还是"门外无人问落花，绿阴冉冉遍天涯"。才几日，湿地上露出收干的土丘，似乎听得见隐匿了一个冬天的初雷，在地底下蠢蠢欲动的暗响。

很奇怪，我一直顽固地以为，初雷和电闪，一定不是来自天空，而是在黑暗的地底。否则，它们如何有劈击虚空的能量？只有在地底经年的压迫和挤拥，方有巨力产生。蝼蝈鸣，蚯蚓出，王瓜生。它们从黑寂的地底，如初雷般，不平则鸣，一飞冲天！

谷雨时分，骤生的暑气在溪东的青石板路上，在正午的阳光下，已有了烤人的热气。立夏时节，在海边的丘陵上，一夜间把碧绿的青草，烤出了些许焦黄的卷边。早晨依然凉凉的海风里，居然有了丝丝烧灼的倦意。大海偶尔会在白天疲惫地歇息，像人在午后打盹似的。

阿雅的出嫁和多年以后陈公河的出殡，不可同日而语。相距30多年的岁月，一切已经天翻地覆，旧日的时间，已无从辨认。方生的阿雅在出嫁那一天，正在一步一步地走向辉煌的死地。而30年后的陈公河，却舒适地蜷缩在箩筐里，在鼓钹声齐天的裹挟中，走向方生。看似凄恻，实则欢天喜地。他以自己的方式，在一只竹编的箩筐中，结束了百年的哀怜。

一个是只读过几年私塾的雅姿娘，潮汕小女子阿雅；一个是饱读诗书，寒窗百年的前清秀才，而他们的人生接力，竟如此相似。已死与方生，全在鼓乐齐天的欢喜中。

那时候，汕头小公园依然熙熙攘攘，而当年商贾如鲫的爱华街，已经人去楼空。爱华街九号也已改换门庭。透过落地窗棂，穿过客厅，直射小公园楼房的那缕夕照，也被横空出世的伟大标语，永远地遮挡了。

那一日，夕阳依旧，马凌芳刚好走过那个窗口。曾经熟悉的爱华街，变得有些生疏。有些东西不在了，连痕迹也没有留下，干净得没法回忆。

时有警惕的目光，投在马凌芳的脸上、身上，每一寸地方。那目光像猎犬，令人发怵。她习惯性地对那目光微笑，然后转身走开，留下一个背影，给那目光一个莫名的错愕。

微笑和忘记是一件最好的事。马凌芳忽然就记起了神父辛迪的话。也是这样的夕照，以及接踵而至的黄昏。在圣约翰大学的教堂里，神父辛迪开讲《出埃及记》。那是一场没有微笑和忘记的远征。可神父的主题，恰恰是微笑和忘记。马凌芳记得，在讲述葡萄园的时候，神父辛迪是在略带鼻音的哽咽中，完成了对那场战争的某个细节的描述的。人间的所有争端，其实，都在对一个葡萄园的抢夺中。

那时，马凌芳还是个未出阁的女孩。闺中的女孩有太多的微笑，而几乎没有丝毫的忘记。她正在葡萄园中享受甘饴。

而此时，她已是一个生养了五男二女的母亲，一个 36 岁依然年轻的女子。辛迪神父也已远走英伦。一切记忆正在一点一点地消失。

只是阿雅。

凌芳能从别人的婚礼中，去想象阿雅的婚礼，却无从去感受阿雅彼时的心情。多年以来，历经许多的婚礼，每一次，她都会想起阿雅，想起和阿雅在一起的日子，想起扶着绣轿的小窗，探头看人的阿雅……

凌芳没有忘记，自己辜负了神父辛迪的教导。对不起，神父！她在心里说。

凌芳是见过那具血污的身体的。尤其是她那饱饱的胸部轮廓，还在起伏。那张像阮玲玉一样的脸，虽然被枪刺划开一道血痕，却好像泛有笑意。

凌芳不敢保证，她就是阿雅。如果没有那身军装，也许能认出来？她斜靠在山丘的土坎上，手里有枪，钢盔歪在一边……

说不好是别人的描述，是梦，还是身临其境，反正，凌芳没有忘记，无法忘记。

多年的追寻，并没有在那一天结束。凌芳并不相信这一切。正如她总是看见雨，听见雨声，雨从未停歇，总在雨打芭蕉。

凌芳记得，她和阿雅，躲在绣轿里，笑说大人们的十里红妆。那些好笑的憧憬，那般娇羞的言语，令人耳热心跳的想象，至今没能忘怀……

暴风雨横扫湿地的时候，海啸中的龟头海，巨大的海浪，淹没了附近的田洋。大片大片的海涂，让暴雨抽打得血肉横飞。蛰伏在黑色海泥里的七星跳鱼，在风雨中兴奋地跳跃，向着天空，直竖起滑溜溜的身体，狂热地高叫着。暴风轰隆隆的呼啸声，逆风横雨划过礁石，像旋过金属的尖锐哨音，也遮盖不住跳鱼吱吱的欢叫。

文蛤用它的硬壳，把暴风雨挑拨得团团转，雨的绳索，无情地甩在它身上，却灰溜溜，十分无奈地跌进泥水里。蛏子很可怜，纤细如手指般长短的身体，躺在两片薄薄的贝叶里，经不住大雨的抽打，瞬间肉壳分离。这些无血无骨的生物，逃避与妥协，是它们避过乱世的最好选择。

练江是一条古老的河流。它的出海口有一个形胜的名字：龟头海。顾名思义，一片形状如神龟头颅的宽狭水域。它是江流泻出大海的最后停泊地。江水继续向前，便是海门。海之门，自然也是练江的门户。练江为最后的离去，为练江的儿女，留下了一片广袤的水面，连同环绕四周的湿地。

海门再无障碍，直面太平洋，直接地惊涛拍岸，肆无忌惮地骇浪冲天。海岸就在海沟之上，山一样的波涌，毫无犹疑就冲上悬崖。世代相传的望夫崖，一年四季，有大半时日，都与海流共拥。

海门之险，直逼练江，而龟头海，正好以退守和收藏，环侍着在匆忙中焦急的江流，并以终年黄花绿柳、万紫千红的春夏秋冬，用温婉妩媚，去降龙伏虎。

龟头海外，常年惊涛连天，风呼海啸；龟头海里，却湾流轻舟。先生照常正襟危坐，暖风细雨，饮酒煮茶，细嚼慢啖，凤眼鲑，杂咸料，醉沉阿堵中。

暴风雨还在继续。几块硕大的鲸骨化石，从深深的海沟泛起，被海潮硬生生地推进湿地，在成片海草的簇拥中，倚在湿地长满水烛与咸草的边缘。黑色波浪泛起的白色浪涌上，漂浮着几片乳黄色的东西。那是千年一遇的龙涎香，潮汕人叫浮石，是抹香鲸的肠道排泄物造化而成。

这种传说中的神物，在我童年的海边，并不难寻觅。在有海流漩涡的地方，随处可见。很多时候，你无意中看见它，它就在那儿，你只是匆匆的过客，毫不在意。奇怪的是，多年以后，也许在无意中，再次遇见，似曾相识。令人惊讶的是，多年前它就在那里，多年后它还在那里，没有任何变化，变化的是你。你以为你可以忘记一切。不是！没有忘记。忘记是暂时的。

当龟头海又一次大雨滂沱，母亲马凌芳还沉浸在回想阿雅的归去来兮时，我接到学生的电话。

那场大雨发生在 50 年前，而一切似乎在 50 年后。而我的电话，应该是在这之前或之后呢？

我十分惶惑。

学生说好像得了一种病，持续地头疼，全身彻骨地酸痛。精密地医检。

结论是：没有病。他几乎绝望，一切却在持续，眼睛似要失明，不能阅读，无法思考……是病，他坚信有病。

我不是医生，母亲是医学院的毕业生，在 40 年代的上海。我请教她。她说，微笑和忘记！

对。我有些疑惑。但是，依母亲说的，我和学生谈了约一个小时。

深夜，接到他的短信：

老师，真的非常非常感谢您！您今天提的这个"微笑和忘记"的办法，我从来没尝试过，因为我觉得病痛在身上怎么忘得掉？于是每天都在想解决办法，也许"记住"真的是个毒素，但我从来没发觉。真的应该早点和您交流，我觉得现在都轻松了好多，可能是心情得到了理解，长期的压抑也得以舒缓，我回忆了一下我最大的心结可能在于一直以来不被人真正理解，医生、亲人。我自己也想不通为什么要承受这一切，但我今天明白了。"记住"就是一种力量，自责就是魔障，佛说，凡所有相皆是虚妄，但我却被苦难吸引而且不可自拔，但我也很无奈。我控制不了的事也很多，也不知道人生怎么就会走到这一步。被理解这种情感太奢侈了，在这个不可抗拒的过程中，我太执着于希望有人理解了。

我暂时如释重负。微笑和忘记，果真如此灵验！我并不是神父啊。想了一会儿，怕他焦虑，我给他回了短信：

自己的园地应该是分享的花园。丢掉和忘记使自己难过的东西。我们自己不过是天地的一缕阳光，照在自身同时也照在别人。一起相遇又同时别过，快乐与平静自然诞生。倾诉与聆听同样使人心怀开阔，愉快非凡。身体沐浴在快乐的交往中，尘埃也是明亮的。忘掉一切不快，相信自己是最美好、最善良同时最有力量改变一切的。好了，愉悦入睡，当下将成为过去。

这一个夜晚，我和母亲的交谈，应该是在空冥中。她去世半年多了。而那场大雨，是在半个多世纪之前。此刻，我也不在龟头海。

但我能感受到那场暴风雨，以及一些雨和人的细节。我和那场雨，雨里的人，和母亲之间的时间空间。这一切，错综在半个多世纪之中。

我何止惶惑？简直在错乱之中，似于扶乩之中。

第七章 小满

苦菜秀 靡草死 麦秋至

林同志见我的寻找久久没有结果，有些着急。我说："寻找，远比寻找得到要快乐！我必须好好享受这种快乐。"

林同志的学术研究可以暂时见鬼去！其实，当下的某些研究，纯粹狗屁不通，花样而已。我早已告别那些沽名钓誉的研究。

苦初3号和光，这些活在过去，活在故事中，却死在真实中的人，多少能使当下的生存有些许希望。起码让人期望和他们一样活过，笑过，自由地摇曳自己的美丽。即便古旧，即便粗朴，但是纯真。为自由而活。

苦初3号就在近处，我嗅到了她的味道。而光，正在向我走来，有些蹒跚。

大雨时来时停，田洋时涝时干。几天大雨，把在立夏栽种，至小满已开始返绿的稻秧，抽打成残花败柳，狼狈不堪。田洋满目狼藉。

开杂咸店的老板李纯洁，是个外省人，附近的大婶大姐叫不准他的名字，干脆称"北头人"。他不会说潮汕话。在潮汕人看来，潮汕以外的人，全是北方人。至于他是哪里人，没人会去追究。

半夜，他被雨吵醒，觉得有哪儿不对，从门缝看出去，晃动的街灯，照出街上都是水，门口摆货的雨棚被风雨割走了，风雨直接从门缝钻进来。

李纯洁是从西部一路逃到潮汕来的。潮汕不是他的目的地，却成了他的停泊地。一个学地球物理的，却做起了潮汕咸料。

说起李纯洁，此人故事太多，叙述起来还复杂。此时大雨正酣，还无暇细说李纯洁其人。

李纯洁的杂咸店是一间十几平方米的棚屋。李纯洁租了溪东一座老屋后库的库房，临街搭了棚屋，白天把货柜摆出来，晚上收拾回屋里，或遮上彩条布，就权当打烊了。

杂咸铺在溪东，后库库房是陈公河老宅"藏书楼"的库房之一。当然，已经很少有人知道这些陈年旧事。那个年代的人，死得差不多了。物是人非。

李纯洁一门心思做杂咸。

做杂咸，或说做咸料更准确。在潮汕，这是一门很奇特的手艺。做杂咸料理的手艺人，堪称潮汕第一等艺人。他们做的是下里巴人的营生，不入眼，但还是受人敬重的。他们自有法度，自有说法。卖得好，赚得多，呐刹活（劳作脏苦），宽活叹（赚得干净）。谁家咸料做得好吃，人品又干净，谁就受人敬重。李纯洁来溪东二十多年了，娶了陈公河家族的后人，雅姿娘陈新秀。新是辈序，秀是她长得雅。李纯洁话少，似满腹心事。他刚来溪东时，在文胸厂打工，那时，年纪还轻，就像个小老头，现在四十几岁了，和潮汕老农无异。

他和陈新秀生了四个儿女，其中三个女儿，最后硬是拼出个儿子才罢休。为此被罚款，罚去了半生积蓄。按李纯洁的牢骚，至少罚去一千瓮咸菜，十辆大卡车都装不完。陈新秀却不无自豪！千瓮咸菜有什么用？三个千金，一个万金，是多少钱？李纯洁无话。他从来都听妻子的。是同在文胸厂的新秀，在五六个北头人中，把他给拣出来，娶了去。实际是倒插门。但新秀很大度。女儿都姓李，儿子姓陈。三比一，很公平，李家还占了便宜。这是陈新秀的说法。李纯洁无语。整个溪东，不，是练江五乡，全是陈新秀的亲戚，五服之内算上，那就遍布整个潮汕。

陈新秀的枕边风，内容之一，就是吹风陈公河家族，人丁兴旺，排起队来，势如破竹……她说起铜钵盂姑父郭豫瑶一门，亲兄弟十五人，再加姐妹两人，全是一母所生。几代下来，占去半个村庄。

陈新秀连生三个女儿，李纯洁有些急，不想再要了。他用物理公式算给新秀看，到第八个都会是女儿。他劝她别再生了，断了生儿子的念想吧。陈新秀也不恼，只是轻描淡写地说，生孩子是女人的事，你只管做好咸料，赚多多钱，盖多多屋，最好盖个祠堂，就好了。生十个八个，都不关你事。

李纯洁想想也是，总得有个香火，终归要回甘肃，没个男丁，也招人笑话。他在心里给未来的儿子，起了两个名，一个姓李，一个姓陈。一个是甘肃的李家辈序，一个是潮汕的陈家辈序。

他做的咸料好，名气越来越大，尤其是苦初计做得最好。人们忘记他是北头人，都叫他苦初李。陈新秀也四十出头了，人们把她当苦初西施。更年轻的，叫她苦初婶。起初，陈新秀觉得难听，苦初是条小鱼，有什么好？李纯洁无奈地说，我是苦初李，你不叫苦初婶，叫什么？何况，能做广告呢！他有意无意地说，苦初卖得好，苦初也少了。每罐我提了两块钱呢！

苦初婶急了，正色道："李苦初，你勿四散来（乱来）！做街上（街坊）生意，不能这样的。知么！"

就这样，学地球物理的李纯洁，在溪东雅姿娘陈新秀的教示（调教）下，慢慢变成了一个地地道道的潮汕杂咸佬。只是他有时会想着吃碗油泼面。

正想着，苦初婶给他做了一碗油泼面，潮汕款的，没有那么辣，微咸，有香得掉牙的"葱珠油"（用小葱炸的油），还外加一碗水泡老香橼，说是冲掉油气热气。李纯洁从没吃过这么地道又这么香的油泼面！老家平凉也不会有。他很满足。心想，陈新秀人真的很好，潮汕真的很好！他乐不思蜀了。

有时，夜深人静，李纯洁惦记着腌制期中的各种杂咸，睡不着，他翻来覆去。看着酣睡中的新秀，他会想得很多，想起平凉的田野、古井和古战场上古人的骨殖。他会情不自禁，轻抚睡在旁边这个女人裸露的后背，眼睛有些湿，心里有点痛。想着，想着，居然想着这个女人的先祖，传说中的前清秀才陈公河，是个什么样的人呢？

在潮汕，大凡物食，都讲究出处，某地出产，某人制作，或某某行号，是不是家传，都很重要。连青菜果蔬，都要冠以地名人名，有出处就是正货，是品质。如普宁豆酱，地都冬菜，揭阳菜脯，山浦酥糖，东湖西瓜，达濠鱼丸……不一而足。

抽纱、雕花、潮绣等巧夺天工的精工细活，与咸料艺术相比，是技艺，可师承。而腌制，也是技艺，更是心得所由，难以师传，因人而异。一粒凤眼鲑，百人腌出百样味。咸菜、料叫、青橄榄、黑橄榄、小鱼小虾，人间百菜百物，无不入咸料之目，常物一经咸料，身价无限。

在陈公河的时代，藏书楼是和陈宅后库相连相通的。藏书楼面对田洋，田洋连着无边的湿地。从湿地望去，藏书楼很是雄伟，特别是在秋天的傍晚，平原上地净人空，辽阔的湿地上一片金灿灿的秋色，远远近近的村舍，袅袅的炊烟和夕阳一起，织成毛茸茸的金光，投射在高高的藏书楼上。它像一位孤独但是睿智的老人，在夕阳中眺望田洋与湿地，眺望遥远的海。当然，这样的景象，连同藏书楼一起，像那个时代的落日一样，永远地消失了，后人再难遇见。

李纯洁当然不知道这些。他并不关心溪东的历史，更没有去想过，一百年前，至少是在自己走进溪东之前，溪东发生过什么事；这一条街，之前有什么人走过；自己租住的有百多年历史的库房，真正的主人是谁；曾经住过什么人，发生过什么事；没有，没有叩问。不单外省人李纯洁没有叩问，恐怕连本土本生的年轻人，也懒得去追溯。李纯洁绝对想不到，他的咸料铺，竟然和百多年前鼎鼎有名的藏书楼有所关联。

有一个关于藏书楼的秘密，至今无人留意。这个秘密，三百多年来，都是单传的。传到陈公河这一代，陈公河审时度势，自觉传无可传。他在临终之时，把这个秘密，以隐晦的密语，写在遗书上。他不想让郑桃花由此招难。而仅粗通文墨的郑桃花，并未在意。她把遗书，放进陈公河神主牌位的夹层中……

这个密约的机关，也许就在咸料铺——昔日的库房，或在废墟和丛林之中。

李纯洁的咸料铺，就躲在消失已久的藏书楼一角。藏书楼在己丑年，被烧成一片废墟，慢慢地，废墟长满杂树，再后来，长成了一片丛林。藏书楼本来就有传说，加上废墟和丛林，传说就有了鬼神的故事。

练江五乡的田洋全在水中，五个村庄像汪洋里的五座小岛，浮在大海之上。铜钵盂地势最高，是个鼎地，它像一口倒扣的铁锅，像汪洋上巨大的独眼，注视着田洋。一片鳞次栉比的灰色屋顶和灰蒙的天空连成一片，如一座浮沉着的远古的城。

铜钵盂有很好的排水系统。每座老屋里面都有通向天井的暗渠，暗渠连接着每条街巷墙脚的明渠，明渠上铺有镂空的石盖，汉白玉石盖上雕有宝相花样。

这些汉白玉石盖，有八百多年的历史。而今，明渠堵了，大量精美的石盖，似乎一夜之间不翼而飞，了无踪影。它们历经八百多年，也许因为是地沟石盖的缘故，太过平常，以至于人们忽略了它们的存在。它们曾经洁白纯粹而来，却在漫漫的时光中，落寞而去，悄无人知。

铜钵盂建寨八百多年，从来没有水患。这天清晨，郭信臣一觉醒来，见大雨稍弱，便撑起雨伞，独自上仁记巷去。

铜钵盂郭氏自18世纪以来，专做土行，兼营侨批，少事农耕。把生意做到东南亚和上海，铜钵盂也渐成一座消费的城市，人称小上海。大量的年轻人出洋留学，谋生。祖上传下来的土地，大多租与做不了土行的族人，族人从收成中上交少量谷物，作为租金，给了善堂，以灾年赈灾之用。郭信臣家族，到18世纪，已无大量土地。重建仁记巷时，须花重金购买土地。

到了19世纪中叶，铜钵盂的生意大多在上海，专营土行银庄，富堪敌国，为将要到来的"洋务运动"做足了财富上的准备。

郭氏家族和盛宣怀、张謇合伙做招商局、火轮公司、丝绸织造、火笼碾米、金银铺等。再早一些时候，资助曾国藩军费。后来又辅助复旦、圣约翰和浙江大学办学等等。这个家族，百余年间，在风雨飘摇的中国沉浮。铜钵盂习惯于风雨行舟，逆势而为，屡战屡勇，且足智多谋，俨然承袭先祖郭子仪的风范。这是郭信臣心底的桀骜之源。

从不积水的仁记巷，此时有浅浅的水流泻过，水是浑黄的。练江上游也在下雨，山洪暴发了？今年会有大旱，牵连晚造和冬种，农耕流年势头不好。钱庄反而会有暂时的好收成，侨批会大量流入，钱庄也随之水涨船高。但归根到底，农民农事歉收，最终还是一损俱损。

郭信臣放眼望去，正对着巷口的是远处的教堂和碉楼。风从巷口灌进来，冷飕飕的，他不由得打了冷战。天下起微雨，他撑开雨伞，走出仁记巷。棺材铺那边围着许多人，吵吵闹闹的。郭信臣走近前去，有人见是鉴四爷，连忙大声高喊："四爷来了！"众人纷纷退让，为四爷分出路来。

四爷双手作揖："多谢多谢！"近前一看，见一妇人怀里一个，背上一个，手里还牵着两个，几个十岁不到的孩子，每个相差不到一两岁。妇人很年轻，也就二十五六吧，眉清目秀的，衣衫颇齐整，孩子也个个出落得清正干净，不像逃荒的样子，倒像是从大户人家逃出来的落魄人。信臣心里生疑惑：年年都有从北头逃荒来的，大多是三五成群，结队而来，少有拖儿带女的。过了青黄不接饥荒时期，最多三几个月就回去了。逃荒的从安徽江西来的居多，听口音，这女子像是福建诏安潮州饶平那边人氏！

郭信臣问明事由，原来是卖女儿的。信臣目光梭巡，这才发现，那个十岁左右的女孩，头发上插了草标。那女孩长得秀气标致，五官清雅，煞是趣味（秀雅可爱）。

信臣也不多言，请众人散了，随手拔去女孩头上草标，扔了。他拉手女孩，招呼妇人随后。秀才六也在一旁，心想，这郭大圣人，又要助乐乐人了。

过了仁记巷，入了"汾阳世家"大门。妇人一路跟着，十步三回头，频频回顾。信臣停下脚步，心生诧异，这妇人有什么事？秀才六凑上前来，四爷目光顺着秀才六指引，只见墙脚下弓着腰站着一男人，样子委顿衰靡，头上扣着顶毡帽，看不清脸。信臣对早已恭迎门旁的管家老叔说："请过来吧！"

信臣坐定。让家人带几个孩子去洗洗吃饭。妇人低头站在一边，男人立在天井里，不知所措。

"两位请坐！"信臣发话。妇人看了那男人一眼，怯生生坐下。那男人冲上来，扑到信臣面前，扑通跪下，连磕三个响头！连声大叫："多谢多谢！多谢恩人收留！"说着头也不抬，转身蹿出门外，不见人影。

郭信臣在江湖行走多年，奇形怪状之人事见过无数，却从未见过此等没头没脑的事。

此事从一开始就不合情理。

信臣连忙差人去找那男人，务必将男人找回。否则这算什么事？该不是拐人妻儿吧？

他越想越觉得蹊跷。本想先问妇人究竟，但见那妇人一个劲地暗自啜泣，便着夫人郭连淑发，让妇人先去梳洗歇息，把一家人先安顿好，待找回那男人再一并问询。

小满之后，芒种之前，稻穗开始扬花。至灌浆饱满，尚未成熟结实的稻子，既忌大风大雨，更畏田土干涝。此时田里若蓄不满水，田坎干裂，或遇大风大雨，水涝不退，对颗粒正于小满，待及大满的稻穗，是致命的。

陈公河望着天井，大雨打在石阶上，水花四处喷溅，他心中愁肠百结。大雨再下几日，田里刚结穗的水稻就全沤烂了。青黄不接的日子不好过！租子收不上来，靠吃陈粮，赈灾无路，饿殍遂起之时，乡里难有安宁。待到盗贼四出，形势就不可收拾。

三四天来，他一直枯坐在他那张加了轮子的太师椅上，目光呆滞。他早已习惯了连日雨天的枯燥，讨厌这没完没了的大雨，以及天井上空风吹屋瓦鬼叫般的呼啸。陈公河近乎绝望地死盯着眼前的一切。俄而，叫来几家租户问计。

大水年年有，并不是大事，但这几年很反常，似乎一年比一年严重。最主要的是，有天裂的破象，似是乱局。

往年大水来去有度，急来缓走，田地及时收干。吸饱了水分，将熟未熟的谷粒，靠着大水沉积而至的养分，滋养成熟，等待秋收。

连日大雨，藏书楼部分厢房年久失修。经不起这么长时间的大雨侵蚀。陈公河这几日忧心着大雨，却忽略了藏书楼的危殆，已经有半个月没去藏书楼了。这日，他忽然想起，便唤桃花，让她着人去看看。他忽又叫住桃花：还是我胶已（自己）去行行（走走）吧！桃花略显为难，看着天井里雨泼得急，一时没了主意。陈公河固执地说：让阿七卡（跟）吾去！说着，便用身子挪动太师椅。太师椅的轮子，在红砖地上笨重地碾动。桃花无便（无奈），只好随他。

阿七叫来轿子，把陈公河背进轿子里。

其实，藏书楼紧连后库，也就几十步远。阿七宁愿背着陈老太爷去藏书楼，还可为老爷省了半块银元。到外面叫来两个轿夫，一动轿就取半块银元，阿七叹惜半块银元，在乡下可买两石粗粟呢。可陈公河最忌让人背着，尤其不让人碰他身体，更不想让人看到他骑在阿七背上，成何体统！

藏书楼是一座二进天井的驷马拖车。建于万历年间，是秀才高祖进士陈元亨所建。有三百多年历史。

藏书楼的山墙，是用煮熟的糯米加三合土擂垒而成，每堵墙有半米厚；石柱是从福建云霄山运来的大青岩石雕琢而成；十三米长，一米多高的庭前石阶，是一块百吨以上的整石，取之桑浦山脊；所有的圆磴和壁石、条石全部来自鸡鸣山下的石窟；大门前的石鼓，来自大南山一个叫终南的山坳；后花园的石牛石马，亦有出处，是灵山九代祖传的能工马淳所琢……庭内各物，无一无出处，连飞檐、斗拱、雕栏、隔扇及楹联，均出自名工名匠，有名有姓。更有书横门匾"人文化成"，是为万历皇帝所赐；而后匾则为首辅张居正题撰。此两匾是为陈氏家族之祖宗荣耀。至清朝，至民国均无风险，三百余年，安然无恙。藏书楼每个产出，都有说法寓意：云霄腾云，桑浦桑梓，鸡鸣起舞……都与读书有关。

风雨中过了三百多年，内中藏书达 20 万册之多，子曰诗云，唐宋孤本，廿四史，四库全书，应有尽有，而各朝名画名作，不可胜数，尤以宋画为多。到了陈公河这一代，连看都看不过来。

自出生至 15 岁乡试，陈公河都是在藏书楼度过的，由祖父陈仰贤执教。所学教条，均出于潮汕文人古训：诗词歌赋文，琴棋书画拳，山医命卜算。共 15 科。另外五科：嫖赌酒茶晕（烟），不在此案。

此前陈公河半瘫，尚能缓慢行走，有阿七搀着，他来得勤，两日来一课，读书写字画画。后来行走实在不便，三五日来一回。近日大雨，有些日子不来了，藏书楼有些湿气。阿七连忙四处点上艾香，又特别往大香炉里烧了几炷大香，每炷有七八尺长。藏书楼顿时有了生气。

陈公河洗手净身，去了案前。阿七早已着书童研好浓墨。陈公河爱写大字，惯用焦墨。墨是昨夜先研，此刻续研，一个书童，双手推着巨墨，要研上半天，乃得一碗，仅够公河挥笔写一幅七字对联，或四斗大字。书童最怕陈老爷待上一整天，他研墨都研不过来。好在陈老爷对奴仔（孩子）从不发火，反而时时有铜板赏赐去买糖库（土糖熬成的糖块）吃。而且毫无道理，随心所欲。

书童郑卓仁是郑桃花的外甥，从小在藏书楼长大，其父郑金绪是郑桃花的细弟。他们一家负责收拾看顾藏书楼。一家人住在陈氏大宅后库，后库与藏书楼库房相连，出入很是方便。

郑金绪祖宗三代都在看顾藏书楼，郑卓仁是第四代了。郑卓仁年满 12，入行也 12 年了。他比父亲更熟悉藏书楼的角角落落。老鼠能到的地方，他就能到。他比老鼠更熟悉藏书楼，比老鼠更能灵活地抵达每一个旮旯。

郑卓仁研墨尤其研得好，他居然能把鲜墨研成宿墨、焦墨。他研的墨，深得陈公河欢心。

陈公河写罢大字，时常会抚摸郑卓仁的头颅，没有话说，然情意绵绵。看得出他对这个孩子，别有一番心意。

陈公河仿佛在说：天来之墨，卓仁也！卓仁自然不知其中奥妙，但他能感受到老太爷很高兴，这就够了。

郑金绪一辈子都没离开藏书楼。他每天的任务，就是围着藏书楼转悠。天下无贼，但他心中有贼。

儿子卓仁已能服侍主人陈公河老祖，他放心了。

郑桃花来，最让郑金绪胆战心惊。这位郑家堂姐，从小泼辣不说，见人都是三分狠辣，全不像一个潮汕雅姿娘。在金绪看来，桃花不就嫁了个有钱人么？还不是嫁了个瘌子吗？有什么好张狂的！生了六子一女，那又怎么样呢？

但是，桃花不跟你谈这个。谈别的，你行吗？

第八章　芒种

螳螂生　鵙始鸣　反舌无声

《遗书》中有关光的部分，其实只有四个字：丰亨有光。这四个字，结合上下部分的文字，多少可以隐约解读出：出生年月日时，血型，以及一切与叫"光"的人相关的基本信息，再按陈公河有意泄露的字序排列、组合。这种组合的基本原理，出自海边黑道交易的袖中捏指术。这种古老的捏指术，全部内容与形式的要点是：交易双方在同一只衣袖中，由主客双方的捏指完成。

这近乎失传的法术，民间已很少有人知晓。只有先找到光，获得光的基本信息，才能进入下一步的解读。这种近乎无望的查找，这无厘头的法术，不单吊起林同志的学术欲望，同时也令我对寻找光这件事，有强烈的期待，有一种对神与神性的向往。

而苦初3号，她神秘消失的时间，和光的出生擦肩而过，完成一种完美的交替这件事，令我悟到人世间的许多巧合，其实并不是偶然。

这年6月5日为芒种。有芒之物者麦。古代将芒种分为三候：一候螳螂生，二候鵙始鸣，三候反舌无声。螳螂在去年深秋产的卵，在阴气初生中破壳而生；喜阴的伯劳鸟开始在枝头出现，感阴而鸣；与此相反，惯于学其它鸟鸣的反舌鸟，却因感应了阴气之出，而停止了鸣叫。

芒种，是播种的季节。而在低纬度的南方，三候的阴气要来得更早一些。阴冷的黄梅天气，早在农历四月就淅淅沥沥了。

凌芳早早就嗅到空气里浓浓的阴气。心情像伯劳鸟一样，反舌无声。

她对雨有一种天然的抗拒，不幸的事情总是与落雨的季节或日子有关。她尤其惧怕芒种。螳螂生，鵙始鸣，反舌无声，很是符合她难以言状的心境。

在梅雨天气里，似乎一切都变得懈怠，变得忧郁。

文雄突然就没了音讯，没有人知道他去了哪里。

他把凌芳从上海叫回来，说一起去秋天的龟头海，那里的湿地一派金红的秋色。本家老叔郭豫瑶在湿地边缘的山里，有一座书院，每到秋天，书院会来许多文人骚客，谈经论道，可以结识许多朋友。

凌芳是6月末收到文雄的信札的。文雄在信中约定，他整个八月都会在书院协助老叔豫瑶做事，静候凌芳的到来。

此后文雄再无消息，也没有信来。但是，凌芳还是放弃了准备假期去美国游学的计划，赴文雄之约。她本来是准备去美国密歇根的。父亲的诸多同学，早就做好准备，迎接马家千金的到来。凌芳却临时改变去美国的计划，她打算在书院和文雄过一个湿地的秋天。她对书院不感兴趣，只要有文雄，她可以放弃密歇根。

从上海到汕头，小火轮走走停停，花了十天，才抵达西堤码头。凌芳在火轮上，呕了十天，昏昏沉沉躺了十天。抵达西堤码头时，她已然形销骨立，如死去一般，但一踏上码头，牛田洋清凉的柔风，使她马上焕然一新。她记得母亲的嘱咐，一上岸，先让马伯良带她去吃碗米汁。

马伯良来码头几天了，天天在码头等，天天等不到，只好租住在西堤码头涂埕的小旅馆里。马伯良见了凌芳，不容分说，就近带她去了一个粉铺，叫了两碗米汁，让凌芳先喝下。凌芳诧异，马伯良怎知我要吃米汁？

马伯良又去要来两个涂红的鸡蛋，把蛋壳剥了，让凌芳吃下："本来要吃四个的，会撑的，就吃两个吧。"

凌芳在火轮上，吐得够呛，闻到熟鸡蛋的味道就恶心。她看着马伯良："我又不是去过番，做呢要吃红蛋？不吃！"

"要吃的，"马伯良笑着哄她，"跟过番一样。从上海到汕头，多远啊！跟去日本差不多呢。"凌芳见马伯良认真的样子，便说："那就吃半个！"

伯良急了："阿娘说要吃的！"

凌芳拗不过："我就知是阿娘唉（说）的。不过，你不散唉（乱说），阿娘又看不见！"

伯良憨厚地："也是。"随后笑笑，"阿娘问起，怎么说？骗她？"

凌芳："我没让你骗她！你不说就是。"

伯良："我可不敢。阿娘唅（会）问到你死！"

凌芳说："那你就骗她！不关我事。"

伯良一脸无奈，只好岔开话题："你真要去学堂?"

凌芳不想和伯良说这事。母亲虽没公开反对她和文雄相好，但说文雄人好，却不好付托。凌芳自然明白不好付托是什么意思，却不曾去多想。能不能付托，现在哪里能知道?

凌芳喝下一碗米汁，舒服了许多。她压低声音，让伯良去跟米汁婶再要点卤汤："好食死!"

她剥了鸡蛋，吃了蛋白，把蛋黄给伯良："你也吃。"马伯良推辞："刚吃过，肚饱饱。"

"肚饱饱也要吃蛋黄，"凌芳把蛋黄塞到伯良嘴里，"吃了，你就不怕骗阿娘了!"

伯良很担心："有带良民证吗? 出码头，日本仔见人就查。你弯腰点头就好，千万别着惊（惊慌）。这几天，抓了好几个学生样的。"

凌芳有些紧张："在上海，我们住在法租界，日本仔不敢坏的! 见小孩，还给糖吃。"

伯良神情黯然："这里不比上海! 马家花园在租界里，租界有法国人，有巡捕，我在马家花园里也不怕呢! 这里的日本仔，见了花姑娘，就妻哥哥（色迷迷），像要吃人!"他压低声音，"日本仔还抓小孩去抽血，抽到死，用火船载到海上丢掉。孩子都惊到死!"

"真的?"凌芳在上海圣约翰，有听左派学生说过。她不敢相信，以为是抗日的宣传。

"真的! 已经丢了许多孩子，找都找不回! 有人从海上捞回尸体，让鱼都咬剩骨头了。"

"我要去问文雄，他一定知道。"凌芳心里紧张，不知文雄怎样了? 她知道文雄热衷于抗日的事，写了好些文章。

一队日本兵，从码头一侧走过，脚步很重，把水泥地跺得咚咚响，个个目不斜视，把胸挺得直直的，昂着头，面无人色，向天而望。

像猪一样臭! 凌芳心里在骂。奇怪世间怎有这样的人种，猪狗不如，跑到别国来作威作福！

伯良说："先去爱华街吧，鉴四爷也从上海回来了。阿娘交代，先去爱华街，踢桃（玩耍）两天，再回城前。回到城前，就出不来了。"

他俩起身往码头街口走去，马伯良再三小声对凌芳交代，千万要好好的，免惹日本仔恼怒。他还是不放心。凌芳的硬颈（硬气）他是知道的。她因有个黄埔军官的父亲，从不把恶人放在眼里。在上海，日本仔见得多了！日本仔对在租界里的中国人，也不敢太放肆。马伯良对强权是有心理阴影的。那个被砍头的 15 岁少年，常成噩梦缠绕他。他倍加小心地生活，胆小怕事，很合适做一个本分的仆人，凌芳有些看不惯。她有些不耐烦地对马伯良说："难道要把我杀了？"

一队日本兵堵在街口。凌芳掏出证件，用两只手指夹着，掠过肩后，亮在日本兵眼前。她侧过肩膀，昂着头看天。离她最近的日本兵，居然啪地一个立正，敬了一个军礼，还用英语说了一声 Go！凌芳一怔，随即轻盈地走过。这一幕，马伯良看得清楚，赶紧跟着凌芳过关，日本人也没有拦住他。马伯良这才发现，刚才一紧张，竟然忘记掏良民证。好险！

凌芳回头，对马伯良莞尔一笑，她把手里的证件展开给马伯良看："这就是我的良民证。"马伯良凑过来看，都是英文，看不懂。他困惑地望着凌芳："日本仔发的？"

"什么啊！是圣约翰的学生证。"凌芳不无得意。本想戏弄一下日本仔，开始她也很害怕！那个日本兵应该懂一点英文，可能以为是外国护照也不一定。管他呢！

马伯良又一次见识了马家大小姐的胆气。上一次是三年前，马凌芳孤身一人，到广州经香港赴澳门，去见受重伤正在澳门医院治疗的父亲，并成功说服父亲改变对她婚姻的安排。用马凌芳的话说，是她靠自己的力量，改变了父亲的主张，转换了十里红妆的方向。这件事，轰动了光德里、田中央。有人传说演绎成英雄故事，说 15 岁的马凌芳，是骑大红马去的澳门，骑了十天十夜，逢山开路，遇水搭桥。

母亲郑素冰差点笑过气去。有人问起，她便正色辩正："勿四散唉（乱说）呐，姿娘仔，骑乜（什么）马！笑死人呐。"

她的解释没有用。人们顽固地相信传言，真理一直在街谈巷议之中滋生着。人们更乐意把父亲马灿汉的大红马，嫁接在女儿马凌芳身上。加上后来她还爱上了一个铜钵盂汾阳世家的逆子郭文雄，一个自愿跑进大南山做"匪"的富家少爷。太不可思议！

如今，在兵荒马乱之际，马凌芳居然独自从上海跑回来，要去学宫和郭文雄厮守。

在马伯良看来，马家大小姐简直不像一个雅姿娘，她太胆大妄为。刚才她在日本仔面前，侧过肩去，昂头望天，正眼不看日本仔的样子，把马伯良吓出一身冷汗！那一刻，他想着日本仔的枪托就会打在小姐的头上，他仿佛已经感觉到疼痛。

然而，奇迹总是发生在马凌芳身上，总是险象环生，总是有惊无险，总是化险为夷。她骄傲得毫无道理，却总是有理。马伯良又领教了一回。有好几次，他话到嘴边又吞了回去。他很想问问大小姐：你这么能干，又好像神机妙算，是不是可以破解那些"死批""错批"。

他总是纠结在那些无处可投的侨批上。

出了街口，马伯良惊魂未定，他认定马大小姐只要在路上，她总是会做出使人心惊惊的事来。她神鬼不怕，又不知天高地厚，难免出事。他一心想快快把她送到爱华街九号，交给棉城婶就万事大吉。

他挥手招来一辆人力三轮车，让凌芳先坐上去，又把皮箱放上车，三轮车就满了。"去爱华街九号！"他交代车夫。自己挑着另外两件行李，跟在三轮车后面。

马凌芳见状说："再叫一辆呀！"马伯良装作听不到，示意正回头张望的车夫快走。这一切，马凌芳全看在眼里。

凌芳叫停了三轮车，又挥手叫来一辆三轮车，看着马伯良，也不言语，就等着。马伯良只好把行李放上车，自己弓起腰，蹲到前踏板上。

车夫不悦说："你这样蹲着，太重，我怎么拉车啊？"马伯良只好下车，干脆走路。他紧跟三轮车，一路小跑。

到了爱华街九号，车夫开口9个铜板。马凌芳婷婷袅袅进屋去，不问车费的事，这等事自然是随从马伯良去办。马伯良十分心疼，本可为阿娘省下9

个铜板的。他不情愿地把铜板像鸡下蛋似的，一个一个落进车夫手中。

棉城婶对凌芳突然归来一无所知，她很诧异。自从汕头沦陷以来，外地人是无事不登三宝殿，讨厌日本仔横行霸道，在街上关卡，见面不点头哈腰称太君很可能性命不保。女孩子更是逃避得远远的。她一见凌芳，便有些大惊小怪。她端详着凌芳，似乎想看出一点什么蹊跷来。

凌芳觉得棉城婶这人有些怪，不管见什么人，总像审人一样，左右端详，眼神异样，把人都审出毛病来。俗话说，人不可近看，会越看越看出丑来，女孩子尤其如此。

她讨厌棉城婶这种样子，敷衍了几句，上楼去了自己房间。

虽然凌芳未过门，还未嫁给郭文雄，但鉴四爷与马灿汉是密友，他很赞成这门婚事，他以给马家侨批局的名义，把整层二楼辟为马灿汉的行营，其中有一套是为未来的孙媳妇马凌芳准备的。

凌芳这是第二次来住。上一次是去澳门，到汕头来坐车，在这里小住了几日。

凌芳放下行李，梳洗一番，打算去拜见鉴四爷。四爷是她最喜欢的长辈。又斯文，又仁慈，而且相貌很阔气，出手也阔绰，一点也不咸涩（吝啬）。真是位少见的美老头！一派儒雅之气。更令人称奇的是，他穿西装或唐装都好看，用亭亭玉立形容一个男人不恰当，但形容鉴四爷，很恰切。

此刻，夕阳已至，从落地窗望去，小公园亭子那儿空无一人。正是晚饭时分，往常应是行人如鲫。上次来时，也在夕阳晚照之时，那时恰逢冬至，小公园张灯结彩，家家户户预备"炣饭"（类似拌饭）美食，街市一派升平。自日本仔从海上来，小公园一片凄惨。凌芳像看上海大世界一样，看小公园亭的冷寂。因此，仇恨日本人，很正当！

问过棉城婶，鉴四爷上街去了，不过很快会回来。鉴四爷最守时。听棉城婶说，鉴四爷每每外出，都会交代好回来时间，让登门拜访的人，心里有谱。棉城婶看着客厅里的落地大钟："还有一刻钟。你到门口去迎，一定迎到他老人家。准准的，他老人家就是时钟。"

爱华街九号，最多的就是钟和字画。楼上楼下，每一拐角地方，都有落地钟，而且都很高大。有钟的地方，势必有字画相衬。鉴四爷对钟表偏爱得很有心得。

一刻钟刚过，鉴四爷在门口出现，凌芳迎上了着长袍马褂瓜皮帽的鉴四爷郭信臣。

四爷真的好风光。凌芳在与他深邃的锐目相触瞬间，就被鉴四爷给融化了。看四爷的样相，你无法看出他究竟经历过什么，就是一介书生。他走路的沉稳，坐立的规矩，待人接物的有礼，行止的风度，俨然一位从小被严格训导出来的人物。

文雄描述过祖父的生平，用几个最简单的词，来概括他最僻冷的经历及险境，已使这些词险象环生：留学欧美，同盟会成员，鸦片掮客，银行家，上七下八（小公园一条街）主人，各种新学出资人，慈善家，居间国共两党……

这究竟是个什么人物？他都在干些什么？郭文雄所描述的一切，与眼前这个人，恍若两人，难以重叠。

在凌芳眼里，她见到的四爷，像是一个无事之人，似乎也并不需要做什么事！更像是一个乱世中的摆设。而在文雄眼中，祖父是一位莫名其妙的英雄豪杰，他一生都在做常人不敢做也做不来的事，而祖父的经历，正是文雄所梦想的。

文雄找了许久，才找到大南山游击队，他以为只有大南山，才能实现这种梦想。当年在读书会上，初识《革命者教义问答》，此书给了他明确的方向。据说列宁当年也受到这本书的启发。熟读《革命者教义问答》之后，郭文雄走上了一条与祖父相逆的道路。

四爷请凌芳到书房里的会客厅去坐坐。他想听听近时上海的新闻。他已离开上海半月，未读这半个月来的《申报》，对形势便有些生疏。他完全把刚从上海回来的凌芳，当成同道，与凌芳平起平坐。

四爷绝口不提文雄，仿佛凌芳和这个人毫无关系似的。四爷只说上海的事。凌芳却想知道文雄的消息，这是她来拜见四爷，除了礼节之外的主要目的。而四爷偏偏不提。他要给凌芳一个印象，四爷我绝不是一个儿女情长的人。他不希望孙子郭文雄耽于儿女之情，这也是他不十分勉强文雄选择的原因。好男儿志在四方，不坚决斩断丝丝缕缕，是走不出去，做不成长事的。

他明白凌芳此来目的，本想如实告知文雄的出走，但他不想过早和盘托

郭小东文集 一 十里红妆

出，还要再等等。国共合作了，文雄的"匪"，也要刮目相看了。他还不明确凌芳对此的态度，还得等等！四爷想当然地以为：在马灿汉看来，文雄当然是匪，但他居然听从女儿的选择。这令四爷十分意外。

马灿汉究竟是个什么人，姓蒋还是姓共？是白皮红心还是红皮白心？这是四爷多年来的一个疑问。当年同在同盟会时，他就心存疑惑。但从乡贤的角度言，无分颜色，信仰不同而已。普天下以人为本是也。

想起当年创建大中学校和汕头中山公园，成立执委会，人员也是东西南北，遑论政党派别，唯能服务桑梓就好。

多年的江湖行走，四爷变得心胸宽广，能容得下许多事。他相信马灿汉也同样，只要回到潮汕，什么人都只有一个身份，那就是潮汕人！四爷心想，把这层意思告予凌芳，让她豁达开阔处理好各种关系，特别是和文雄的关系。他不想让凌芳思虑太多。爱情就是爱情，喜欢就是喜欢，没有就培养到有。人心都一样，人和人，往好的方向去友爱，没有爱慢慢就会有了。

他常常陷入沉思，回想和郭连淑发是怎样到一起的。

两个 15 岁的孩子，洞房之夜才看到对方的长相。两个陌生的孩子，睡到一张窄窄的婚床上。淑发照着她母亲的教示，在夜的红烛光中，羞涩地教示信臣。就这样，在父母之命媒妁之言中，在庞大漫长的十里红妆中，他们成亲了。在此后的几十年中，他们一起生育了十五个男丁，一个女丁。

时间过得飞快，40 年过去，过得惊心动魄。但是，他保证了郭连淑发平安富足的生活，为郭信臣家族铸就了民国"一门八杰"的翘楚。他万分感谢淑发。此刻，他很想把这些记忆和心得传导给凌芳。她在这个年龄，应该得到这种传授。

这是他特意请凌芳到书房的客厅来的缘由。这里，有郭连淑发的巨幅油画肖像。

甫一进门，迎面扑来的就是这幅巨大的油画，写实同时象征，是 20 年代李铁夫的作品。凌芳和四爷在夕阳西下的黄昏，谈论的话题，全是关于这幅画。

他们谈了许久，这是凌芳后来的感觉。其实，他们交谈的时间不长，十多分钟而已。她在每一个拐角，都与一座时钟对峙，短时间内连续的印象重叠，会使有度的意识强烈而持久，形成有长度的记忆。

　　他们的谈话，始终没有提起过文雄。彼此都有意回避这个名字。而他们的话语，似乎每一句都与文雄有关。

第九章　夏至

鹿角解　蜩始鸣　半夏生

在苦初 3 号消失之前，与苦初 3 号单线联系的林影，对她并无太多的依赖。她只是传达大南山的命令，而这些命令，大多是指导性的。林影在执行上，有很大的灵活性和空间。濠浦的局势，与胡琏 460 师的退守和南渡，有密切关系。形势混乱又瞬间剧变，令人时常处于不安之中。

在离乱气氛笼罩的濠浦，好消息与坏消息同样多，在市井中到处流传，使人心更加浮动。林影转达大南山对吴国光的许诺，有许多未经苦初 3 号的证实，而林影实在没有机会去事事确认之后再做决定。南方局的工作，紧张到随时都会崩断。

光一出生，就脱离了陈公河的视线。

他是陈公河的外孙。而这个外孙，从未在主观上成为陈公河的血脉。陈公河在确认他在外孙身上获取的信息真实之后，强迫自己，人为地忘记这个孙子的存在。

彻底放飞他，就是对他最深刻的纪念！

对于凌芳而言，夏至是一个忧伤的节气。她从此变成一个茫然的、无所适从、无处诉说的女人。

此生最令她惊悸的雷雨，自那天突然而来之后，她记住了"夏至"。她并未意识到夏至自此便进入她的生命、生活和全部的精神空间。她竟然莫名其妙地陷入了夏至的迷乱之中。

她一时还说不出所以然来。但那一天发生的事，一个人的永诀，彻底改变了她的一切，包括以往、现在和未来。她失了方寸，像行尸走肉一般，不会思考，没有思考。

她的世界一下子全部腾空了。猝不及防的夏至，突如其来的夏至，以致她永远在田坎这边，而他在那边，一条细细的田埂，将他们隔在两边。

夏至，在每年6月21日前后，这是一年里白昼最长，夜最短的一天。太阳高度角最高，日北至，太阳运行到最北，但还不到最热的时候。暑热正在地底运行积蓄，为着南方八月的酷热，地底在狂欢之中。这是天气。而凌芳呢？

在他走后的半个世纪中，凌芳无时无刻不处于最暴烈的雷雨之中。他在的时候，她不惧怕黑夜，尽管黑夜太长，白昼太短。现在夏至的白昼太长，黑夜又太短，短得她刚闭起眼睛，他刚刚向她走来，天就亮了。梦还没开始，就结束了。

夏至是雷雨无常的季节，热雷雨骤来疾驰，一片疾雨东移西闯。每当此时，天空中便写满刘禹锡的诗句：东边日出西边雨，道是无晴却有晴。有时是彩虹，有时像雷电。隔着一条田埂，这边风雨，那边晴朗，最是无可奈何的景致！

看着母亲病恹恹的样子，女儿燕问："妈，哪儿不舒服？"

凌芳回答："哪儿都不舒服啊！"

燕撑起雨伞出门，去找父亲的老友、中医院的万先生。万先生原是省城中医学院的教授，"反右"前夕，适老父仙逝，老母硬是要他从省城辞职回家，接手他父亲祖传了三代的中医馆：怀仁医馆（他父亲在斯年出生那年，把原来的杏林医馆改名怀仁医馆）。

万先生名斯年，字怀仁。

每当母亲身体不适，万先生随请随到，很是周到。

万先生每次来，先不问诊，或搓两把麻将，或和母亲聊天，无非说说家常，饮食起居，临走时才问病情。母亲反而没病一样，也无须吃药，万先生便开一点清凉的中药，嘱煎后当凉水喝。时下夏至，万先生知母亲所生何病。今日是文雄忌日，他自然不便触此痛处，便无话找话，说起夏至诸事。

他细细地跟母亲说着夏至：

"夏至，一候鹿角解；二候蜩始鸣；三候半夏生。麋与鹿虽属同科，但古人认为，二者一属阴一属阳。鹿的角朝前生，所以属阳。夏至日，阴气生而阳气始衰，阳性的鹿角感阴气开始脱落。而麋因属阴，所以在冬至日角才脱落。"

万先生见母亲有兴趣，进而道："容我班门弄斧，容我解释一下节气三候是何意思。在节气中，以五日为候，三候为气，六气为时，四时为岁，一年二十四节气共七十二候。夏至节气一候鹿角解，夏至日阴气生而阳气始衰，所以阳性的鹿角便开始脱落。文雄在这个时候脱落，遂天意。"

万先生心想，文雄实在是个一身阳气的男人，身上没半点阴气，以至于太容易折断。他没有说出来，怕又引起凌芳伤心。在凌芳这儿，是绝对不能提文雄二字的。那就只好多说说夏至吧。

"二候是在一候五日之后，此刻雄性的知了在夏至因感阴气之生便鼓翼而鸣，有阴气来，蝉避阴借势腾起之谓。

"所谓三候，是过了二候之后，开始的第三个五日，半夏生。半夏是一种喜阴的药草，因在仲夏的沼泽地或水田中出生所以得名。"

万先生的结论是，万物随机而生，趋时而长。人也一样，但人更要主动进取，未必亦步亦趋，可适当行前一点。他说，母亲常在屋内，又多忧郁，正在夏至阴生阳降之际，故要多点户外活动，驱阴补阳就好！

夏至正在阴阳交汇之时，这话重重击在母亲心头！她一阵晕眩。

她一定又想起了多年前的那个夏至。

在轰隆隆的热雷雨中，她在大雨里，由两位同事扶持着，在泥泞的田埂上，向田洋中的湿地草屋奔去。她几乎是在同事的拖拉中向前爬去，泥泞的土地上留下两道泥土的刷痕。刷痕很快让大雨灌满了泥水。

十几岁的阿雨落在她们后面。是他来报信的。

这是上午九点半。这之前，她刚刚去过万先生的诊所（后来改制为诊所）。万先生给她诊断过，没什么大问题，有一点伤寒。连日大雷雨，偶尔受点风寒，很正常。

她刚回到草寮，一进门，随着一声沉闷的夏雷，她跌躺在泥地上。

刚刚从海涂赶早海回来的阿雨，正在土埕上收拾海货，听见响动……

此时，大雨如注。

草寮隔着田洋，田洋连着城边，穿过田洋的田埂到草寮，有很远的路。

阿雨跑了一个来回。雨中的时间完全没有了概念。时间很慢，田埂又很长。长得让阿雨以为自己已经死了。

夏至在潮汕，不是什么节日，凡是和神明无关的节气，一般不会让人太在意。早已不是农历纪年的年代，农事也不再是村庄的大事。随着老历的淡去，节气也和生活没什么关系了。

而不谙农事的凌芳，从此牢牢记住了这一天的节气，它的名字叫夏至。她从此生活在老历中，在此后漫长的岁月中，她几乎忘记了新历的纪年。在不是夏至的日子里，她有时会问：今天几号了？月份也常常说少了一个数。

自有了我的大姐燕之后，父亲和母亲就几乎形影不离，除了一些特殊的日子，那些被告知不允许在一起的日子，他们总是在一起。父亲很清楚，在他不得不离开的日子，她会活得很累，很辛苦，很恐慌。所以，他不能离开。

那年，己丑之变在即，她宁愿跟随他，千辛万苦地从上海南下，去投向一个未卜的前途。不是她乐意，而是她害怕。害怕一离开他，她说不定会积郁而死。

不知从什么时候开始，她再不是一个胆大妄为的女孩，像传说中的那个女孩那样，骑着红马，独自去澳门会见父亲。更不是那个用圣约翰学生证糊弄日本人的女孩了！她生命中忽然就有了太多的黑夜。这些黑夜来自哪里？说不清楚。总之，应该与文雄有关！

凌芳急于到湿地书院去。她睡到半夜，被小公园的霓虹灯光搅醒了。光怪陆离的光色，投影在薄纱窗帘上，像小时候的万花筒一般，闪烁着细碎的幻影。类似的幻影，在从上海到汕头的火轮上整整的十天里，时常出现，如影随形。她不知这幻影代表了什么，她有一种恍惚的焦虑。她在手心里不断翻动着银币，她想求得一个答案。他在吗？在哪里？是在湿地书院，还是，还是真的去了，去了大南山？

这些去处，都不是她所希望的。这些都不是曾经的理想，也不是他们在一起时的憧憬。他跟她说过，他的理想，是成为马灿汉那样的人，一个有过留学经历和同盟会经历的民国军人、黄埔军人。可是，当他们在谈论这一切时，广州黄埔已经不是当年的黄埔了。时局瞬息万变，人事更迭。其实，主义很难固执始终。难道他不明白？还是自己想错了？

午夜时分，她去敲马伯良的门。她要求马伯良马上带她走，连夜去湿地书院，见文雄。她不能再等了！不能再煎熬自己。四爷的话是对的。她必须做出选择！选择适合自己的生活。

四爷说得对，爱情就是爱情，喜欢就是喜欢。没有其他。四爷已经明确了他的态度。她照着做就是，她感激他。他是一个内心敞亮的老人。

到处都是日本仔！到处都有日本仔的关卡。半夜三更，怎么走得出去？马伯良被敲门声惊醒。他开门出来，面对凌芳的火急火燎，十分无奈："全城宵禁，鬼才敢在这时候出城啊！我更不愿意在这待着呢！睡弹簧床，老担心陷进去弄坏骨头！"

凌芳毫无办法，只好回到屋里，等明天一早再说。一定得走！才不管可恶的日本仔呢！汕头是中国人的汕头。

其实，马伯良一见到马凌芬，就想把文雄已去了大南山的事情告诉她，但想起阿娘的交代，先不对凌芳说。

他怕凌芳又做出什么来。弄不好，凌芳直接跑去大南山都是可能的。

文雄的父亲郭凤巢，怕受牵连，急忙在《星岛日报》上登了脱离父子关系的启事，无意间把文雄做"匪"的事公开了。家族里炸开了锅，把这事弄得人人皆知。本来凤巢是怕连累家人，没想到，反变成出卖亲子了。凤巢后悔不迭！最后还是四爷出来圆场，在报纸上又登了一个启事，把事情往别处说。刚好国共又合作了，一切另当别论！

这些事，自然也传到了上海，只是凌芳被蒙在鼓里而已。

在短短几个月的时间里，发生了这么大的变化，还闹得沸沸扬扬的！这绝对不是汾阳世家的初衷，却一定是郭氏的风格。凌芳虽然不是一个心细如针的女人，但她还是预感到似乎会有大事发生，不免为之忧虑。只是她相信文雄，相信他自有主张。

母亲临终念念不忘的人物，便是十八。十八早已去世的消息，我们一直对她隐瞒。其实，她是知道十八的死讯的。只是既然我们有意隐瞒，她也就不捅破。偶尔她会说起十八，平静但是仓皇，有点心不在焉。

文雄最惜的是十八，她去了哪里？凌芳有时会自言自语。好像十八还在世间。

　　那年，母亲带我去老屋，在老屋的厝手（仓库）见到了一位女性，五十多岁的样子，这就是传说中的十八。她一个人住在狭仄的厝手里，屋子里堆满老旧无用的家杂，挤去了半个房间。她就生活在狭小窘迫的空间里。

　　十八身穿镶着白布条边的衣裤，腰里还扎着一圈黄麻。这是一个服丧中的女人，她在为丈夫服丧。我见到神龛上有水鬼马的画像。

　　水鬼马去世不久，还未过百日，十八仍在服丧中，她看母亲的眼光有些异样。也许是长期的内心孤独与抑郁，她白得有些发蓝的眼底，有一种幽魂的魅惑。这不是一个五十多岁女人的眼神。它燃烧着并未老去不愿老去的火苗，它在幽暗的黑夜中奔突着对自由的渴望。我想象着这双眼睛，在年轻时的模样。那种勾人魂魄的魔力，是如何在似有若无中惊鸿一瞥。

　　十八比我父亲大一辈，年龄却比我母亲小 10 岁。论辈序，她是我母亲的老婶一辈。母亲通常叫她十八，有时也会叫她十八老婶，看在什么场合。叫她老婶时，她们之间便有一些戏谑的味道。

　　正在丧期，她们之间的神情便有一些异样，看得出双方都有一些肃穆，一些收敛的赧然。

　　那次相见，是母亲谋划许久，却迟迟才得以实现的。自父亲去世之后，母亲很少出门，退出了一切与父亲在一起时有关的日子。她害怕在那些回忆里，看到如今形单影只的自己。

　　去看十八，也许出于道义，也许出于一种长期郁积的释放。当她终于站到十八面前时，她突然就感觉到自己的懦弱。她不自觉地靠在我身上，挽住我的手臂，然后对我说："叫老祖婶！"我很自然地照母亲的吩咐叫了老祖婶。

　　我们不是第一次见面。我曾经在人群中见过她。有一次，她在游街的队列里，很是出众。一个三十多岁的年轻女子，未出嫁却把头发梳起，她倔强地以某种形式，以自己的方式表达着自己。很少有人去注意她在自己身上的细小变化。

　　她不像别的游街对象那样惊慌失措，或萎靡颓衰，任人宰割，驯服而行。她从来都不是主要人犯，她明白为什么会落到游街的地步。没有原因。从 18

岁开始，她就明白了。她唯一要做的，就是不抗争。她早早就看到了自己前方即将到来的漫漫前路。

她要死了所有的希望，那样才能活着，麻木但是清白地活着。她不知道自己将会嫁给水鬼马。但是，她知道嫁给水鬼马不会有错。那个衣着古旧、过时的人，看似肮脏，其实很干净。在磨坊的那几年，她其实很平静，有些满足，像是在世外桃源。她甚至庆幸，又为自己谋取了一个活回过去的机会。不，是在心里回到过去的生活。

当她还是少女的时候，每每随凌芳去光德里拜祭，是她最快活的日子。光德里有一些铜钵盂稀少的东西，比如各种各样的电动玩具，真人大小的洋娃娃，美得惊奇的芭比。虽然她只能看看。光德里的小孩子太小气，不让别人玩，连摸都不行。她只是惊奇于它们的存在，活的存在。特别让她少女怀春的是，偶尔她能见到帅气十足的年轻军官。光德里的军官，和街上见到的兵们是不一样的。他们仿佛来自一个没有兵不是兵的天国，像外国电影贵族沙龙里的骑士。他们似乎与血腥的战争无关。

她在光德里见到过马灿新，也就是后来的水鬼马。她的目光在躲闪中，追随着马灿新，他的一切都令她新鲜。她不知道该去哪里找他。

她本来在上海明德中学读书，很快就要上大学了。有一天，学校的操场上住进来许多军人，勾起她的相思，想起了马灿新。他在哪儿？

去光德里找他！

沉静的女人通常都有爆发的潜力，她没有跟任何人商量，直接从学校南下。她十多天没有音讯，在上海的大哥大嫂，在《申报》上登了"寻人启事"。

她在光德里当然找不到马灿新！马灿新更不知道世上有一个叫十八的女孩的存在，而且她从上海千里迢迢来寻他。

光德里的原住户跑光了，或去了别的地方。大门和街口有民兵把守，进进出出都是农民协会的人。十八认识的人都是光德里的，如今都不知跑到哪里去了。问街上的人，有的避开走人，有的缄口，指指点点，十八也弄不明白。虽然她多少知道一些，但土改运动刚刚开始，还没有全面展开，她也没真正弄明白。

田中央是革命老区，1928年就开始第一次"土改"，建立了乡苏维埃政权，那是在"潮汕七日红"的时期。但没几天，还乡团回来了，一切又回到原状。

现在光德里是"土改"第一批，农民还没有完全发动起来，二十多年前的情景，令人心有余悸。别处"土改"还未展开。乡人对自分富亲戚的家财，还心存恐惧。先是不想，后是不敢，怕还乡团又回来。

十八想了许久，想找个穷亲戚问问，想了半天，终于想起四姨丈家的邻居，人称香叔做香烛的九叔。心想卖香烛的，大约不是富人，不会出什么事吧？她和凌芳每次来光德里拜神，必先到他的香铺，买他家做的香烛，所以认得。

香铺早就关门大吉。十八找到后门，香叔不在，香婶见是十八，十分惊恐，连问有人看见她来买香没有。十八忙说，不是来买香的，道出原委。香婶避开十八的问话，只是一个劲地催她离开："兵荒马乱的，姿娘仔勿四散行，勿惊着！"

有农民协会的人走过，看了香婶几眼，吓得她慌忙闪进屋里。十八心里好笑，至于吗？

香婶从门里露出半边脸，见十八镇定自若，心想：七日红时，你人还没出生，哪里知道生死？她悄悄地关上门。

九叔不知何时站在十八身后。他回来一会儿了，他全看在眼里。他微微诌笑着，小声对十八说："惊死人啊！浪险啊！香烛也不让做了。快回家吧！"说着，他快速闪进门去，上闩。

十八在街上慢慢行走，没见到熟人。平时，在街上，总能遇到个把光德里的人，可现在，连个鬼影都无。十八真有些害怕了！农民协会的人好像很多，满街都是，个个长成一个样。其实，就那几个人。十八走得慢，刚才在街上蹭来蹭去，感觉戴红袖标的人好像很多。发现这一点，她不禁笑出声来，心想：没那么多就好！

十八的漂亮是冰冷的。这是我母亲说的。她总是黑衣黑裤，开始是绸的、缎的，后来是香云纱的，显得更冰冷。在骄阳之下，她的黑色衣裤像敷着一层冰。有一阵是的确凉的，好像也是黑色的。不知有没有黑色的确凉？再后来，是麻布的，黑里带有点棕色的那种。黑色衬着她苍白的脸，更加惨白，像暗夜里的月光，有点青白的云翳。她从上到下一个人形，只有半边脸是白的，半边黑发遮住了另外半边脸。所以，她常常习惯性地歪过一边去，很动人，很撩人。

十八没有工作，也找不到工作做。有运动来时，她会被叫去扫街。有斗争会，她会去陪斗。扫街的十八，尽显她的清瘦，颇为风韵。她飘逸的腰身在宽松的黑色丝质衣裤中，真正的婀娜多姿，难以言喻，在青春期的男孩眼中，似迷人的仙女一般。像古时淑女之游春踏青，和鬓间红宝石金铰丝步摇一起摇曳的身影，在小街陌巷中，日复一日地重复。有男儿痴迷，盼望运动天天有，永不停息。

陪斗的十八，更是一尊非凡的雕像，她站得有些斜，不正，斜风飘雨，杨柳轻扬，就是那个意境。她目光在他处，眉毛压住眼神，是故不知她所想所思。却是与现场无关，与他人无关。她自然知道，热衷于斗争的人们，尤其是那些男人，其心意已不在斗争这事。他们心猿意马，让这位被当作敌人的女人十八，煎熬得如蚂蚁搔心一般。十八站累了，偶尔会变换一下姿势，依然是伊人在水一方窈窕淑女的身姿。

清白得无法再清白的女人十八，只因祖上是有钱人，有几间大屋而已。只是家里人跑光了，她来不及跑，被留了下来，代家人履行贱民的义务罢了。何况她还认命，自认命贱。

每月有侨批来，她成了这一带最有钱的单身女儿，住在拥塞破旧的厝手的单身女儿。好在政府欢迎且保护侨批，所以，她暂时有钱得合法、合理、安全。无人敢来明抢她的钱。她华贵的衣物，全从国外经香港合法带入，也无可厚非。

她的生活，悬浮在一般人的生存之上。她从不与人说话，也不发表言论，也就不存在乱说乱动的问题。她吃得很少，因为闲暇的时间很长，很多，所以，她吃东西很慢，一粒米饭一口，细嚼慢咽。她没有公职，也从不向政府申请要求什么，守着一点点的自己，冷冷地龟缩在厝手里，与他人无涉。

邻居孩子拿不出五元一年的学费，家长来借，拿去就是。对一个被公义公理挤到墙角，竟无怨言从不抱怨的女人来说，你还好意思想对她干什么？打击她的方式，也唯有运动来时，顺便拉她去陪斗一下，以表示敌我分明，立场正确。

她和街坊邻居关系很好，常常会分些衣物食物给孩子们。她衣着简单，却很不一般，都是很贵的料子，在国内很难见到的外国货。虽然大部分是黑颜色，但黑得不一般，总有一些别的颜色在里面，一般的女人还看不懂。

那时候，十八的生活引领着小镇的风流。她很少出门，有渔船出海归来，她会去练江码头，那儿有从船上下来的鱼贩。她会在码头的拴船石上小坐一会儿。轻松的黑衣黑裤，让江风吹卷着，凸显出她玲珑曼妙的身段。码头上的人，忙于卖鱼买鱼，很少有人去留意她。这样的风景，只有在渔船归航时才有。

她的心事在江上。

她选了几条小青乖（河豚），鱼贩用竹篾把鱼穿好，十八用手指勾起，提着一串美丽的青乖，美丽地走出码头。

一路上，不断有人跟她打招呼，她笑笑，浅笑，指指喉咙，对方明白：她是在告诉，喉咙痛，上火，对不起，说不出话来。她总是喉痛。

青乖杀净，取去内脏，挑出血线，用清水清洗几遍，先在油里过一下，镶几粒陈年的咸梅，焖一会，就7分钟，不多不少。再浇上一点黄豆酿出的酱油，加几片煎过的五花肉，要切得不薄不厚，煎过略显透明就好。最后，添些许豆豉和芹菜，猛火炖一下，3分钟，留一点汤汁。好了！十八的拿手好戏：梅汁乖鱼。

冬至前后月余，十八几乎天天去码头，在江风里站一会儿，在拴船石磴上坐一会儿。然后，回厝做青乖。一个人，一小锅乖鱼，就着月色，想着心事。

当然啦，有人很忌恨。好在乡里的人都沾亲带故的，只要没有运动来，十八就是铜盂镇上的好女人，雅姿娘。有运动来，书记会悄悄对她说："阿姑，委屈了，做做样子罢了。"不过，书记经常换的，要看谁在台上。也有找碴的，蛮野一些的，不讲常识的，在她面前发威的。十八一概冰冷，永不作声，偶尔莫名其妙地浅笑一下，弄得对方哭笑不得，恶不起来。要罚要拿，随便！十八有的是侨批，多到懒得去兑换。有时斗争她，逼问得多了，问她钱为什么这么多？她便冷冷地低声反问：多吗？不知五哥在国华银行当董事长么？声音小得人听不明白，但很锐利，像金属划石。

听见的一怔，没听见的以为她疯了，无端呢喃。调侃，什么时候了？她说的是三十年代的事。

很少有人知道她说的五哥是谁。五哥豫瑶在劳改场劳动改造多年了，"反右"那年去的，应该要回来了吧？除了家人，没人关心这事。

在外人看来，十八是此地最幸福的女人。有钱嘛！人又雅，旧时还读过洋书。俗话说，富雅猴（能干），人上人。十八就是。哪个女人不羡慕嫉妒恨？哪个男人不垂涎三尺。这是隔壁棺材铺的"做柴婶"的说法。她常当着十八的面说："做十个棺材都抵不了十八你的一张番批。"

十八笑笑："那我们来换吧！"

没有换，却嫁了水鬼马。

那天雨真的很大，大得无法形容，至少对十八而言，是这样的。

十八要去批局，退一封错批，批脚送错了，把溪东的番批送到仁记巷来。她出门时只是微雨，全无下大雨的迹象，送还错批回来，在练江私渡渡口，大雨滂沱，地动山摇的样子。她拐进一条小街，想找个地方躲躲雨再走。小街空无一人，每间店铺都关紧大门。一条大风大雨中的死街。狂风横扫着街上刮起的垃圾，毫无目的地抛向任何地方。

有一个人，站在街边石阶上，孤零零的身影，有些伛偻凄楚，大约是位老人。老人无处可去，任凭风雨抽打，老人脚边有一沓捆起的杂物。一位拾荒的老人？十八走近前去。这个形象并不陌生，似在街市上见过。十八始终没留意他的长相。

她走近他，是位拾荒的老人，似乎见过几回。他破旧的毡帽压得很低，盖住了半截脸。他穿得很单薄，也很奇怪。十八下意识地把伞撑向他："老人家，遮一遮！"

在伞下，她看清了他的脸。胡子拉碴，掩盖不了他的年龄，顶多不过四十岁吧？不是她想象中的老人。

是马灿新？

不，不可能！马灿新不是早就死了吗？枪决了。她去了刑场，亲眼看见了那个场面。

天下是有长得相像的人！

她要送他回家，他谢绝了。

她满心疑惑。雨突然就停了。他走了。一个蹒跚的身影。

他毫无所动的眼神，在她面前的雨幕中，不断地放大，扩张，那双眼睛慢慢地弥漫小街，小街的上空，布满整个天穹。他的背影模糊了她的眼睛，像滂沱的大雨，模糊了天地一样。

她在心里不断地否定，肯定着刚才一闪而过的念头。人的相貌，会有相似，乃至会彻底改变的。但是眼神，应该是永远不会变的吧？她不知道。或许，这是一个与马灿新有关的人？

十八在街角站了许久。雨已经停了，店铺陆陆续续开门，到处是拆卸门板的响动，刚才肃杀的小街，又拥满了人。她的目光四顾梭巡。

刚才小街雨中的一幕早已消失。十八在人群中慢慢地穿行。有些冷，有些风凉。完全不像小暑的天气。

那人不知去了哪里？十八奇怪于自己，心中竟然有了迷障。

她必须静静地回忆，重新回放十多年前刑场的一切，每一个细节，听到的每一句话，街谈巷议，绝不放过每一个消息，哪怕是谣言也好。十多年了，仔细的记忆是困难的。十八能够做得到。十八一边走，一边想着。她第一次隐约地看到希望。在所有的童话中，她是最相信"天方夜谭"的。

第十章 小暑

温风至　蟋蟀居宇　鹰始鸷

那年，我找到光服务过三年的汽车站。汽车站已经不是当年的汽车站，也没有搬运组。这我是知道的。我没有傻到在 21 世纪，去原地寻找上世纪 70 年代末的人。我只是想去旧地凭吊，试图感受光那个年代的气象和味道，寻找一点痕迹。哪怕找一两个老人聊聊也好。

然而，没有找到任何线索，没有人哪怕有一点点的热情。人们对曾经有光这样一个人，根本不感兴趣，对过去丝毫不感兴趣！

我抱着一丝希望，来到中鞍头，问了几个人，没有人知道寮居是什么。

"是龟吗?"一个女孩很认真地问。

"是的，是一只龟!"我笑我自己。苦初 3 号，成为了纸上或文件上的符号。那个交接情报的细节，也已经成为谍战剧的情节。

苦初 3 号，或许真的在哪座老宅中活着，如一只老龟一般。

梅雨静悄悄地走得无影无踪。时有大雨，是那种即使大雨滂沱，也隐伏着丝丝火气，有一种难耐的闷热。夏至原来有些清凉的南风，在梅雨中，风里似乎充满欲出未出的燥热。

雷电还在远处，偶尔会来点光临的前曲，像是雷响，却是雷动而已，并没有什么大的动静。北方还在冷着，还没有完全热起来，南方却完全是夏天了。早来的夏日，其实是南方最好的天气。尤其是潮汕平原，从没有北方的冰雪和朔风。即便在最冷的大寒，大地依然布满春夏秋冬的所有颜色。人在斑斓的颜色里，也变得温暖多情。

陈公河尤其热爱小暑，他可以告别一个冬天的湿冷，时常到天井里去。再晚些时日，可以去庭外的灰埕上，四处走走。其实，他的偏瘫是季节性、心情性的。不想做的事，他就不会行走，想做了，挂个拐杖，扶墙走上一里半里，也很享受。在一个多变的时代，他最想成为一个可以任意支配和享受自己的人。

　　他有几个绰号，都不太雅。有人背地里叫他"水鸡脚手"，意指他形如青蛙，趴地而行，有几分恶毒。他连笑都不笑一声，只问桃花："汝不嫌弃水鸡吧？"桃花给了他一个媚眼："哭父！做呢哙啊！"陈公河便很满足，他要的正是这句话。

　　他太感谢这个女人了！艳如桃花不说，十足的雅姿娘，在《诗经》里也找不到。她全身上下，里里外外，他都喜欢得不得了。他几乎以为世间除了桃花，没有别的女人。

　　说是这么说，他也努力这么想。有时，写完几个大字，画上几线工笔之后，心情松懈下来，他会很绝望。特别是恰好外面下起大雨，天井里全是水，天井的天空上有风呼啸着刮过，他心情会突然间坏到极点。腿脚开始酸痛，刮骨地痛，隐隐地酸。他想站起来，任是怎么挣扎也站不起来，便有几分厌世。

　　他想，光彩照人的桃花，在外面又是怎样一个女人？他和她生了七个孩子，每个均是一次即中。他记得很清楚。年轻时，一心科考，先父陈老先生对他严加训导，一丝不苟。他连房事都忽略了。几十年如一日，规规矩矩，倏忽而过。他查遍《汉书·艺文志·方技略·房中》，无此例。他是熟知枚乘《七发》的。可枚乘所论，是讲纵欲之害的："纵恣于曲房隐间之中，此甘餐毒药，戏猛兽之爪牙也。"吾陈公河非此辈，无此好，他自以为是。

　　有一日，他突然来了兴致，揪住郑桃花，对着她的脸，反复端详，细细研究，想品出个中三味，其实是检验是否淫邪，口里却说："我读一段《七发》，如何？"桃花心知肚明，老鬼头有几段花花肠子，她一清二楚。老鬼头一旦鬼迷心窍，就读《七发》，让她听着，她也不忤逆他。一半废人，由他就是。

　　"出舆入辇，命曰蹙痿之机；洞房清宫，命曰寒热之媒；皓齿蛾眉，命曰伐性之斧……"

　　桃花听得耳朵生茧，陈公河还要解释一番。这是陈公河最爱，摇头晃脑，把玩一番。他知道桃花虽不爱听，但声声入耳。他一边释道，眼里却全在勘察桃花的表情，恨不得检查出淫荡的证据来。

陈公河并不理会桃花的态度，他不厌其烦，依然从头到尾，又把《七发》解释一番：

出入都乘坐车子，那是瘫痪的征兆；幽深清凉的宫室，是伤寒中暑的妖孽；妖姬美女，可是砍伐性命的利斧；厚味美酒，就是腐烂肠胃的毒药。现在，太子皮肤细弱，四肢不能自如屈伸，筋骨松弛，血脉阻滞，手足懈怠。美女侍奉前后，整天游玩宴乐，在密室中放纵情欲，这是把毒药当作美食，戏弄猛兽的爪牙啊！

桃花见他摇头晃脑，似仙似神，煞是好笑！她明白得很。老鬼头人老心不死，真是火烧芭蕉心还青。自古早，他就把《七发》抄写装裱，挂上官厅中堂。三五天就来一出，无非是对桃花不放心。

老鬼头解不开心结：怎么就那么神巧？七次同房，就生了七子，次次一箭中的，百发百中，真乃百步穿杨。桃花心中叫苦，又忍不住发笑。老鬼头，那几年可是乐在其中，他好忘事，怎么就记准了七次七子？

她指着中堂上的《七发》，笑说："上面写的正是你呢，七发七中，命里注定！还发什么花痴？毒药毒药的。"说罢，出门去了天井，大笑："哈哈！去问天公好了。"

陈公河讨了个没趣，但心中畅快多了。桃花应该没事吧？他心里还是不踏实，谁知这姿娘在外面怎样呢？

有人来讨写番批，他这才记起，已经有好多日子没有去祠堂了。往常，有写批的，总是到祠堂等候他，现在都找到家里来了！想必祠堂里，族里人已久等了。

番批一挥而就，不费吹灰之力。几句套话，千篇一律，包管生老病死，时辰八节，安康永驻。写批人照例在案前的铜盂里，恭恭敬敬地放进一块银元。

送走写批人，陈公河心中不禁有点苍凉。桃花不老，自己却已衰老不堪！想想还是研习一下养生壮阳，辟谷闭关为好。

近日炮声隆隆，听说日本人在澳头和海门登陆，见人就杀，见屋就炸。

几百个日本人，占领了半个汕头。海门人口不足三万，被杀了一万多人。各种消息不胫而走。族里的人，三天两头来找陈公河，谋划对策。照这样下去，不出几日，溪东屠城。日本仔之势，史上所无。以往倭寇来袭，不过杀人抢船，劫财劫色。今次非同往昔，陈公河一时也乱了分寸。

这日，阁老携众族长来拜，众人长吁短叹，有说请公河卜上一卦云云。

公河唯有长叹："岂是一卦所能力挽？笑话！"

说是说，面对如此惨象，公河以为，大有国破家亡的迹象。陈公河一时无话可说，摇头叹气："我乃俗人，一前清不才而已，看不明白这种大国乱象。请各位到书亭喝茶，不才恕不奉陪。"说完，闭目养神，不再言语。

众族长先后离去。公河见武阁老坐着不动，正色道："莫谈国事！"

阁老道："闻公河仁兄，正热衷于辟谷闭关，早就想与兄切磋切磋心得。国破山河在，闭关辟谷也是可为之事，愿闻其详。"

"真想与不才切磋？"

"当然！"

"公河班门弄斧了！"

"天地氤氲，万物化淳。男女媾精，万物化生。此人生调息性命之根本，摄生之所由。凡人谓之不稽，实曰野哉。夫一戏，二十已前时复，三十已前日复，四十已后月复，五十已后三月复，六十已后七月复。《道经》云：六十闭户者，言人疏于学性，已损于未萌。以此戒之，犹多病患。噫，夫世人不能畜养元和之气，保惜形容，妄服丹砂资助情欲，奢忕则神魂不附于身，茫茫失涂，精魄俱丧，兀然质朴，旨趣都忘。或有功未就，或有始未成，生涯落然，身婴痼疾，夜起不得枕席，是以劳历妻孥，绵缀岁序，良由不知道性，贪徇庸情而已哉。

"观夫世人，母存者不啻其十八九，父存者不啻其十一二。以此推之，则人多嗜欲所惑，蹶其性命，诚可悲之矣。"

"这不是刘词的《户内消息》么？"

"是与不是，愿洗耳恭听。"

陈公河忽然嚣张。近日情绪焦灼，正好拿阁老游戏一番。

武阁老见公河如此自傲，有心将陈公河一军，便作揖道："鄙人孤陋寡闻，然喜道听途说一二，斗胆说来，请仁兄不吝赐教。"然后，娓娓道来：

"作者刘词，891—955 年，字谦。晚年号茅山处士。唐末至五代时元城（今河北大名县东）人。后梁贞明间（915—920 年）投奔邺帅杨师厚，以勇悍闻，唐庄宗（李存勖）时列于麾下。后周世宗时，官至永兴军节度使，兼侍中，行京兆尹事。显德二年（955 年）卒于镇，时年 65 岁，谥忠惠。刘氏著有《混俗颐生录》二卷，取通俗养生之义。全书凡十章，计饮食、饮酒、春时、夏时、秋时、冬时，息劳、患风、户内、禁忌。每章皆缀以'消息'二字。消息者，体察也。意在说明这些养生经验都是他亲自实践或考察而来，他在该书《序》中说：'词昔年五味酒食过度，痼疾缠身，思其所因，有自来矣。遂即栖心附道，肆志林泉，景虑都忘，至渐痊复。词禀性愚玩，昧于忌犯将摄之理，粗约羁縻近二十年来，颇获其验。且夫修短穷通，人之定分，不能保存和气，而乃腾倒精神，加以锻铸金砂，资助情欲，弃其仁义，冀信祯祥，妄图永远，此其大惑欤。'又说，'摄生养性，则神谧延龄而已。今辄取消息枢要十章，题目曰《混俗颐生录》。'此公特别强调'此皆历试有验，非乃谬言'。可见刘氏对其养生经验是十分笃信的。该书第九章《户内消息》、第十章《禁忌消息》是关于房事养生的内容，想必仁兄对房事养生更有体悟，在下愿闻其详矣！"

陈公河听得心里有些忱，原来阁老还有如此雅兴！对刘词的房中术，如此熟稔，可见这老夫子，也不甚正经！可谓同道。可是他依然不动声色，并不正面附和，沉吟良久，才淡然地说："仁兄得道甚深，佩服佩服！"

天井外的天空中，又传来隐隐的炮声，是日本仔迫击炮的声音。

他们同时注意到炮声，各自叹气。阁老无奈叹气："看来，在仁兄这里，只能谈风月了！"

"唉，莫谈国事。大清也已经过去好久了！"

陈公河在上海读中学的七女儿陈新玉，来信说要去美国读书。母亲桃花坚决反对！她早已托媒婆九姨，将女儿说与铜钵盂郭信臣的十少爷郭豫江。几个月过去，郭家未回音，说是十少爷还在美国未回。桃花心里便有些打鼓，摸不清郭家的意思。女儿十六，出了花园，到了嫁人的年龄，去什么美国？到处都在打仗，桃花去电报命女儿归来，并请在上海看陈家生意的景山老叔，专程把新玉带回来。

她见过郭家大少爷郭应木，也听说过十少爷，但未见其人。这不要紧。俗话说：嫁女要嫁大门楼。汾阳世家，门楼够大。不敢说门当户对，但陈家门楼也不低，信臣爷也经常来陈家上落（交往），两家在上海也有生意来往，算得上世交了。

陈新玉和凌芳同在明德，同龄，同去圣约翰。凌芳称新玉七表姐。如果新玉嫁与十少爷，则凌芳要改称新玉为十老婶。凌芳须随新玉侄孙的辈分。

新玉笑言："凌芳，不如从现在起，就叫我老婶算了，免得将来改不了口。"

凌芳笑答："爱嫁谁嫁谁！表姐而已。"她叹了口气，"你当真要嫁十老叔？"

"没有的事！想到嫁人就怕。郭厝人，都是人高马大的，我不喜欢！我喜欢美国人，我要去美国。"

"美国人更高大！你不怕？"

"不怕！有什么好怕的？美国牛仔，想想就喜欢！靴上的马刺，像朵花，好看死！"

在小暑那天，她俩就这样走进圣约翰的教室。

这日，桃花又去了电报局，电报局的人很欢迎她！一天几次电报来回，把平日冷清的电报局，搅动得笑语盈天。她每次来，总要给女职员塞一点干果蜜饯，给男职员递几盒洋烟。礼尚往来，她也在电报局，饮饱了工夫茶。

桃花给景山老叔又发了几封电报，催他快快把新玉带回来。

她从电报局出来，急匆匆去找媒婆九姨。

九姨家在大寮。从溪东去大寮，半路上有个码头，码头的榕树底，有个讲古台。九姨的先生郑铁嘴，每日午时，准时开讲，一直讲到黄昏。中间有个把小时，是郑铁嘴喝茶的时间。榕树底是这一带最热闹的地方，练江上下游，两岸几十里旱路水路联结的村庄人，都会集到这里讨叹（做工赚钱）。这里日日人多如鲫。

郑铁嘴在台上讲古，九姨在台下说媒，兼卖草果（凉粉）。九姨用晒干的草果草熬汤，调入地瓜粉，搅拌煮熟成糊状。草果容器也很讲究，不能用铁器瓷器，要装在桶形的杉木桶里。杉木桶也很讲究，不能用上过油漆的，草果才有杉木的清香味。做熟的草果要浸在冷水里凉过，吃时用苗竹做成的刮勺，刮出薄薄一层，轻轻贴在碗底，轻撒薄薄一层土红糖，再贴上一层，撒上红糖，如是三五层，盛八分碗。文雅的，用小勺一小口一小口地品，粗吃的，就着嘴啜，也很有味。暑天里，那一丝深深的冰凉和浅浅的甜，直沁心脾。吸过鸦片的祖公说，跟吸足了鸦片的最后一口一样，舒服到脚底板。

草果2分钱一碗，两碗刚好，6分钱太饱。九姨的凉果，铁嘴的水浒，还有秀才六的三味橄榄，是榕树底的三宝。

郑铁嘴讲古无价，大人随意给，一般是2分钱。小孩免费，调皮的会摸走一分两分，郑铁嘴并不计较，却会随口带出梁上君子时迁的桥段，而且圆瞪双目，直逼那双摸钱的小手，吓得孩子赶紧收手！

九姨的嘴，比草果还甜。你还未品完，她便把满满一刮勺草果，举到面前：再添一点。由不得回应，草果已落入碗中，她顺手拿过碗来：加糖哩！又是满满一碗。品草果的都是斯文人，4分钱自然不会少给，何况九姨末了还不忘往碗里再加上一刮勺。啜草果的，九姨就不敢如此殷勤，那是要看人款的。

码头哪天少了铁嘴和九姨，就了无生气。卖鱼虾，卖草药，做小生意的人们便会随口打听：两位神仙去了哪里？出什么事了？他俩实在是码头上的人物，不可或缺。他们很恩爱，讲古做生意出双入对，夫唱妇随，很少见到有独自来码头的。

桃花闲来无事，几乎天天都会到码头来。听古是听出了茧，听了几十年了，可是，听古配茶，吃碗九姨的草果，再啃几粒秀才六家的三味橄榄，听听街谈巷议的风流事，一天也就消磨过去了。如今，何况还有小女新玉的婚姻，重任在肩呢！

码头上不见九姨，榕树底也不见郑铁嘴。平日熙熙攘攘的码头，冷冷清清，连常年在字纸亭旁边卖唱的瞽姬母女，也没了踪影。偶尔有路过的行人，挑担的小贩，匆匆而过。码头街上的店铺，也大多关门闭户。空气里有一种不安的气氛。范记牛肉铺还开着，但收起一半门板，肉案上搭着半腿牛肉。

卖肉的老板饶平范见着桃花，大声喊道："阿嫂，还不猛猛断厝（回家），个个在走日本呢（逃日军）。"桃花大惊！想问个究竟。饶平范指着半腿牛肉："阿嫂，半价卖汝啦！关门走日本仔啊！"说到日本仔，桃花魂飞魄散！哪里还顾得上买半价牛肉！她心想：这个饶平范，日本仔要来了，还想着卖牛肉，还半价？白送都无人要！

桃花拔腿就跑，颠着一双缠足放大的小脚，歪歪扭扭地拐进一条小巷。是条堵头巷。到处有人在逃跑。有的爬上屋顶，有的顺着街巷在跑，有人跌倒，一片哀叫。桃花急忙转身往巷口跑。

出了巷口，听见码头那边传来"砰砰"的声音。不好！日本仔打炮了。码头上的榕树底，平常讲古的地方，隐隐约约可见一片黄。

日本仔上码头了？

街市的另一边，过来一队日本兵，走路走得嘭嘭响，齐刷刷的。队伍中间有三匹马，骑马的是日本军官。桃花害怕得双腿发软，挪不动脚步。她已无路可走。

桃花全身发抖，拖着身体，闪进了小巷里一座倒塌半边的老屋。日本仔的脚步声越来越近，她听到拉枪栓的声音。

日本仔挨家挨户地进攻。对着关闭的门楼，不管青红皂白，就是一阵机枪猛轰，再破门而入，把人拖出来。有人稍有反抗，被一刺刀刺死。废墟的后库，正背对大街，桃花躲进一间柴房，柴房里有一架脚踏的舂臼，她就躲到舂臼的后面。

一阵激烈的枪声，有人大声惨叫的声音，带有腥味的风从窗口吹进来，桃花连忙用手掩住口鼻，想吐。

过了好久，四周静极了。桃花忍不住又趴到窗口上，看街上动静。

窗口正对着范记牛肉铺。

饶平范全身是血，背靠着牛肉案，坐在地上。他的脑袋歪向一边，低垂着，血从下巴那儿一滴一滴落在胸前。他一只手还握着那把剁肉刀。在他面前地上，倒着两个日本兵，饶平范杀了他们！他最后被乱枪打死了！五六个日本兵站在一边。立正。

桃花无法相信刚刚的那一幕！饶平范刚才还活得好好的，为了卖完那半腿牛肉，没有及时躲避日本兵，一个一顿能吃下半腿牛肉的汉子，就这样被打成了筛子。

桃花突然哭起来，她就像送葬般号啕大哭起来！她忘记了日本人就在窗外不过十几米远的地方，她连日本人的眉毛都能看得清楚。有一个日本仔似乎有所警觉，往这边张望，手里的枪就指着窗口。桃花吓得魂飞魄散！她连忙闭嘴，身体从窗口滑下来，跌倒在地上。

码头那边有密集的枪声传来，是日本兵又在杀人，还是受到抵抗？她听见日本仔跑步往码头的声音。

她还想着饶平范的样子。不堪值啊！杀了两个日本兵又怎样？那么多日本兵杀得完么？饶平范死了，他老婆孩子怎么办？

桃花重新爬上窗口。日本仔跑了？饶平范的尸体还横在那里。她不知日本人到底走了没有。

桃花悄悄地走到街上，街上空无一人，夕阳照在街石上，街石上到处是血渍，一摊一摊的，好几具尸体横七竖八地躺在各处。夕阳照在血渍上，把一条街照成血路，红通通的，像过年时炮仗的落英，红得十分恐怖。

街上开始有零零落落的人，像是从地底下冒出来的鬼似的，个个面无人色。桃花壮胆走到饶平范那儿，那里已经站着几个人，在指指画画。饶平范还没断气，身上中了好几枪，他握刀的手，在血泊里微微抽动。桃花大声尖叫："伊还活着！伊还活着！"人们没见过这场面，不知所措。桃花赶紧跑去街角，敲开怀仁诊所的门。

诊所的人把饶平范抬走了。

桃花像死过一回似的，惊魂未定！回到家里，她这才发现，身上所有东西都没了，手袋，手镯，髻上的步摇，全弄丢不见了。

陈公河见她残花败柳的样子，心中惶惑：让土匪抢了？遇到贼了？他没有言语，只等桃花细说。岂知桃花一进门，伏在八仙桌上号啕大哭起来！

景山老叔找遍了新玉在上海可能去的地方，仍然找不到新玉。问遍了她的同学熟人，他看出来，没人跟他说实话。特别是所谓"圣约翰潮汕五美"的其他四美：凌芳、十八、马楚娟和郑燕玲，对这几个名媛，他毫无办法。他虽然是长辈，但她们个个是浩佬（厉害）人的千金，景山老叔跟她们说不上话。

前几日，郑桃花一天几个电报，把景山老叔搅得六神无主。可是奇怪，这几天，郑桃花反倒不来电报了。难道陈新玉自己跑回老家去了？那桃花也应该来个电话说一声啊！景山老叔心想，该发个电报问问。

新玉突然消失得无影无踪……

受到惊吓的桃花，逢人便诉说饶平范的惨事。她虽然没有亲眼看到饶平范杀日本仔，但她却目睹了饶平范被日本仔枪杀之后的情景。

平日里，桃花也常去饶平范那儿买肉。对饶平范说不上有多少好感，她觉得饶平范人虽然哈哈拢（马大哈），但还四正（正经），卖肉也很公道。只不过他见了年轻阿嫂，总要说些咸古，话里颇有几分挑逗。他说话总与肉有关，不是猪肉，就是人肉，又俏皮，说得人全身发热。

他人倒是大方，每每称完肉，总要随手割一小块肋条，重重地摔在称过的肉上，作为添头，将肋条特别穿在串肉的篾条外端，吊儿郎当。做这一切时，他的动作很是夸张，还不忘说这添头的肋条，有多好多难得！同时再说几句占人便宜的俏皮话，话不雅，也不粗，但很咸（色）。

饶平范大约是肉吃得多了，全身肉腱子鼓鼓的，很是健硕，也很惹中年大嫂们的话头。有胆大放肆的，会用手头的物件，去轻轻戳它，他并不在意，反倒十分受用。

饶平范出格的地方，是他总把一套长长的牛鞭，连同两个鹅蛋大小的牛睾丸，挂在最显眼的肉钩子上，挂出一个雄赳赳的形状来。活生生、血淋淋的牛鞭，很是威武。他时不时会说个把典故，把牛鞭和牛笑（母牛的生殖器）的功能，说得神乎其神。碰到上了年纪的街坊，像陈公河之类的遗老遗少，他会专门推介牛鞭给他们，话里有几分坏坏的善意。最坏绝的是，有时用两个并列的钩子，挂出一个展开的牛笑。一些人不明就里，觉得奇怪，饶平范会坏坏地，又一本正经地铺排出几样有关牛鞭和牛笑的传说，突出范氏美食的作用。

饶平范肉铺，在当街的角落里，垒起一眼土灶，架着一口大铁锅，常年炖着牛鞭和牛笑，加上川芎、当归和肉苁蓉，还有少许黄精。奇怪的香气，传遍了整条街。据说街上的男女，情感都分外热烈，生男孩也特别多，个个都强健壮硕。生女孩个个有双明亮的大眼睛，且十分风情。这和炖锅里那些大大的牛眼睛，是否有天然的关系？也未可知。反正饶平范肉店已祖传了好几代人，大约从咸丰年时就有了。隔壁还有中药店，是饶平范堂兄开的。一家两绝，药肉双璧。难怪肉店和药店两旺！

码头街的空气，至少有三种以上浓浓的味道：海腥味，中药味，还有川芎炖牛鞭牛笑的奇怪香味。

肉店门口侧边，有几棵连抱一起的枇杷树。树下有个工夫茶局，这是所有潮汕店铺必备的格局。茶局从早到晚，人流不绝，喝茶的比买肉的人还多。有几位乡里老大，几乎天天在此闲坐：食茶，纵谈家事国事天下事，风雨不绝。有时，肉铺成了四乡八里的临时议会。

饶平范肉铺，备有茶酒，随时取用，不收分文。当然，茶是老爷茶（拜老爷的供品），但是那种还过得去的低级色种。酒是乡下养猪户自酿，附送肉铺的地瓜酒，有点苦，有点曲味，也还过得去。

乡里老大大多上了年纪，有些前清的身份，算是乡贤。他们大多家道不错，为谢饶平范的好意，自是带上好茶好酒，酒通常是来自客顶的肉冰烧或恒兴赖茅。茶是大红袍或铁观音，也让饶平范开了眼界。饶平范也因此对烟茶酒，变得颇有学问。

当然，老大们最惬意的，还是大清早，揣着个空腹，连水也忌喝一口，踱步到肉铺来，先喝上一碗饶平范炖了一夜的川芎牛鞭汤或牛笑汤，自是畅快，又滋补，又壮阳，好过吞半瓶六味地黄丸，也胜过去闭关辟谷。喝了碗汤，嚼几口牛鞭，这一天，即便下雨，身心也自然而然顿觉旭日高照，红光满天。

据喝过此汤的陈公河老先生形容，此乃溪东第一大补，潮汕第二大补。有人问，那何谓潮汕第一大补？陈公河自是不说。

饶平范的肉铺，实在是溪东码头的街市翘楚。如今，饶平范被日本仔杀了，不知生死。一连几天，桃花都不敢出门，陈家大宅大门深锁。电报局的差役，来了几次，拍门不开，只好将电报塞入门下。几天下来，门下都塞紧了。

日本仔在练江码头如风来去，杀人放火，还居然枪杀了饶平范，害得溪东人好几天吃不上肉。溪东人自然很气愤！

乡间有了许多传说。饶平范杀了两个日本仔，自然是抗日大英雄。郑桃花见者有份，居然在血泊中还发现饶平范未死，又去叫来医生抢救，自然也是女中豪杰。救人一命，已然恩重如山，何况救的是大英雄，胜造七级浮屠。

日本仔已退去无踪，码头又是风清月朗。卖草果的媒婆九姨，先生郑铁嘴，瞽姬母女，卖鱼卖菜贩咸料的，都回到了榕树下。

只是郑桃花，仍然心有余悸，不敢轻易出门，心惊惊的！陈公河也暂无每日一汤（牛鞭汤）的加持，他偶尔会问："饶平范活否？安否？肉铺还开不开？开了百多年的肉铺，就不开了吗？"

没有人能回答他的问题。郑桃花也不能。

码头又无事一般。只是多了两名乡警，在码头上巡逻。乡里人送了他们绰号，一个叫千里眼，一个叫顺风耳。他们负责打探，看日本仔有来无。

刚开始时，他俩还天天定时眺望练江方向，看有无日本仔的火轮船。半月后，饶平范伤好重开肉店，他俩便坐进肉铺的茶局里去。取一碗牛鞭汤，喝下，爽了一整天。他俩喝得上瘾，忍不住口欲，再索一碗时，气色略逊的饶平范，会有气无力地说："老弟，少喝滋补，过量无益，小心烧坏浪鸟（生殖器），无药可救呢！"

吓得千里眼和顺风耳连忙走开。饶平范脸上浮过一丝狡黠的笑。

饶平范身上七八个枪眼，每枪都打不着要害，饶平范十分得意。日本仔也不过如此，这么近的扫射，眼目太差了。

他身体这么快复原，连饶平范自己都很惊奇。他更迷信牛鞭和牛笑了。

第十一章　大暑

腐草为萤　土润溽暑　大雨时行

我曾经询问看见过光的那人，他说他是光的知青朋友，他们曾经在同一个搬运组。他很感激光对他的照顾。他们在搬运组道别，各奔前程。

说这话的人叫陈三和，他现在是个卖中药的。

回城之后，有一天，有人来"拆药"，他头也没抬，低头接过药方，包好药，抬头一看，见是光。他大吃一惊！原本壮硕的光，如今枯槁得如同一只老橘。不等他搭讪，光放下钱，拿过药，走远。

"多久的事了？"

"四十年前，那年光30岁。"

我这才想起，光快70岁了。

那么，苦初3号如果还健在，差不多一百岁了。时间真的会带走一切，而不落下任何痕迹吗？的确如此。中国人特别会消灭。包括抛尸灭迹。你很难看到三百年前，普通人家先祖的古墓古碑。你也很难找到二百年前的祖先痕迹，但却能轻而易举地指认，千多年前，唐朝的郭子仪是为开基祖。

在澄海樟林的乡村土路上，我惊讶地发现，这条长达十里的石板路，铺路石竟然都是明清的墓碑，上面清晰地镌刻着妣和考下面的××公或××孺人。这些姓氏正是此乡的姓氏。这大约是大跃进时期，深翻改土挖坟砸碑时的杰作。先人尸骨早已扬灰，棺材板早已烧火，墓碑早已踩在脚下……

人真是一种特别健忘的动物。

这是茉莉、凤仙花盛开的季节。充沛的雨水和雷暴一起，毫不客气地从练江上游向出海口席卷而去，海潮也争先恐后地奔涌而来。大海退潮时去势汹涌，唯恐人不知，且时间很短，退得很快。而涨潮时，又斯文且倍加耐心，一点一点，毫无动静，不知不觉就漫过沙渚，淹没海涂，把张扬狰狞的礁岛拖进海底。同时，海水慢慢涌入练江，不动声息地漫上堤坝，漫过码头的拴船礅，一直渗到街石上去。

退潮其实是水的溃退，但是它做足了声势，好似凯旋，它色厉内荏，却丢盔弃甲，仓皇而去。涨潮是沉稳的，常常在无风无浪的时候，人们还在岸边憧憬夕照，它却悄然而上，没有一丝动静，更不喧哗。它温顺地抚摸，切合轻柔的意绪，它的目的只有一个，把一切拖向深处，完成一种无间的掠夺。在璀璨的晚霞背后，是一场黑暗的风暴。

陈公河子夜即起，一个人挪到了天井。在天井里，望天太狭，便独上碉楼。夜空里天高地阔，田洋上似有鬼火。鬼火如灯笼，亦如彗星拖过。又似有无数如豆残灯，在黑暗中行走。今夜星象空蒙，但还看得清楚。

此刻，夜色正浓，忽然烈风骤起，云飞云散，忽然间就月朗星稀。陈公河心中一惊，只见东方天际，似有天狗，隐身云中。这云中天狗，如大奔星。有声，其下止地，类狗。他吓了一跳。此星类狗，系妖星之属，为太白之精流散而成。他顿觉全身肿胀酸痛，似百爪挠心。

他想起《史记·天官书》有记载。他连忙下楼，找来《史记》，迅速翻到《天官书》。一看，大惊："天狗，状如大奔星，有声，其下止地，类狗。所堕及，望之如火光炎炎冲天。其下圜如数顷田处，上兑者则有黄色，千里破军杀将……"此乃兵大起，国易政之兆也。陈公河大惊！跌坐在地上。

桃花早已入寐，听见响动，惊醒，以为有贼，连忙起身掌灯，但见陈公河跌坐地上，大惊失色，连忙扶起。诧异半夜三更，作甚？

公河气力已尽，口中却嘀咕不休，不知说甚。桃花心想：天亮就去拜佛。公河是着邪了！

公河喘过气来："扶我上去！"他指着碉楼。

上去？桃花以为他在说梦话。

"我适才上去了。有天狗！"

"你刚才上去过？"桃花满脸狐疑。他什么时候行得路，上得楼梯？

"棉裓还在上面，去拿下来吧。"

公河缓过气来，他这才细思量：刚才自己是怎么上去的？刚才真的上去过吗？没错，是看到了天狗！

桃花从碉楼下来，手里捧着公河的棉褂："你真的上去了？怎么上去的？你真的能走了？"桃花很是欣喜，又很惊奇。

公河试着挪动身体，勉强站起来，却迈不开步："扶我上去！"公河向桃花伸出手："上去看看天狗。大事不好！要变天了！"

桃花见过日本仔，她心有余悸，信了公河的话。这几日，令她心中困惑的是，几个日本仔，就把一条街的人给吓趴了，任其宰割。这是怎么回事？只有杀猪卖肉的饶平范不怕死，算得上是一个男人！他胆敢杀两个日本仔，中了七八枪还死不了。

往日，街上常见国军走来走去，个个威风得很！半夜三更，打家劫舍的土匪，也没少来。还有，时不时从大南山里跑出来，往白墙上刷红色标语的游击队，也不在少数。可是，日本仔一来，全不见他们踪影。

桃花心里十分惊恐，真是出了天狗？天要裂了？她越想越怕！明天一定要去拜拜，求佛祖保贺保贺。

她心里急于想知道究竟，连忙半扶半拖地把公河弄上了碉楼。奇怪，往日沉重的公河，此刻很轻，她像拽着一把棉花似的，几步一个楼梯。

桃花扶着公河看天，夜空一片迷蒙，她什么也没看出来，几粒模模糊糊的星星而已。

公河看着天，神色凝重，半天沉吟不语。桃花急了："你看出什么啦？天狗究竟怎样？是不是日本仔又要来了？"

"你静静！天机不可泄露呐。"公河颇为焦躁。

夜空寂寥，云翳遮蔽了朗月，天幕有几抹淡黄，慢慢向地平线渗透，这就是所谓"其下止地"之意了。陈公河忧心忡忡！

日本仔长驱直入，上街杀人，分明制造天裂，民众猝不及防。幸好有一杀猪宰牛卖肉的饶平范，让日本仔不敢小视草民之恨。但是天狗之象，是为另说。溪东之命，已无法孤悬于世。公河对桃花说："快快收拾收拾，到大南山去躲躲！与匪为友，毕竟同根同族矣。"

"那你怎么办？"桃花犹疑。

"难道还能把我剐了不成？我没事。说起来，就说是大清遗民，还能怎样？"

桃花不信邪，高声说："死就死在一起罢！孩子们躲避就行。唉！新玉是不能回来了。"

"她自有安全之处。你别添乱就好！我早有安排。"陈公河不无得意！他永远有先见之明。

桃花欲问个究竟，公河道："马灿汉比你我明白。凌芳怎样，新玉就怎样！好了，回屋吧，天狗真的来了。"

天边黄云正坠。

大雨太过嚣张，它夹带着蒸腾的暑气，伴着轰隆隆的雷声，肆无忌惮地四处乱抽，逆风横雨，全无章法。炎热的天气和滂沱大雨相处得很好，它们明目张胆拥抱起一个盛大的夏天。

做咸料的李纯洁，照例天未亮就到码头来。他是来收购苦初鱼做苦初计的。这种银白色的小鱼，对水质要求很高，要很干净的河水，才能成活，只能野生，不能养殖。十多年前，溪东的大小河汊，特别是湿地浅水里，到处都有苦初鱼。在芒种前后，苦初最旺的季节，每天都有人送上门来，收个百八十斤，是常有的事。十多年来，每斤从最初几毛钱到几块钱再到现在几十块钱，价钱越来越高！

如今，练江成了一条臭河，鱼虾都绝了迹。即便是靠海的湿地，也日渐干涸缩小，原本星罗棋布的河汊，也渐渐被填成了陆地。苦初鱼无处安生，越来越少，怕是要绝迹了。

已经有好几年没有人送鱼上门了。在苦初的季节，李纯洁要天不亮就到码头上去等，天亮时鱼市开张，他一斤一斤地收购。每天运气好的话，也就能收到几斤。空手而归是常有的事。

李纯洁已经很少去想地球物理的事了。这四个字早就从他的字典里抹去了。他回归了他上大学之前的生活，做回了一个平凉的乡民。他虽然还不是百分百融入潮汕人的生活，但他非常习惯潮汕的一切。

他从心底里承认，他是离不开陈新秀身上的气味，那种潮汕雅姿娘独特的味道，还有那四个对甘肃平凉全无印象的儿女。他有时会想起平凉，和新秀说起平凉。当知情解意的新秀劝他回老家看看时，他反而无言。他明白，那是一个回不去的地方。

有一件事，他一直没对新秀说，当他习惯了潮汕的生活，他就更不愿意说了。

他们结婚时，李纯洁老家没有人来。李纯洁推说老家太远，来不了。婚后，新秀提出去老家拜见公婆，李纯洁说等有了孩子再说。再后来，就干脆回避了。聪明的新秀从此再不提起甘肃、平凉。那个地方，本来就和潮汕无关。

新秀很满意这种没有公婆念叨的日子，包括咸料铺的生意。她只是很不喜欢人们称呼李纯洁"苦初李"。难听死了！苦啊苦的。李纯洁倒不在乎。这个苦字，李纯洁听起来很惬意。事实就是如此。

今日很失望，只收到一斤多苦初，还不够做两瓶苦初计。苦初计成古董了。吃惯了苦初计，把苦初计当胃药、肚痛药的老太太们，简直把它当圣药。溪东人最迷信苦初计了。一瓶陈年的苦初计，是最金贵的手信。

现在，一瓶三四年的苦初计，可卖到两百多元。最贵时，成本也就几十元。当然，工夫和时间不算在内。李纯洁卖得很坦然。

若是新秀经手，她会视人面，少收五十、二十不等，博得了老太太们开心，很是赞赏，当着面夸新秀会做人，旺夫福子，不发财都不行。新秀便笑笑："卖滴仔咸料，发乜财呐。"随手添几粒乌榄，几块咸菜，再撒上点南姜末。这一切，新玉做得自然，在说说笑笑中，把小生意做得风生水起，皆大欢喜。

每天早晨，大人小孩来买杂咸，人在铺前一站，新秀一见人面，自知配什么杂咸，买多少钱。把话去聊客气，聊家常。新秀清清楚楚，东家几粒乌榄，几块咸菜，几尾咸鱼，半边腐蛋；西家几块豆干，几多钱螺计，几片豆酱姜或醋姜咸姜，口味如何。几条街上千户人家，上千份杂咸，每家买几角几分合适，新秀都照应周全。若有人家来了客人，新秀会在各式各样里，多添上一些，并声言附送，一起请客。

李纯洁耳濡目染，明白了潮汕人的生意经，全然不在单纯生意，人情更加重要。和气生财不错！他去码头买苦初，也不讨价还价，互相说了就算。有时连称都不用，用手估一下斤两，差不多，说一不二。李纯洁发现，这样比算斤卖两更合算！卖鱼的，你跟他掐价，斤斤计较，他比你更势利。你若跟他聊生活，说辛苦，做朋友，他反倒随便。反正都是自家生产，去江里海里讨叹得来，多点少点也无所谓。说得来，又少生闲气，早晨顺，一天都顺顺。好事！

咸料铺通常都在晚间十点关门，会留一个小窗口，让想买的街坊随时来买。但通常过了午夜，一般不会有来买的。家长会教示家人，要予人方便。

都知李纯洁这个外省人不易。

晚上十点过后，李纯洁边看铺边制作杂咸，天天如是。这日复一日的生活，是他忘却甘肃平凉的最好方式，也是消弭他与地球物理关联的最好良药。他时不时应付敲窗的买家，顺手接过陈新秀递过来的工夫茶。一杯茶落肚，李纯洁就彻底忘记了日里的劳累。

孩子还小的时候，他在店里制作咸料，陈新秀坐在一旁，一手冲茶，一手抱着孩子喂奶，膝下还有两三个孩子东倒西歪。他不紧不慢地腌制咸料，一家人在一方小小的天地里厮守。为什么还要去遥想甘肃平凉呢？那里不会有这样的好日子，有的却是痛彻心扉的往事。

如果不是那次刀割般的肚疼，不是当众疼倒在地的窘迫，如果不是新秀偶然路过的救助，在芸芸众生中，他怎么可能遇到她？然后娶了她。

潮汕姿娘很少会主动结识外地来的打工仔，更何况，陈新秀出于溪东名门，是属于地方上浩佬（厉害）一族。这样的女孩，轻易不会与外地人谈婚论嫁。

那天，情急之下，她就近将他扶进家中天井。新秀母亲一看，就知这是疳积引起的腹痛，平日吃食无度所致，急忙用苦初计掺粥给他喝下，立刻得到缓解。他在去医院路上，就已无碍，于是直接回文胸厂。

李纯洁把已经腌渍了一整天的苦初鱼拿出来，准备装瓶。在白酒和盐中睡了一整天的苦初鱼仔，条条硬朗，白里透亮，浓香四溢。他深吸了一口气，这浓香还刚刚开始，装瓶夯实密封上三五年，日益增色增多的浓香，被压缩珍存于玻璃瓶的狭小空间里，一旦释放，那是要香倒半条街的。

苦初鱼越来越少了，今天李纯洁只买到一斤多，不够装两瓶。他只好找来一大一小两个啤酒瓶，把鱼一条一条，小心插进去，插满了，再把腌鱼的汁水倒进去，密封。

也许这是最后的苦初了。

今夜，李纯洁把这一大一小两个装满了苦初的啤酒瓶，绑在一起，放进一个木匣里。他在木匣上写上了时间：2009 年 7 月 7 日。

为什么这么做？他不知道，没有任何理由。他隐约觉得，苦初和自己有着某种命运的关联。其实，他没有跟新秀说，他一直有胃疼肚疼的毛病，连他自己也说不清楚是胃疼还是肚疼。从小也没怎么看医生，家里太穷了！有合作医疗时，去赤脚医生那儿，拿几粒药片应付一阵子；后来没合作医疗了，忍一忍就过去了。

他知道了苦初计可以治胃疼、肚疼。果然，他吃过几次之后，好多年没疼过了。是苦初计让他摆脱苦海，给了他一个雅姿娘，一个婆姨，一个真正的家。

突然，有一阵心酸袭来。他想起了甘肃平凉山里的小河，小河有水，水里也有类似的小鱼，没有人会用它来治病。可是，它一定不叫苦初。苦初这个名字，太古老了，是最古老的潮汕话里最古老的词吧。它只属于潮汕！

很久没有这样的惆怅了。苦初之有无，竟让他有些失魂落魄。没有了苦初的日子，将会怎样？他不知道。

这种陪伴潮汕千百年的物食，真的要永远消失么？

练江的臭味驻留在风里，一年四季，风永远都是发酸发臭的。用江水浇过的大菜，长相都很畸形。每年冬天，李纯洁腌咸菜时，要用大量买来的水反复冲洗，也洗不掉那股怪味。他很担忧，也许今后做不成地道的咸料了！没有好的干净的菜料和腌料，怎么做杂咸？做了十几年杂咸，已经做成了一个事业，现在却很迷惘。

李纯洁刚来潮汕时，练江水还很清，江上有渔船，傍晚渔船泊岸，他还到船上去买过鱼。

上游发大水，河汊里的白鲫鱼成群结队，逆水而游。那时，他在文胸厂做缝工，下班就到江边去，游水，看云，想甘肃平凉和一些令人伤心的事。那时大姐还未出事，他每天只想着有加班的机会，想着快到月底，支点工资给姐姐寄去。

那时，练江的水，会使他怀想平凉的水，它们一样的清澈。可是现在，不会了。他不用再去怀想平凉，那里已经和自己没有一点关系了，而练江的水，也黑臭得无从联想了。

铜钵盂八座厝张灯结彩，人称仰天狮的郭贤辉，此刻正在为喜得八子庆生。

练江上时有炮声，仰天狮全不理会。他四处扬言，日本仔炸他的炮，我放我的炮（鞭炮）。日本仔敢来？可以，有酒他喝。想杀人放火？有胆就来！他不怕日本仔夜袭。在堂北湖（铜钵盂）的土地上，没有日本仔的戏。

一番豪言壮语放出，铜钵盂便欢天喜地。人们心安了许多。说实在的，千余年来，铜钵盂是块福地，从未有过兵患。东晋时还是县城首府，哪家兵匪都不敢动它的心思。

八座厝纵横的几条街巷，全搭上凉棚。百余棚工，搭棚就搭了半个月。仰天狮专门从潮安文里，请来几位画工，在每根大毛竹上，描红漆金，做花做鸟，极尽气派架势。

在潮汕，一个男婴的庆生，与一位百岁长者的仙逝，没有差别。都是大红大白的盛大喜事。仰天狮老来得子，贤字又是本族最高辈序，男婴一出世，辈分便为高祖。仰天狮曾做过潮阳县长，做了许多好事，是公认的大乡贤，如此显赫的世家，自然要摆大排场。

在铜钵盂，不管世道如何变幻，向来事事例行古训古俗，虽世事多变，但风俗不变。只是明做暗做而已，都万变不离其宗。

但凡德高望重的长者白事，自出殡之日起，要做七七四十九天的流水席。长子则丁忧三年，严格照先秦古训去做。红事就更不马虎，喜庆诸事，是可以做到无所不用其极的。

一个小小的铜钵盂，除了老宅大院潜藏于灵潭田洋深处外，竟有数条街道纵横而织的圩市，遍布各种作坊商铺古港。河汉私渡，行船走马，贯通四乡六里，辐连峡山周、城前马、溪东陈和汕陇郑等等名门大户。

四乡六里的人，有事无事都来铜钵盂。这个被称为小上海的圩市，在清末民初已经是一座很现代的城。人们足不出铜钵盂，已经能做天下事了。古港的小火船，也可以直驶上海十六铺码头。

这个藏在大南山下，练江两岸的小小村庄，在 20 世纪 20 年代，就已经十分繁华。水龙电话夜总会，钱庄银铺侨批局。棺材铺，灯笼铺，油纸伞，铜匠店，拍银铺，香粉铺，米瓮，杂咸铺，屠宰场，米铺，寿衣店，库司铺，香烛店，慈善堂，礼拜堂，古董店，甜汤铺，鱼丸店，木工场，纸字铺，乐器店，琴行，土行，猪肉铺，果条铺，米粉店，生果行，裁缝铺，西装店，美发厅，电讯局，代写书信，照相馆，写真楼，油画廊，古旧书店，猪中，牵猪哥，阉鸡佬，补炉窗，跳神婆，媒人婆，挽面婆，补衫裤，营街招，做把法（把戏），卖膏药，掠水鸡，饲鸭寮，走街郎中，点痣佬，补鼎记，渔具店，种子铺，鱼需品，海味店，盐行，锁匙铺，瓷器铺，剃头铺，贝灰窑，搭棚铺，糖塔铺，红砖店，竹篾铺，薯郎店，染衫店，饼铺，杉铺，家私铺，道齿（镶牙）铺，修车店，茶米铺，膏仔铺，凉水铺，煤炭铺，中药铺，西药铺，鼻烟店，蜡烛店，拍石铺，诊所，公仔（连环画）店，刻印社，私伙局，老人间……五花八门，林林总总，应有尽有。五行八作，开铺摆摊，引车卖浆，分工专作，精致细密到无法想象。大上海也不外如此。

仰天狮是见过大世面的。他和出生于清末光绪年间的铜钵盂人一样，大致的经历如是：年轻时涉险去做几年鸦片掮客，赚了钱去出洋留学，学成去上海或东南亚，先做伙计或直接经商，做火�‌砻或钱庄。广交朋友，多做善事。上了年纪再回乡光宗耀祖，做阁老或入仕……几乎每个铜钵盂郭氏家族的祖训格式，或文或武，概莫能外。没有行过乌水（出洋），没有去上海上过漆（经商买办）的人，在铜钵盂是风光不起来的。铜钵盂少有的几个地痞，只能流落他乡谋生，铜钵盂没有他们立足的地方。

仰天狮在乡里算得一方人物，他和另一位圣人——人称趴地虎的郭豫木，俗称铜钵盂双雄。

但凡铜钵盂大小事，红白事，仰天狮在前台，趴地虎必在幕后。仰天狮几乎随时随地随处可见，他虽行踪无定，但每日卯时，天还未亮，在楼栖酒家二楼临街窗口，他一定倚窗而立，一手茶壶品茶，一手执扇听风，等看东方日出。只有在这里，才能完整地观看日出。此时，仰天狮在日出未出的浮光曙色中，几成剪影，而尤为独特的正是他微微向天傲视的形影，恰乎绰号仰天狮。

趴地虎郭豫木与仰天狮相反，人们很少见识他的真面目。铜钵盂以外的人，大都知道铜钵盂有个人叫趴地虎，自然是闻其名不知其人。而铜钵盂人，大多识得豫木爷，却少有人将趴地虎与豫木爷合二为一。真实的豫木爷，没什么名气，而传说中的趴地虎却大名鼎鼎。

趴地虎个子矮小却粗壮无比，用虎背熊腰亦难以形容。他身躯的横阔，超出想象。而其横阔，包括头脸、胸背、腰腿，兼顾了熊虎狮的体形体魄。

用现代的话说，仰天狮是仰望星空的。在幽深寂静的仁记巷中，仰天狮行走别有一格。他常常双手交叉，藏在背后，望天而行，时常错过与人打招呼的机会。有时醒悟过来，来人却已走远。因而，常有得罪。

我在铜钵盂的街巷中行走，空置许久的深宅大院，弥漫着无处不在的幽森和鬼气。它们从紧闭的门楼和敕石中，不断地传染着一种蛰伏的坚持，散播着任是何种力量都无法摧毁的意志。它们在每一个角落蠢蠢欲动。

我很明白，在这些老去的砖石和贝灰交媾而成的生命中，包含着许多不知名的人物，他们默默无闻如蝼蚁一般的人生。他们亦如砖石一般，由人堆砌，同时也在堆砌另外的人生，不属于自己的人生。这些巨大的、结实且华丽古旧的建筑，埋葬着几代人，遮蔽着无数人的青葱岁月。

有些人在这里出生，从这里走出，或许永远不会回来。有些人终其一生，从未走出这方寸之地，老死其中。有些人从来无缘此地，却因它罹难，只因一种宿命。

我常常在空宅阴冷的黑暗与寂静中，听见沉重的脚步声，那种在一切旧痕的履历中，举步维艰的犹豫的脚步，在一下又一下的间歇停顿中，无奈地叩击着坚硬的地砖。呈八角形的厚厚的地砖，是用糯米和上夯土烧制，火一样的红色，渗着烧蓝的幽光，有着钢铁的质地。在郭大伟和马灿汉来仁记巷时，他们的军靴，靴底的镶铁，会擦出火花并有锐利的金属撞击声。这些声音，使这片老宅有一种冷兵器时代的威猛和追忆，同时让这种古老，有一束未来的曙光。它们复杂的时光交融，也让太阳的照耀，沐浴这片土地恒久温暖。

多年以后，母亲凌芳和她童年的伙伴相继去世，她们的永别，并不意味着她们的割断。她们生命的光华和曾经的目光，都在太阳的照耀中，以无尽的缅怀，鸟瞰每一个早已融进这些老屋的人生。在这里出生，出嫁，成长，甚或有关联的人，老屋的衰草和墙根，都与他们的生命攸关。起码在精神品格和良知上，是这样的。

我孤单地进入，却无时无刻不感觉着父亲母亲及太祖高祖的存在。人，如何可能是一粒孤种呢？可是数典忘祖不是已经成为人们的常态了么？

第十二章　立秋

凉风至　白露降　寒蝉鸣

听说我要寻找 70 年前的苦初 3 号，还要澄清一些什么历史事实，朋友直呼不可思议！他提出："给我们县做一个城雕吧！说说你的创意。"我半开玩笑："做一个苦初 3 号，或者知青光的雕像，怎样？"

"不好！"他不假思索。他官至县长。

"为什么？"我质问。刚才是玩笑，现在是认真。我想考探他的人文境界。

"不为什么。不能搞个人崇拜！"

"没有面孔，只是象征。一个是革命者，一个是知青，代表一种思想，一个群体而已。"

"那，还是不好！"县长有点消极！

我严肃地说："那么在城市出口或河东书院，建一座陈耀振的塑像。"

"陈耀振是谁？为什么要为他塑像？胡闹吧。"

"胡闹？乾隆二十六年，他变卖家产田土，创建河东书院，并发动几百乡民捐资办学，二百七十年来，育人无数！这样一个古人，值不值得塑像纪念？"我非常严肃，有点动情同时生气地说。

"哦，那得请示上级！"他有些无奈地说。

"请示，你不是一县之长吗？做一个古人的塑像，也要请示？你应该去请示人民，而不是上级。"我很气愤。

他一时变得十分无力。

"那由我募资，校友建设，行吗？"我不客气地说。

"这，不太好吧，不能乱了规矩！你少管闲事好了。"

十足的庸官，我在心里吼道。他在读大学时，不是这样的。这难道是他的诗与远方？

——这是我在 20 年前，与我做县长的大学同学的对话。

梧桐开始落叶，镶着黄边但依然暗绿的阔叶，在这天黄昏，轻轻地飘落了。这是今年的第一片落叶。

那片落叶，从脱离向阳的枝头，向下跌落的时候，恰好海上吹过来一阵轻微的凉风，这是立秋的第一缕海风。它一定是突破了深海的层层障碍，破水而来，是一个冬天里黑暗蛰伏之后的冲锋。

它悄无声息地从深幽的海地向天空拂来，飘拂了许久，最先感受它的凉意的，一定是铜钵盂的仰天狮！溪东的梧桐，那片最早成熟的梧桐叶，却已经迫不及待地要离开母体，飘零而去。但是，天空里还是有一声叹息的。

也许是夜半，也许是黎明，梧桐落叶在早晨到来时，已经铺满一地金黄。那个纷纷跌落的时刻，悄无人知地发生了。

那是一场晨早的美景，从碧绿到浅绿到赭黄，从金黄到金红至枯萎，它们只经历了短短的瞬间，一个短暂的灿烂。那自然也是一场悄无人知的屠杀。你不是落叶，你哪里会知道在生生折断中跌落的疼痛？没有伤口的疼痛！

凌芳之目睹伴随着的冥想，与仰天狮，与趴地虎，与陈公河，与雅姿娘桃花，与孤傲自尊的十八，他们之间，有着怎样的勾连呢？我很想知道，但始终无从知晓。

年年如期而至的立秋，又在不辞而去中悄悄别过的立秋，它在无尽的轮回中，究竟扮演了一个怎样的角色？

去大南山革命的郭文雄，在这天黄昏，带着他的队伍，悄悄地潜回练江流域的湿地，当然，他一定会光临溪东。

他和凌芳将擦肩而过，还是在满地落叶的飘飞中，享有各自的黎明？

半个多世纪之后，在经历了己丑之痛的种种追忆中，那种短暂的灿烂，遍地金红的屠杀，那种落叶的狂欢，已经渐行渐远而至空虚的时间，可是，梧桐不管这些，它是要年年如期落叶的。

在立秋这一天。

郑素冰派去大南山找文雄的人，已经去了半个多月，还没有回来，也没有消息，仿佛人间蒸发，从此没了踪影。

凌芳回到光德里，也已经好几天了。郑素冰见女儿终日不语，躺在屋里，不肯见人，叫她一起去礼佛，她也不情愿，把香烛在佛堂里撒了一地，她也不收拾，径自回到屋里。郑素冰万般无奈，她见不得女儿内心煎熬，只能在心里说：这个文雄，怎么做得出！

突然，大南山有消息来。

那天，突然本家人来拜访，是汕陇郑的郎中郑喜来先生。这位郑先生是郑素冰的姑表，在这一带行医，很有名气。他有一个不小的诊所，但他不安生坐诊，喜欢一个人游乡串巷，背着一个褡裢，脖子上还套着个听诊器。他中医西医都行，由人所愿。他不回答患者的任何问题，全由他说，说一不二。据说他留学日本，去过美国，在德国也打过仗，参加过第一次世界大战……总之，是个很有江湖地位的人物。

郑先生见了表妹，也不寒暄，开口便道："阿三不回来了。告诉他父母，他很好。"

郑素冰深知这位表兄很是大条，只是不明白，好好的阿三，为什么就不回来，还很好？凄惨！去做匪，很好么？

她也不好多问，只是细声细气地："阿三做呢了？"这话问得很隐曲。郑先生看出素冰说不出来的疑虑和担忧，他轻描淡写地："好过在光德里吧！"

"光德里不好么？"郑素冰只差惊叫起来！没有听人说过光德里不好！这是郑素冰想也不敢想的。

郑先生笑笑："阿姐气色不错啊！红牙红牙哦。不过，立秋了，暑气重，要蒸些莲叶食食凉。"郑素冰心烦意乱，无心听郑兄胡扯。

阿三不见了，怎么向他家内交代？文雄没有找到，却丢了一个阿三。害阿三去做匪，素冰很害怕，很内疚。

有人来找郑先生出诊。郑先生临行，郑重其事地交代素冰："这两日勿使凌芳出门，有客来找呢！"

素冰不明就里，但她是个聪明的女人，她马上明白，这郑先生所来何事。他不只是个游乡郎中，虽然四处行走，自诩悬壶救世。他经常出入大南山，说是救死扶伤，说不定还是个探子。

素冰听出他话中有话，他是在暗示她：文雄要来。否则，郑先生无缘无故说起阿三作甚？

她不想这么快告诉凌芳。想到文雄，素冰心里忐忑。想着女儿凌芳已到了当嫁的年龄，过了年就十八了。郭马两家，门当户对，嫁妆也早早办妥，都存到生菇（发霉）了。

这个文雄，做什么不好？一个读书人，居然去做匪，真真嗯知死（不知死）！但早有婚约，国共又打打合合的，也嗯知做乜个（不知做什么），真是激心到头痛。

想想也只好作罢！只要保证文雄是个好人就歇（好）。马灿汉又如何？早先不是还写了《休妻书》么！可是，每年回来拜祖，就出生一个孩子。郑素冰一想到就想笑。

有架势的男人都是奴仔（孩子），长不大的，不是想去黄埔，就是想去大南山。都是拿枪拿棒的，像奴仔相搏，汝拍我，我拍汝，分分合合，拍来拍去，还不是兄弟仔？各自口袋里几个龙银，互相掏来掏去的，真好笑！

"文雄又在做什么把戏？自己不回来，叫个郎中来传话，究竟又在做乜个？"

郑素冰的逻辑很有趣。

郑先生本来已经走出去好几步，听表妹自说自话，便细细听着。他本想对表妹说几句道理，但转念一想，忍住不说，走了。谁说得清楚？本来就是鸡生蛋，还是蛋生鸡的问题，谁弄明白过？

连这么有名的郎中，也是大南山的人，素冰更弄不明白了。

多年以后，当马灿汉从淮海战场南下，被游击队关进光德里，逃脱之后，又亲口对她说，他是奉周××之命，去460师策反。他把她从娘家带来的嫁妆，一箱子金银珠宝全带走了。他郑重地对她说："革命就要成功了！革命会加倍地还给你。"她笑问："谁还？是一个名叫革命的人吗？"他回答："是的！"

那一瞬间，她看出他很快乐。这是他们此生最后一面。

他走了，从此再没有回来。虽然有许多关于他的传说，忽人忽鬼的，但他始终没能如约交还给她。那个叫革命的人！是革命把他弄丢了，还是他把那个叫革命的弄丢了？总之，她在失去了十里红妆嫁妆的那一刻，她同时也找不回他了，一个叫马灿汉的丈夫。

她想不透。她从在49岁上失去他时，一直没想明白，过了50年，在弥留之际，她依然找不到答案。

还是应该马上告诉凌芳。

煎熬了很长时间的凌芳，听说文雄这两天会到，她没有很欢喜，却忍不住想哭。她明白文雄的失信，自有他的道理，只是她并不十分情愿文雄的选择。

　　她自进了圣约翰，看这个世界，完全不同了。拥有葡萄园，与种葡萄的人，吃葡萄的人，以及把葡萄施舍给别人的人，他们之间，有什么不同？她更认同于《圣经》的说法，却也难以反对文雄的说法。文雄崇拜马克思、列宁，一心想去打天下，一会儿说解救这个，一会儿又说去解放哪里，好像肩负着全天下的责任。

　　马克思、列宁，这俩人，一个是德国人，一个是苏俄人。她有些不明白，他们又没来过中国，没来过潮汕，他们怎么管得了中国的事？凭着一本《革命者教义问答》？凌芳似乎明白了一些。

　　在上海，听了太多血腥的消息，看见了太多悲惨的世事，面对这些，凌芳并不麻木，反而更趋锐利。她不愿文雄投入这片注定的血海之中。

　　她很紧张，不知该如何面对文雄。她常在梦中，见到一个面目狰狞的文雄，一个待囚的文雄。她的惊恐难与人言。

　　她并没有充分的理由和勇气，去阻止文雄的选择。她知道，他并不是一定非得去大南山不可。他的目的地在延安。在凌芳看来，去大南山是做匪，她见过从大南山来的人，一些与农民无异的乡民而已，有些还是传说中的土匪人物。可是延安就不一样了，有一些耳熟能详的大文人、大教授。她读过那些人的书，了不起的人！她不反对文雄去延安，她甚至也不反感文雄鼓动她去延安。

　　自然，她是不会去的。

　　两天过去了，文雄没有来，也没有任何消息。凌芳看起来很淡定，无事一般。母亲素冰却看不过去！她时常自言自语，嘀咕一些毫无意义的话。

　　母亲见凌芳笑得很瘆人，十分担忧，她决定去找郑先生，打探一点文雄的消息。

　　郑先生在溪东有一个诊所，在码头街上，与饶平范的肉铺隔着几间铺。

　　郑素冰放大的小脚，走不了远路，本应该叫顶轿子。但这一次去见郑先生，她怕张扬，生出闲话。郑先生这几年传说很多，黑道白道什么道，好像很风光，有些路路通的味道。

　　光德里自诩书香门第，诗礼传家，生意远在海外，大多在安南暹罗，从不与这些歪门斜道上的人来往。马家和郑先生虽是亲戚，但自从郑先生有道上的传说，光德里连问诊也尽可能回避他。

从光德里到练江码头，五六里地，郑素冰走了很久。蜿蜒的青石板路，陷在无边的田洋之中。只见一个娇小的白衣女子，挎着花篮，娉婷袅娜，在青翠碧绿的稻浪中飘动。

郑素冰15岁嫁给同龄的马灿汉。新婚次日，马灿汉随即去美国留学。回国后又即去黄埔。多年来，他们聚少离多。马灿汉一年一度，回光德里祭祖，也就半个月时间。郑素冰因此常在恋爱中。她明白相思之苦，那种煎熬的味道，郑素冰很熟悉。她不想女儿和她一样，做一个军人的妻子，终日担惊受怕。何况文雄还算不上正经的军人，一会儿红，一会儿白的，没个正式。

她找到郑先生的诊所，诊所门面不大，无人坐堂，只有一个伙计，守着几个炭炉在煎中药，空气中弥漫着中药的怪味。郑先生正和几位老者在厅堂里冲茶。

郑先生四十开外，长袍马褂，瓜皮帽上的帽正很是耀眼。一般的帽正是绿色翡翠，小小的一个。他的是红宝石的，比平常的大出许多，有鸡蛋大，显得帽子很小，也映衬得红光满面。郑先生的脸本来就异常阔大，眉毛也粗，眼睛却小，如线一般。刚过45岁，按常俗，早早蓄了一把山羊胡须。胡须不很茂盛，有些稀疏，和他阔硬的下巴很不般配。但嘴巴却大，嘴唇偏薄，笑起来如血盆大口，却也还不失精致。这种五官互相抵牾的面相，不可小觑，并非常人之相。有人说，幸得有这硕大的红宝石帽正，才不至于五官失衡。

据说为了寻此帽正，郑先生耗了不少心思，钱就不去说它，弯路是跑了不少的。最后还是从陈公河的旧藏中觅得，其中还有郑桃花的功劳。

对这位表哥，郑素冰说不上喜欢，也并不讨厌。有意思的是，郑先生仿佛有知，他也从不走进光德里，最多在门楼肚里，有事说事，说完就走。似乎也从未有人邀请他入内。他与陈公河倒是无话不说。按说他算得是个新派人物，却与洋气十足的光德里格格不入，这或许是他样子古旧的缘故？有许多世事，是毫无道理的。

以我后来的印象，光德里与仁记巷，的确予人复杂感觉，说不清楚。仁记巷老朽却充满活力，而光德里洋气却老气横秋。其中，有许多难以言喻的东西。

郑先生见表妹登门，并不十分惊讶。这位放脚女人，所来何事，他心知肚明，他连忙请她坐下食茶。素冰低声说："汝知我不是来食茶的！"

郑先生把她拉到一边，故作惊诧："伊无来啊？"

素冰白了他一眼："汝唥白话（谎话）哪！"嗔笑。

郑先生无心耍她，请素冰到后天井来。

他很认真地问："文雄真的没来？"

素冰却问："伊甲汝做呢唥（他跟你怎么说）？"

说什么呢？其实，他只是有意替文雄传了一句话而已，并未去深想其中隐曲。其实文雄并不能决定自己的行动。或许文雄仅仅是让他传递一个平安的口信而已。他所说的"这两天"，是连文雄自己也无法确定的时间。

郑先生对大南山很了解，他很清楚大南山的情势。他很想对素冰明说：这只是文雄情急之中的一厢情愿。他终于没有说。

他认为，大南山并非文雄久留之地。他见过太多热血青年的冲动，是怎样草草收场的。

他劝表妹，别太把文雄当真。人一旦进入大南山，就不再是自己的，这也是郑先生久久未真正进入大南山的缘故。他愿意为大南山做点事，但他不会天真到把自己陷进大南山。他更愿意亦步亦趋地顺势而流。大南山能否成气候？他也还心有疑虑。

他很想把这一切告知素冰，那样虽然会令她徒生烦恼，她也未必能够理解，可把话说实了，免生后患。他想找个机会，对郭信臣和盘托出，让郭家主动解除婚约，对郭马两家，反而更好，也更为至切。他知道文雄是郭信臣心头之痛，是这个大家族的一根楔子。

郑先生本不是个面面光的人物，但他的处世，恪求自己必须把每件事做得面面光。这是他涉过太多人生沟壑之后的心得。

他曾从古碑上拓来碑记："得一不可说。"他将碑记裱好，挂在卧室。

他频频行走于各种关系之间，是一个四面通神八方玲珑的人物，这是人尽皆知的。他对谁都十分恭敬，从不得罪，可是，谁都别想真正支使他。他总是把人敷衍得舒服，他也能把人拒绝得满意。

他的身份五花八门，身边的朋友三教九流。这些，都活在关于他的传说之中。素冰虽然对这位表亲有些不屑，但还是很想从他这里获得文雄的消息。

在郑素冰看来，郑先生从来都是三脚猫，说是，又不是，从来没有准信，又从来都离准信不远。他明明是为文雄传信，可是又似乎等于无信，把人惹气，处事不可靠。

她失望至极，决定去灵山隐寺求助神佛，去那儿拜佛抽签，似乎更可靠一些。

素冰转身便走，也不理在身后殷切地追着解释的郑表兄。她真的生气！觍着老脸的郑先生，实在也很有几分可爱！

郑先生明白这位表妹的心性。她虽然很难缠，也最是可以糊弄，天真得可以。

这位郑先生，不愧是郑家的翘楚，他对我外祖母的判断神准，他对人心性的了然，有一种神的感知。外祖母至死都是一个天真纯真的女人，她对世事的种种发生，满是惊异不解和灿烂的愕然。如少女般的赧然红晕，永远浮现在她冰雪洁白、如圆月一般的脸上。她活了一百岁，增闰一百零六岁。

这是一位善良美丽的女人，常着白色绸衣。她在污浊的乱世中，始终干净地活着，天真地处世，十里红妆出嫁。她的一生，只知执着爱着一个叫马灿汉的黄埔军人，为他生儿育女。

白衣胜雪，素面如花的郑素冰，她15岁出嫁时的十里红妆，堪值半座光德里。

我时常想起，在我出生的那些日子里，在田中央通往溪东的青石板路上，那个手挎着花篮，花篮里盛满吃食的年轻女性，我的外婆。她幼时缠过小脚，十几岁又放开缠足，一双受过伤害的天足，蹭着一双锦缎绣花的软鞋，一步三摇，娉婷袅娜的身影，常在我溪东的记忆中。

多年以后，外祖母已经不在了，可是那些记忆，令人异常心酸，也异常惆怅。因为有这样满满的旧日时光，有浓浓诗意的外婆的田野，让我了无诗意的存在，平添几许暗暗的欣喜与慰藉。

白衣素妆，连名字也如斯洁净，如冰如水的外婆，她的一生，毫无传奇，却时有涟漪。她荷塘里的那只红色鸟，她袅娜多姿的身影，连同她婀娜的飘动，在黑暗中婆娑起舞，充满着流连难忘的蜜意。

这些不辨真假，无论是非的岁月，随着一代人的故去，模糊了时间的轮廓，磨平了莫须有的仇怨，遗留着一些空白，反而许诺了生命的柔实。

凌芳决意去大南山找文雄。她不相信文雄就此消失，她更不会听从母亲的劝诫。她想过许多种可能，又都一一否定。她自信有出远门的经验，也不怕横来的加害。《圣经》里说的话，她记得清楚：行过死荫的幽谷……你与我同在。

她决定先去找郑桃花，再去找郑先生。去大南山，别的不怕，怕的是有去无回。

文雄要她一起参加革命，她说，为了表示和文雄志同道合，她可以部分地或叫业余地参加，全部不行。她还要修完圣约翰的学业。在城里革命可以，去大南山不行。她知道革命要受苦，但受苦也要在城里受苦，最好在上海。这是她革命的逻辑。她对革命的要求并不高。

文雄哭笑不得。他不想和她讲革命道理，也讲不通。连他自己，对革命这件事的认识，也尚在皮毛。

凌芳在陈宅的天井里见到桃花，轻声叫桃花："小姨！"

桃花见是凌芳，有点吃惊。本来，她对光德里就有一种羡妒，尤其对郑素冰，更是心里酸溜溜的。凌芳姿娘突然到来，令她这位老于世故的老姿娘，有点措手不及。

凌芳小时候，她见过几次。此刻她见到的是一个亭亭玉立，很是洋气的少女。桃花一时有些慌张，竟流露出几分自贱的神色。她十分殷勤地迎上前去，马上就回归常态。她亲热地笑对凌芳："哎哟！查亩仔（女孩）都长成雅姿娘了！早上鸟仔叫喳喳的，我就知道有贵人要来，原来是外甥姿娘仔。"

凌芳不习惯这种靠得很近的过分热情。桃花身上雪花膏的味道，凌芳还能接受，而头发上浓烈的椰油气味，呛得她想吐。她退后一步，矜持地笑笑，因为有求于桃花，凌芳不失亲热地叫一声："小姨！"

桃花左看右看，开始评头品足，句句都把凌芳夸成一朵花，一朵玫瑰花。她的话，听着不太舒服，假假的亲近，可话里有话，句句都奉承着光德里，也挑剔着光德里。无非是光德里朝内有人，仗着官家发财。凌芳听不下去，她只想请桃花陪伴一起去大南山。凌芳直截了当说明来意。自家姨妈，她用不着拐弯抹角。

桃花有些为难，想找话推诿。去大南山，不是好玩的！她见过大南山来人，大多是来借钱讨米的，扔下一张收条，人就走得无影无踪。

凌芳不理会桃花的心思，她和桃花说要紧的事。这事，只有桃花敢帮忙。何况新玉在上海读书，也仗着郭马两家。

在厅堂写字的陈公河听得明白，不紧不慢地开口道："桃花，去大南山一趟，掉不了几两肉。"

桃花听后，转而十分贴心地对凌芳说："我去找郑先生！他北路（识路），让他带路，阿姨甲汝（和你）去，勿烦啰！"

凌芳感激地对公河姨丈行了一个万福。桃花突然想起："我带上大南山的欠条，顺带把上月借去买枪的一百个龙银讨回来！"

陈公河急了："贱内，汝勿散来！桥是桥，路是路。想找死就去讨，散物！"连忙吩咐家丁，"牵两只猪去，中秋要到了，算是拜拜土地爷罢了。"

桃花不忿："乜个叫找死？我认得那个队长，借是借，乞（给）是乞。说好是借的，怎么就不能去讨？"

陈公河不再吭声，用手拍拍桌子，威严地看着桃花。

"好了，好了！"桃花瞥了瞥公河，"人人都知秀才浩佬（厉害），钱多！全当白送了，好吧？"

凌芳连忙问桃花："哪天去大南山？我听信就是。"

她告辞陈宅。她要去码头街铺，找郑先生。

第十三章　处暑

鹰乃祭鸟　天地始肃　禾乃登

我问过母亲凌芳，新玉和阿雅或是周苇姨妈，她们这三人中，谁最有可能是苦初3号？母亲反问："你为什么会有这种想法？"

是啊，我为什么会有这样的想法呢？

新玉曾是大南山与徐庆平的中间人，她是共产党潜伏在军统中的卧底。这在前面叙述中已有端倪。

那次青救队蔡日升与大南山郭文雄、国府专员徐庆平，在练江竹排上的三方密会，是新玉暗中安排。在大军压顶、水巡队起义、460师哗变及胡琏南渡的复杂局势下，只有她，才有可能出入濠浦险地，传送命令，交接情报。她的出入自由，又瞬间消失，也非常符合她当时的身份与性格。

至于阿雅和周苇，她们当时有没有在潮汕，似乎难以确定。

"你为什么没想到文雄呢？当然，不应该是他！"母亲欲说还休。

"关于她的突然消失，你怎么看？"我问母亲。

"你应该问你父亲。可是他不在了！"母亲有些伤感，虽然父亲已去世多年。

我必须结束这样的话题！

光离开中药铺之后，去了哪里呢？

这么多年，陈公河的后人，难道没人关心过他，寻找过他？

光究竟是谁？

这天清晨，李纯洁把窖藏了三年的苦初计搬出来，一共20瓶。三年前做了20瓶，去年做了10瓶，今年只收到两斤半，就做了两瓶半。明年可能苦初就绝迹了。他打算高价卖出这20瓶，去年、今年做的，就珍藏不卖了。留在家里给家人应急。也许，从此世上再无苦初和苦初计了。

午饭后，他照例把守铺的事交给新秀，给自己留出两个小时的午休时间。多少年来，这是个规矩，弥补他半夜守铺的困觉。

他的午休，通常在库房里。

库房弥漫着各种咸料的味道，酸甜苦辣，李纯洁很受用。这种混合着他一年一度劳作劳累的气味！他能凭气味分出不同时间或年份的各种咸料，看得见它们在各个节气里，从种子、萌芽、拔节到收获，以及在烈日下曝晒，混合海盐和各种香料腌制的各个环节。

这一年春天来得特别早，正月还未过完，天气就转热了。腌菜咸料封坛稍不严实，腌缸漏气易生白霉变质。春天来得早，老鼠生子也早，大小老鼠到处咬噬挖洞。整整一个中午，李纯洁都在听老鼠挖洞咬噬的声音。这种事，过去仅在夜里发生，现在却在大白天。李纯洁对此尤为警觉。他终于听明白了老鼠的所作所为。

他移挪库房里的杂物，捕杀老鼠。墙角有一堆厚厚的积垢。这积垢，早在他租用库房时，就发现了。那时觉得这多年的积垢，太牢固，也不碍事，犯不着去细细清理，反正库房堆放都是些咸料，缸缸罐罐的，本就不是整洁的物件，也就作罢。

老鼠扒开积垢，搬来稻草做窝，几个鼠窝出现在李纯洁眼里。每个窝里，都蠕动着十几只粉嫩淡红的雏鼠，雏鼠眼未开，无毛，透过淡红的表皮，可见微微搏动的内脏。这可是一味神药。

旧时乡村，有得哮喘的，常用此土方：把一只雏鼠，用咸菜叶活活裹起，随着雏鼠被咸菜叶包住窒息，发出一声凄厉的"吱呀"尖叫之际，病患者迅速将其一口生吞。每回至少连吞三四只，每日一次，三五日一个疗程。这个医疗，就叫"吱呀"。

这种残忍的医疗，究竟有无疗效？无人可证，但亘古流传，长久不衰。现应不流行才对。但在中国，举凡弊端，从不绝种。

在乡下郎中眼里，这是味药，急需时，踏破铁鞋无觅处，有时却得来全不费功夫。李纯洁无意间得了四五窝，也算发一笔小财，起码是咸料铺一日的营生。他有些喜不自禁！他知道何处有人急需。

李纯洁处理好雏鼠，正想离开，无意间发现墙角的构造与别处异样。起初他并不在意，但扫帚过处，手心有一种微妙的传导，似乎有人为的机关。

他顿时有所触发，下意识地蹲下来，细细察看。这是一个构置得很有心机的形状，像是一个刻意伪装遮蔽起来的地方。也许是一个入口，一个通往地下的通道口？他找来一把尖刀，一点点剔去沟线缝隙处的积垢，是一层厚厚的贝灰。一个长方形的形状显露出来，他试着去撬动它，丝毫不动，锈死了。边长接合的地方，是厚厚的钢板嵌就，这种钢板现在很少见。钢板周边上有字母。李纯洁一看，是德文，西门子公司字样。

李纯洁那时还不知道陈宅陈公河的传说，但凭着他对潮汕旧屋的神秘印象，他预感到某种可能的幸运正从天而降。

这是一间废弃多年的华屋后库。李纯洁租用时早已是一片被烧毁多年的废墟，残垣断壁上长满杂树野草，几十年间，几无人进入。

那时，他们清理了后库废墟中的一间房间，修建成这间库房。多年来，似乎没有人关心过这座废墟，甚至没人去追问、探询这座废墟的历史、曾经的主人以及他们的下落。人们每天从它身边经过，但仿佛它从未存在过，人们对它视而不见。

李纯洁天天在库房出入。偶有歇息，他会失神地凝望窗口，仿佛窗外不远处，就是老家甘肃平凉的山地村落，那里留给他太多不堪回首的记忆。有时，不由自主地，他眼眶有一丝湿意，心中顿生一丝莫名的惆怅。

他从库房的窗口可以看到整片废墟。废墟的杂树长得很高很粗壮，树干上有各式各样的寄生草，树杈上爬满藤蔓，垂下一串串雏花或果实。有好几棵"鸟屎榕"，长得尤其茂盛，几乎覆盖了大半废墟。

有一种鸟叫客鸟，全身乌黑油亮，有超长的鲜红的喙和同样鲜红的脚。这种客鸟秋天如期如至，极为准时。每年在处暑那天，头鸟一定飞落栖在鸟屎榕上。这是它们祖上的遗存。

凡是有木棉和榕树的村落，客鸟就来得特别多。整个秋天，客鸟嘹亮的叫声，在寂寥的秋空中，此起彼落。寒冷荒芜的北方记忆，瞬间在丰饶的南方村落中，消失殆尽。

鸟屎榕是一种与客鸟有关的树，它从客鸟的腹中孕育而来。客鸟吞食榕树的果实，把鸟粪落在坍塌的女儿墙上。鸟粪中没有消化的榕树种子，从粪土中脱颖而出，钻进女儿墙经年的隙缝中，那里有漫长年代尘埃沉积的沃土，种子安静地潜伏在墙缝的积土里，等待着来年春天，南方充沛的雨水和温煦的南风。那时，它将洗尽粪土铅华，浸淫生命，萌芽、开枝、散叶，从小树长成大树。它将骑墙而立，以强韧的根系，爆裂同时包裹住女儿墙，慢慢把女儿墙变成大树的一部分。

李纯洁有时会想，这废墟之上原先的华屋，那座潮汕人称为驷马拖车的深宅老屋，以及它的主人陈公河等人，他们究竟是怎样的人？他们有没有后人？都去了哪里？这些很少有人去追问的事，却让李纯洁想得脑袋生痛。

听老人说，它是在己丑年烧毁的。理由很简单，农民协会的人不爱读书，藏书楼不是楼，藏书又不属于浮财细软，也卖不了钱，留着没甚用，地主家的废物，一把火烧了，干净！

大火烧了好多天，余火又焚了好几天，后来一场大雨，才把暗火彻底灭了。

一把火，把上百年历史的华屋变成了废墟，阻止了人们进入的脚步，也铲灭了对它的欲望。华屋的毁灭，似乎却保护了一些别的什么！起码，把某些秘密保留下来。

在有风的夜晚，废墟里会传出女人的哭声，有男鬼在破墙上悬空跳舞……

学地球物理的李纯洁不信，但不等于不怕。他特别害怕有风的夜晚，有轻风的夜晚，尤其是月色暗淡的午夜。他心中会凭空想出许多与废墟有关的鬼故事，聊斋里的故事。

他很想撬开这一块有西门子字样的钢板，窥探其中的秘密。他设想过许多可能：宝藏？或是尘封的尸骨？

在一次偶然的说道中，他突然有如电击一般被触动，而联想许多。

那时，他刚与新秀结婚不久，作为倒插门的姑爷，他要一一拜见族中本家、长者。一家一家上门，送一碗用东加薯粉做成的红丸羹，以示入赘，亦如婚礼仪式中之"庙见"。从此，他成了陈家族人，子女都要随母姓，姓陈，他也将被允入陈姓祖祠。这是一个改换门庭的仪式。

族长说起新秀的家世，自然少不了关于陈公河的传说。己丑年藏书楼的那把火，理所当然是一个开篇。那是一个疑窦丛生的事件，更是一个支离破碎的传说，而李纯洁却听得津津有味。

更有趣的是，族长就是当年的更夫，后来做过多年的"营街招"。挑着一担街招，前挑是大铜锣，后挑是旌旗，上面写上告示，或官府布告，或人犯画像，布示通缉，更多的是戏出或人丹雪花膏的广告。他敲一下锣，吆喝几声，转遍大街小巷，最受孩子欢迎。他有时会化装成街招中角色，尽情地表演吆喝，十足天才的乡间广告家。

族长的故事，通常都是道听途说，却难保不真实。他说的故事，多年来口口相传，反倒把废墟传说得让人惊骇，在废墟止步不前。不过，旧时废墟，每年总要死个把人，或倒毙的乞丐，或中暑的路人，或专门去寻死的女吊……牵强附会的故事，总发生在废墟或离它很近的地方。

李纯洁是个善于思忖的人，他把传说点点滴滴记在心底里。

潮汕是他生存的乐土，再没有比此地更适合消磨人生余下的时光了。一份收入不错的营生，虽然十分辛苦，但做一个月，就是平凉几年的收入。如果平凉不是已经家破人亡，他是打算把姐姐一家接来潮汕安居的。现在，姐姐一家去了天国，所有的牵挂，都一风吹净了。此生再无平凉。

正当他心如止水之时，一个神秘的宝藏向他洞开。他毫无思想准备，他拿不准自己是否有足够的能力，去承受即将到来的惊喜。一个传说中的宝库，正在向他开启。

有德文的钢板下面，应该是一个地库，而藏在藏书楼地库中的是什么东西？不言而喻，非财即宝。李纯洁没有想好，要不要告诉新秀，这是她祖上的地库。他设想了种种可能，种种后果，他拿不定主意。

戊戌年，范家驹出生。那一年，朝廷出了大事，在京城，许多人头落地。而在潮汕，一派祥和，没有听闻大事发生。在溪东附近的南阳，范家的"发财公"范德盛老先生寿终正寝。

那天午夜，范家驹年逾九十，人称发财公的祖父，突然从梦中醒来。他一个鲤鱼打挺，坐到太师椅上，把在床前小榻上迷糊着的家丁吓了一跳。

这两个陪护的家丁，终日无事可做，发财公虽然腿脚轻便大不如前，但并无大碍。只是前几日，发财公避过家人眼目，独自去了江边。在私渡的栈桥上坐了一会，他是专门跑出来钓虾的。他嫌从圩市上买回来的虾不好，虽然个头也大，蓝螯也够蓝够长够饱，伸直了，比半尺虾身还要长出两倍，一切都合乎一般的口味要求。只是那虾不是钓的，是自己贪饵钻虾篓子被囚住的。和钓的就大不一样。

"抓节（差别很大）"。这话从发财公宏大敞亮的口腔中发出来，和着他那张又大又方的脸上几分鄙夷、几分不屑的表情，他那声音，竟比黄钟大吕还响彻四海，激动情怀。

那日，他在栈桥上滑了一下，踉跄几步，闪了一下脚踝，坐了半日，才蹭回府上。人们找遍四处，方见发财公一瘸一拐从江边回来。此后，便有两家丁陪护的安排。

没有人相信，像发财公这样有齐天洪福的人，也有死的一天。

还是先说蓝螯虾吧！

说起练江蓝螯大虾，连闻名海内外的牛田洋草屿青蟹，也是小巫见大巫，不值一提。本来，发财公做的是土行，土行的名声在外。在潮汕，他的浩佬却在美食。而其美食，是他特别讲究食材的出处，到了严苛的地步。发财公的名声，是他对食材出处严格到极致。对每样东西的来龙去脉，用俗话说，是"炉底炭，块块夺（无所不知，无所不透）"。至于烹饪，发财公的理论，倒很简单，全是各种方式的白煮，然后工在配羹，一样菜，百样羹。

经过多年体验，发现发财公的理论才是潮汕菜的灵魂所在。古今潮菜大厨们未正解其中三昧，故致潮菜源流，迄今五花八门，难成一统，未至命门。

话说发财公钓虾，在三江流域，早已传成佳话。连历届潮阳县长、潮州巡抚、饶平总兵，也以一窥发财公钓虾为荣，以品练江蓝螯虾为乐。

实乃发财公钓虾有术！一般人以为钓，应有钓钩。非也，钓虾与钓蟹是一样的，或说凡有螯的，皆无须钓钩，有饵即可。有人问其术，发财公狡黠笑道："凡有螯者，螯便是他人之钓，岂使钩耳？"想必这亦是德盛土行生意之术。

有心者恍然大悟，无心者一脸茫然。

发财公钓虾，专钓大虾。他把整条大蚯蚓屈成一团，用棉线扎紧，放入水中。饵在江壁游动，把蓝螯虾从深水中一步一步引诱出来。练江水清澈见底，几米深的江底一览无余。高大的发财公裸露的上身，倒映在水里，几只硕大的蓝螯虾，在水草中间浮游，摆动着蓝宝石光色的长螯，鼓着同样幽蓝的突目，好奇地探看这个粗犷的男人。这是发财公最惬意的一刻。

一只蓝螯虾居然离开诱饵，犹犹豫豫地漂上水面，用蓝螯挑衅发财公贴在水面上的大脸。这张粗糙的奇怪的大脸，令蓝螯虾很意外也很兴奋。说时迟那时快，发财公出其不意地伸出大手，插入水中，紧紧掐住硕大的虾身，老脸钓虾成功。发财公的钓虾术天下无双。

这是一只半尺多长，连同蓝螯将近一米的大螯虾。这只被捕获的虾，和所有在篓里已挣扎了大半夜，挣扎得筋疲力尽死去的螯虾不同，它在出水的瞬间，用自己的长长的螯尖，深深刺入双鳃，蓝色的血渗透全身。螯虾自杀而死。

发财公双手托住这只螯虾，愣住了，心中泛起一丝惶惑，很久远的惶惑。他一时被惊住了。这是一只有血性的虾！它不愿离开这条江？

钓虾是发财公一辈子的乐趣，也是他40岁之前，一个撑渡人的营生之一。在无人登临渡船的间歇，他便钓虾，把钓到的虾，养在头舱通江的水舱里。太阳落山时，他把死虾剔出来，用盐腌上，准备带回家去。把活虾拿去码头街市卖了，换回几斤米或地瓜。这是他一天的生计。直到有一天……

还是同治元年，这个清朝最短命的朝代，对于练江三角洲而言，却是一个充满离奇故事与传说的年代。这一年，后来奇迹般的陈公河在此时出生。这一年，发财公40岁，他的奇遇，在练江流域如神话一般，不胫而走。范德盛的村庄和平，江对面的铜钵盂，守节53年的郭廖氏，在这一年去世，被朝廷旌封为二品诰命夫人。于一百五十年后被一把火毁于一旦的陈公藏书楼，在这一年竣工。还有陈氏一门双进士，也发生在这一年。闻名天下的长春药酒，其创始人范××，也似乎在这一年，有大的发展。而后来为曾国藩筹集军费的德盛土行，其创始人，就是在这一年突然转运的发财公。

林林总总的大事，似乎都发生在这一年，或与这一年有关。该萌芽的萌芽，该扬花的扬花，该结果的结果。以至于后来二百年间，潮汕许多重大的事件，都必须追溯到这一年。

发财公记得，同治元年的那个早晨，与别的任何早晨没什么两样。他照常赤着脚板，扛着撑竿和双桨，去练江官渡码头撑渡。从15岁开始，他接过父亲的撑竿和双桨，他撑渡已经撑了整整25年！这一年，他40岁，还是个鳏夫。

那日，天还未大亮，码头却聚了不少人，很是反常。原来乡人们是来送行的。上船过渡的只有三人：两位是上京赶考的丁举人和肖举人，还有一位是撑着旗幡的小神仙，面目清癯，旗幡上绣着"半面神算"几个蓝字。此人很是面生，看样子不是当地人。

那时江西那边，常有游乡道士、神算和风水先生神游而来。渡船上常有此等人物过往，在渡船上，偶尔盯上某人，会主动为之看相，算掐命数运程。时而说得人惊心动魄，瞬间又云淡风轻，话术极其厉害。范德盛见得多了，耳濡目染，多少领悟一些，粗通其中三昧。

这天天象很怪异，渡船离岸时天空还很昏黑，撑至江心时，天边现出曙色，一缕金光照在渡船上。霎时间，渡船像茫茫夜色中的一道金光，金光滞固在江水中，白色的浪涌推托着漆黑的船帮，像是一些刻画灵动的莲瓣，托举着一叶轻盈的舟船……范德盛沐浴在船尾金色的光环中。

半面神算的旗幡，在江风中，发出飒飒的欢叫声。神算子坐在船头，他的目光越过坐在渡船中部的丁举人和肖举人的头顶，落在船尾撑渡的范德盛脸上。

让练江风吹雨打了25年的老脸，是一副怎样的面孔？多少年来，练江两岸，无数人在渡船上来来往往，范德盛看熟了无数张脸，可是，没有人认真地看过范德盛的脸相。

两位举人见半面神算久久凝视撑渡阿伯，颇为好奇。细看撑渡人并不出奇，只是高大威猛而已，一个很平常的中年男人罢了。丁举人略欠腰身，自报家门，求半面神算看看相，卜一卦，算算此次上京赶考，流年如何，结果有几？

半面神算也不推辞，开口便道：二位既有心问卜，在下也实不相瞒，说对了赏银两个，说斜了分文不取，多有得罪！

话说两位大人，一位白面，十分俊俏，说话却大声大气，很是铿锵，他一心想考考半面神算，开口便道：何不反过来，让我给先生也相上一面。说着，仔细打量神算。

神算也不恼怒，只当耳边风吹过，并不回应。这样的窘况，他经历得多了！信者自信，惑者不言，作罢。他自与另一位肖举人说话。

这位肖举人生相粗豪，虽然也面白，却有些虚胖，四五十岁的样子，到了开始蓄须的年纪，面颊有些黄毛稀拉。

神算心中有底，不与丁姓举人计较。他与这两人甫一见面，便有了看法。神算的目光虽然越过他俩，但心中却有了描画：丁举人毛发稀疏，年过半百却无老相，看起来就不太正经厚重。头发欲得密而细，短而润，黑而光，秀而香。此公发色黄杂带赤，黄当克命克人，赤多有灾。见出发质粗硬，可知此公性刚硬而孤傲；又见他耳边无鬓，乃心怀毒刃之人。又地阁尖削，此老来贫薄之弊，此人粗看尚有几分样相，细察则运数已尽，能行至举人，已是险中求福了。神算结论已出，虽对方无礼，也不想与人结蒂，便不言语。

肖举人虽也毛发欠佳，面相稍好一点，但非大富大贵之人。皆因面相有"四反"之嫌。四反：耳无轮廓，口无棱角，鼻孔朝天，目光无神。加上肖举人眼珠四周露白，为奸淫之相。单此一条，无论其余。

这两人此行上京赶考，去也白去。神算不想说破，心想不搭理他们便罢。倒是这位撑渡阿叔，人有异相，其面方阔如田字，封侯之状也。神算一上渡船，和撑渡人一打照面，心中便咯噔一下，似有一束光照，照在此人眼目，犹如千树万树，顿时花开扑面。久未遇此大富大贵之相，神算顿觉江上春风轻拂，天色熹微之中，有灿烂金光四射，环绕此人而生。他一时竟有些惶惶然，有些难以自禁。

撑渡人生就一双牛眼，眶大睛圆，却和而不怒。所谓"眼大睛圆始见风，见之远近不分明，兴财巨万无差跌，寿算绵长福禄终"。在神算看来，此人牛目虎顾，视物如射，意行直前，敢当天下大事。如今沦落至此，为人撑渡，是该到了转运之时。不过，山川粗秀，百里不同。此人形胜在于山水。向东则命薄，向南则命稀，向西则命逼，对，向北，向北则命厚。神算忍不住想对撑渡人说破，但天机不可泄露，不能当着众人面陈。

渡船拢岸，两位举人上得江岸，又是许多人在岸迎迓，十分热闹。

神算把脸凑近范德盛面前，抱拳作揖，轻声道："有几句话说与先生，不知当说不当说。"

范德盛连忙还礼："先生客气！我一粗人而已，随便说来！无不可！"

"一问先生可是未行六礼，至今孤身？明日满40生辰？"

"对啊！先生真乃神算。"范德盛无意间瞥了一眼旗幡。心中有惑，何为半面？

"先生家有姐妹5人，皆已出嫁，昨日正有小妹嫁出。汝排行老大。"神算将范德盛底细一一说出，令人吃惊！

"先生运气已至，请速速丢撑竿上岸，最迟今夜子时之前，远离此地，向北营生而去。"

"但问师父，小人除了撑船，渡人来来去去，身无他技，如何离乡别井，远去营生？"

"可是已渡人廿五载？"

"是也。"

"则德已修成，宽仁至诚。无论肩挑手提，贩夫走卒，只要向北，一路赶向北去，终有正果。小路通大路，大路朝天。见小城略过，南方之后，北方之前，见有大城，便是先生发达之地。善哉！"

说罢，神算讨要一元。范德盛捧出仅有的两元，施与师父。神算也不客气，如数收纳，上岸，走了。

这日，天正大亮，江风飒爽，似有神人在天空呼唤。范德盛整天都在思忖师父的一番话，无一句不真。昨日，送嫁小妹，十里红妆之后，别说家徒四壁，连祖上传下来的一座四点金，也做了小妹嫁妆，他这才发现，今夜，连容自己栖身的地方都没有了。他撑的是官渡，渡船还是官家的。他真的是一无所有！

不管如何，神算字字皆准，无一虚言，无一不真，信其所言即是。

范德盛在这天深夜，毅然结束了 25 年的撑渡生涯。向北！

第十四章 白露

鸿雁来　玄鸟归　群鸟养羞

如果说新玉就是苦初 3 号，似乎顺理成章，但也有不甚合理的地方。她选择寮居作为传递情报的地点，以她军统的身份，频繁去这样的地方，是否太危险？

当然，这是现在的看法。而真实的情况，因缺少当事人的口述，真相难以证实。

在解放初期，一直让林影耿耿于怀的是，寻找不到苦初 3 号的下落，他无法证实自己的真实身份，在一群陌生的南下同志面前，他有口难言。

徐庆平则在那份委员长的手谕面前，无法辩驳。手谕命他和时任汕头市长的方少云一起，速速赶赴台湾。而这份手谕是他自己主动交出，辨别是非，以正视听，但是……

他和林影暂时失去自由，而吴国光的投诚，将无人做证……

唯一知情的苦初 3 号，究竟去了哪里？

据说那时，寮居来了一对瞽师瞽姬夫妇，携一对耳聪目明的儿女，吹拉弹唱，远路而来。一双儿女尚未成年，却唱一出《苏六娘》：

> ……
>
> 　看看日仔猛如梭　苏郭两家结丝罗　林婆做媒亦来到　一见新郎笑呵呵
>
> 　郭妈做事有安排　收拾礼物吕浦来　欲娶苏家六娘子　轿夫上路闹猜猜
>
> 　点起银灯满厅红　大家欢喜待新人　新人到家人称赞　鸳鸯枕上有一双

林婆入内笑唠唏　郎今青春娘少年　才子佳人成佳偶　花再重开月重圆

　　合家一齐拜谢天　前日受苦今欢喜　且喜今日偕连理　夫唱妇随乐雍熙

　　红日沉西是黄昏　交杯接盏娘共君　新娘原是旧娘子　新郎还是郭继春

　　一对鸳鸯红莲池得成夫妻　亏我为君病相思　亏我割股救君好　今正会

　　双人床上说来因　感娘恩德似海深　今日云开会见月　夫妻永远结同心

　　此段言词说人听　欲有仁义人传名　悲欢离合古今有　世事都欲真心情

　　史传歌文事尽提　返魂结亲世间稀　男情女意真无假　世上难遇实是奇

　　……

　　我再度来到中鞍头，70年后已无瞽师一家四口，而缥缈的歌声从海上来。风传圆月梦，真有唢呐尽情吹，花轿锣鼓并肩随。

　　可惜光没有来。

　　又是一个多雨的季节。夏天的酷热还没有完全退尽，连绵的阴雨却过早地在有丘陵的山地里无声无息地漫潩着。早来的寒意挂上了八月的霜花，白色的露珠在草叶上滚来滚去，和轻绵的雨水一起，把潮汕平原的花信传达到每个角落。

　　这天早晨，凌芳早早起床。其实她昨夜无眠，总在想着心事：大南山究竟是一个怎样的地方，能让文雄迷到此种地步？竟使他把一切约定，都置诸脑后！

　　花园里菊花开得淡雅，丹桂的香味在空气里无目的流淌着。那曾经飞来蓝冠红羽长尾鸟的荷塘，现在塘中唯有残荷余莲，塘边的芦苇已然赭红，散开了穗上的羽毛……所谓伊人，在水一方。这就是白露之美，在溪东的八月。

凌芳的心情，像白露的天气，无法从阴雨中晴朗过来。

她对一切都没了信心。还是回圣约翰找主去？主是仁慈的吧。

昨夜，母亲郑素冰到凌芳住的南北厅来。母亲有话跟她说。

桃花领凌芳去一个叫梅峰的地方。大路到小梅峰为止，接下来是崎岖的山路，那辆有绣轿的马车，在山前停下来，往前无路。马夫是外祖母郑素冰从汕陇请来的本家老叔。郑素冰与他说好，千叮咛万嘱咐，要他随凌芳进山，要保证把她安全地送进去，平安地带出来。

凌芳却要他自己找地方住下来，在此地等待她从大南山回来就好。有桃花陪着，她走半天山路，没什么大不了的！马夫老叔急了："进得去出不来怎么办？"他是对本家侄女郑素冰拍了胸膛打包票的，还收了她五块大洋的手信。

他坚持一定要陪凌芳进山。

到达大梅峰时，已近黄昏，他们要和向导接上头，再由他安排进山事宜，可是郎中郑喜来派来当向导的人还没到！桃花领着他们，找到亲戚家住下。梅峰已经半赤化，靠山的半边村庄叫上峰，靠雷岭河的另半边村庄叫下峰，上下峰隔着一条河。只是下峰在河边，上峰在河流的另一边，上峰和河流之间还亘着一大片水草茂盛的湿地。

上峰成立了农民协会，下峰仍在国民政府手里，但彼此相安无事。上下峰的村民同族同宗，不是姓温就是姓蓝，都是近亲远亲。游击队和保安团井水不犯河水，明里有摩擦，暗中有牵扯。反正你中有我，我中有你。虽然各有规矩，但也顶真不起来。

郑郎中说向导是上峰的，而桃花的亲戚，是下峰的保长。保长姓温，名文贵，桃花要凌芳叫温文贵姨父。

保长是个中年男人，有些冬烘先生的味道。他小时读过私塾，是村里几个有些文化的人之一。他说话咬文嚼字，十分斯文，见了人也很习惯点头哈腰作揖，温文儒雅，一看就知是没做过农事的乡绅。

他知道外甥女凌芳要来，等了好几天了，见到凌芳，很是殷勤。

他把凌芳等人引进家门。

山里的老厝与平原的老厝不大一样，院落通常都让各种杂树簇拥着，更像一座座各自独立的庄园或古堡。老厝的建制也不像平原那样规整，屋子的布局因地势高低而行，更添几分曲折与迂回。在树林的阴森与山地的错落之中，经年的老厝显得有一些诡秘。上下峰两村紧邻，森林与湿地，使两个村庄在地理上浑然一体，可又分属水火不容的政治势力。凌芳一干人行走其中，总有一些提心吊胆的惊恐。

保长家是一座四点金外加个厝手的陈年老厝，小溪流从老屋背后的山林流出，绕过前门然后又潜入森林之中。

凌芳他们是黄昏时到达梅峰，马车穿过一小片树林，周围显得格外阴森，冷风习习，保长的老厝就藏在森林里。

老屋的厝手较正座隐蔽，还有一个通向后库近山的后门，出入非常方便，可进可退，所以做了客房，保长也常在这里会客。厝手的客厅摆设比正座还排场一些。

凌芳一进客厅，抬头就见中堂有于右任的大幅书法：仁者不忧。

保长见凌芳看得仔细，朗声道：于先生来时，住在寒舍，真是蓬荜生辉啊！鄙人寒舍，就是一客栈，于先生来住过，上峰的人，也住过。我这儿不分彼此，来的都是贵客！

他说的上峰，是指上峰村，共产党方面的。怕凌芳听不明白，他又补充道：来的都是客！说话时神色有些无奈。

保长把凌芳当共产党看，要不，去大南山干吗？

保长一脸真诚。

凌芳想，若日本人来，他也会说同样的话吧？保长看出凌芳的疑惑，长叹一口气："查亩仔（小女孩），做太平狗易，做乱世人难啊！你知哪个是好人，哪个是坏人？小民百姓，谁都不敢得罪！大家好，就都好。"他忽地严肃起来，"查亩仔，阿丈胶汝啖（姨父告诉你），勿去山里头，欲找地个（要找谁），阿丈去找伊来就好哩！去山里做乜个？"

凌芳嫌保长啰唆，心里很着急，向导怎么还不来？

保长见她一直倚在门口，不进也不出，没有住下来的意思。保长看出她的心思，低声说道："没有人带路，我带路就好。不如我去把人请来好了！免得生出什么事。"

他转而对桃花说："天暗了，先住下，明天我差人去山里，请文雄下来就好。"

桃花没有进山的意思，她很害怕进山里去，出来一时说不清楚。她弄不明白，这些人互相打来打去，为什么？有事求神拜佛就好！她是却不过郑素芳的情面，又不敢得罪光德里，才勉强答应来一趟的。她附和保长的话："凌芳也走不了山路的，我们就在内（家）等好了。文雄也正好可以下山来歇两日，山里真不是少爷过的日子！"

凌芳一听急了！她此行的目的，就是要来看看大南山，究竟有什么东西迷住了文雄。难道单是信仰，就能把人变成这样？几乎六亲不认了！父亲马灿汉也是口口声声去革命，家里中堂就挂着孙中山先生的遗训：革命尚未成功，同志仍须努力。都是革命，可是父亲的革命和文雄的革命，好像很不相同，甚至相反？她真的无法想象文雄的革命。

郑先生暗示过母亲郑素冰，让母亲送些钱去大南山，作为见面礼。山里缺钱，缺药，缺武器。多送些钱去，去见文雄也有话可说，见面也容易一些。母亲也觉得有道理，共产党不是说见就能见的，可是，送钱给人去买枪买炮，杀人放火，总是不好。母亲有些忧虑。可这是郑先生的主意。

郑先生笑母亲太迂：买什么是人家的事，你当是买食物、买药不就行了？有钱能使鬼推磨嘛！

郑素冰不是听不懂，她只是不明白：郑郎中是个江湖客，口花花的，哪句是真，哪句是假？

郑先生见她犹疑，便把话说破："没钱怎么革命嘛！人是要吃饭的。杀敌人也得买把枪，买把刀吧！我可是跟人家口诺的。大南山是随便什么人都能去的吗？"

几句话把素冰说服了。

而凌芳想的只是文雄，应该给文雄送些钱去！她还带了一大堆东西，书籍、牙膏、肥皂、香烟等等，装了几只大藤箱。

凌芳和桃花一干人在保长家住了几日，不见有什么动静。桃花四处找拜佛的地方，凌芳一心想进山里去见文雄。保长天天早出晚归，出门时脸上堆着笑，晚上回来又是一番抱歉，说是山里有纪律，不能随便让人进去。

看保长的样子，很是无奈！他进进出出，一个劲地作揖道歉，弄得一向泼辣的桃花也无话可说。凌芳见保长靠不住，只盼保长把她来上峰的消息，传给文雄就行。保长这才说了实话，说早就把话传给山里了，回话是谁也不准进山里！

上下峰是两个村庄，上峰靠山，下峰临河，从县衙流沙那边来的马车路，到下峰就断了。马车路连着街市。街市都在下峰，沿着雷岭河形成一个半圆。下峰是山里的圩市，每逢初二、十六，四乡六里的村民都到这儿赶集。

街市不大，但五脏六腑俱全，照相馆、理发店、杂货铺、古董店、米铺、钱庄、妓院应有尽有。梅峰还算是山里的水旱码头，没有完全赤化。国共合作以后，情况又有了变化。一些曾经被摧毁的东西，又死灰复燃。

桃花住在上峰，有些不习惯，买点香粉椰油，得走两三里路去下峰街市上买。她劝说凌芳住到街上旅馆，两人一拍即合，凌芳也受不了保长姨父的冬烘做派。

梅峰旅馆在河边，窗外是蜿蜒的雷岭河，高耸的梅峰山也尽收眼底。文雄就在那山峰之中？凌芳想了许多，想得头痛。她有些后悔贸然赶到梅峰来。保长说得有理，大南山不是什么人随便可以进入的，他们共产党组织是有纪律的。

旅馆温老板是个四十多岁的中年人，对每位客人都很殷勤，有时亲自端茶倒水，送些山里的野果之类。几天下来，桃花和他已处得十分熟络，凌芳也看出此人似乎是地头上的人物，桃花便向他打听山里的事，把来意和盘托出。

温老板笑说："这还不容易！找他们头目说说。他们天天有人来街上办事，哪天，我替你们打听打听。"

虽说街市是国民政府统治，却是共产党的天下。在背街偏僻的角落，偶尔可看到赤化标语。左派的《岭东日报》和《中央日报》摆在一起，供房客阅读。

凌芳发现报纸上，有林川和方方的名字。这俩人，凌芳在爱华街九号和光德里是见过的。在父亲回汕省亲时，他们分别和父亲有过交往。她对桃花说了此事。桃花说："那就有办法了！他们是大南山主事的，找他们就对了。"

在梅峰酒店又住了几日，凌芳不想再等了！她找了温老板，直截了当地对温老板说："请温先生走一趟，替我向方方和林川先生转达，我要见郭文雄。"说罢，她把十块大洋放在温先生面前的八仙桌上，转脸望向窗外。

温先生不语，也不理会桌上的大洋，沉吟了一会儿，低声道："姑娘如此信任，明天听信吧。这十块大洋，我自不敢受，但山里有用，我会代为转交。做买路钱吧!"

凌芳认真地说："给山里的钱，我自有安排，这十块是给您的，还望笑纳!"

温先生心中一惊，这小姑娘了得，小小年纪，有底气，利索，厉害!

凌芳从包里取出一张照片，是她和父亲马灿汉的戎装合照，马灿汉腰间的中正剑，分外显眼。凌芳轻描淡写地说："把照片给他们看就行! 他们一定会见我的。"

温先生顿时噤声，有些自惭形秽。一个大男人，在江湖上行走多年，还没有见过如此厉害的女子，到底是将门虎子。

多年以后，母亲给我讲起这些事时，她的眼睛，望着在一旁看书的父亲。那时父亲还健在。她平静与轻柔的口气依然，使我对那个时代的那些情景，着了迷一般想要窥探。他们的爱情，可以冲破一切俗世的阻碍，包括人群与党争。那是一种怎样的超越与纯真? 他们在人性的自私之中，孕育了宏大的无私。这是后来的人们，无法逾越的品质。

父亲偶尔视线会离开书本，倾听母亲的讲述。他的心情很好。父亲偶尔的好心情，感染了周围的空气。我明白，在他们的爱恋中，母亲那一次的大南山之行，是他们之间的十里红妆。母亲用她的嫁妆，成全了父亲的叛逆，成全了他一个人的革命。

那时，凌芳面对的，是大南山共产党的主要领导人。而她只是一个圣约翰的十八岁女生。这之间，有着怎样的联动呢? 她质问过林川和方方：为什么不能见文雄?

我不知道他们是如何回答凌芳的。母亲没有细说。

那一次，凌芳没有见到文雄。

她在上峰所经历的一切，包括细节，文雄都一无所知。那时，他就在离她不远的一间乡村土屋里，夜以继日地写作《论唯物辩证法》。这是为大南山红军大学准备的教材。

事后，林川把凌芳带来的几箱日用品，交到他手里，那已经是一个多月后的事情了。文雄这时才知道，他和凌芳曾经近在咫尺。

那天，父亲当着母亲的面，目光对着我说："其实，你母亲才是真正的革命功臣。"

母亲制止他："别对孩子说这些，我什么都没做。"

父亲脸上现出很复杂的表情，这种表情我从小就很熟悉。

我很惊奇，母亲与革命无关，也从未听说过母亲有过什么革命经历。她倒是时常被当作资产阶级小姐，在一些时候，在有运动来时，会被提起。一有风吹草动，她就担惊受怕。

父亲说母亲是革命功臣，是因为当年凌芳去大南山根据地，带去了五百大洋。

这五百大洋，郑素冰是受郑先生启发，作为手信，献给大南山，合情合理。在凌芳这儿，她意在给郭文雄当革命资费，在她看来，一个男人去革命，当然要腰缠万贯，方能左右逢源，八面威风。父亲马灿汉，当年就是带了很多钱去革命的，这没什么奇怪。

凌芳见不到文雄，这五百大洋，托林川转交。林川觉得不妥，文雄既然参加革命，带着五百大洋，怎样花是个问题。这对文雄也不甚好。林川给凌芳出主意：要不就把钱带回去，要不就借给革命，游击队太需要钱了！

凌芳想想也是，事情已经说破，横竖都是个问题，借钱给革命，在铜钵盂和光德里，那是常事。文雄领着游击队，去自家借钱，买枪的事，也不是一次两次了。既然林川说出，她也不多言。她让郑叔把装满五百大洋的钱箱拿来，放在林川面前。

林川大喜过望！凌芳心想，林川立大功了，他会把功劳算在文雄身上吧？

站在一边的郑叔见状，急忙双手按住钱箱，又俯身把钱箱捂在怀里。他看着凌芳，意欲提醒：这是五百大洋！两三座四点金啊！

郑叔见凌芳没什么反应，他提起钱箱，转身便走。

林川最先反应过来，他的表情对凌芳表达了一种很复杂的情绪。在凌芳看来，他的表情里包含着对文雄的一种危险。

她叫住了已经走到门口的郑叔，没等她往下说，郑叔对林川说："她母亲交代，要把这些钱亲手送到文雄手里。"他十分硬气。

林川明白，这笔送上门来的经费，有多么重要！对，经费，他现在见到钱，就想到经费，军饷、粮食、枪支、弹药、药品。游击战士的生命！十几个伤员躺在窝棚里，都需要钱。

林川控制着情绪，他知道郑叔这样的人的秉性，吃软不吃硬，对主人十分忠诚，很难对付。

他不动声色。他很了解凌芳这种上海大学生，大小姐的品性。何况，他与马灿汉也不是一两天的交往了。凌芳是经不起激将的。

他对凌芳说："马将军在就好了，他最是识大体了！马小姐，文雄在，更会赞同。"

郑叔见凌芳不语，便自言自语："这是马小姐的嫁妆。借什么借！"

他突然对着林川大声说："你说借给谁？借给革命？革命在哪里？谁来画押？什么时候还？利息多少？还得起吗？谁来做中？作保？"

他厉声说着，目光下意识地盯着林川腰间的驳壳枪。

众人大笑！

郑叔莫名其妙："笑甚！我说错了？"

林川严肃地说："阿叔，你没说错。不过，革命就是革命，革命不是一个人，是无产阶级，天下劳苦大众。懂吗？人人都要拥护革命！不革命，就是反革命。"

郑叔仗着年长，大着胆说："这是什么道理？是人都要吃饭，那不吃饭就不是人？喝水呢，吃地瓜呢，不照样是人吗？"

林川有些生气："中国就是像阿叔这样的人太多了，才需要我们来革命。算了，马小姐，钱是你的嫁妆，就算嫁给革命吧！嫁给文雄，就是嫁给革命！"林川说着，掏出一张传单，递给郑叔，"要在十年前，把你按这上面的规例，法办了，都不为过。看看吧！"他把传单平展在郑叔面前的方桌上。

郑叔说："我不识字，你念来听听，什么浪鸟！"

"你知道彭湃同志吧？"林川和颜悦色地问。

郑叔一言不发。他自然知道。田中央七日红过去没有多久，赤化痕迹，到处都是。

凌芳也听说过。1927年彭湃建立海陆丰苏维埃，宣言让反动派的鲜血染红海港，染红每一个人的衣裳。毛润之曾亲切地称彭湃是"农民运动的大王"。

1927年4月26日，中国共产党广东东江特别委员会发动海陆丰起义。起义领导人正是彭湃。1929年彭湃同志被捕，反动派问："你不怕法律？你不懂杀人抵命么！"受尽酷刑的他笑着说："我不怕！我信共产主义。"

共产主义这个词，田中央一带的人并不陌生。那是一场短暂的血雨腥风。郑叔那时还在壮年，也是一腔热血。只是许多事，他看不明白，看不过去而已。

凌芳并非第一次看到这份传单。在教堂读书会上，文雄他们讨论过这些内容，它和《革命者教义问答》如出一辙。

房间里一片死寂。林川的念白，余音缭绕，一个个重重的杀字，响彻屋宇。

凌芳提过钱箱，对郑叔说："郑叔，您先别管了。我来吧。我知道怎么做。"

郑叔很犟，他一把搂过钱箱："我告诉你们，我郑老大，匪也罢，官也罢，六亲不认！只认钱。"

林川忽然脸色一变，却轻轻地对温老板说："拿下！"

凌芳不解其意，拿下？什么意思？郑叔说得不错。温老板一时也不明就里：是拿钱，还是拿人？

郑叔愣住了："温老板也是他们的人？"

"抓人啊！"林川面对在场的人，"我林川就是共产党。"林川笑着说，声音压得很低，却狠。

凌芳见郑叔有些仓皇，这林川明里有阴。温老板是大南山的探子，保长老舅也是同伙。

凌芳决意把嫁妆赔上。一方面是给文雄盘缠，另一方面自然也有资助革命的意思。

事情过去许多年了。所有人都忘记了这件事，唯有郑叔，直至老年，他时而会旧事重提，话语间有许多模糊不清的呢喃。

那一回，他是让林川唬住了，丢人现眼！没有完成侄女郑素冰的嘱托不说，还惹人笑话，让一个黄口小儿林川给唬了一回。最终也没能把五百大洋完璧归赵，真丢面子。

林川给凌芳写了一张借条，表明革命成功，加倍偿还等等。我在1965年还见过这张借条。借条写在一张裁开的马粪纸上，很漂亮的毛笔字，堪称书法。五百大洋，填在油印的表格中，末尾是林川和方方的签名，加上指印，像一张旧时的契纸。

在母亲看来，这借条不过是一纸革命时代的纪念品而已，她并不在意，也从未当真想到去兑现。

本来是一份嫁妆，为了见文雄，最终给了革命。至于林川，这种事，他经手过太多，并没放在心上，取之于民，用之于民嘛，有钱出钱，有力出力，无钱无力出命，理所当然。解放后，林川离开部队，做过很多行当，直至做到教育厅长。偶尔与文雄遇见，他会笑谈此事。

文雄和凌芳，对此也不在意，彼此都当成革命经历中细枝末节的趣事。革命者，一大二公嘛，贡献革命是应该的，革命人哪能有什么私产？

后来，红卫兵抄家时抄出这张发黄的借条。它反倒成了母亲反攻倒算，秋后算账的罪证。开始时，母亲还轻声地想对红卫兵们说点什么，但迎来的却是毫无逻辑的呵斥！母亲百口莫辩，干脆任由批判，不再言语，只有彻底认罪是对的。

我像在听一出悲剧一般，听任内心的绞痛，在一阵一阵抽搐。这实在是一段简单的，简单得荒唐，荒唐得令人难以置信的往事。

今天，这件红色文物，不知沦落何处？连同父亲的著作《论唯物辩证法》一起，早已消失？或者在哪个尘封的角落？

陈新秀早起，收拾起一家人的衣服去洗涤。她一边和旁边呆坐的纯洁聊天，一边一件件地检查衣服口袋。她从李纯洁的口袋里，摸出几个烟盒，各种牌子都有。有剩几根的，有空的，都揉成一团，十分邋遢。

她有些奇怪，纯洁怎么啦！他不吸烟的啊。

她想问，还是忍住了，男人嘛，应酬是有的，不见得有什么事吧？她想，有便再慢慢说吧！可是纯洁见到了，他有些慌乱，下意识地看了新秀一眼，又照旧呆坐。

新秀便有一句没一句的："吸烟啦？要吸就买贵的，别抽这些烂的。"

中华还烂？

假中华，好到哪去？

比真中华还好！

有吗？新秀犹豫了一下："怎么想起抽烟了？"

纯洁没有说话，沉默了好久，他背对着新秀坐着。新秀看着他的侧影，许久，也没有说话，心里有一丝阴影。

新秀收拾好了，坐到他身边，叹了口气："我给你买好的！抽假的，伤喉伤肺。"

"不用。"他没有抬头，有气没力的样子。

新秀忽然醒觉，这几天纯洁好像有心事，有些魂不守舍，顿时一丝不安涌上她心头。

纯洁的故乡平凉，越来越成为新秀的心病。刚开始她并不为意，远在西北的平凉，反倒让她觉到纯洁有一种崇高的神秘。古战场的子孙，雄性和旷达是一种很吸引人的东西。她提出好几次了，带孩子去看爸爸的老家、亲戚。她很向往。纯洁也很向往，但总是有各种理由，没有成行。慢慢地，新秀偶尔说起，纯洁老是敷衍。再后来，彼此也都不说了。

新秀口上不说，心里却总有心结。一场婚姻，连婆家一个人影都没见过。潮汕人是很讲究礼节的。嫁了个外地人，连"六礼"都省了，总是不顺。虽然看起来，纯洁很像是入赘，入赘也要行礼的。儿女若从李姓，就不完全是入赘。潮汕和平凉虽然山高水远，但坐飞机，也就半天的事嘛！看得出李纯洁并无回乡的积极性。这就很可疑，让人百思不得其解。

家里老人们曾多次问起，新秀只好搪塞过去。好在潮汕的老人，始终对潮汕以外的地方并不太感兴趣，问上几次，就不再说了。

这段时间，每天早晨，李纯洁发现，咸料铺钱格子旁边，都有两盒"五叶神"香烟。五叶神是一种草药，据说调和五叶神做成的烟，壮阳补脑提神且不致癌。这是吸烟的老人说的。

李纯洁从心里笑出声来，苦苦的，酸楚的，想哭，很久没这样想哭的感觉了。

他下决心永远忘记平凉那个地方。

他想象着，有一把刀，高高举起，狠狠切下去，血像喷泉，溅向天空。

那是一把长得怎样的刀？新闻里没有说。

她怎么就下得了手？

第十五章　秋分

雷始收声　蛰虫坯户　水始涸

　　天际线上，一抹又一抹的橙黄、橘红，在阳光下，渐渐变为乳白，最后转成灰蒙蒙的云翳。我喜欢在没有风暴的海面上，看受伤溃血的信天翁，贴着浪涌飞翔。

　　喜欢？又怎么可能任由人的喜欢，看见或看不见那些自由飞翔的天空之灵——海之神呢？人总是喜欢夸大人的力量。我反问自己。

　　问题是，苦初3号不知道我在找她（我固执地认为苦初3号是一名女性）。她怎么可能知道我在找她呢？是的，她早早地就自由了，而我却被困在寻找她的彷徨之中。

　　寻找她很重要吗？为了证实一些细节，寻找一些真相，得到一些证明？这一切，真的很重要！可是，这又是为什么？

　　那只受伤的信天翁，在浪涌中，努力证明自己还有飞的力量，在用力扑腾。

　　苦初3号也许已经知道有人在寻找她。这是可能的。我从受伤的信天翁羽翅的颤动中，感受到她灵魂的悸动。

　　当年她投笔从戎，从圣约翰去淞沪战场，仅仅为着寻找那位士兵。后来，她又去了军中，在潮汕转战多年。

　　关于她，有各种传说，她曾被误传为革命女英烈"冰"。一个女人，到处被传颂着，在传说中，被伪托过许多人的人生。她像一只受伤的信天翁，在天空飞翔，在没有能够证实的传说中，独自飞舞，飞舞在寂寥的空旷中。

　　还是牵挂着光。

　　光也是一只受伤的鸟么？

　　陈公河从一开始，就算着你的生辰八字、四柱运程以及可能的凶厄。你在陈公河的视野中，注定在劫难逃。你唯恐应允这种命定的劫数，而做出种种主动的反叛的冲锋。然而，在如来佛的掌心里，你还是难逃五指的重压。

我曾经从旷野向森林呼喊，希望能够让你听见，那涧里清溪叮咚的声音。然后，循着声音，追逐溪水，从森林里走出。再然后，十里红妆，唢呐尽情吹……

大地开始收起。收起不仅仅是指万物收成，而是在大阴阳之中，阳衰收敛而阴起旺盛。雷声暂歇，坠入深渊，而虫豸蛇蝎开始入穴适居，洞口封起，驱寒于外。大江大河，时而泛滥，时而赤地千里。练江流域的所有沼地，虽然亦遍布赤黄的衰草，但因为有海洋季风带来的热雨，不断往沼地里注入雨水，秋分的沼地反而日见妖娆。五颜六色的植被，在悄无声息的阳光下，炫耀着秋天的寂寥。

秋分时节，天气渐凉。库房里很是阴冷。每天晚上，李纯洁如期来到库房，照常把已经开坛还没卖完的咸料，重新密封结实，以免漏气变味。这项工作，需要一个小时。新秀在店铺打烊后，也会到地库来，为他泡上工夫茶，聊上几句生意，再回去打理家务。

这段时间，李纯洁有意无意地劝新秀早些回去，自己独自在库房里忙碌，直到深夜。

新秀见地上满是烟蒂，烟缸里也塞得满满的，她随口絮叨："怎么抽这么多，又去买烟?"李纯洁答非所问："你先回去休息吧!"

"你少抽一点，咳嗽呢!"新秀细声说。

她觉得纯洁有些异样。这几日，他话少了许多，满腹心事的样子。

新秀终于走了，李纯洁听见库房的铁门轻轻碰上。几天来，他一直控制着内心的冲动和好奇，不敢去打开那个入口。他怕有什么机关，自己一个人控制不了。他没有想好。如果一切都如传说所言，自己将做何选择? 他明白，打开的有可能是一个奇异的宝库。

陈公河不是平常人，是神，一个怪物，法力无边的怪物。一个水鸡脚手，活到一百岁还死不了，就是一个证明。他一定是设了一个局，至死也没有告诉家人，却留给了传说。要命的是，很少有人相信这个传说。

自从发现了地库的入口，李纯洁信了那个传说。他更相信，一个七八百年不衰的家族，在断裂时的藏匿。这意味着什么？一个有七八百年传承的藏书楼，该有多少价值连城的收藏！

他的兴奋里有一种可怕的预兆，他担心自己无法承受这个秘密可能带来的巨大危险。他自认，无法抗拒的诱惑，使他不敢公开这唾手可得的巨大财富。莫名的思虑，令他一反常态，迟迟不敢去动这个入口。尽管他做了种种设想，传说中的种种机关，还是令他惊悸……

地库里的阴冷加深了他心头的寒意。他望着遍地的烟蒂，又深深地吸了一口烟。

李纯洁终于掀开了刻有德文的钢板，钢板下是一扇厚厚的盖板，盖板乌黑油光，很重，纯洁用手抹去盖板上的尘土。很奇怪，李纯洁并不急于去掀开盖板。他坐回到那只老藤圈椅上去，吸了一支烟，又吸了一支。好像他早已知道地库里的宝藏似的，他并不着急。他要把一切都想好了，包括怎样利用地库里的东西。这些很快就将属于自己的东西。

有一些时间，我无数次地经过练江的官渡码头，将近两百年间，官渡码头并没有太大的变化，它总是在修修补补中，显示着它经年的残旧。偶尔，我会想起同治年间的那个早晨，那个不可复制、不会再有的早晨。

严格说还不是早晨，是子夜之后的凌晨。说明这一点很重要，因为，那绝对是一个史诗性的时间。首先是，在那个时间，一条渡船，四个人：撑渡范，还有两位赶考的举人和一位算命先生。他们在那个时间里，在同一条渡船上的相遇，改变了一个人的命运。同时，也改变了中国此后的近代史走向。

这一切，都发生在这天凌晨的幽冥之中。似有先知。

有半面神算，才有了范德盛的北去，之后，有了上海的德盛土行。然后，又有了德盛烟土专卖牌照，代价是以土行百分之二十的毛利，作为曾国藩的湘军军饷。在平定太平天国的天朝大业中，这笔丰足的军饷，是湘军战无不胜的重要资源。

范德盛几乎没有太多思索，遂决定北上。这个四十岁的鳏夫，无家无狗，也了无牵挂。四十年的岁月，全数已送给了弟弟妹妹们。他刚刚给妹妹备足了红妆，从此可以远走天涯。即便没有半面神算的提点，他也打算随人去过番。这是许多走投无路的潮汕人谋生存之路。红头船就在樟林港，有钱就给足船费，搭船去暹罗安南，无钱就随船去做青脚（学徒），做苦力赚取船费。反正出外讨叹，好过在官渡做一辈子光棍。

他相信命理运程，尤其迷信半面神算。在范德盛看来，这位走江湖的半仙，不去趋附两位举人，却对他一个无钱无势的渡工，如此言之凿凿。光凭这点，他相信半仙不是儿戏。虽江湖不可全信，亦不可不信。举人北上赶考，自己也北上，何不也"赶考"一回？权当考一考半面神算。算准了，再来谢他。范德盛想得畅快，这几十年的官渡没有白撑，渡人就是渡己。

他连家也不回，告别官渡。

依潮汕老俗，家中有人出远门，不管贫富，族中老少，不约而同，聚到路口，码头送行。出门的仪式，比荣归故里更为隆重。

范德盛是不辞而别，他甚至不清楚向北走到底要走哪条路？他过往的人生，本来就只有一个方向，从村庄到官渡，日复一日。他也从未去细辨东西南北。潮汕人只有两个方向，向后是内山，向前是大海，其他方向都有明确地点所指：南北厅，中鞍头，赤沙尾，溪对面，坑口，下尾等等。而潮汕之外的四面八方，统称"北头顶"。

半面神算说的是向北方，范德盛颇为思量。

范德盛在练江北岸码头转了半天，他要找出向北方向的去路。可是，到处是路，到处都是通向田洋村庄的阡陌小路，严格说，从码头出发，根本就没有向正北方向的直路。

眼看日近正午，他来到铜贵谷路口（铜盂、贵屿、谷饶）。这个三岔路口，不约而同都伸向北方：铜盂正北，贵屿、谷饶各偏西北和东北。究竟该走哪个路口？

路旁有座雨亭，卖凉粉的老人见有人在路当中，连忙招呼他来雨亭歇息。雨亭里各式人等不少。有个十几岁的少年，挑着两筐海盐，足有百十来斤，踉踉跄跄地走出来。

正午阳光很毒，直射在少年裸露的肩背上，少年气力不支，踉踉跄跄摔倒在地，他就倒在范德盛面前。

早死仔，挑这么重做乜！范德盛扶起担子，做好让少年挑起的架势。少年从地上爬起来，膝盖流着血，他接过扁担，却怔在那里，他实在挑不动了。

范德盛挑起盐担，对孩子说："走吧！去哪里？"孩子指向去铜钵盂的方向。

三个路口中，正北方向是铜钵盂。范德盛心里咯噔一下：又一个神仙指路？他顿时乐了，十分开怀。他不禁细细端详起这孩子，孩子十五六岁，方脸，地阁方圆，天庭饱满，人中很长，相貌清奇不俗。孩子说去铜钵盂，果然不错，一看就是铜钵盂人郭氏的长相。

孩子自报家门：姓郭，名丰山，字仁卿。

范德盛心中疑惑，汾阳世家的公子，何以挑夫贩盐？少年也不多言，认真说："我自己来吧，下午还有一挑，这是今日的功课，不可代替的。"

什么功课？不懂。范德盛不由分说，挑起盐担就走，有些沉。四十岁的壮汉都嫌重，哪有让孩子干这活的？

他挑盐在前，孩子跟在后面一路小跑，一路喊："停下！停下！"

他站在路中心，不动。

这是清宣宗道光三十年（庚戌，狗年），1850 年铜贵谷三岔路口的风景。如果没有后来郭范两家纠结的历史，这三岔路口的风景，就再无人记起。

四年后，咸丰四年，这条平时并没有多少行人的土路，簇拥而过的，将是裹着红头巾，衣着红衣红裤的大脚客婆，太平军的女兵们。而这些女兵的人头，又有多少将跌落在用德盛土行的钱买来的鬼头刀下？这是谁也想不到的。

仁卿挑盐在前，牛高马大的范德盛跟在后面，他心有不忍，但眼见这孩子认真执拗，也就乐得自在。从铜贵谷路口到仁记巷，五里路途，两三刻钟就到了。

走过三五里地，郭仁卿对这位撑渡范叔，开始有了好感。在巷口，他邀范叔去家喝杯茶再走，范德盛也不生分，随之而行。他久闻仁记巷显赫名声，今得以一览，荣幸之至。

那时的仁记巷还是一条驿道，每天深夜，都有驿马的铁蹄，踏掠着、敲击着青石板，发出疾驰或是慢骑而过的各种声音，轻重缓急，把夜的形势渲染得惊心动魄，或诗意盎然，如歌行板。有时，疲惫的骑兵牵着大汗淋漓的汗血马，会敲开汾阳世家的大门，官兵们把老屋权当临时的驿站。汾阳王的后代，就是这样和朝廷的各路好汉，结下了因缘。

一 第十五章 秋分一

历史注定仁记巷这条贯通南北的古驿道，无形中承担了朝野之间的末端流通。从中原、从江浙传来的圣意，在汗血淋漓的驿马身上，实现了某种难以言喻的连接。这就不难解释德盛土行，为何能在鸦片战争之后，硕果仅存，并为南来北往的鸦片掮客，开通一条无障碍通道。这条通道所创造的财富，直接关乎平定太平天国的天下大事，力挽了清朝的国运。自然，同时也为它唱了挽歌。

没有记录证实曾国藩来过仁记巷。但他在上海与郭老太爷郭仁卿和范德盛的交往，关于土行专卖的密约，在练江平原的大小掮客身上，被传说得出神入化，几成掮客们的一道护身符。

半个世纪之后的杜月笙，当他改行经营土行之时，更是五下练江，不忘前来拜见祭祀土行鼻祖的家神们。在大清天朝那些风雨飘摇的年月里，杜月笙是溪东和仁记巷的常客。包括更早一些的帝师翁同龢与盛宣怀，都直接间接与范郭的德盛土行有千丝万缕的关联。这就可以解释，地处僻远却又为口岸的潮汕，与上海、帝都之间，那种不可思议的默契。

我在这些不同年代散乱的史迹中，勾连拼接起某些个人和中国近代史蛛丝马迹的草稿。这些不为人知，也不为正史重视，却起着粘连或弥补作用的人与事。它们虽不见于经传，却是那些言之凿凿的大事件中，必不可少的佐证。它们才是历史中最真实也最具人性魅力的细节。它们结构起整个事件的基础，并与历史的必然过程，形成血肉相连的印迹血脉。

你只能这样去理解潮汕，否则你便进入不到这些最古老的中国人，他们深层的心理结构中去。潮汕人，特别是郭子仪的后代，他们的家族传统之一，就是深谙民间力量与官宦势力之间的互通勾结，是获取最大利益，同时构成并巩固国家制度的保证。这个古老的族群，历经几千年的文明秩序，其坚不可摧的处世谋生道法，正在于此。它们的社会诉求，是深深地陷构在与制度性博弈的角力中的。

范郭德盛土行，在1840年鸦片战争禁烟之后，至南京政府毁烟的1928年，在近百年的禁烟之路上，能独树一帜，专卖独行，所向披靡，并掌控百分之九十的烟控市场。没有制度性的庇佑，谈何容易？而其所得，又与国势国运诸求相关，反过来巩固维护了制度。近代潮汕的兴隆，以及范郭两姓名人辈出的事实，是为这种制度性获益的结果。

管家汕陇婶见郭仁卿带人来内（家），正欲上前询问，郭仁卿抢先道："婶啊！企（端）两杯茶来！"他看出汕陇婶有些警惕和不悦，马上给个轻松的笑脸，化解掉接下来的尴尬。

汕陇婶应声"呵"了一下，还是警惕地瞟了范德盛一眼，不再说什么，目光却随着他们的背影梭巡。郭仁卿带着范德盛，两个人相跟着，穿过三个天井，两条伙巷，一个后花园，走了一刻钟，才到藏在老宅深处的藏书楼。

郭仁卿把范叔带进正厅，指着太师椅："阿叔，你坐一会儿，茶马上就到。"话音未落，汕陇婶像鬼魂似地飘了过来，把茶送到各人手边。

正厅三面隔扇上，分别挂着廿二幅八尺见方的郭氏廿二祖宗像，正中的是铜钵盂郭氏始祖，广西按察史郭浩，他是郭子仪的十九代嫡孙。

范德盛在这些画像面前，惊呆了。在潮汕，他进过不少深宅大院，贵胄之家，南阳郭，竹桥郭，胜前郭，潮阳四大郭，但从未见过如此周正完整的世系祖宗原像。可见汾阳世家的显赫长久。这个祖宗阵势，把范德盛震慑了。

郭仁卿见他惊讶，平静地说："藏书楼上还有。高祖的女官女像，不能公开上挂，要不要我带你去看看？"范德盛连连摆手，夺门而出："大人不在，不可冒犯！"径自从伙巷门走出。照规矩，家丁是不能从正门进出的。郭仁卿笑出声来："慢走！"遂追赶上去。他是想让范叔来看看老祖宗像。他从小就在这些神情肃穆的祖宗们的注视中，背古书，摹古画，临九宫帖，一笔一画，不敢马虎。

郭仁卿见汕陇婶还站在天井，没有离去的样子，有些不快，直视着她。汕陇婶却轻声说："老太爷是不让人到这里来的。"

平时，除了规定的时间，读书写字，郭仁卿并不喜欢到藏书楼来，今日不知咋的，竟把刚刚认识的范叔带进来了。连他自己也说不清楚，究竟为何。

老太爷还在午睡，他每天下午三点来藏书楼，分秒不差，非常准时。

眼看三点将到，郭仁卿连忙招呼范叔："快走，走猛猛（快快）。"

东厢房里一声咳嗽，走出老太爷来："哪里来人？"

他喝住了正在奔跑的郭仁卿。郭仁卿马上僵住了。

范德盛见到郭家老太爷，连忙作揖。

"坐！"老太爷声音洪亮。

范叔就势在天井的石礅上坐下。

"挑完盐啦?"

"挑了。"仁卿回答。

"我问挑完没!"

"完了。两趟,两百斤。"

"这位是?"

"范叔,撑渡阿叔,帮……"他把话吞回去。

"我认识这位先生,他可不认识我。官渡苦啊!我坐过先生的渡船。很稳!"老爷朗声说。

"我也见过老爷。老爷大人先生,是大善人,埠上谁人不识?"范德盛见老爷很是亲和,说话便也不拘束。

"又是老爷,又是大人,又是先生,又是大善人?老夫岂不成了四不像?"郭老太爷哈哈大笑,"风雨之人就是有趣,那我也就不客气,干脆兄弟相称,可好?"老太爷捋了一把长须,笑声在天井里缭绕。

阿嬷端上血燕,老太爷对范德盛笑笑:"请用。"

血燕只有一份,本是郭老太爷午后用的,现场却有三人。范德盛望着郭仁卿,老太爷笑笑:"小孩子无份,喝燕伤血!"

范德盛不敢造次,看看血燕,又看着老太爷。老太爷含笑。这时,汕陇婶又端上一份血燕。

喝完血燕,老太爷打了个哈欠,似是烟瘾上来。

范德盛有一事不解,问郭老太爷:"何以让15岁的孙子去挑盐?"

老太爷朗声:"先生何以撑渡?"

范德盛答:"讨叹嘛!无文无武,只能撑渡!"

"挑盐亦是。方知人生咸淡!这是他今日功课。"郭老太爷若有所思。他目光转向郭仁卿,"《清史稿》读了多少?"郭仁卿诚惶诚恐,不语。

郭老太爷目光锐利地看着仁卿。

老太爷开声:"你们玩去吧,老夫恕不奉陪!"说罢,老太爷起身作揖,转身踱出天井。

果然龙行虎步,名不虚传,不愧为练江五虎之首。

范德盛仿佛有了神赐,忽然有了主意,向北方!挑盐去。

此时，离陈公河出生还有十年时间。

而范、郭、陈在上海滩的交集演出，正式开始了。这是一场和着中国百年乱世的演出。在这之前，郭与陈已有漫长的世交，而今，由于范的加入，这场将持续一个世纪的话剧，正式揭开了序幕。

灵隐寺的千年钟声，在相隔百年的某天午夜，突然又自鸣震响。上一次的自鸣，是在百年之前的1750年。

那年是庚午年，生肖马年，属清朝乾隆十五年。1750年的第一天是星期四，那年发生了几件大事。

这几件大事，在表面上，和潮汕练江平原的这一次自鸣钟声，以及在此时还是小人物的陈、范、郭诸公，毫无关系。但一旦和后来的历史，稍作某些粘连，则可见出一切都由机缘牵连。

马德里条约彻底确定西班牙和葡萄牙之间的边界。

北京颐和园开建。

与英国人隔海相望的法国人，此时正在争相传阅一本名叫《论法的精神》的书。孟德斯鸠这本改变了世界历史进程的划时代巨著，出版已经两年了，法国的知识阶层都在热议这本书中所描绘的分权政府和法治社会。人们对"三权分立"的政治制度充满了向往。

值得重视的是，清朝乾隆十五年，中国GDP占世界总量的32%。一个新的时代，正在静悄悄地敲开天朝的大门。

这一年，远离天朝的西藏，珠尔默特作乱，发生了珠尔默特那木扎勒事件。珠尔默特那木扎勒袭封郡王，主持全藏行政事务后，为巩固自己地位便想除掉主持阿里克地区事务的兄长珠尔默特策布登。为此，他多次向驻藏大臣傅清诬告其兄杀害他派去的官员，抢夺商旅财物，用兵把守通藏道路，声言欲来西藏等，想借机加害。

为了维护西藏地区的和平与安定，乾隆帝命驻藏大臣傅清传谕训斥，令其兄弟和好。对此，珠尔默特那木扎勒表面服从，内心却把驻藏大臣和驻防官兵视为自己称霸西藏的主要障碍。乾隆十四年（1749年），纪山接替傅清继任驻藏大臣，珠尔默特那木扎勒倨傲不恭，迟至一月才出面相见，并广布私人，对驻藏大臣的活动严加监视，还提出撤掉驻藏官兵的无理要求。同时，他又采取阴谋手段袭杀已兄珠尔默特策布登，诡称病死，欺骗清廷。对宗教领袖达赖喇嘛，他心怀疑忌，毫无尊信恭顺之意；对反对他的班第达等行政官员怀恨在心，伺机报复。以致其父颇罗鼐原来依靠信用之人，多被杀害、抄没、革职。对他这种恣行无忌的举动，驻藏大臣纪山不加阻止，反而迁就顺从。

乾隆十四年末，清廷将纪山调回，仍派傅清及拉布敦为驻藏大臣。傅清等到任后，开始限制珠尔默特的不法行为。为此，珠尔默特极为愤恨，加速发动叛乱的准备。他一面派人潜往准噶尔通款借兵，约为外援，合谋为乱；一面将四百多名驻防汉兵逐回内地，同时切断邮路，阻止交通。乾隆十五年九月，驻藏大臣、副都统傅清及左都御史拉布敦将情况奏报朝廷，提出相机除之的建议。但军书旬日不致，遂当机立断，定计智擒。十月十三日，傅清与拉布敦以议事为名，将珠尔默特那木扎勒召至驻藏大臣公署楼上，当面历数其罪，拔刀将其杀死。跟随珠尔默特前来的卓呢罗卜藏扎什跳楼逃出，传唤党羽，聚兵围楼，施放枪炮，纵火焚烧。傅清中枪后自尽，拉布敦与叛军格斗遇害。叛乱者抢去库银八万五千余两，屠杀驻藏兵民一百二十八人。次日，达赖喇嘛出面理事，收集余兵，安抚众人，传令沿途台站照旧应付官兵，严禁杀害汉人。不久叛乱头目卓呢罗卜藏扎什等十三人先后被拿归案，绞决处死。乾隆帝因为傅清、拉布敦"先事靖变，为功甚大"，追赠一等伯，命在其被害的地方建立双忠祠，以示纪念。

乾隆西巡五台山。

乾隆十五年（1750 年）二月初二日，乾隆帝奉皇太后西巡五台山，驾发京师。谕扈从王公大臣，一应官员人等，严戒践踏禾苗，违者议处。免经过地方本年应征钱粮十分之三。又以原任翰林院编修王居正，以前因两次考试均列四等，令休致，今到五台接驾，着以知县补用。十三日至十六日，驻跸菩萨顶大营。赏银万两，命山西巡抚办理未到地方修路开销，并赐晋省地方官等宴。二十日，谕：直隶为畿辅重地，路当要冲，政务繁多，州县各官，或遇调委差务，署内事件难于兼理。着吏部从候补、候选人员内，拣选州县十员，佐杂二十员，回銮后引见，交该督差委，遇缺酌补。补完之日，再行简发，永着为例。三十日，至四圣口阅永定河堤工。三月初三日，命减免直隶上年被灾地方钱粮。初六日，还宫。以回銮接驾，大学士史贻直，未候传宣，先行散去，命交部察议。

这一年，和绅出生（1750 年 7 月 1 日—1799 年 2 月 22 日，即乾隆十五年五月二十八日至嘉庆四年正月十八日），原名善保，字致斋，钮祜禄氏，满洲正红旗二甲喇人。曾兼任多职，封一等忠襄公，任首席大学士、领班军机大臣，兼管吏部、户部、刑部、理藩院、户部三库，还兼任翰林院掌院学士、《四库全书》总裁官、领侍卫内大臣、步军统领等等要职，为皇上宠信之极，官阶之高，管事之广，兼职之多，权势之大，清朝罕有。他还是皇上的亲家翁，其子丰绅殷德被指定为皇上最宠爱的十公主之额驸。后被嘉庆皇帝赐死。

以上据史辑录，这等大事，在一百年的发酵中，所酿成的结果，终与在身处僻远潮汕的范德盛和郭仁卿们一起名状。虽以他们的身份，此刻对此自然一无所知。他们还没能注意到，百年前的这一切与当下的关系。然而，他们正在一步步走近这段历史，却是千真万确的。何况，近代史嬗变，从来都是从南方发生，在北方结果。

命运在范德盛决定北上的时刻，遇到了郭仁卿，并让他们在十多年后，再次邂逅于上海滩，一拍即合而成同道，并以一种非常特殊的方式，意外地和曾国藩走到一起，在天京之变中，起到摧枯拉朽的作用。

一只蛾，从 1750 年开始，经过一百年莽撞的飞翔，在 1850 年的潮汕铜贵谷，无意间猛烈地扇动了翅膀，却终将在遥远的长江下游，掀起一场持续经年的风暴。在潮汕本土看去，那是一场血腥的发财运动，以至于范德盛家族，后来给了他另一个名字——发财公。而从上海滩回望，那是一个东方犹太人在大上海的反客为主，在顺应天朝的同时，颠覆了天朝的规矩。

一切都在无声无息的大地上发生，反扑；在雨季连绵的阴霾中收干，滞涸，还给大地一片龟裂，在秋分的重重阴气中，风雷收起了它的喧器。

正所谓：雷始收声，蛰虫坏户，水始涸。

第十六章　寒露

鸿雁来宾　雀入大水化为蛤　菊有黄华

毫无头绪的寻找，其实事倍功半。

陈公河的《遗书》原件，林同志并没有真正看到。他依据的是几份抄件。祠堂每年一次的祖宗祭祀，会短时间地开放一间密室，把祖宗像和有关物件搬出来，供后人瞻仰，并做适当修缮，平时是绝对秘不示人的。这时候，陈公河的直系后人，会在匆忙中抄写《遗书》。现代人古文基础太差，潮汕古语更堪为天书。唐朝的读音，连最重土著方言的《潮汕字典》都逐渐清零了。陈公河的《遗书》，有意使用十八音潮汕古韵，而不事古文只会四音的现代人，如何懂得陈公河《遗书》之妙？

林同志复印了十几份不同时期的《遗书》抄件，出入很大，十分可疑。我建议请潮语专家林伦伦解读，但一定要找到原件。林同志表示，这件事困难，去天堂容易，要《遗书》真迹难。因为这不仅仅是一件《遗书》，它还是藏宝图。这点，族人全都明白。宝藏就在溪东，就在陈公河生前行脚之处，而最后一个稍微知情者，是中医陈方言。他已于五年前，在 99 岁上仙逝。世间再无《遗书》见证者。而《遗书》，乃为天书。

至于光，他与《遗书》的破解，横亘着许多莫名的障碍，尚是一个有待科研的难题。

我相信天意的法则，踏破铁鞋无觅处，得来全不费功夫。所以，我甚至想放弃对光的寻找。我以为，一无所知的光，对此毫无作用。

然而，林同志不这么看！

我寻找光，正如寻找苦初 3 号，意在解开一些无关大局的人性的细节，是如何掀动遥远的风暴的。这才是况味所在。

而光，还是我的知青朋友。寻找他，有别的情绪。

郑素冰早早就去了老爷宫，宫前有前清举人马林水的卜卦铺。他每天凌晨五点开台，为人看风水、算命、卜卦、代写书信、分发侨批，还兼做郎中，捡几味草药。草药都是碾成粉末的，十几个瓶子，占了半张桌子。

马举人马郎中专看疑难杂症，拿手好戏是专祛花痴，做法驱魔。据说凌晨五时，点第一炷香时，他算命最准。于是每日有人头夜就去宫前排队，抢个头炷。郑素冰候了几天，才抢得一炷。

她要为凌芳算算，究竟能不能去大南山会文雄。

马林水也是本家，他向来为本家算命，只收半价，郑素冰从来不受半价，不单全价照付，每回反多给他一两块。马举人总是要推搡客气几句。郑素冰便认真地说：“这两块是给老爷宫的老爷买物食的，又不是乞汝，汝推什么啊？收起来。”

那两块银元一直在台上，待郑素冰走后，马举人才将银元收起。马举人自然也倍加小心认真地占卦掐算。不过她问得多，也杂，用去马举人算几个人的时间。每次，她都先问节气和运程。

马举人特别喜欢谈说节气，他的所有灵性都来自节气的体温。说起节气，他如数家珍。

他将寒露分为三候：“一候鸿雁来宾；二候雀入大水化为蛤；三候菊有黄华。”此节气中鸿雁排成一字或人字形的队列大举南迁；深秋天寒，雀鸟都不见了，古人看到海边突然出现很多蛤蜊，并且贝壳的条纹及颜色与雀鸟很相似，所以，便以为是雀鸟变成的；三候菊有黄华，是说在此时菊花已普遍开放。菊微苦，略甘，清暑热，虽说已过秋分，阴凉既足，但甘饴补中，此时宜出门。”

马举人细问内情，又合了凌芳文雄的八字，为素冰指路：“此去非十里红妆不可也。凌芳是雀，飞得太久了，要趁机入水，化为蛤。蛤是什么？安卧泥中之乐也。大南山，山就是海之托。潮之阳，大海在其南。”

马举人一本正经。他占过卦，大南山那伙人，会成大事。他们就是那只蛰伏在后、伺机出击的黄雀。他没有说出玄机，只嘱咐道：“准备好嫁妆吧，本家大姐！平安出行，红妆十里红透透。”

郑素冰听了，满心欢喜。

郑素冰放下心来，越发问得仔细。凌晨客多，但马先生不厌其烦。郑素冰给的银钱，顶十几单生意，他没有理由不为这位素冰大人，多花些时间。

素冰把桃花叫来，仔细交代了一番。就依照嫁女的方式，带上五百银元，权当凌芳的嫁妆。

桃花听不明白。郑素冰交代：把这些钱嫁出去就对。桃花更加不明白。

听神的，神说的。素冰坚持地说。

凌芳一行，两辆马车，郑叔赶车在前，保长温文贵护送在后。他们沿着雷岭河边的马车道，一路慢行，出了上下峰的垭口。从这里向东，是十分繁华的河西圩镇，战时国民政府的县党部就设在这里。

山中小镇河西，地处潮普惠三县交界，说是国军的地盘，却是各方势力出没横行的地方，各种骚乱层出不穷。有温保长一路护送，郑叔便心安了许多。见温保长和郑叔如临大敌的神情和架势，凌芳觉得好笑。越是三不管的地方，越不必担心，看起来有些乱，但因彼此都有防范，也不知各自底细，各方不敢轻举妄动，反而平安无事。都是自己吓自己。

凌芳有独自去澳门看望父亲的经历，也见到过父亲被炸重伤的惨状，她的内心便坚韧了许多，小小年纪，已看破诸多世事世情。此次来大南山，和各种人物交道，虽然见不到文雄，但她相信文雄，以他的性格，不会在此久留。因此，她自始至终，都十分淡定。

温保长固然称霸一方，但在黑白相间的地方，他处事不得不圆滑世故，八方讨好。但既是亲戚，自然要眷顾再三，不能造次，他自始至终，对各方人马，都是小心翼翼，应对裕如。

凌芳对共产党游击队，没有什么特别的感觉，也不十分排斥。国共两党，合合分分，见怪不怪，纷争一块骨头而已。在光德里父亲的书房里，国民党大员于右任与共产党的方方和林川，共融一室，纵论国事，推杯换盏的情景，她自小就熟视无睹。父亲被日本人炸伤，就是东江纵队的共产党人，抢至澳门救治的。只是有一些问题，比如兄弟阋墙之类，她是无论如何也想不明白的。她在读书会，听讲《共产党宣言》，在圣约翰，读《圣经》。她读出了相同之处。在对待贫穷者与被凌辱者的问题上，它们并无天壤之别。

凌芳的马车，被堵在一座学校门口的马路上，那里人群拥堵。十几个国军女兵，在街口的场地上宣讲抗日。凌芳见其中一个女兵，很像是新玉，她急忙指给桃花看："那是新玉吧？"

桃花看花了眼，就是看不准。在桃花看来，穿上军装的女孩，个个都一个模样，分不出彼此。她左看右看，就是辨别不出谁是新玉。桃花心想：新玉在上海呢，怎会出现在这里，还变成一个女兵？她并不在意，笑凌芳目花花，四散唹（乱说）。

"那是新玉，没错。"凌芳很确定，她溜下马车，想挤进人群，可挤不进去，只好跑回来，站到马车上，大声喊："新玉！新玉！"桃花这时也看出是新玉了，跟着一起喊！

新玉似乎听到有人唤她，循声四处张望，可是没有发现不远处站在马车上的凌芳。

新玉掏出口琴，行了一个非常优美的美式军礼，然后吹奏起来。节奏急促的琴声，在空旷的街路上传得很远。凌芳听出是苏联卫国战争时期的歌曲《神圣的战争》。新玉戴着船形帽，飘逸的卷发，随着口琴的节奏，像无数蝴蝶在空中翻飞。

本来嘈杂的街路，在这一刻，鸦雀无声，唯有异国的琴音，在陌生的国土上，悠扬地流淌着。

这时，突然有长官一声令下，女兵们迅速列队集合，登上了一辆军车。军车绝尘而去。

凌芳陶醉在电影一般的场景中，她完全沉浸在一种从未有过的情绪里。这种情绪，曾经在父亲的大红马上，有过瞬间的闪现。她竟然怀疑这一切的真实性，抑或是幻觉。那不是新玉，不是，是另一个和新玉一般的女孩？

桃花真假莫辨，她并没有看清楚那女兵是不是新玉，但是，凌芳说是，就不会假。眼见新玉登车而去，她急得直跺脚，催着赶车的郑老叔："死阿郑，快追，追那汽车！"

桃花气急败坏。新玉不是说去美国吗？怎么出现在这里，还当了国军。真是白日见鬼了！

郑老叔有些意外，他也看出那女孩有点像新玉，但他不敢相信。那么文静的姿娘仔，怎么就当了国军？还回到离家不远的山里，真是离奇得过分！听桃花说去追汽车，他觉得好笑。有听说过马车追汽车的么？何况，潮汕的马车和牛车有什么两样？弯弯小路，一路美景，遍地雅姿娘。老马虽是畜生，更是灵物，懂得行情的。郑叔总有办法治桃花。

郑叔一番叙说，把桃花抢白得脸白脸红，反无了往日矜持的分寸，只是一味地着急。在郑叔看来，她愈急，愈是花枝乱颤。郑叔乐得看这人间风景。

凌芳对桃花说："要不，去县党部，他们一定知道驻军在什么地方。"

桃花一听，心中大喜，急着对郑叔喊："快走快走！去党部，去党部！"

郑老叔慢条斯理，一副无所谓的样子。他目不斜视，自言自语："赶去投胎啊！有没，有无，随缘吧！我看新玉就不想认你这个母亲！"

桃花一听恼了，她一时竟忘了找新玉的事，对着郑叔吼："你这个臭嘴郑，四散唻乜个（说什么）！"

郑叔一点也不恼，只是一个劲调侃："自己的儿女都管不住，做乜个阿母？"他根本就不把这个本家阿姐当回事。他对这个整日涂脂抹粉的老姿娘，很是鄙视。郑叔是个粗人，看不惯这等装模作样的姿娘！在他看来，女儿在上海不好好读书，却去当丘八，就是阿母的错。郑叔有些不咸不淡的："我若是新玉，早不认你这个阿母！"

桃花听着，反而不生气了。和这个郑家无赖，一个赶马车的，有什么好生气？找女儿新玉要紧。

凌芳细想新玉的事情，忽然就有些明白，新玉说要出国去，她的国，就是国军。她要从上海消失，总要找个借口，给家里有个交代，而父亲陈公河，是唯一不反对她去美国留学的人。田中央百多年间，有异国留学的传统。

但是，她怎么去当了国军，又回到老家来？

其实，新玉做出什么事，都不必大惊小怪。她从小就贼大胆，在圣约翰，更是出了名的奇女子。淞沪大战时，她竟然一个人跑去前线，找那位她从报纸上认识的英雄，一个叫俞大友的国军中尉。

她自然没有找到那位中尉，她在战地救护站待了两天，又是采访伤兵，又是当临时帮手，碍手碍脚的，最后部队派人把她送回学校。她的疯狂行为，被一个美国记者史蒂文森写成战地报道，文章登上《申报》头版，并且还在《纽约时报》发了一个通栏，配发了一张她伏在伤员身上，露出半边脸的照片。这张照片后来还刊在《良友》画刊上。不过，文章并没有披露她的真实姓名，只是称一个叫华的圣约翰女生，她在伤兵残破身体上的半边脸，染着硝烟。所有这些，包括华是潮汕女孩，是一个落第举人的女儿，等等，生为母亲的桃花不知道，郑叔也不知道，大南山里的人，也未必知情。

郑叔嘴上说归说，他还是把马车径直赶到了县党部，还自告奋勇要进党部去询问。门口卫兵不让进，任是怎样打听，一问三不知。桃花急得跳脚，差点就跪到卫兵面前。凌芳是见过世面的，她叫住桃花，让郑叔把马车赶到树荫下，大家各自歇息。

她独自找到大门口的传达室。山里秋凉，传达室里生着炭炉子，一位穿着旧军装的老人，正在炉边烤火，边冲着工夫茶。凌芳看出老军人年纪虽大，却依然是个兵。老军爷见进来的是个穿戴贵气的女孩，十分客气，欠身，请她喝茶，等着她主动问话。

凌芳对着他微笑："您好！阿伯。"说罢，等着他发话给座。老军人礼数几句，便请她喝茶。她看得出老军人很喜欢她，便坐到他对面的椅子上。

老军人请她喝茶，她先把茶放到老军人面前，自己才端起，慢慢地啜了一小口："阿伯是北方人？"

"噢！是啊！关外，一个小屯子，老远了。"

凌芳见到国军，自然会想起父亲。但面前这位老兵，却让她无论如何都寻找不到父亲的味道。那是完全不同，乃至相反的感觉。她心中骤生一阵寒冷。

她从未这么近地接触过这类人，这样在僻远山里县党部传达室当差的老军人。她想，他满满的经历里，不会有太多的快乐吧。她有许多的联想，包括对郭文雄处境的忧虑。外面的日子，与关起大门里的光德里的生活，是全然不同的。

她突然就想起那只蓝冠羽长尾羽的红色鸟。

她稍做自我介绍，她说是来河西驻军找亲戚的，把驻军地址弄丢了，不知去哪找。

老军人叹了口气："小姑娘，开拔了，走了！就一杆烟的工夫，刚刚，就从门口走过。快去找找吧！说不定这一走，就再也回不来了。"老军人似乎有帮不上忙的歉疚。

凌芳一听急了："知道往哪边走吗？"

"那哪能呢！不让打听，往东吧！鬼子在东边呢。哦，不，往南吧，海不在南边吗！鬼子不就在海边登陆吗？要不往北？撤退呢吧！唉，我这都说乱了。"老军人太老了，有些糊涂了。

凌芳见问不出什么，只好告辞，转身摸出两块银元，放在老军人面前的茶几上："给阿伯买茶吧！"军爷愣住了，老眼里闪过很复杂的神色！没等他说出谢字，凌芳走远了。

桃花见凌芳一个人回来，有些目瞪口呆，大失所望的样子。凌芳说："姨，你怎么啦？"

"你怎么一个人回来，新玉呢？"桃花没头没脑一阵发问。

"新玉？新玉在军队呢，军队开拔了。"

凌芳见过那老军人，心情很不好。中国人老是打来打去。日本人打到家门口了，自己人还在打。父亲从密歇根回来，就跟着天南地北地打。一会儿是国民党，一会儿又是共产党，最是苦了母亲，虽然丰衣足食，却担惊受怕，烦恼无穷……

凌芳不想和桃花唠叨军队上的事，一心想走："郑叔，我们回家吧！"

凌芳心烦。一路走来，尽是些让人弄不明白的乱象。桃花和郑叔，看起来是对头，可一唱一和，又各有心事，莫名其妙。她很少单独和这些沾亲带故的本家大人们接触，藤藤蔓蔓的，复杂得很。

新玉去当国军就当呗，过几天，她当腻了，不当就是。她自己回不来，总有人送她回来。像她去淞沪之战一样，枪林弹雨，没伤一根毫毛，还上了报纸。她全世界疯，疯完了，又去当国军。一个随心所欲的女孩，哪天当兵当腻了，还去做回圣约翰的校花……

凌芳把这番话说给桃花郑叔他们听，他们听得目瞪口呆。桃花跳起来，絮絮叨叨，发泄一段世情，归结到陈公河命乖运蹇，养了个不识好歹的孽种，还是个查亩仔（女孩）。她一阵长吁短叹！

郑叔则自言自语：查亩仔，小时不教！在溪东好好的，送去上海干吗呢？还让洋人教示！这不，教坏了，还怨人，怨命吧。"他就是看桃花不顺眼。

桃花懒得与郑叔计较，让他自说自话去。

保长温文贵，赶着载满山货的马车，紧跟其后。过了河西这个三不管地带，就是练江平原了，就安全了。他一路听凌芳一席话，很是赞同。这马凌芳不得了，小小年纪就是大气概，跟她父亲一样！他是认识马灿汉的。

温文贵嘱咐伙计，把山货送到光德里再回来。他等候在河西，办些事，待伙计返来，再一起回上峰。

保长临别，拉住郑叔说了几句悄悄话："郑兄，好不容易来我这里一趟，真是有心来烧巡（走亲戚）。只是，要见的人却见不到，反赔了五百大洋！本来送个一二百，也算是大数目了。五百大洋啊，就这样白白借走了，这算什么事嘛！"

"算什么？不是借吗？"郑叔有意反问。

"唉，郑兄，你是真傻还是装傻！算了算了，走吧走吧走吧！"

郑叔不依不饶，对着温文贵嘟囔着："你这保长，是真保还是假保啊？"

温保长一屁股坐上车辕，走了。

"我这里还有契纸呢，签字画押的，跑不了！"郑叔对着保长的背影，在心里大声喊着。

寒露时节，山里十分阴冷。保长在阴雨中没了踪影，冷风飕飕的。郑叔在心中编排着故事，回去该怎么向老姐郑素冰交代。

马车在练江平原的土路上，响着马蹄的踢踏声，慢悠悠地驶过。老马偶尔仰天长啸，鼻息喷着白色雾气。凌芳心事重重。

想见的人见不着，文雄杳无踪影，却意外看到新玉，她千里迢迢从上海来潮汕宣传抗日？新玉身着军装，英姿飒爽的样子，在凌芳心中凝成一个天大的问号！

新玉站在课桌拼起的高台上，拿着铁皮喇叭大声演讲：

……同胞们，爱国的学生们，青年们，商人们，农民们：在庐山，国民政府委员会副委员长冯玉祥发表抗日宣言。他慷慨陈言：日寇猖狂，中国危在旦夕。身为军人，唯有以死相拼。战死疆场，死得其所！现在还有人在说些什么"和必乱，战必败，败而言和，和而后安"。和了几年，安在何处？还有人把希望寄于美国、英国的出面干涉和援助，中国人民的事情为什么不能由中国人民自己做主？以全国之人力物力，难道还怕小小的日本吗？当今之时，唯有速速抗战，宁使人地皆成灰烬，决不任敌寇从容践踏而过！

新玉举手高呼口号："一寸山河一寸血！收复失地，还我河山！"

在凌芳看来，新玉是一个大英雄，是个敢说敢做敢当的奇女子，古书里的女中豪杰。

马车一路颠簸，新玉变成国军女兵的影子，总在车前车后晃动。凌芳虽然早知新玉胆大妄为，但毕竟在圣约翰，她是一朵娇艳的校花，也算虔诚的基督徒。反对暴力，主张温良，这是圣约翰的基本教义。她们几个被称为圣约翰五美的女孩子，个个出身富贵，入学时一起手按《圣经》宣誓。然而，新玉就像一个百变女郎，瞬息万变，永远是摩登。于她而言，做个女兵，也是一种摩登。凌芳想着新玉的种种，种种的新玉，不禁笑出声来！

凌芳见桃花一路语无伦次、失魂落魄的样子，不禁悲从中来，更加牵挂新玉。俗话说，好铁不打钉，好男不当兵。何况一个天生丽质的陈家大小姐，居然去当了丘八，打枪打炮？那不是闹着玩的，不知哪天就没了……她越想越怕。

桃花一路絮叨，话题全是新玉，问题一个接一个，都是凌芳无法回答的。

她想起母亲求神问卦回来所说的话：

鸿雁来宾 雀入大水化为蛤 水始涸

这些话，究竟隐含着什么玄机？对此，《圣经》怎么说？

这些话任是怎样解释都可以。不错，鸟雀是做回天空中的自己好呢，还是化为泥水里的蛤好？在天空飞，还是在泥水里睡？哪种更好？

凌芳无法明确，文雄又会做何选择？他放着大好前程不要，非得拿命到山里去干惊天动地的事？

水始涸，土地失去润泽，又将怎样？

她去问郑叔节气寒露的事。郑叔很干脆："柳芋（挖芋头），煮草鱼头，卵被康（钻被窝）。"

郑叔还在莫名的情绪中，他没好气。凌芳忍俊不禁。

郑叔说的，那是郑叔每年秋后，最惬意的生活。

第十七章　霜降

豺乃祭兽　草木黄落　蛰虫咸俯

在这个世界上，寻找人，其实是一件最无意义的事。因为，说到底，人是无法寻找的。而且，往往刻意地寻找，即便找到了，已非人。物是人非的失落，动机与目的的现实错失，其实是一种更为沉重的痛苦。

所以，我的所有寻找，关于光，关于苦初 3 号，都是在极为消沉中的期许。我想，有一天，一切想望中的一切，也许会如期而至。我用不着焦急、焦虑与忧伤。天要下雨，娘要嫁人。十里红妆也罢，勉强花烛夜亦好，洞房就是洞房。一张窄窄的婚床，同样通向最终的归置。

可是，苦初 3 号不辞而别！对于她的消失，每个人，那些认识或不认识的人，都声明不知或者噤声，都否认或看不见了一个人的存在。然而，多少年来，她就在那里，在空无处实在地存在着。有些人，因为她而不在了，却得不到任何应答。

人和天，起码还有一种启应，对谈，默视。在轻烟袅袅中，在泥塑木雕中，在无言的想象中，在祭祀的呢喃中，或对着隔窗告解着。而你，苦初 3 号，你在哪里？

向大海呼唤？或向森林，向低垂的小草，土坷，或者向一壁断崖，一挂残破的鸟窝呼唤？我明白地知道，这些，都是一些无法回应的，渺小的神明的天启。

可我还是要寻找，你和光！

气肃而凝，露结为霜矣。"霜降"黄杀了树梢的落叶，在练江平原黑色的土地上凝冻了星星点点的白霜，天气也在一天天变冷，夜间的露水，在早晨凝结成霜。陈公河翻开《二十四节气解》，找到"寒露"一节，几行字跳了出来：气肃而霜降，阴始凝也。

他踱到天井，几株山茶，本来金灿灿的花朵，开始有些蔫了，没有那生气勃勃的气势。

他摇头晃脑：寒露，初候，鸿雁来宾，宾，客也，先至者为主，后至者为宾。盖将尽之谓。二候，雀入大水化为蛤，飞者化潜，阳变阴也。三候，菊有黄华，诸花皆不言，而此独言之，以其华于明而独盛于秋也。

他又找到另一段与霜降有关的文字：初候，豺乃祭兽，孟秋鹰祭鸟，飞者形小而杀气方萌，季秋豺祭兽，走者形大而杀气乃盛也；二候，草木黄落，阳气去也；三候，蛰虫咸俯，蛰伏也。"他突然就觉到身体每个弯曲处，无处不痛。这种痛，每年总有三四次，春夏之交，夏秋之交，秋冬之交，冬春之交。凡有节气交接之时，全身关节便如松脱一般，痛且酸，像要各自分离奔突而去似的，又连筋撕扯，疼痛难忍。

这种病症若在别人，也许生不如死，但在公河，说来也怪，虽酸痛难忍，却在每一关节处，如有无数酥手在抚，奇痒奇软，温柔麻醉，不时令人笑出声来。怪得奇巧！

一个巧字，道尽公河半生心得。他说给桃花听，让桃花也来酥手一番。桃花遵命照做，却天壤之别，唯有更痛，全无酥手轻抚之醉。这种征象，好像正在出现。心情正如茶花之蔫。

桃花嗔怪这老男人存心不正，老橘皮般的老肉，什么酥手轻抚？她请来郎中郑先生。

郑先生是陈公河的熟客，他对陈公河是又欣赏又睥睨。其实，在他心目中，有两个陈公河：一个是前清老朽，一辈子隐身黑屋，却家事国事天下事，事事关心，且大言不惭，好诲人不倦；一个是阅历南腔北调，远征他乡之役，人在江湖，心在旷野。两个完全不搭的人，却在潮汕的市井陋巷里，相逢一笑，其乐融融。

在郑先生眼中，陈公河是诗书满腹，也行直走正，只是过分迂阔，陈腐之气颇盛，虽生来残疾，却也自视甚高，自尊自贵，由不得人轻侮。

郑先生有些时日没到陈府食茶了，忽闻桃花来请，他连忙赶到陈府。

"陈公万安！"郑先生一进入天井，便朗声问候。陈公河端坐在太师椅上，连连作揖。彼此虽是老友，寒暄几句之后，便直入正题。几乎是同时，陈公河捋出手腕，搭上脉枕之际，郑先生三只手指，已然贴在脉上。彼此对视于瞬间。

须臾。郑先生并不切诊，却言他事。他目视别处，似在自言自语：古人何以将霜降分为三候呢：一候豺乃祭兽；二候草木黄落；三候蛰虫咸俯。豺狼开始捕获猎物，祭兽，以兽而祭天报本也，方铺而祭秋金之义；大地上的树叶枯黄掉落；蛰虫也全在洞中不动不食，垂下头进入冬眠。他顿住，三指用力压住脉搏，双目看着陈公河。

这是一张饱食终日，却很少见光，常在温湿中蛰居的老脸，有些浮肿，却又老皮紧绷，遂生皱垢。郑先生有几分调侃："陈公，冬眠好啊！生命无非一年四季，逐时生变；但凡人生百二岁，不过如同廿四节气，与风生，与水起，并无两致。先生现时在霜降，已渐入冬期。阳衰阴盛之时，正宜进补。"

"如何进补？"陈公河听不得郑先生的陈词滥调，带几分讥诮地反问，他话中有话。他对四时养生颇有研究，几十年间，全家老少时患病疾，全由他的心得，但求几味中草药，无不奏效。他很是自满，至少也算半个名医。桃花请郑先生来，作为老友，烧巡（探望）本是好事，但作为郎中医家，陈公河老大不悦。他心中不顺，便有意反制郑先生。

郑先生知公河心事，这老家伙倚老卖老，医事药事均是半桶水晃荡，房中术倒是能说出个一二来，不过也大多在皮毛之痒，奇技淫巧而已。听说治过几个阳痿，更是闹了不少笑话。心想趁机考一考他，挑衅他一下，也为乐事。

"陈公，王子巧父曾问彭祖：人气何是为精乎？"他话音未落，陈公河不紧不慢，答曰："这还用去问彭祖？人气莫如竣精……人的生气没有比过阴精的。如果浪鸟（阴茎）精气郁闭而不泄泻，百脉就会有疾。如果精气不成熟，就难以繁殖生育，所以要想尽享天年，关键在于保养阴精。此说汝以为何？"

这个话题，吊起陈公河意兴。但他还想先听听郑先生能说出什么来，自此不多言，做出一副洗耳恭听的样子。

郑先生岂是听道之人，公河所答，乃一般道理，接阴治气之道，乃是人之极道。

他尽力阿谀敷衍公河。桃花请他来，真为公河看疾？不，开解这糟老头而已。公河乃心病，久结于心，是他那七子七发之惑！

郑先生道："尧问于舜曰：天下孰最贵？舜曰：生最贵。又问：治生奈何？"郑先生卖了个关子："陈公，汝猜舜何答？"

公河心中不忿，却笑嘻嘻地说："汝是在考我？好，我就再当一回秀才公，如何？人有九窍，十二节，安于各个部位。为什么浪鸟和其他器官同时生成，而比其他器官要先衰退呢？我告诉汝，人的饮食和思考，用不着浪鸟。浪鸟交合太过，用得多了，自然也衰老得快。而其他器官，是用来想事的，像门臼一样，虽然天天活动，那是和流水不腐同样道理。浪鸟就不同了，劳累得多，磨损就快，所以要滋补，要调养精气。至于怎样进补，先生是医家，公河不敢妄说。"他把球踢回去。

"陈公谦虚，我乃一游乡郎中，江湖散人，岂敢在秀才爷面前班门弄斧！不过，我近日稍得高人指点，现说予陈公，见笑就是。说凡有性事，皆有泻有补，有其法度。如是：一是垂直四肢，伸直脊背，按摩臀部；二是活动前阴，紧缩肛门；三是合上睫毛，闭目养神，不听声音，聚精会神；四是口含津液，自觉酸苦甘辛咸，五味俱备，然后咽下津液；五是各种精气皆上聚于脑，以收敛全身诸阳之气……"

陈公河听闻，顿觉此仁兄所言并无新意，哪里有半点高人的意味，分明是古往今来房室养生之陈言滥调，千古讹传而已。他矜持地打断郑先生的高谈阔论，笑说："先生说得没错，但情事到了这个地步，也就索然寡味。老朽当有说道，或有讳仁兄高见，见谅为是。"他戛然而止，等着看郑仁兄如何反应。

郑先生并不以为意，他本就出于戏谑，并不认真。他对公河一桩事，略有所闻。他的七子七发之中，早已传遍乡里，特别在乡间阁老、前清遗老中传为笑料。陈公自娶桃花之后，半生都在研究房中养生之秘，特别是对所谓"成死为薄"颇有心得。什么生还、死还或死返，更是自诩研判精准。

陈公河此刻缩成一团，裹在太师椅中，在昏暗的厅堂里，似一只硕大的，有些风干的老橘。

郑先生忽地想到，这只老橘，和丰腴妖娆的桃花缠在一起时，是一幅怎样的绝世风景？他真的不敢相信，怎么可能会有这样的风景存在！

"郑先生一定知道，何谓'天下至道谈'。"

这倒真是把郑先生问住了。他虽然也博学，也行遍天下，但这区区五个字，当真把他给难住了。至道多解，终极之道何为？他面有窘色，平时善于不懂装懂的郑先生，此刻倒是不敢造次。这秀才爷若没真本事，不会出此奇招。中国古籍汗牛充栋，鬼才知道他从哪儿翻出这陈言滥词？他只好认输，大声说："小弟此来，受教陈公。请陈公明示！"

陈公河引而不发，转而聊起别事。研钻房中术，虽然是他的拿手好戏，半生沉潜其中，颐养心性，不亦乐乎。可是，为人望疾治病，是另一回事。虽说成人之美，但毕竟不是可与外人公开谈论的话题，有辱斯文是也。

他转而高声呼来桃花，奉上冰糖花胶，请郑先生品尝。桃花应声而至，关于性事，房中养生之术，也就自然结束。

郑先生再一次领教秀才爷的厉害！此公乃真正高手也。

他心生一计，说自己似觉精神衰靡，全身乏力，反请陈公河为他切脉，开出养生方子。陈公河谈兴正旺，一时失了往日的老谋深算，不知究竟，竟然一反常态，十分关切，刚才的舌战，瞬间烟消。他细心为之把脉，亲笔开出方子，双手奉上。

郑郎中又得一方。遍寻潮汕名医的药方手迹，是他的一个计划，就差秀才爷这一方真迹，足够一百方。郭子彬的双百鹿印社，将出版郑先生的《喜来百方秘籍》。这本方册，是万万不可少了陈公河秀才爷的真迹医方的。他久求未得，刚才灵机一动，心有机锋，居然在陈公河不知不觉中，获取了秀才爷的真方。

平日里，秀才爷开方子，只说出汤头歌诀的开头两味，家丁自是顺畅读出，由伙计抄写成帖，再交公河审正。君臣佐使，陈公河只读出君药，几分几两，也由公河执笔圈出。主顾取方自行去药铺买药。主顾买回几包中药，公河在人后再行打散拆分。无人能知公河方子的准确配方。

倒不是秀才爷的真迹有多值钱，而是陈公河摆谱，他是知道有人千方百计，要谋他的真方。只是此刻，他不知道谋方之人，正是郑喜来。令他百思不得其解的是，要谋他的真方作甚？

李纯洁用尽毕生之力，终于撬动了地库里入口的钢板，他听到一声沉闷而锐利但十分和谐的响动，仿佛有一股强大的类似弹簧的拉力，反弹式拉紧了钢板。他同时听到，有如从黑暗的地底，传来一连串传动式的绝响，似钢齿相咬时的动人钝响……他惊住了，这是一个复杂的机械联动装置，在转换过程的声响。他勾连钢板的手掌心，感到一阵阵频繁的震动。他预感到一种潜在的危险。

突然，有一股带焦甜味的黑烟，从隙缝处喷涌而出，射在他脸上，一丝似有若无的灼热，通过鼻腔，沁入喉咙。轻烟如有千钧之力，把他击倒，他下意识地，迅速滚离原地。晕眩弥漫开来，他全身麻木僵硬，不能自已。

几天来的焦虑累积而成的恐惧，一种未知的诡异所引起的恐怖，使这种潜在的危险迅速蔓延开来，灌满整个地库。李纯洁躺在地上，慢慢复苏。他不敢久留，本能地逃离地库，连门也忘了带上。

李纯洁回到空旷的废墟之上，顿时有一种被释放的感觉。地库压迫他许久了！这些天，焦虑和恐怖，在一点点地蚕食他的兴奋和突如其来的巨大喜悦。他很想对新秀和盘托出，把全部的兴奋和恐惧，以及可能的结果，全部掷给新秀。这一切的幸与不幸，原本就属于陈新秀。可是，不知为什么，他还是不动声色，无事一般，回到咸料铺。

他想抽烟，想喝酒，又找不到烟酒。

李纯洁一时情急，竟撮起几粒凤眼鲑，连汁带水，塞进嘴里，凤眼鲑在唇齿间碾碎，咸苦香甜的汁液，和着细碎的贝壳颗粒，直沁胸腔！莫名其妙的刺激，令他头脑似入冥界般地清朗起来。他突然看见了陈公河。

这是陈公河吗？李纯洁从没看过陈公河的画像，但他坚定地认为，这就是陈公河！一位半古不古，半文半白的老者，似一片阴云，穿过人群，无障碍地从街上走过来。

陈公河和传说中的形象不太一样，高大，伟岸，辫子绕在胸前，戴着瓜皮帽。

李纯洁无法想象，传说中的"水鸡脚手"陈公河，是一个什么样的形象，总之，应该很骇人吧！但眼前这位老人，却完全是古画里的高士，感觉更像嵇康或苏东坡！

像苏东坡的陈公河走进店铺，长袍马褂，瓜皮帽上一颗鲜红的红宝石帽正，熠熠生辉。他旁若无人，双手一撢前袍，坐上太师椅，拖过八仙桌上的水烟筒，补上烟丝抽将起来。屋子里顿时有了红烟丝的味道，还有水烟筒"噗噗"的吞吐声。

李纯洁惊出了一身冷汗！

傍晚的咸料铺生意兴隆，人来人往。新秀自李纯洁进来，就觉到他很反常，有几分诡异。一反平常的样子。她忙于应付人客买家，暂时顾不上去琢磨李纯洁。

此刻的咸料铺，其实有两个世界，阴阳相间，十分清楚。李纯洁已经进入陈公河的时代，这与穿越无关。

咸料铺原先是连着天井的厢房，是陈公河书房的一部分。现在铺前的小街，是天井对出，门楼外的小巷。那时人少，小巷很深，现时人多，小巷车水马龙，很是熙攘，自是变得浅了。加上咸料铺，小巷成了市井的小中心。

陈公河过于威严，他的脸几无五官，却凹凸分明，说话轻重，全在身体。举手投足，有架有势，与古装戏里的斯文角色无异。

他突然双目放光，四顾逡巡，若有所思。他站起来，目光凝注在咸料铺厅堂正中的财神龛上，那里供奉着关公的塑像。他自言自语："不对不对，长明灯应在神龛上。桃花，桃花，来把长明灯点上！"

李纯洁听得很清楚，很真切。他知道长明灯的事，传说里说到的长明灯，是潮汕祠堂千年之光。平安延年的家族家庭，神主牌前的长明灯，是千年不熄的。

店铺是不设神主牌的，不会有长明灯。但财神爷关公的神龛，灯一定是长明的。不过，现在为了省事，通常用做成烛状的电灯代替，那种虔诚殷勤的仪式感，也就消淡了许多。

李纯洁十分恐慌！

他定睛一看，只见新秀正瞪着他，面有惊愕之色。她体贴地悄声说："纯洁，太累就先回家去！"她催他走，他却呆若木鸡。

没有陈公河，没有长明灯！唯有财神爷关公面前，那盏落满尘埃的烛形电灯，昏昏然放着暗淡的光色。

街上是匆匆夜奔的行人，四处华灯初照，潮汕平原一天中最诱人的夜色降临了。

李纯洁忽然就听不见任何声音，看不见站在旁边的新秀。他双目发呆发暗，像木头墩子，杵在那里。

在灯火朦胧的街市人流中，他看见一个异常特别的女人，真的是鹤立鸡群。

这个年轻女人，十足的民国装束打扮，打着发髻，衣着宽松镂边的衣裙，踮着半大不小的绣花鞋，全身散发着难以言说的味道。李纯洁突然就想起电视剧《月朦胧鸟朦胧》，或《像雾像雨又像风》中的女人们。

那人是桃花？她挎着花篮，目不斜视，从咸料铺前的街道上款款走过。有一盏长明灯，飘浮在夜色中，像鬼火一般，忽前忽后，跟着桃花前行。

李纯洁对新秀祖上的传说，向来并不在意，他是学地球物理的，只相信科学。这些年，关于藏书楼的传说不胫而走，关于陈公河的故事，忽然就风靡起来。

李纯洁偶然发现了神秘的地库入口这件事，让毫无相关的李纯洁，直接地进入了传说。他自觉已经成了传说的传人。可是，一个外省人，能承担起此事的全部后果吗？他怎么可能会有这个福分？难道陈公河这么多年，一直在等着他的到来？他之偶然邂逅陈新秀，又在后库的废墟上，做起了咸料铺，直至发现地库之门。

这一切的偶然，都是神的安排？流传了这么多年的传说，究竟为了什么？为了一个来自平凉的不速之客？

李纯洁彻底蒙了。

空气里是陈公河无数双发蓝发绿，闪着荧光的眼睛。那眼睛像死鱼之目，死瞪着李纯洁。

陈公河似乎洞悉李纯洁的全部心思，看穿他灵魂的秘密。他惊骇地蜷起腰身，蹲到地上去。地上也全是陈公河的影子，影影幢幢，一片一片的阴影，像黑色的蝙蝠，在无边的黑暗中，互相咬噬着对方的黑影，黑血渍成河流，向更远的黑河汇注……

这分明是平凉的山道，弯曲崎岖，从黄土地的峡谷里，蜿蜒而来。无数蝼蚁一般的山民，从上古的战场上，劫掠残枪短戟。那些板结着血锈的刀枪，已经睡了许多个世纪。被火焚烧过的乌黑树干，像庞大的死蛇，盘踞在被战火烧透了的黄土上。衣衫褴褛的山民，原本就是那些残兵败将的后代，他们世代为奴的轮回，依然回不了中原贵胄的深宅老屋。他们早已忘记了先祖兵戎中的血缘，退化为依黄土而生的粗粝。

李纯洁在这天夜里，回到了他们之中。平凉之夜的寒冽，又一次浇灭了他好不容易温热起来的热情。

在一个完全陌生的潮汕，是不难温热一颗熄灭已久的火种的。而在平凉，却正相反，平凉的一切，是格外阴冷的。

他找到姐姐一家的土屋，它在一处土塬上的坎沟里。一棵枯死多年的老树，孤零零地抱住了就要倒塌的土屋。

接下来的惨状无法叙述，当时的报纸不厌其烦地报道了整件案子。惨绝人寰的情节，无人能尽述，尤其是一些关键细节，更加血腥。犹如刚刚目睹的，那些在黑影里的蝙蝠的互相吞噬。

土屋前血渍留驻的黄土，在黑夜里黑成一片深重的黑色，任是怎样，都黑得无所遁形。

第十八章　立冬

水始冰　地始冻　雉入大水化为蜃

这是城中背街上的横巷，只容两人迎面侧肩行走，脚下一侧是明沟，沟里偶有残砖，细看竟是华屋老厝的八棱金砖（类似故宫地砖）。残砖上满是苔藓秽渣，污水漂过，绿藓如水草苔丝微张。我捞起一块残砖，细心拭擦，古老的光华熠熠生辉。沟里还有细碎的嵌瓷彩片，至少是民国的东西了。横巷里全是老屋废墟，日本人的轰炸及年深日久的坍圮，呈现着百年风烛残年老去的身姿。几棵茂盛的无花果，在废墟上蓬勃生长，撒落成一地厚厚的酒酿。潮汕闹市里，有许多这样的废墟，因为祖业子孙众多，已到了无法处置的地步。因为有华侨政策，政府也不敢随意拆除。

主人在废墟上，打理出一小块干净的场地。此处凄凉荒芜，可是有鸟语，有淡淡的、涩涩的草与花的味道。有自来水和蜂窝炉，有简单老旧的炊具食具。几个泡沫箱里，种着姜葱蒜。几棵缀有红色的、白色的、黄色的小米椒树，茂盛地野生在废墟里。残墙断垣因此有了一丝无奈的温雅。

房间里有人卧病在床。向导是街道干部林白，他对着门说："家里无人，她儿子光不在家。我先走了！"

不便打扰昏睡中的老人，我在一块至少是明朝的柱墩上坐下，整理一下思路，等待光回来。

从上午等到黄昏，光还没有回来。

闲着无事，我细细研究这片废墟，在头脑里还原这座驷马拖车当年的显赫。

一进三天井，凹斗门楼，前后花园，条石庭阶。天井里有深井，花园里有老石榴树，百子百福……

这是光的祖屋？

露天厨房的案板上，有半瓶苦初计。

找不到苦初3号，却在光这儿看到苦初计！细看案板，竟是"大夫第"门匾。康熙的手笔，阳刻。"第"字已经让菜刀切出密集的刀痕。再细看，门匾是金丝楠独板，至少五百年的树龄。

伐木人的光，搬运工的光，还是举人陈公河的后裔的光。此情此状，陈公河生气吗？他挖空心思在秘藏宋本，他的外孙在刀斩大夫第。

每一年的立冬，练江平原都有大事发生。

所谓大事，是指那些平常年月中不太平常的事件，诸如族群械斗等等。因为水源的原因，练江年年都会在立冬水瘦时，爆发大大小小的水斗，发生一些与节气来临有关的罪行。以月份命名的罪行，最能表达人与节气的情绪冲突。仰天狮郭贤辉对于节气的敏感，来源于稻田里正在日渐龟裂的泥土。

今年立冬有厄，减产歉收，这在陈公河意料之中。早在去年腊月，他就看出了端倪。日本人从南边东边来，隔三岔五地扫荡，抢掠。东南边的农户，纷纷"走日本"，往西边的山里逃难。田洋无人敢去耕作，丢耕了不少田土。赶不走日本人，再荒下去，年年歉收，租也收不上来。富户少了陈粮，给国民政府的饷粮交不上去，送大南山就更成问题！还得天天防备日本人的袭击抢掠。

战时县政府就在铜钵盂。大白天，县长众议一大堆人，随时进出仁记巷，派粮派银。半夜三更，大南山来人，摸黑进入仁记巷，如入无人之境。游击队有郭文雄领头，连县保安团，也装聋作哑，视而不见。反正国共合作了，就看谁来得勤，谁就是赢家，只有老百姓无可奈何，谁来都得好好侍候。仁记巷更是苦不堪言，谁都是亲人，谁都不能得罪，郭信臣抹不开脸，也不能抹。仰天狮和趴地虎也硬气不得。

国难当头，有钱出钱，有力出力，无钱无力就拿命抵，没什么好说的。

每天凌晨，大约四更过后，仰天狮郭贤辉照例在卯时出门，他从仁记巷深处走来。长长的巷道上，将熄未熄的街灯，灯油将尽。一个个的红灯笼，将在熬过长夜天色大亮之时，第一缕阳光越过碉楼顶端的旗杆石的那一瞬间，相继熄灭。那时，灯笼耗尽了油，最后的烛火，在灯笼里暗红发白的灯芯上，跳动了几下，就熄灭了。

仁记巷的夜灯灭了，阳光斜斜地照在巷道上。这时，仰天狮正好走出了仁记巷。谁都知道，仰天狮是仁记巷的夜游神。许多年来，他在四更天的仁记巷，准时出现，在卯时将了时，他走出仁记巷。他在巷中，足足走了一个时辰。这条并不太长的深巷，他是以怎样的方式，走了两个小时？从起点到终点，从不退后地往前行走。

有人窥视了这个过程，证实仰天狮这位只向天望，不向地看的怪人，从巷头到巷尾的行走，一刻也没有停留，也没有往回溜达，他一直在往前走。他像一只悬浮在河流上的舢板，无声无息，漂浮着穿过仁记巷。目击者说，那是潮汕早已失传的江湖功夫，轻功。

潮汕轻功与别地轻功不同，行轻功的人，平常会腰束一条浴布。浴布，人称"潮汕三宝"之一，有随时随地，因地而宜的用途。浴布抛出去，在空中舒展开来，似一只舢板在水上漂，轻功人就势腾起，在浴布上行走，如行船走马一般。

传说中的仰天狮，他的腰间没见浴布，但在施行轻功时，却有一条浴布出现，更增加仰天狮行事的诡异。有好事之人，称仰氏轻功为"藏"功。仰天狮听说，也不以为意。

大白天，人们很少能见到他。

仁记巷最后一盏街灯熄灭了，仰天狮的轻功也消失了。回到白天的仁记巷，仰天狮从夜游神，变成铜钵盂街上的乡绅，一位斯文人。

关于仰天狮的种种传说，人人皆知，但却没有人能够证实，比如轻功一说。但这并不妨碍仰天狮在市井中的威名。他还有许多个绰号，比如"主席爷""秀才仔"，老太太们或干脆就叫他"番批"或"走水"。个个都有出处，任是怎样称呼，他都无所谓，也都听得明白。人们奇怪的是，他走路仰头望天，怎么就能辨别脚下的路？难道他是眼珠向天，目光向地？

练江流域这几个相邻的村庄，范围很小，市集上通常也就那几个有名有姓的人，但世界又很大，欧美、东南亚、大上海打个喷嚏，铜钵盂马上就感冒了。何况仰天狮这类行过乌水上过洋学的乡绅，他们一举一动，形同市井的风信鸡。

仰天狮年轻时做过水客，也做过批脚，还去日本上了几年士官学校，和祖叔郭仁卿是前后校友。在南洋、在上海都混过事。在乡人眼里，他什么都是，都有，一个闲人，高人，散人，可他又勾官结府，经常门庭若市。逢年过节，少不了抛头露面。他靠着祖上的一点功德，在四乡六里，算个人物。依陈公河的说法，他就是铜钵盂寨门口一只睡着的仰天狮。这种在世人眼中深浅不明的人，在20世纪初年的潮汕社会，非常吃得开。这种人，既是乡间老大，又是通天人物，上晓天文，下谙地理。这还不够，还要会涂几笔书画，会弄几下拳脚，是半个刀笔吏，这才叫完美。仰天狮的诗词歌赋文，琴棋书画拳，山医命卜讼，嫖赌酒茶昏（烟），武艺周全，没有廿十，亦有十八，无须考证。

仰天狮是陈公河的常客，他是唯一从后库偏院后门出入的贵客。没有任何理由，仰天狮的习惯而已。这个习惯，他从不向人明说原因，就是习惯而已。陈公河不解，所有人猜测，仰天狮只顾我行我素。

那年于右任来溪东。县长与陈公河一干人，在陈府前门恭迎。于右任一行，在半里之遥，遂下马步行前来，仰天狮理应与诸公一起在恭迎之列，但仰天狮依然不到前门来，陈公河也不勉强。

仰天狮一个人，在藏书楼的三进天井里，抱着一条腿，半蹲半坐在茶桌边的太师椅上，泡着工夫茶，坐等于右任到来，这就是恭迎了。于右任在诸老簇拥下，走进天井。

说来也怪，于右任见仰天狮大模大样，不但不恼，反而觉得此公耐人寻味，老朋友，有性格，不计较。

那天，于右任在三进天井里见到仰天狮，人们终于见到仰天狮平视时的真容。于右任左右端详，笑说："人称兄台仰天狮，从不正眼看人，今日见得老兄正眼相看，幸甚幸甚！"

"什么仰天狮？无稽之谈！不过，看天总比看地好，地上血流成河，有什么好看的？"仰天狮郭贤辉几分自嘲，不无怅惘地说。

"兄弟不必太悲观，蒋委员长发出全面抗战的通电，共产党也在《新华日报》发表抗日宣言，全国同仇敌忾，胜利指日可待！"于右任底气很足。他虽然对抗战不无忧虑，但是，这里是潮汕，是半沦陷区，往前十里，就是沦陷区，是南方受日寇荼毒最惨重的地区。

仰天狮对着这位昔日上峰，不卑不亢地："三原兄！"

仰天狮称右任为三原兄："以愚之见，日本仔实在浪险，兵员不多，却威风凛凛，几个日本兵，就吓倒一村人，不能小视啊！不，不，我不是长敌寇威风，人家不单手里的家伙厉害，还……兄居高位，远离民间闲杂，不知浪险两字怎写啊！"

陈公河近日又老病复发，他瘸着一条腿，让两个丫头搀着，他不肯坐下来，就那样站立着。他见仰天狮无所忌惮，口无遮拦，连忙圆场："于公长途劳顿，先歇歇再议政局如何？"

仰天狮大笑："秀才爷，于公是什么人物！千里而来，不是来食茶的吧！"他抬眼看着于右任，"于公，我说得没错吧？"

"那是当然，鄙人此来，受蒋委员长委派，专程前来请教诸公，盼各位大人多多赐教！"于右任知仰天狮这位老朋友，浑身是刺。

他仗着当年在日本，与蒋公同窗，又意气相投，颇受蒋公器重，多次邀他出山，他一再婉拒。勉强去了几天黄埔，甚觉无趣，断然回潮汕，独享江湖之乐乐。

仰天狮见有一青年军官，一直紧跟在于右任身后，一言不发，一手托着军帽，站得笔直，一脸的严肃。

于右任连忙把这位军官介绍与诸位："徐庆平，中宣部专员，蒋先生高足！"

徐庆平向前一步："立正！"他喊出口令，双腿一并，几位随同士兵就地立正，行礼。

徐庆平行了一个标准的美式军礼："在下徐庆平！久闻诸位大名。敬礼！"礼毕，随即退到于右任身后。

这个架势，让在场诸公为之一震，诗礼传家的深宅大院，突然间有了别样的气氛，庄严，朴素，雄风呼啸。

蜗居已久的仰天狮，忽然十分伤感，一种遥远的、隐匿多时的意气，悄然而至。

潮汕七日红的遥远往事，虽然过去十几年，但在练江平原却是一道永不消逝的风景，时间还无法磨损那些痕迹。祖坟和祠堂的废墟，依然是乡村未愈的伤口。

红军走了，还乡团回来，除了又一次血流成河，一切依旧。仰天狮是侥幸逃过一劫的人之一。他一开始就隐匿在暗处，人们不知道他是谁，不知他是红是白，是正是邪，是人是鬼，只知他是仁卿公家族里的浪荡公子，传说中仁记巷夜里的狮虎。

仰天狮瞬间的出神，令现场的气氛坠入肃穆的尴尬之中。徐庆平虽与仰天狮未曾谋面，但他对这位人称仰天狮的郭贤辉并不陌生。此行他做足了功课，调看了在保密局所有相关的档案，还和马灿汉深谈了几次。此刻，他是现场唯一明白郭贤辉瞬间失态原因的人。他蛰伏得太久了。在此国难当头之际，郭贤辉不会不知，于公专程来潮汕见他，此来为何！

郭贤辉似乎启悟到什么，他自从接到陈公河的密邀，就预感到有什么要事发生。练江平原沉寂得太久了，而于右任专程前来，还由中宣部专员徐庆平陪同，如此大排场，大架势，为何？

他终于站起来，郑重其事地向众人一一作揖："老弟有所怠慢，得罪得罪！请诸位方家见谅。"仰天狮称诸位方家，更显书卷气息。他笑声朗朗，气氛顿时热闹起来。天井里弥漫着一派久别重逢的祥和之气。主客彼此寒暄，很是热闹。

徐庆平的目光，一直没有离开过郭贤辉。他有意把帽檐压得很低，尽量把锐利的目光藏进帽檐的阴影里。他不想让仰天狮觉察到这一点，他还摸不透这位潮汕奇人的心思。

他们的目光，时有交集。这令仰天狮心生疑窦。他离开军界已有一段时间。自田中央事变之后，他在外隐遁了一段时间，然后在仁记巷避世。这次于右任专程来，指名要见他。何故？他想过许多，没有头绪。

这天，陈公河这座三进天井，充满玄机。对此，仰天狮是有所悟觉的。

无事不登三宝殿，于公这种大角色，轻易不会到潮阳来。他一定不是来看亲家！还带着中宣部专员徐庆平，这演的是哪出戏？这个徐庆平，他早有耳闻，既然同是黄埔军人，又是潮阳濠浦人，在黄埔时，应该有过雅集才对！他搜索枯肠，努力想从黄埔往事中，寻找点滴关于此人的蛛丝马迹。

对了！此公乃河东人氏，属濠浦都，早年就读河东书院，后赴北平燕京学堂。仰天狮记得，那时，国军高层中潮汕人不多，潮阳倒是出了好几位。都是黄埔军人，最有名望的是一肖三马二郭二徐。一肖是肖吉珊，军校秘书。

三马是：马灿汉，一期教官；马立三，国府侨委会委员；马耐园，立法委员。二郭是：郭承恩，上海兵工厂厂长、中央造币厂厂长，陆军中将，郭信臣四子；郭豫水，黄埔四期，人称趴地虎。二徐是：徐瘦秋，一期学员，中央干事会候补干事；再就是这位徐庆平，国民党大佬吴铁城秘书，现是中宣部专员，兼粤闽赣三省监察专员。素以文笔犀利，办事果敢示人，颇得蒋公赏识，二十出头就担了中宣部专员一职。

此来何事？来势颇为凶猛！只是不知何故。仰天狮在心中暗自思量。陈公河胸有成竹，自有韬略。于右任来溪东之前，已经先派人来与他交底，此人就是徐庆平。

潮汕的乡绅，历来的社会结构，自有传统。有通天之才的，专事与官家交道。有襄理民事的，妥协差序调理。有倨傲乡里、做祠堂老大的，主持祖宗祭祀善堂，生老病死诸事。各有各的排场架势。在潮汕，找对人，事无巨细，迎刃而解。

徐庆平是奉命来请仰天狮出山的。蒋公知道仰天狮执拗，特令于右任来当说客。

于右任和陈公河沾了一点亲戚，于的潮汕外甥刘遵义家和陈公河是表亲。当年于、刘大婚，陈公河是潮汕喜宴主事。按潮汕旧俗，身为娘家母舅，依十里红妆的排场，喜宴座次排列，陈公河当然是坐最大位的，即东一位，于公虽然官大权重，也只能坐在次位。

于右任每到潮汕，第一个要拜望的，自然是陈公河，而且必须在看得见寨门的地方，大约在半里之外，便下马下轿下车，步行而入。这些规矩，在于右任、陈公河是礼数礼节礼教，谦谦君子所为。而仰天狮拒迎权贵的倨傲，则是蓄意为之，连他自己也说不明白这种蓄意何为，许是一种远庙堂已久，又不死心的落寞孤寂使然。也许这正是他之为仰天狮的理由，天王老子都不入他法眼。

陈公河早就看出这一点，所以，也不与他计较，由他就是。只是轻易不与他交恶。在陈公河看来，仰天狮就乃一天大的谜团。

仰天狮在小小的铜钵盂，却活出一副江湖隐士的模样。隐士就隐士吧，采菊东篱下就好。可是，他哪里隐得下来，江湖阴魂不散！小小练江平原，平日里难得见他人影，却处处有他的声息，比起他陈公河，似乎显得更有架势。

陈公河每见一次仰天狮，就必然要莫名其妙地恼上几天。恼完了，觉得日子冷清，在天井里走来走去，不得安生。桃花见状，知道他想干吗，便差人去请仰天狮来食茶。他会连忙补上一句："阁老和豫水（趴地虎）要一起请来，贤辉我可是不想见的！"桃花知他脾性，便说："晓了。"

这老头的心思，她看得明白。心里想着仰天狮，口里却说别样话。桃花懒得理他。

每回，桃花会同时请来剃头溪，趁机给这几位老人修修发。通常总是剃头溪会先到，先给陈公河收拾须发。平日不怎么勤于理发的陈公河，只能乖乖听任桃花摆布。

剃头溪也是此地名人。一个功夫好，有门绝活的剃头匠，在市井会很吃香。剃头溪来历不简单，早年流落他乡，跟过瞽师戏头水客，唱曲拉弦十分了得，街头把戏也做得出色。他先做批脚，再做水客，后来开了批局，做了老板，却又钟情剃头。娶妻生子之后，无师自通做了剃头匠。

他做剃头铺，还兼做侨批生意。或说他做侨批局，兼做剃头生意。有意思的是，剃头铺每天剃的头份，跟侨批份数差不多。是侨批福荫剃头铺，还是剃头铺旺了侨批？只有剃头溪知道。

郑喜来从北岸乡里出诊归来，坐渡船上了练江码头。码头上，人们三五成群，聚在一起，议论纷纷。说刚过去一行人，好不排场，光骑马的就有十几人，礼箱花篮十几担，还有几个国军军官，很是排场。

郑喜来不明就里，但马上警觉起来。练江场面上，一有外人来，就必然有大事发生。他连问了几个人，都说去往溪东方向。郑喜来心想，一定是奔光德里去。

码头上明显多了外地来的流民乞食。郑喜来当即决定，去光德里看看。他先到街上剃头铺去找剃头溪，抗青队交通站就设在他的剃头铺。

迎面走来了牛肉范，长脚长，短脚短地行路，把一个本来很威水的壮汉，弄得很凄凉。他挨了日本人的六颗子弹，死里翻生，却也养得满脸通红，依然是一条汉子。他公开扬言，此生至少要杀六个日本仔，一颗子弹一个。他每说一次，大家便大笑。

郑喜来迎上去，说了几句不咸不淡的话。牛肉范大声地问："你也看见了？刚才过去了一大帮人，是有什么动静吧？"

"是啊是啊！"郑喜来敷衍着，急急地走了。牛肉范追着他喊："有事要相透啊（相告）！"

"那是当然，当然！"郑喜来急急回应着。

这是一条可以送给大南山的消息。这些人来田中央？要干什么？

郑喜来在这一带，是个万事通。有事无事，红事白事，事事喜来。郑喜来也乐于此道，高兴起来，常以此自嘲。父母的确给他起了个好名字，好名字就有好命数。在江湖上，他的确活得很喜气。他不管什么人，国民党，共产党，管他什么党，四海之内皆兄弟！即便是地痞流氓，三教九流，都是人嘛，是人就好办，合得来就合，合不来就走开。所谓人来人往，没有什么可怵的，也没有什么不能开解的。就连日本人，也不在话下，难道三头六臂不成？

他一生如入无人之境，靠的是三个手指头切脉，三寸不烂之舌说话，三跪三叩处世。处变不惊，逢凶化吉。他心里非常明白，人活在世上，就是求得平安，跟谁都是做事，只要手不沾血，不伤天害理，做好事、做好人就是。

牛肉范见了郑喜来，很是高兴，有许多日子不见了。他表达友情的方式，是邀喜来去剃头。剃头溪的手艺是祖传的，剃剪掐掏洗，胜过去"烧甫"（性交）。这是牛肉范的说法。

田中央向来是个火药桶，七日红仿佛落地生根，一有雨水，就四处发芽开枝。这十几年来，田中央始终是潮汕风云的风信鸡。那年，日本人分六路从海门、澳头等地登陆。在血洗海门次日，就非常准确地，猛扑田中央，差点烧光、抢光、杀光田中央，直逼光德里。

这行人的到来，必有要事发生。近日，日本仔骚扰日甚，大南山那边也频频来人告急，缺粮少药。乡里灾情也日渐严重，有村庄传出饿死人的消息。

徐庆平换了便装，许久没有这么轻松地穿着长衫，在江边的泥土路上，一个人，不要思想，暂时没有任何牵挂，心中一片空白地独自散步。尽管他明知身后十几米远的地方，两个贴身马弁，正牵着三匹马，紧紧跟进着。此刻，他还是有一种解脱的心情。

他在一处江湾的地方停下脚步，练江在这里拐了一个弯，从北转向东，再向南流去。他的目光，追踪着江水流去的方向。江水仿佛不是流向海门，而是流向天上。夜空里有一片重浊泥滞的云翳，其形状如濠浦的土地，江水就是从这里，流向这片土地，流向一个叫濠浦的地方。

那个地方也有一条贯通大海的江流，叫濠江。濠江其实是一条海峡，它一头枕着牛田洋，一头吻贴门嘴，然后向海而去。它更是一条没有一般海峡的粗粝和峭拔的江流。它秀丽得过分，典雅得华丽，更像一条内陆平原上的小河，平坦、安静而且有些妩媚。这种妩媚，潮汕人叫妖娆，在含蓄的妩媚之上，添加了些许野性。

对于徐庆平而言，今夜在溪东的这份心情，难得地有些奢侈，有些放纵。不知为什么，此刻，他想流泪，莫名其妙地流泪。对着灰蒙的星斗寥寥的夜空流泪。放声大哭也好，无声啜泣也好，总之是号叫着，号啕地向天地、向空灵，哭泣。

生于乱世之中，无数的毁灭，战火，杀戮，以及钩心斗角的倾轧，同僚反目，兄弟阋墙……此刻，他就站在离濠浦不到几十里地的地方。那里，正在日本人的蹂躏之中，而自己却一筹莫展。近在咫尺，无以家还。

自从 15 岁离开濠浦，北上北平求学之后。他的心事，就永远地被一个叫国家的东西偷走了。偷得干干净净。濠江和濠浦，在心里，仿佛已被永远地割离了，尽管现在离得这样近，近得嗅得到香火的味道。这是弥漫在时间里的味道，它无处不在，是潮汕平原最原始的味道，家里和庙里的味道。

一摊杉排慢慢地靠过来，泊到岸边的沙滩上。昏黄的灯光正好扫在徐庆平身上。杉排上跳下两个赤膊的、几乎裸身的男人，他们只在腰间缠条浴布。"请问是安之先生吗？"其中一个悄声问。

徐庆平会意，点点头，随他们上了杉排。这是从练江上游大南山放下来的杉木排。放一次排通常要十天半月，放排人有的是一家人，世世代代的放排人，一辈子就住在杉排上。

男人把徐庆平领进杉排中间的船屋里。昏黄的马灯下，盘腿坐着两个人。

一个戴黑框眼镜的青年，有些面熟，他面色庄严，十分持重的样子；另一个是胡子拉碴的中年人。他见到徐庆平，连忙站起身，迎过来："欢迎仁兄先生！在下蔡日胜，大南山抗青队的。"他指着站在身边的青年，"郭文雄，梅峰中学学生会主席。都是自己人！请坐吧！"

徐庆平一听是郭文雄，不觉脱口而出："噢！您是郭文雄？久违了！"

"你们认识？"蔡日胜显出诧异的神色。

郭文雄有些迟疑。他并未见过徐庆平。

徐庆平倒记得清楚。一年多前，郭文雄领着上海一批文艺青年，从上海要去延安，在苏北遭日寇堵截，被驻防的 460 师援救。那时，他正在军部公干。对了，他是在军部，面对面地见过郭文雄。他之所以对郭文雄有印象，是他听出了同乡的口音。

彼此握手，盘腿坐下。徐庆平觉到底下江水在流淌，杉排漂了起来。他下意识地往江岸望去。

蔡日胜连忙说："请仁兄放心，已跟先生的随从说好，让他们半个时辰后，到下游两里的大樟树头接您！"

徐庆平微笑："听从吩咐安排就好。"他还是细细地观察了周围的环境。一个放排人的杉排木屋：一口锅，几件简单家什，一览无余，没什么藏匿的。

徐庆平放下心来："想必彼此都有所了解，鄙人就不自我介绍了。开门见山吧！潮汕沦陷之后，日伪占据的地盘，都是鱼米丰廪之地。香港、海陆丰、海门直至厦门的海岸线，全让日本人占领，成为日本人的战时粮仓，海上补给线。委座口谕，要让日伪的沿海水巡队为我所用。或策反，或打击……"

他把一份文件递给郭文雄，接着说："行动计划都在上面，希望和贵党真诚合作，利用沿海游击队的力量，重慑水巡队，当然也包括锄灭汉奸在内。"

蔡日胜沉吟片刻，说道："专员说的这个情况，纵队首长也很重视，也是各抗青队的主要任务。"他望向文雄道，"郭主席，你把正在开展的一些外围工作，向徐专员介绍一下。"又转而对徐庆平说，"我们马上回纵队去，向首长汇报！再过几日，待安排妥当，再来接专员去大南山。方方同志盼着和专员叙旧呢！"

徐庆平心中咯噔一下。这位蔡日胜，不过是在前台的抗青队长。这个职务，指挥的不过是原属共党的外围组织。听他的话，他对方方和我徐庆平的过往，了如指掌！他这抗青队长，恐怕只是个虚托而已，否则不会知道这么深。还有这位郭文雄，年纪轻轻，就成了大潮汕的学生领袖，他是上海报纸经常提到的人物，鼎鼎有名的人物。

徐庆平对铜钵盂郭家并不陌生，郭文雄的祖父郭信臣，一门八杰，也是沪上家喻户晓的人物！那时，他在苏北做人员身份甄别时，保密局对郭文雄是做了全面调查的，他们对郭信臣这位沪上大亨，很有兴趣。过几天，徐庆平将要见见这位鉴四爷。在徐庆平看来，抗战，还是要多多发挥乡间士绅的力量。在保护他们利益的同时，才能让他们竭尽全力参与抗战。财力决定人力，有财力就有人力。这是他做粤闽赣监察专员的心得。

也就一炷香的工夫，老樟树头到了，杉排缓缓地靠上江岸的沙地，淤在岸边。徐庆平看到了樟树头下几匹马的轮廓。

郭文雄说了一路，他还在滔滔不绝。徐庆平很欣赏郭文雄。心想，以他这样的才略，大南山怎么能关得住他？其实，他不适合在大南山。

徐庆平离开了杉排，骑马返回溪东。一路上，他都在细细回味刚才在杉排上与蔡、郭的会晤。每一个细节，特别是郭文雄对水巡队的分析，迅速让他对局势有一个严峻的判断：解决水巡队的问题，是扭转潮汕抗日形势，不，是关系粤闽赣三省抗战腹地生存的问题。

水巡队，已成大南山的心病。大南山，包括整个粤东游击区，及其关联的乡村，所需医药、战时物资武器，都要从汕头转埠。每月至少有两次侨批，也要由带批的水客，乘坐新加坡来的邮轮，在汕头入口，再分批进入内地。口岸水巡队把住了所有进入内陆的路口，等于捏住了侨批及物资进口的咽喉。刚才，郭文雄提供了一些数据，诸如每月侨批数量等，对重点分析当前形势，很有说服力。必须尽快见到方方。

黑马在练江初冬的夜色里，在青石板路上踏出了响亮的金属一般的马蹄声。

第十九章　小雪

虹藏不见　天气上腾　地气下降　闭塞成冬

陈公河生来有疾，龟背鸡胸，人称水鸡脚手。他一生行动忽伸忽曲，非同常人。续弦妙龄少女，大寮乡的雅姿娘桃花，且老来得子，六子一女，堪为溪东一奇。陈公河行动不便，深居简出，解放时已年近九十，他活到1960年，百岁有出。他最后自置箩筐入土，其中委曲，世人知否？

桃花谙熟妇道，十余年间，为陈公河生六子一女。以公河私下言论，其人道天授，如枚乘之七发所致。七发七中，公河曾为之大喜过望，自以为乃神人也。后经人挑拨揶揄，细想，其中必有蹊跷，岂为公河独有哉！

公河难寐，七天七夜又七日，心想，看桃花生性，年近半百，依然乌鬓皓齿，如此妖娆。公河愈觉七发七中，不合常理，乃去学究房中术，看黄帝内经，仍不得其解，只好暂休。

时局日渐浮乱，恐藏书楼危殆，公河专事藏宝机关，欲将几百年来先祖收藏的书画古器，隐匿于密室，传之千古，并书《遗书》若干份，将目录、图识、机关、巧言奇语，曲述于密函中。

陈公河《遗书》有若干份，其一藏于祠堂密室。每年大祭时短暂展出，每有人抄出，但古音奇字冗句，无人尽悉，枉然！

有人说光是一把钥匙，依然颇为费解。即使找到光，又如何？林同志有招否？

光在人海里，在明朝的废墟中，与刀戗的"大夫第"一起？

小雪来临，一二三候各有凛冽。初候，虹藏不见，季春阳胜阴，故虹见；孟冬阴胜阳，故藏而不见。二候，天气上腾，地气下降。三候，闭塞而成冬。阳气下藏地中，阴气闭固而成冬。

冬天无病。趴地虎姗姗来迟。

趴地虎郭豫水是九老叔的细仔。在潮汕，细仔一般难养，通常托个八字相较的义父，或起个贱名，阿鸡阿狗之类，阎罗王忽略就好。

九老叔先后娶过两个老婆，豫水是续弦夫人的小儿子。两位夫人一共为四老叔生了 12 个儿女：6 个男丁，6 个女儿。大夫人连氏连生了 6 个女儿，在生第七个孩子时，难产过世，终年 30 岁。这回是个男婴，出世不到一天，拒食奶妈奶水死亡。

次年九老叔续弦，又一连生了 6 个儿子，想再生一个女儿作罢。续夫人郑氏十月怀胎，这回又难产，母子双亡，是个女婴。九老叔傻了，去问神明。神明托灵扶乩大仙，言九老叔廿年生 12 男女，非命中所赐。是故夭折童男玉女，乃折桂扶补阴阳之举。命中本无，而强求也，恐后患连连，将祸及 12 子女。

九老叔恐极而泣，问乩神，何以解困？答曰：求神拜佛，可自解也。言外之意，聪明的九老叔决心日日行善，皈依佛祖。马上去灵隐寺惠捐了为期十年、百二亩田的租粟（将每年田租捐出）。为表虔诚勤力，他带着小儿子豫水，专事为寺里处理好这件事。

每年夏冬，两次为寺庙送粮。每年桂月立夏，腊月冬至，在去往西山灵隐寺送粮的长长队伍后面，年幼的豫水，独力拉着装有粮食的小车，跟在庞大的送粮队伍后面，为灵隐寺送惠粮。从 5 岁送到 15 岁出花园，寒暑两次，年年如是，其间拜神祭祀不算在内。他送粮的小车，随年龄逐年加大加重，直把 15 岁的少年，练成了眼睛射向土地的趴地虎。

15 岁那年，去烟桥茶山出过花园的郭豫水，跟着叔爷郭仁卿的队伍，去做鸦片掮客。临走时九老叔对儿子说："你的命是神佛的，去东印度找神佛，保平安吧！"父亲的伤感，成为豫水一生的痛和力。他给自己起了个绰号：趴地虎。

出去时身无分文的郭豫水，五年后衣锦还乡，回到铜钵盂。

据仰天狮描绘，那天凌晨，年老的看更人郭散仙，刚把东边的寨门打开，一缕阳光射过来，恰好投在左边门神的脸上。随即，一道紫气腾空而来，弥漫包裹了寨门的天空。

呆若木鸡。这个半生都在长夜里行走看更的老更夫，在黑夜里，他见识过多少奇奇怪怪的事，可是，他还是让眼前的一切惊呆了！

紫气散开过后，只见一个身高八尺的壮汉，和门神一般高大的人物出现在郭散仙面前。壮汉左肩背一个褡裢，鼓鼓的；右肩一把椰胡，瘦长老滑。他长衫前幅掖在腰间，腰间浴布上，别着两把匣子炮，还挂着双刀。刀鞘是虎皮的，金黄金黄的皮色上，沁着黑色纹路和绒绒的毛尖，老虎的霸气，非凡。

老更夫认出此人正是出走多年的趴地虎。他回来了？只是他这副打扮，看不出是什么身份。郭散仙愣住了，竟然一时不知该怎样称呼他。

最令人惊惧莫测的，莫过他头上那顶黄呢军帽，有着英军帽徽的贝雷帽。贝雷帽上似乎沾有厚厚的血斑。这顶军帽，在铜钵盂人看来，不是中国人的礼帽，也不如瓜皮小帽顺眼，不伦不类，很是奇怪。它言说着趴地虎怎样的传奇呢！

趴地虎的故事，以那顶贝雷帽为主题的传说，成了铜钵盂百余年间，最英勇同时也有些血腥的传奇。郭豫水出外的那五年，恰好在第一次世界大战期间。他的传奇就有了现代和国际的味道。

趴地虎的路子很野，他什么生意都做，而且马到功成。他特别有面子的事，是在同辈人中，他是唯一能说六国外语的人。在铜钵盂，自18世纪开始，留洋的人很多，会说一两门外国话的人不少，而自诩粗通六门外国话的人，唯趴地虎郭豫水一人。英日德法俄，再加上印度的梵语，他就是会六国外语的趴地虎。他说的所谓梵语，这种话，其实是流行在东印度鸦片贩子间的黑话，出了东印度的偏僻山区，无人能懂。

他抽雪茄，喝黑咖啡，跳狐步舞，挂着名贵的怀表，穿皮夹克、马裤，长皮靴上有锐利的马刺。他经常在手指里勾着一根皮鞭，走在路上，甩上一两圈。即使在20世纪初年，有小上海之称的铜钵盂，趴地虎的这身打扮和做派，也还是给人马戏团的感觉终日混迹于街市，见多识广的老更夫，还是吓了一跳。

那年，趴地虎20岁。据说他肩上的褡裢里，全是黄金，足有几十斤重。可是，谁也没有见过这些黄金。好事者有许多传说：趴地虎这么有钱，一定是杀人放火，谋财害命所获。迅速暴富这个事实，对一个鸦片掮客，怎么想象都不过分。一般人的想象力，永远无法抵达鸦片掮客生活的真相。这是郭豫水趴地虎脸上的表情给人的说法。

　　三岁的有米，望着阳台外的天空，天正下着小雨。他自言自语："为什么要下雨呢？"

　　他妈妈问："阿米，你在跟谁聊天？"

　　他大声说："跟天空对话！"

　　云说："我飞翔无须翅膀，流泪也无须双眼。"

　　他听到天空传来声音：

　　"上帝为每一个人准备了一份嫁妆。不分男女。女的十里红妆，男的也十里红妆。只是看你怎样分配，怎样分转。

　　带你去开垦葡萄园，种葡萄，收获葡萄，酿成酒，给所有人喝。如血液，流送给每一人……又是十里红妆。"

　　新玉的再次出现，已是多年之后。

　　在这之前，她早就成了一块墓碑。自新玉离家走后，桃花多年四处寻找，一无所获，直至桃花临终时，新玉依然杳无音讯。桃花的临终遗言，是交代家人，在她墓碑旁边，为新玉做一块生基，嘱咐家人，找到新玉，死了埋在一起。

　　这块生基至今还在，似乎从建立至今，没有人动过。它原来怎样，还是老样子。生基里没有埋人，更没有新玉，新玉没有回来，没有在里面。桃花和陈公河，以为生不见新玉，死后可以相伴在一起。陈公河临终交代桃花，为新玉做个生基。轮到桃花要走了，桃花也如是交代。但到了无后人可交代的时候，新玉还是没有出现。

　　新玉的母亲桃花，已去世多年。有一天，有一位连自己也说不清楚自己是不是那个传说中的新玉的老太太，坐着轮椅，让市里干部推着，来溪东寻亲。因各种原因少出门，于乱世中流落的人，在练江平原，太多了！

　　族里的人，很少有人知道解放前的事。许多人都把解放前、旧社会、"文革"那些年，混在一起，一锅煮了。现在的人们，似乎对年代、时间没什么概念。中小学的教科书，在这方面，似乎也不甚了了，无意于十分明晰。所以，年轻人大多说不清楚年代的性质。这对于这位沉溺于过去年代，如今又有些老年痴呆的疑似新玉而言，简直是个灾难。她表达不清，老屋街巷已被

第十九章 小雪

拆建得面目全非。好在她还记得父亲的老宅里有一座藏书楼。溪东有两座闻名潮汕的藏书楼，两座藏书楼全都成了废墟。县里陪同的干部，也不好说藏书楼变成废墟的来龙去脉。反正是倒了。

老太太很拗，问了几十个为什么。她说百余年的藏书楼，怎么会倒？英国的水门汀（水泥）做的，没有倒的道理。法国的凯旋门，炮弹都炸不倒，就是英国水泥造的。干部没去过英国法国，只好说是雷劈的。老太太更加怒气冲冲！只听说雷劈人劈树，没听说劈水泥的。

干部很烦又不敢烦。领导很重视老太太，据说是北京来的大干部。老太太说话硬朗，可身体松垮。干部怕一不小心，老太太一命呜呼，那就大件事！他不敢造次，唯唯诺诺。

如果新玉活着，应该九十有七。她与母亲凌芳同龄。老太太对藏书楼耿耿于怀，那里是她童年的全部，也是她父亲陈公河的象征。她似乎早已忘却了故乡的一切，模糊了所有人事，但藏书楼她没有遗忘——我姑且认定老太太就是陈新玉。

在练江平原，有无数书院和藏书楼。战争没有摧毁它们，运动却把它们连根斩断。汾阳世家的藏书楼，传了八百多年，传到郭信臣手里，在一场大火中涅槃。迄今仅剩一枚 60 克重亚洲犀牛角印章：宝源图书。

就是我在《铜钵盂》小序中提到的那一方印章，自行藏匿了 65 年后，偶然现身，与《铜钵盂》同时出世。神奇到鬼神都无法解释。

前些年老太太七拐八拐，由各级统战部辗转找到我母亲。她要找的是我父亲郭文雄，没想到，文雄早已不在人世。她辗转找到我母亲凌芳，母亲又告诉北京的周苇姨妈，她们和新玉都是同时代人。姨妈认识这位老太太，但她的名字不叫陈新玉，字和号也对不上。母亲坚称她就是陈新玉，革命者爱改名嘛！改名也是革命的一部分。

两位老太太，"新玉"和凌芳，在电话里泣不成声，却互相不知对方在说什么。母亲是上海话、潮州话、普通话、圣约翰英语轮着来，老太太则完全是变调的北方普通话，和偶尔的洋泾浜英语。她们就鸡同鸭讲地说了半天话，谁都不知道对方在说什么，可是都很兴奋，很高兴，都为找到对方而庆幸不已。

我守在母亲身边，清楚地听到两位久别重逢的老人，各自兴奋的对话，自说自话的对话。我内心突然涌出无限伤感。这是一个时代的伤痛。无尽的悲痛。

老太太非常兴奋，兴奋得病了，一病倒就是五六年，在301医院5号病房，住了五年多。她因而未能如约成行。

在母亲弥留之际，她终于要来溪东了。可是，在她决定准确时间来溪东之时，我母亲去世了。没有人告诉她这个消息。她怀着见母亲一面的憧憬而来，却见到了自己的生基。

我姑且把这位老太太当作新玉。我本没有理由这么姑且的。在那个时代，田中央的时髦之一，就是去革命，去延安。她不是新玉，也等同于新玉。对于革命者而言，这并不重要。我这样想，与想象人类大同一样，虚无得坚实。

如果母亲健在，老太太的溪东之行，一定是别样的情状。她们共同的回忆，有可能还原她们溪东真实的童年时光。一个人是无法真正记忆的，只有两个以上的人的追忆，多少能够搅动一个时代的光色。

老太太对溪东的讲述，时时令人错愕。她把许多北方村庄的印象，十分认真地种植在潮汕的土地上。她甚至能够把驴的叫声模仿得惟妙惟肖。她错乱的神志里，有十分清晰的逻辑。北方的风景写在她脑子里，说出来的，却是溪东的地名。

关于新玉的多个版本中，老太太这个版本不是最残酷的一个。她毕竟活到97岁，增闰过百。她17岁时，在梅峰绝尘而去之后的80年里，究竟经历了什么？很少有人认真地追索。要完整一个人的经历，不是一件容易的事。即便是档案，都不太可能真实地记录一个人的一切。何况档案的冰冷，足以使一个生动的人，变成机械的表格里的符号。

光德里是老太太少年时去得最多、最熟悉的地方。光德里也是田中央的标志性地方。干部通常都会把重要的客人带到光德里。特别是老太太这样的人物，她在光德里会有许多故事。

她一见到光德里三个金光灿灿的大字，眼睛里就有了一种光和温度。那种喜出望外、热泪盈眶、久别重逢的欣喜，渲染了几条街。街坊邻居四出探看。老太太把这之前的错乱驱赶得干干净净，她居然离开轮椅，站了起来。她说："我要自己跨过门槛。"

她拄着拐杖，走出一步，闪了一下，站定了："走，去找凌芳、阿雅，去找凌芳啊！"她大声叫喊，"阿雅，阿雅！凌芳在哪里？"她一脸的悲伤。

我心头一酸，扶住新玉姨妈，轻声说："凌芳就在里面，我带您去找伊。"

我扶着她，穿过三进天井，一直走到后库。这里是母亲童年玩耍的地方，当然，还有新玉和阿雅她们。她们一定一起看过那只蓝冠红羽的红色鸟，看着看着，童年倏忽而过。

我总是忘不了，在梅峰，穿着国军军装的新玉绝尘而去的那一幕。我没能亲眼看见那壮丽的一幕，却在30年后的1978年，读到父亲的遗作，一部写于1965年，却来及不发表的人物传记小说《桃花渡》。里面写了一个叫陈新玉的女英雄，故事就从梅峰写起。

小说开头，正好是母亲凌芳在梅峰目睹新玉离去的情景。父亲是从凌芳眼中写的：凌芳她弄不明白新玉究竟发生了什么事？从圣约翰的女生，怎么一下子变成国军女兵，从上海去了大南山？这不是她从小认识的新玉！那时的新玉，娇羞，胆小，常常胆怯地揽住凌芳的手臂，把脑袋倚靠在她肩上……

后来，是什么吸引了她，好像是因为爱上一个国军士兵吧，她竟敢冲进淞沪的战火。爱情真有那么大的力量？真不可思议！

可是，那个时代，比任何时代，都要来得正义和英雄，好像到处都写满了忠诚和侠义。

也许是这部小说还没有正式出版的原因，父亲在无意间写下，还没有来得及删去的这些段落，令我很是震撼。我多少能够体会他写下这些时的心情。他本来就是这样的人，他比新玉更激进。他选择了大南山，等于是啸聚山林。

但是，我觉得他们的选择，并没有本质上的不同。特别是在抗战之中。我反倒觉得，新玉的选择可能更正常一些。

父亲郭文雄曾经那样生活过。是他的生活，使他成为那样的人。他笔下的新玉，更具器质性一些。

父亲写到这里，有几处大段大段的涂抹。我能够辨别出一些语句段落的插入，一些写作过程的眉批。可以看出他彼时的情绪有些波动。他有些矛盾，很彷徨，他对主人公有一种选择性的评价。他不敢真实地服从自己，又不想违背基本的抉择。他努力想找出一种稳妥的写法，来确保某种安全。这种心绪我也有过。它们左右着创作的方向。

墨迹的深浅和一些别的差别，持续了好几天的写作。父亲喜欢在手稿上标注每天写作的时间。那几天，他一定很纠结。我查了一下。那是 1965 年五六月间，正处于某个运动的前夜……

我想，主人公陈新玉也和他一起，处于纠结之中。我想象，设若她像一个幽灵，站在父亲身后，看他写自己，一个死去，不，壮烈牺牲的英雄，一个死于同伴枪下的地下工作者。她是哑然发笑呢，还是无比感动？我说不好。这些经验，几乎是作家都发生过。在父亲这儿，纠结得更厉害。他还是放弃了较量，重新开始。

接下来的一章，是新玉接到命令，即将离开国统区，在穿越日本人封锁线的前夜。她在马灯下唱歌。那是一首流传了几百年的潮汕歌册里的歌谣《濠浦鱼谣》：

谁能数得天顶星？
谁能数得海鱼虾？
相伴月娘有七星，
南辰北斗出秋夜。
正月带鱼来看灯，
二月春只假金龙。
三月黄只遍身肉，
四月巴浪身无鳞。
五月好鱼马鲛鲳，
六月沙尖上战场。
七月赤宗穿红袄，
八月红鱼作新娘。
九月赤蟹一肚膏，
十月冬蛴脚无毛。
十一月墨斗放烟幕，
十二月龙虾持战刀。

海底鱼虾真正多，

恶霸歹鱼是赖哥。

海蜇头戴大白帽，

乌鱼夹身穿乌袄。

　　她心情不错。父亲写道。刚刚失去恋人的陈新玉，就要重新投入党的怀抱了。她首先想起的，就是故乡，故乡的鱼谣。

　　我阅读的心情为之一振。新玉应该有这样的情怀。听母亲说，新玉最喜欢的事，就是养小鱼，有一种叫"沙芒"的小鱼，生命力很强旺，怎么养都不死，两条养在一起，就斗个不停。喜欢养小鱼的女孩，性格一般很温软。她总是把沙芒跟几条不喜争斗的大点的鱼养在一起，沙芒就没有战斗的兴趣了。

　　父亲在写这一段的时候，他附了一段眉批，我辨认了半天，原来是《巩金欧》。现在恐怕很少人知道这首歌了。它是宣统三年（1911 年）辛亥革命前夕诞生的中国第一首国歌：

巩金欧 [ōu]，

承天帱（音"到"），

民物欣凫（fú）藻，

喜同袍，

清时幸遭。

真熙皞（hào），

帝国苍穹保，

天高高，

海滔滔。

　　我一时惶惑。我真的无法进入 50 年前，父亲的 1965 年，他在写作新玉时的心态。他的写作遭遇了什么？我一时想不出父亲这样的写作，意在何为？他在《濠浦鱼谣》与大清国歌《巩金欧》之间，寻找一种怎样的联系？

　　我细细地比较两者，哪怕有一点点的联想，天方夜谭的联想也好。一个是大国理想，一个是乡俚小唱，似乎有些风马牛不相及！

许多年后，当我活到我父亲当年的年龄，我才隐隐约约地悟到，所谓治大国如烹小鲜的道理。但这不一定合乎父亲的思考。他对新玉，包括他们那一代人的评说，以他的经验，在1965那个特殊的年份，他一定有过一些不合时宜的想法。

　　在父亲的小说里，一直没有出现新玉牺牲的正面描写。父亲一直在追忆新玉活着的时光，一个女革命者所可能光明的生命存在的一面。虽然牺牲是这一切叙述的前提，死神的阴影时刻追随着新玉，但此时的新玉，在即将穿越日军封锁线的前夜，她在父亲笔下，始终是年轻的意气风发的，革命意志坚定的。好像明天不是要去战斗，却似是要去出嫁，做一个有十里红妆的新娘。这是父亲在1965年的想法，还是1942年新玉的心情？

　　父亲不是新玉。我坚信这只是作为作家的父亲，在时过境迁之后的适时描写。这种描写包含着父亲怎样的心境？面对父亲的文字，我有太多的问题。父亲的一生，本身就是无数的问题。我一直在探寻这些问题。

　　我从稿纸上，感觉到一些莫名的战栗，读出了一些相反的东西。这些发黄的稿纸，每一页都如一张生死牌，委婉诡异地喻指其中每个人物的生死。

　　一个像新玉这样出身的女革命者，在1942年抗日战争最残酷年份中的经历，可想而知。在父亲没有明白写出的文字里，她更像一只落单的孤雁，蜷缩在草丛中泣血悲鸣！

　　在父亲那些好像十分明亮的文字深处，似乎有一种处于矛盾中冲突着、犹豫着的状态。一种无处诉说，难以自持的惶惑，在左右着他手中的笔。

　　陈新玉一直充当大南山与徐庆平的联络人。父亲通过她，和徐庆平取得单线联系。手信就是侨批。父亲在另外的章节里，写到这个情节。

　　南方局工作部就设在大南山。1942年前后，工作部书记一直是方方。父亲就在方方手下工作，负责与上海方面联络。新玉往返于潮汕上海之间，从汕头郑家码头坐火轮船，经台湾海峡，在上海十六铺码头上岸。这条海路非常艰险，但相对安全，日本人控制不了郑家码头。而郑家码头专门做铜钵盂和溪东的生意。负责为郭马周陈四大家族装运上海来的银元洋货，送去潮汕土产。每月往返两次。

　　陈新玉就躺在自家的银元和土特产上，往返于上海汕头。父亲写道：海上有风暴呼啸，日军飞机不时扫射，可新玉事后向同志们说：就像坐在自家的小船上，在别人的湖里荡漾。熟悉却很陌生。她的话风里，有父亲的习惯。

新玉在小说第三章以后就忽然消失了。另一个叫"冰"的女人，接续上对新玉的叙述。父亲没有说这个叫"冰"的女人，是不是新玉，抑或是另一个人。他没有说。看得出他在有意启导读者，引向另一个空间。

作家圈里知道，父亲是一个善于制造文学叙述的语义矛盾，而达到小说修辞反讽效果的高手。他早期醉心于黑格尔、马克思的哲学，其间还对费尔巴哈的学说很有心得。当他在大南山讲授《唯物辩证法》时，就倍受方方的欣赏。而会计出身的林川却对此有所微词。林川器重郭文雄，但对郭文雄始终有偏见。抗战后期，郭文雄被组织派往上海做外围工作，以郭家大少的身份，在十里洋场出没。这一段历史，最让后来身处高层的林川非常不放心。

"冰"是一个类似陈新玉的女人。

1942年某天的《申报》登过一篇《大公报》记者采写的报道《日本宪兵队在汕头埠小公园公开示众军统匪谍"冰"》，并附有一张远距离的照片，照片中的人物很小，很模糊。看不清这位叫冰的女谍的面貌。

远在粤东的《岭东国民日报》，在同一天登出同样新闻时，附上"冰"的照片，是一张侧面像，也不很清晰，有些虚。看得出，这是一张"冰"在人流中行走时，被偷拍的照片。

父亲写道："冰"其实不只是一个人。1942年前后，粤东一带，国共两党都有流传关于"冰"的传说。彭湃的第二个夫人，就叫"冰"。她1940年从上海归来，一直在大南山一带活动，后来死于日本人之手。

照片上的女人，不太像彭夫人"冰"。彭夫人也是一位经常往返于上海和潮汕的游击队员。当时新玉是国军女兵，她的真正身份，只有很少几个人知晓。而彭夫人是公开而且十分张扬的彭湃夫人，在粤东声名远播，是有名的"匪婆"。有意思的是，她们在传说中，名字都叫"冰"。日本人为了抓到冰，大伤脑筋，据说落入日本人手中，叫"冰"的年轻女人，有七八个。日本人请时任潮汕日伪保安局长陈梅湖辨认，陈称没有一个是真实的"冰"。

我在多部小说中，提到这个叫陈梅湖的人。这个人物，在潮汕近现代史上，是一个不能不说的人物。有说国共两党公认陈梅湖是汉奸。而其孙陈端度则称，陈梅湖系国民政府派至日伪政权的卧底。

陈梅湖早年（1926 年），与汾阳世家潮汕郭氏多有交往，且为《郭节母廖太夫人清芬录》撰长诗《清芬歌代沈凤石为旌表崇祀郭节母廖太夫人作》（1926 年丙寅），挽太奶奶并颂诰命二品旌表之庆。陈梅湖乃潮汕大儒，是郭氏世交。

陈梅湖约于 1941 年任汕头市保安司令，年余卸任，1945 年赴香港，1958 年去世。搜索百度，未见国民政府对其予汉奸罪惩罚的材料。抗战胜利后，他在香港仍能安享天年，其事遂成谜矣！

陈梅湖（1881.7.26—1958.4.10），又名沅，号光烈，饶平县隆都大巷（今属汕头市澄海区）人，清末秀才，1945 年冬定居香港。参加反清革命，曾任孙中山秘书、大元帅府咨议官等职。

第二十章　大雪

鹖鸠不鸣　虎始交　荔挺生

黄昏。大夫第废墟暮色沉沉。

虽为城中废墟，但大夫第之大，城的喧嚣还是被远远隔开，废墟显得十分静谧。

我终于等到光。他拉亮了竹竿上起码一百瓦的电灯泡，场子顿时明晃晃的，像旧时生产队的大汽灯，当年在农场开批判会、记工分的情景立马出现。

自然各自惊喜。多年未见，彼此都成了老人，感慨多多……

光打扮得很年轻，一身运动服。其实，现在最便宜，也最贵的就是运动服，当然，光的运动服，是仿名牌。

我要找的光，原来是他！

光就是陈公河的外孙？说起陈公河，他一概不知。他不知有陈公河这个人。正如此前，我并不知道光，就是我认识的吴隆光。

用不着隆重地自我介绍，三言两语就结束了各自几十年来的生活描述，用一句话，就把几十年的时间就概括了。接下来就是，食茶？喝酒？去街市吃，还是自己做？或叫外卖？

自然是自己做。自己做，去买菜。

"你先照顾母亲，我去买菜。"

他说好，这样快些。

我独自上街去。出了横巷，转出背街，拐角就是市场。东西很多，好货很贵，一般的粗菜很便宜。我知道他喜欢吃什么。卤鹅头，咸香，结实，有软有硬，有骨感，有烧烤的风味。这是在黎母山培养出来的口味，就着篝火烤鸟肉……不尽然，但相似。

"广州六合茶居的卤鹅头，一个就要一千三百八十元。这里街上的'中山路鹅头店'，不到一百元一个，味道一样。两个人吃不完。喝酒。"我轻描淡写地说。

"谁吃得起?"他也轻描淡写，"我们母子一个月生活费只够买三个鹅头!"

——这是两个海南知青几十年后的重逢。

那晚，我没有说起陈公河的《遗书》，也没有提起苦初3号的事。

我后来才知道，光的父亲是己丑之变中，少数幸存者中的一个。

大夫第废墟，像世外桃源，安静。静得忘记了时间。

再祭母亲

母亲已经过世，年九十七岁，增闰过百，是为喜丧。但是，母亲最后的岁月，依然令人痛心……

六个子女，个个都爱母亲，以不同的方式，但是，对母亲的理解，对她的痛苦及中年丧夫之殇的人道理解，却是千差万别的。关心她的生存并未达至她情感的深处，有的则是对她的伤害。母亲一生的追求，子女们个个都明白吗? 未必。

我们应该怎样爱母亲? 怎样去爱? 如何表达? 母亲在生，有许多机会，每个子女做得怎样? 相信若无忏悔自审的品格，个个都会说自己做得最好。而我不是。我常自问，母亲在最关键时，我对之的选择如何? 母亲缺的是什么? 母亲要的是什么? 对于一位在早年荣耀富贵，在后来饱受摧残的母亲，她把一切寄托在子女身上。这决定我们该怎样做人。对母亲而言，社会敬重及家族繁荣，是她的人生期望及对亡夫的纪念。

至于我，一直想给母亲晚年一个安适、可以赏花的院子。租了土地，个人却无力完成，终为遗憾，最重要的是，没能与兄弟们形成共识。这件事没有做成，与母亲最后岁月蒙受的病榻之苦，是互为因果的。如若子女们现在能够悟透这一点，十年前会支持我的计划吧?

此生最令我忏悔，便是此事。

不知兄弟们有哪位关心并细读我写下的《祭母亲书》。此文多次多刊发表，连《南方日报》都发文艺头条，子孙们读了吗? 我相信一半以上的人并不关心。可是千万读者读过，时有反馈。

当然，子孙们可能会有反问，会忽视纪念的仪式，会蔑视文字！可是，最终是由文字来传续母亲的一切，包括美德的。《南方日报》本来从不发这类文章，革命先烈除外。但是，为一位这样的女性，党报首刊，子孙能不引为骄傲，而无动于衷么？

没有人能做得最好，包括我。但是，应坚持的是，对母亲，永远不能索取，不敢添忧。母亲晚年唯一的要求，是让我处理掉学校，我明知一生血汗因此付之东流，我还是从了，贱卖了，损失惨重。我理解母亲，不怪罪任何人。母亲此举亦是出于更伟大的母爱。

追忆母亲，能使每一个人真实地人性起来，真实地看到自己内心的黑暗和光明，然后，宽怀他人，严律自己，真正地再爱母亲一次。收藏起对母亲的爱，施予别人，从为子女的角度，细细地梳理在爱母亲之路上，自己的每一行为，行脚和情感，也许为余生有益。晨起无事，随记。

(2018 年 10 月 3 日)

母亲和她的油画

94 岁的母亲，多年来都活在童年的光德里和青年的金陵中路 174 弄 17 号。

在"文革"中，她最骇怕的是，逼她穿上旗袍，跟在我父亲后面游街。

她宁可死，宁可万劫不复，宁可把什么都拿去，只是不！不能遵命与反动学术权威的丈夫离婚。

她恳求与丈夫一起，自愿发配到哪怕是世上最荒凉渺无人烟的地方去劳作，以养活六个未成年的子女。但是，这个卑微的要求，被当作罪加一等。于是，她只有一种命运，为必死无疑的丈夫永生守候，以祈无望的未来。

此生，她从未去过丈夫的墓地。她以为，他应该活在某个地方。我自然也只好这样认为。我只是不明白：究竟是何力量，让伦常被诬为异端？善良又何为邪恶？美丽最终为衰草，而人道又稀渺为尘埃。我想起幽巷中那双金莲，又何以要走出那么多蹒跚的大脚？

此刻我已无泪，遥致千里之外的母亲，回到童年的马凌芳，我在《铜钵盂》和《光德里》《仁记巷》中，为她准备了一个西伯利亚和十二月党人的花园。

母亲节，郭小东致郭夫人马凌芳。

(2016 年 5 月 8 日 母亲节)

祭母亲书（载《南方日报》2018 年 5 月 30 日）

4 月 30 日凌晨 6 点 26 分，还在卯时，大哥来电：母亲垂危，须马上出院，回辛香里 7 号。

约一个半小时，我赶到辛香里七号，在巷口，刚好迎上从救护车上下来的母亲。我抢在进门之前，扶住了母亲的半边身体，像触电一样！她滑润的肌肤，在最后一刻，唤醒了我内心的全部绝望……我和母亲一起，进入老厝。

在穿过天井抵达家中大厅的瞬间，在被红布遮起的父亲遗像下，她安静地去了。是时 8 时 08 分。大哥为母亲合上双眼，那双美丽的眼睛，还在顽强地睁开着。我把手贴在母亲的额头，沁入心扉的是一片空蒙的温暖。我又抚摸她的双脚，那是一种绝世的冰凉，如玉如沁。

她瘦弱，但是肌肤洁白如新。我站在母亲跟前，注视着她。蓝底白色碎花的绸衣，是凌晨三时换上的。记得她有一件丝织的薄如蝉翼的旗袍，也是这样的花色。

那年，红卫兵逼迫她穿上那件旗袍，押去游街。她跟在五花大绑顶着三尺高帽的父亲后面，在城市炙热的马路上，屈辱前行。

父亲和母亲，俩人从小青梅竹马。

母亲从十三岁起，任何时候，她都和父亲一起欢乐，一起受难。她仿佛是父亲的影子。从光德里去铜钵盂，经练江私渡，抵仁记巷；从大南山到大上海，从上海去延安……日本人一路追堵。她如惊弓之鸟，从此躲进父亲的羽翼，破灭着一些新女性的幻影，只存了让爱情撑持着的希望。她始终生活在父亲无边的对错之中，没有了自己。

将近五十年的岁月，她和父亲的遗像一起生活。今天，红布蒙住了遗像，她也停住了生命的脚步。她明明白白地知道，与父亲再度重逢的时日将至。此刻，她未瞑的目光，正好就投向了遗像的方向。父亲遗像的目光，在红布的丝缕间与母亲交融了。

父亲和母亲将近一个世纪的恋爱，有半个世纪的生离，却在母亲九十七岁时重逢，重逢在灵魂的交织中。

如果人间真有伟大，母亲就是。就个人而言，我不知道，还有什么比父亲母亲的爱情和操守更动人，更牢固，更相生相守。遑论阴阳？也许，这正是美丽的母亲，永远美丽，永远冰清玉洁的缘由。

大哥和五弟坚持要依老式为母亲送终，我没有意见。虽然母亲是一位知识女性，但她所受的教育在民国。从中学到大学，全在教会学校。她父亲马灿汉是黄埔一期教官，毕业于普林斯顿。她母亲郑素冰是小脚放大，旧中国第一批新学女中学生。她自己既有耶稣，亦曾马列……她的修养乃在民国。

那是一个新与旧和融的时代。那种旧的绚烂和成熟，练达和精致，更适合母亲。我愿母亲以她适合的方式远行。

中国的乡绅规约和民间制度，在别处也许已灰飞烟灭，而在潮汕，却根深蒂固，是任何力量也无法摧毁的。

不到一个小时，有关出殡之前之后及"头七"的一切礼仪，复杂繁缛的运行程序等事，迅速落实在进进出出的各方人马之中。其整齐严密令人惊叹。

原来，潮汕民间社会，有一个非常严整运行的次式行政，非常高效，非常严明，且童叟无欺，无关权贵，至少在阎王爷面前，人人平等。

先来的是殓师，然后厨班，善堂，寺庙，经师，大锣鼓，八音班，碑工……五行八作，应有尽有，出入进退，序列清楚，神明有致。

纸船明烛，灵堂筵席；启车马，搭高棚，迎亲朋贤达，占了一条街巷。无须照会街坊，无须请示城管，家家户户，彼此心知，自在心头合十祈福。没有行政干预，没有街痞捣乱，人人凭着一份敬畏，从心灵让出空间和道路，为别人，也为自己终了的一天。坚信人在做，天在看。既然如此，顺乎行之，也许是不错的。

殓师为她更衣。我第一次如此贴近地抱住母亲裸露的半边身体，我不由自主地紧握母亲的手，和她十指相扣。她纤细的手指，似乎在我手心中微微颤动。仿佛生命之流，并未离她远去。她只是在我的手心里，稍微舒适地休息一会儿，之后再走。

繁缛的更衣，从里到外，有七八件之多，颜色各异，赤橙黄绿青蓝紫……全是汉服唐装。五个儿子包括长孙，依次跪地，分别为母亲系衣扣纽。大群孝子贤孙，凡38人。五服之内的男丁女丁，绕膝叩跪，围着穿戴礼服的母亲，作入棺前的最后告别。

母亲分明已经故去几个小时，却依然栩栩如生。她脸色似乎比生前更为白皙红润，长目弯起，甚至有几分妩媚。半年来的医治，似乎在瞬间了无痕迹。她又回到光德里的绣轿，做回绣轿里那个十三岁的少女。

此刻，她真的冰清玉洁，有幽香飘散。我怕殓师手重，碰痛母亲的身体，不觉轻抚她的手臂，触摸间，传达了来自母亲淡淡的慰藉，真切含融其中。

母亲的身体始终没有寒冷，在水晶棺里，她华丽的唐式礼服，衬着白皙精致的眉眼，像一个熟睡的女孩，竟有一丝羞涩的笑意，似在梦中有恋爱拂过。

当经师诵经引路，我和兄弟们，一次又一次经过母亲身边。我专注于母亲似睡似醒的姿容，她静卧在棺里彩灯璀璨的花丛中，令我再次想起那座从光德里来，私渡练江，在仁记巷悄然而过的绣轿。

自始至终，所有人包括殓师，都不约而同地忽略了一个重要的环节，那就是为母亲遗容化妆。当母亲被我和大哥搀起，端坐在交椅上，由殓师更衣时，只见母亲安详美丽的脸上满是无辜的稚气，天真里有一丝青涩娇俏的故意。

母亲的面容，一如生前素雅，天然了无雕饰，化妆一事，自然无人想起。透过水晶棺盖，许是透明或光的作用，母亲的脸，娇皓如同沉睡中的少女。

想起米开朗琪罗雕像上的话："只要世上还有苦难和羞辱，睡眠是甜蜜的，要能成为顽石，那就更好。一无所见，一无所感，便是我的福气；因此别惊醒我。啊！说话轻声些吧！"

母亲在 97 岁上睡去，去履行和父亲的重逢。在她拿到"平反通知书"的1978 年，父亲已经故去 5 个年头了。父亲死得不明不白。当然，父亲后来也获得一张说白大致相同的"平反通知书"，在他去世多年之后，他终于有一场沉冤昭雪的追悼会。

追悼他的人，也是当年揪斗迫害他的人。他们共同的名字，叫"革命群众"。这是 1979 年的事了。

母亲生于民国十一年，易代之际，她而立将至。母亲年至九十七，一生修为，全仗她而立之前的修养和学范。平反之后，她彻底隐身于自己的世界，不再去期盼年轻时为之奋斗的伟大理想。

父亲在世时，没能真正保护好她。在他故后，她却始终生活在他灵魂的荫庇之中。他的灵魂，就是她的灵魂，不分彼此。

作为子女，我们虽然努力承担了父亲应尽的责任，但是，那是无论如何也无法代替的。我现在才真正明白，母亲的伟大，是她从不表露也不抱怨她内心的哭泣。因此，年幼的我们，方得活在她的微笑与坦然之中。

她就是《光德里》那只落单渍血的信天翁。在海上悬崖，在孤单的树，在泥泞的沼地，母亲鼓励我们，去筑起迎风的巢。

"文化大革命"开始，她阻止我去时髦的革命大串联，却应允我去原始森林里当伐木人。她已然相信，没有人的原始，是安全的。若不幸死于原始，那一定是命。

父亲健在时，每周会给我写一封信，或由狱中带出，只要检审许可。信由母亲如期寄出，母亲会亲笔附言："妈妈附此不另！"父亲故后，信由母亲续写。我只要读到母亲的亲笔信，便知父亲又去了监牢。

这些信，至今保存完好。女儿要编《郭小东家书》。

母亲不希望我写作，更不允许我谋官。她鼓励我去找一个喜欢的女人，遑论贫富，但家世要好，而且貌美如花，然后养儿育女，静好生活，千万别去想革命的事。

时有推荐工农兵学员，我屡上屡退：从中大到厦大，最终落在海师。我已心冷，拒去。母亲电报："走出黎母山方有希望，哪怕仅有半步！"现在看来，我后来的人生，正从那半步开始。心，是不可冷却的！

我听从母亲，以母亲的面貌与心灵，择偶与生活，唯有写作逸外。其实，母亲并不反对我从文，只是惧怕文祸，恐我复父亲之辙。

回想母亲，她所言一切皆对。曾经有过的抵触，如今想起，很是心痛。

"文化大革命"中，父亲的专案组逼她离婚。她冷冷地说："我们去乡下种田好了！""文化大革命"后，她接到平反通知书，同时反问："老郭呢？"她是明知故问。之后，在父亲的追悼会上，请她讲话。她淡然回应：由我儿小东去说！

父亲生前是人大代表，母亲顺应"接任"。一届或是两届？之后她坚辞。许是她自觉无趣？或与圣约翰的教义有悖？我不知道。

人生九十有七，增闰为百。百年之殁，乃为喜丧！

是爱，裹起母亲的一个世纪。她从上海明德女中，到协和医学院和圣约翰大学，其养尊处优，其浸润博爱，并濡染基督精神，而后却坠入粗朴粗粝的生存，而安身立命，屈尊以殉，非常人难申。

有如胡适之颂郭氏先人郭节母廖太夫人："五十二年之苦节，七十五岁之高寿，始食贫而抚孤，终开先而裕后，生得见家门之盛，殁而名垂于永久，小人有母，亦廿三岁而守节，积半世之苦辛，未能享一日之娱悦，执笔作颂，拊心凄绝。——郭节母廖太夫人不朽（见《郭节母廖太夫人清芬录》）"。

母亲的葬礼，经过风水先生复杂而严密的掐算：全部子女包括义子和长孙，九人的生辰八字与母亲诸多时辰的搭配祛冲，得出一个相辅相生皆大欢喜的时辰。包括入棺、出殡、入土的准确时间。这些时间分别是 5 月 6 日凌晨 3 点半入棺仪式、早晨 9 点 15 分出殡游乡、上山入土在 12 点 15 分或下午 3 点 15 分（火化排序原因），是为吉日吉时。

出殡时漂来细雨，谢天降祥瑞！过红桥之前，女眷在微雨中八叩拜别，绕深巷归去，又是一个圆满。过了红桥，在山前大十字路口，四面来车，自觉停驻或绕行，无须交警。

灵柩置于大十字路口正中，这是去往天堂，在人间的最后路口，也是肉身离世的最后仪式。孝子长孙并列跪于柩前，为母亲形体做最后的送别。右侧 57 个花圈，在一声呼喝中高高举起，五六百送行者同时发出一声"呵……"

花圈撤去，人群散开，孝子与灵车前往火葬场。

山工早在几天前就做好陵园墓石，等待着那个天人相约的时辰：午后 3 时 15 分的到来……

一个人，如果有幸经历这样一位九十七岁，增闰为百余岁的母亲的逝去和葬礼，是足以脱胎换骨，气象一新的。

母亲桃李满天，濠江凡四十岁以上，上过中学的，无不是她的学生。母亲四世同堂，儿孙众多，亲朋扬播，本无大肆宣扬，却已然洋洋大观！

学生亲朋从四面八方前来，有朋友情急，一个人从深圳开一辆中巴，星夜抵达，赶来吊唁。有以花圈，以诗文，以挽联，祭奠母亲，不一而足……

灵柩游乡，行人肃穆，伫立围观，人山人海……本地最高寿的先生辞世，是濠江 5 月 6 日早晨日食的风景！

一位高节美丽的母亲逝去，无论如何，给予人无尽的联想与缅怀！

母亲不朽！凌芳绝世！

许翼心先生致小东：惊悉令堂仙逝，不胜悲痛！望节哀顺变。九十七高龄，按传统纪年，增闰满百，已是喜丧。生子有如郭小东，今世应该无遗憾！

日短夜长，练江水瘦，江滩裸露着大片大片的滩涂。靠近出海口的龟头海，这个环海的大湾区，平日是绿得发蓝的咸淡水面，进入大雪节气，涨潮时还好，水面还有波涛涟漪，海潮一旦退尽，练江两岸便处处成了沼地。

沼地的秋天其实更为妖娆，是物极尽熟的结实，颜色和质地都令人叹为观止。诸如大雪期间成熟的涩柿，带青泛黄的皮壳上，敷了一层薄薄的白粉，很是诱人，入秋的柿树，满树是清雅绝伦的小灯笼。

更为出奇的，是海岬无数礁窟中的沙毛鱼。它们窝生，只要找对了鱼窝，只管一条紧接一条连连钓起。几十条上百条肥美的沙毛鱼，条条二三斤重。一个时辰，当是上百斤的鱼获。

阴了三候之久的小雪，终于在大雪到来之际，由阴取阳。人也如此，大雪大补。

潮汕人最懂得养人养生，一年中二十四个节气，每个节气做什么事，出多少力，吃什么东西，都安排得恰如其分。且事事去问神明，一问不妥，便一直拜问下去，问得神明也很无奈，只好允了。当止。

练江平原一年中最为闹热的日子，迟迟来临，自是人神共乐。一直到过了小年元宵，人、神才肯罢休。人们开始想起春耕春种，那是来年的事了。

天气渐冷，家家饭桌，开始上边炉了。老屋炊烟多了许多热闹，离过年也不远了。

大雪悄悄就到了。

潮汕终年无雪，而在大雪将至之时，是冷冷的街路，多了许许多多的香火。节气大雪已临，持续月余迎神送神的保贺（祝福）就开始了。整个 12 月，是众神迎来送返的月份。

在潮汕，大雪到来，意味着人和神密集的共谋开始了。香烛焚之，即可通神。所有村庄的祠堂庙宇，都簇拥着众神。这是潮汕雅姿娘一年中最忙的季节，春米炊糕，烹鱼三牲，祭祖拜神，全是女人们在张罗。

男人们最是闲逸。临近过年，没男人的事，由是小赌怡情，茶三酒四踢桃二地活着。男人本就是神的一部分，劳碌一年了，到了跷脚喝工夫茶的时分，让雅姿娘们，从头到脚地服侍一番。

大雪说到底，是男人的狂欢节。日短夜长，春宵更长。雅姿娘夜里要侍候男人，日里又要去拜神，夜半三更起床，去抢个头炷香。拜完祠堂拜土地，拜完寺庙拜妈祖，到处都要去拜。

男人尽管去赚钱，女人负责全力烧钱。

鹖鴠不鸣。寒号鸟与虫开始收声了。这是从阴到阳的初候，鸟不叫了，森林里安静了。二候，虎是阴兽，觉到阴沉，感一阳而交也，发情了。三候，鸟雀开始筑巢过冬，为寒冬而为，唯鸟先知。马蔺叶开始长出，其根可为刷。一切都在自然中发生着。

陈公河经年的老寒腿，在大雪时分，又开始麻木，胀痛。他在疼痛中，想念新玉了。他一想起新玉，就大骂世事，就自言自语，叫唤桃花，跟桃花要新玉。桃花先是装作听不见，陈公河叫得凶了，她怕老不死的嘶裂了喉咙，还得找郎中郑喜来讨几帖中药，甚是不堪。她边挑着针线，边数落着，来到陈公河面前。陈公河见了桃花，倒不去说新玉了，说别的事。桃花明白，这老不死，就是见不得桃花不在眼前。

这回，陈公河倒是说了正事："日本人哪天就打进来，吾命无妨，那些物件（指宋元字画孤本）收地库未？"

"收了。天天卯（唠叨）！"桃花不耐烦地小声说。死老头子，越老越啰唆！

"我要去看看！机关做好没有？"

"做了，"桃花有气无力地说，"你想害死人呐？"

"谁想去偷，谁死！问了神明的，神允了！"陈公河理直气壮，"就是不能落在日本人手里。"

他又补充说："郭辅庭也休想拿去！"他指的是郭子彬父子做的"双百鹿印社"。

郭辅庭多次来，重金求索宋本《黄石公三略》、欧阳修《新唐书》，拟再行刊印。陈公河就是不应允。这是陈家传了十几代人的孤本。天王老子，拿半个中国、一个潮汕来赎买都不行。他斩钉截铁说与辅庭。言语之中，不无倨傲。辅庭听出陈公话外之音：你汾阳世家，也有求到我陈公河的时候！

陈公河向来有憾：陈姓没有一个可以挂在嘴头上炫耀的先贤，如三朝元老郭子仪一般，这是家族的痛事……至少于陈公河是这样。

陈公河执拗，辅庭也不好勉强，但并不死心。

辅庭总想突破陈公河，逼他出让大宋孤本，便时不时借故拜访他。辅庭每每登门拜访，须先送帖，并先声明，不为孤本而来，陈公河方表示欢迎！

那日，辅庭坐了一会儿，忍不住又旧事重提。公河不悦，满脸乌云。

桃花也在一边，她怕公河意气太盛，得罪辅庭佬。连忙劝抑公河。公河就是不爽。

此刻，公河又说起这桩旧事。

桃花不想和他多说。天井风大，她把陈公河推进厅堂，披紧他腿上的毛毯，用手拍了拍，像教示孩子似的："脚勿四散踢，凉着呐！"伸手把他几缕乱发往后拢了拢。

她不敢提新玉的事，也不告诉他郭辅庭又送帖来，要求拜访的事。

汾阳世家的三进天井，有一扇高大雅致的照壁。照壁上是"郭子仪拜寿"的石刻。顺治至乾隆年间，汾阳世家有两次修缮，均发现照壁上的一道裂缝，不知什么原因，修缮时没有修补。这道裂缝，曲线绕行，没有伤到画面。

同治年间，裂缝实在太大了，不得不补。先祖在老屋修缮时，对照壁裂缝认真补过，但不久裂痕又原样暴出，过些日子，却又自动复合。百来年间，时裂时合，家人再不敢去动作修复，任由它开裂闭合。

太祖父郭仁卿观察了几年，似乎是春夏开裂，秋冬弥合，年年如是。他心中大惊！似有神明匡时寄意。一日，他自言自语，道是："其质已裂，其相互配，非人，神也，崩日自圆。"

我曾祖父郭信臣把我太祖父的这番话写在纸上，供于案上。仁卿祖故后，他从福建请来雕师，把这些字，敕于照壁石基上。这16字，代代有传，成了郭氏家训。而各人有各自的解释。所以，顺其神意，各自努力却未必事事竞争，成了郭氏纲纪。

那日，陈公河来访。他自己在仁记巷口，决然下轿，自己拄着拐杖，一步一步挪进汾阳世家。信臣凤巢父子在凹门楼外迎着，远远地望着公河，看着他一步步近来。这是规矩，有礼有节制地迎迓，不可过分殷勤。

公河在客厅坐下，一把接过用人递过来的烟枪，咕噜咕噜，深吸两口，顿时神气十足。

公河登门，却久久不说来意。信臣知此公脾性，用不着太急，他既然前来，必有话说。信臣也不说话，表现得十分寡淡，静候他发作。

公河终于压抑不住，与信臣说起日本人在海门屠村，惨不忍睹："天下哪有如此畜生，把'偷船出海的渔脚（渔民），用粗铁线，穿过锁骨，十几个活人串联成一队，往海里赶，海面上漂着一串串的船工尸体。唉！不说了，不说了！就看他高楼起，就看他高楼倾吧！此乃人在做，天在看。"

公河照例看过照壁上如裂帛的痕迹。他每次来，必端详裂痕，用手轻抚。又把石基上的碑文读出声来，一字一词，抑扬顿挫，摇头晃脑，十分陶醉。他每回都有话说，每回都有新解，每回都必礼赞老友仁卿几句。

"几百年间，其裂亘常。乃天朝欲崩之象。不信？大清说崩就崩了嘛！"陈公河摇头晃脑。不无遗憾。

信臣随声附和。他早已无当日烟桥茶山之锐气。沪上隆隆之生意，因与日本战事，大有阻碍。沪上各方势力，各路枭雄，均得罪不起，谁胜谁负，鹿死谁手，扑朔迷离，无从抉择。故信臣倍加留心重视公河的说法。

"倭人来顷，老夫必如草断茎。余无力断，众人相许也。"陈公河颇费酌量，挥笔写下这几句话，拱手递给郭信臣，"请公藏之，拜托。"

人间惨事，公河反说得轻松，仿佛在说别人的事。信臣却很沉重，听来惊心，世道何出？

这才是陈公河此来的真正目的。

"信臣兄台，君当真未闻局势危殆？"

信臣沉默不语。他的消息来源，比公河不知多出多少。他很清楚，比之溪东，铜钵盂更是日本人觊觎的肥肉。吞下铜钵盂，就等于同时吞下几座上海的大银行。

他没有正面回应陈公河。他的心绪十分纠结，经公河拨动，更加忧心。他不知该对公河说什么！他了解陈公河，是个顽固的前清遗老，甚至荒谬到不食周粟。公河想的是个人的受辱，气节，最多是流几滴清泪，哀叹天朝崩塌，科举废除，令他终生当不上举人。

郭信臣现在忧心如焚的，是郭氏有可能让日本人活活掐死。

他有些烦乱。

郭信臣刚刚从仰天狮那儿得到消息，日本人对郭家有所企图，消息来自陈梅湖，他让仰天狮密告信臣留心。至于日本人想做什么，梅湖没细说，令信臣百思不得其解。郭氏和日本人井水不犯河水。郭氏和梅湖虽是世交，但自从梅湖做了日伪保安司令，信臣断然切断来往。他一时想不出，其中有什么奥妙。

那日仰天狮传话，说有要人求见，请鉴四爷务必重视，兹事体大，不可不见。本已做好赴沪打算的信臣，只好交代郑家码头，将已决定往上海十六铺的火轮船，暂缓几日启程。

来人是一男一女。

女的开口叫信臣伯父："我是新玉。"

信臣端详了半天，这位穿国军军装的女兵，帽檐儿压得很低，罩出脸部一半阴影。和他认识的新玉，判若两人。

男的长袍马褂，戴着瓜皮帽，帽正是一粒四方形的猫眼，很耀眼，斯文里有一股英气。

新玉正欲介绍这位男人。那人却抢先递上名片："鄙人徐庆平。1926 年，在沪上见过信臣先生！"

"贵客是……曾在沪上高就？"

"那年，府上庆典，郭节母廖太夫人旌表二品诰命，愚陪同于先生于右任长官，曾前往拜贺。真乃大排场，百年之冠啊！"

信臣认真看了名片。原来是粤闽赣三省监察徐庆平。信臣心中暗暗叫苦。他历来不想与地方上的枭雄过从甚密，给人勾连官府的口实。

"哦！幸会幸会，是当年随同于先生的那位青年翘楚？失敬失敬。"信臣想起来了。当时那位青年才俊甚是抢眼，官阶虽不高，但英气逼人，小小年纪，官至少校，年龄也就二十开外。他有印象，青年军人自报同乡，出于潮阳达濠徐氏。细问乃知其父徐××是为族长，与信臣曾有交往。

"在下正是。翘楚不敢！"

新玉暗自欢喜，放下心来。她还担心信臣伯父不甚欢迎。

"自古英雄出少年啊！"信臣说着，把手一摆，目光在他和她脸上扫过。

新玉赧然一笑，轻声地说："伯父，徐先生是……"她戛然而止。

"哦，里边请，里边请！"信臣会意，连忙把两位请入客厅！

这边厢主客正在寒暄，仰天狮却独自在天井里赏花观鱼。信臣心想，此公他引虎进山，自己却又超然物外，一副事不关己的模样，真乃神仙气魄。他大声唤仰天狮："六贤弟，还不前来！食杯茶吧！"

仰天狮回应："神仙带入门，把戏胶己做！我还是赏花心适，做个散仙好了！"

信臣苦笑，也不勉强仰天狮。他转而对两位来客道："我这位兄弟，散仙一个，我们，食茶食茶！"

郭信臣四子郭豫来是国民政府四大银行之一的国华银行董事长。诱降郭豫来，是日本人的 C 计划。

郭信臣想的是如何保全四子郭豫来，免受日人加害。而陈公河要的却是为保全名节，以死相谢。

近日乡间尽传不好的消息。日本人自以为坐稳了汕头沿海，变本加厉。竟四处掳孩童抽血，供给战场伤员输血之用。又有一说，四出诱骗少女，为日人圈养，致其怀孕生子，以改造日本人种，以备来日战争兵源云云。各种消息，离奇古怪，大大超越人伦！日本人之暴虐，令人匪夷所思。

徐庆平开门见山。他对郭信臣家族颇有研判。这个家族在国共两党，以及海内外均有势力声望，在潮汕更是独领风骚，一门八杰，引人注目。让日本人盯上，是很自然的事。日本人对这个家族觊觎已久，欲从潮汕上海两地，同时发力，合围而取之。这是日本潮汕战区司令长官安藤的谋略。

此事对于盘踞汕头的日伪来说，说不上秘密，甚至是公开的。铜钵盂郭氏在爱华街的庞大家业，日本人动之甚慎，轻易不寻衅滋事，就是想有朝一日，动则有大用。但安藤对南阳郭氏，就毫不客气！南阳和铜钵盂同为本家，两地仅一江之隔，南阳却成了日本人的眼中钉。日本人时常骚扰南阳，动不动派出大队人马，扫荡清乡……

徐庆平分析完上述状况，反问郭信臣："先生一定明白日本人这种杀局的谋略！"他不想一语道破。信臣是个聪明人，让他自悟更好。

信臣从不多言，他的优点就是乐于聆听。他自然明白徐庆平的言外之意。他不想太早由自己说出，或说留待徐庆平说破，给他一个大面子，也让他不虚此行。自汕头沦陷，日本人对小公园商埠严加控制，情况了如指掌。他们兵马未到，先做足了功课。一登陆，先奔南生公司，又严控所有银行钱庄。在日本人那里，潮汕商圈的老板掌柜，名姓出处，无不精准。爱华街早在他们囊中。

日本人拿南阳开刀，逼铜钵盂就范，其间还将爱华街扣在手里，随时可做人质。安藤的这点谋略，郭信臣多少还是看出一点的。特别是铜钵盂作为战时汕头的陪都，国民政府多个重要部门都迁入铜钵盂，日本人岂能放过？

经徐庆平一分析，泰国上海铜钵盂连成一体，郭信臣一下子拉开视野。日本人声东击西，腾挪跳跃的战术一目了然。郭信臣真的有些害怕了。汕头上海各有钱庄银行，看来都躲不过日寇的魔爪！

他不想在徐庆平面前表现慌乱，故作无事一般。尽管心里已然翻江倒海，但依然不动声色，只是食茶食茶之声不落。

新玉见伯父似乎无动于衷，很是温吞，这不是她平日眼中的伯父。他不是一个冷漠的人啊！心直口快的她看不下去，急于把此来的意思说出，徐庆平用眼色制止了她。

徐庆平掉转话题："信臣先生，南阳的郭秀琳应该熟悉吧？不过，他是晚辈。"

"黄埔十八期，后生厉害！在南阳组织青抗队，是条好汉！"郭信臣打破沉郁，朗声说道。

徐庆平转而对新玉说："请把清单给信臣先生过目。"新玉把清单摊在伯父面前的茶桌上。信臣扫了一眼，未及细看，却起身作揖："失陪一会儿！"说着，退了出去。

新玉领着徐庆平，观看墙壁上挂着的照片。几幅墙壁上，挂满巨大的祖宗画像。从宋代开基祖郭浩开始，到文雄已经27代了。这是一个茂盛的伸枝展叶、硕果累累的家族。

这些，徐庆平十分熟悉了。

自家的徐氏家族，正在濠浦沦陷区中。日本人拿着花名册，由汉奸领着，挨家挨户搜捕国军官兵。老父亲徐族长生死未卜。他很想潜回濠浦，看看家人尤其是父亲。可自己目标太大，封锁线关卡上，贴着他的肖像。每个过往行人，都要回答，何时何地，是否见过此人。新玉要替他前往："我不是目标人物！不会有事！"徐庆平不同意她去。毕竟是个人的事。

正说着，郭信臣回来了。

新玉把徐庆平欲往濠浦探视家人颇为难的事，对信臣伯父说出。

信臣沉吟片刻，说道："我去看看，谁去都不合适，我顺便去看看。"

信臣向来说话极少，字字金贵，徐庆平是知道的。此公笃定，他有所承诺，就一定会去。

信臣先生又说："我与徐族长有些交情，也见过徐先生祖母。去年老太太仙逝，余健中县长写了挽词。余先生人好，字也好，他写的'福人福地'几个字，就是在这张书案上写的。"

郭信臣指的是徐庆平祖母逝世时，余县长刚好在汾阳世家公干，闻讯，即刻在信臣的书案上挥毫而就。那是1940年的事。

"想不到还有这份殊荣佳话。福人福地挽词，出于汾阳世家，吾祖有幸有光！"徐庆平有些感动。他立马起身，看了新玉一眼，咔嚓一声，双腿并拢："敬礼！"新玉向徐庆平靠拢，与他并列，也向信臣行了一个美式军礼。信臣没想到有此一出，为之一震，连忙作揖回礼。

尔后，相谈甚欢。信臣请宴，邀至后花园闲庭餐厅。那里，笔挺地站着一位军人模样的年轻人。不远处，是仰天狮郭贤辉，他正仰头望天，日当正午，艳阳满天。

"郭秀琳！"徐庆平脱口而出，"刚才还在说你，怎么这会就出现在这里？真是白天不能说人，夜里不能说鬼！说曹操，曹操就到！"

郭秀琳笑盈盈的，目光投在信臣先生脸上。徐庆平顺着他的目光望去，只见信臣脸上有一抹淡淡笑意。徐庆平心中明白，刚才说到郭秀琳时，信臣先生随之出去了一会儿，他预先做了安排。

信臣拿出那张清单，他一直捏在手里。他对徐庆平轻声说："还是你们面谈为好，不是有这份清单么！钱物两清嘛！拿去！"信臣把清单放在徐庆平手中，又平淡地说，"和日本人相扑，不简单，要枪要炮的事，计划要慎重一些，你们当面商议好些！你们先谈，我去去就来。"

信臣先生招呼新玉过来："阿玉，无去溪东呐？"

"不去，封建余孽，烦死了！还是伯父这里好，开明士绅。"

"不对，你父亲是义士、死士呢！何来封建余孽一说。"

说到死士，新玉像个女侠，又是抱拳作揖，又是频频行礼："不说了，不说了，多谢伯父，多谢伯父！"

几人坐定，徐庆平把清单递给郭秀琳："兄弟我已尽力，这批军火，硬从军部抠出来，迫不得已，只好请于先生做说客，磨了几次。"

郭秀琳说："青抗队其实还是护乡队，每个乡里都有护乡队，但零散的护乡队对付不了日本人。日本人来时，单个乡的护乡队也是抵抗不住的。"郭秀琳的青抗队，是要把各村的护乡队联合收编起来。

徐庆平请教仰天狮，南阳抗日如何展开？仰天狮反而目光炯炯地注视着他，仿佛想从他脸上寻找出答案来。

仰天狮早就与郭秀琳商议好，已经着手发动各个家族，把各乡各族的护乡队集结起来，总部就设在南阳的大夫堂。这座建于宋代有八百年历史的祠堂，是中国郭氏十大祠堂之一。

对徐庆平的问题，仰天狮说："借年底各乡在大夫堂祭祖之时，青抗队抗日誓师大会同时召开，国民政府和大南山共产党粤东纵队，都要有要人前来。趁此机会，讨伐日本狗！还要给郭秀琳一个名分。这样，才能不负委座的期望，也给日本人一个下马威！"对此，徐庆平满口应允。至于共产党方面，军调部会有沟通安排。

徐庆平心里明白，这位仰天狮先生所言所思，全是共产党的思维方式，莫非这位黄埔四期生，也是共产党？他在心里过滤与仰天狮的所有交往，以求找出蛛丝马迹。

他自信对仰天狮的估摸与判断十不离九。他就是共产党！那郭信臣呢？包括郭秀琳？这些人，处事的高度默契和迎合，不是偶然的。把青抗队总部设在大夫堂，就已说明了所有问题。

郭秀琳拿出一份募捐人名册，呈徐庆平过目。有人捐钱，有人捐枪。在郭秀琳母亲名下，写明捐出二百大洋……

徐庆平在郭秀琳母亲名字下面，写上自己祖母的名字，捐二百大洋。祖母已于年前去世，他以一位已故母亲的名义，捐了这笔款。他把名册交还郭秀琳说："清单上列明的军火，将在郑家码头交接，要经过日本人的一个关卡，我们在汕头市保安团有内线。一切听从新玉安排。"

家佣陈店婶来请诸位入席，信臣先生已安坐东一位。客人在陈店婶带引下依次入席。徐庆平在信臣先生左侧，新玉依次。仰天狮从信臣右侧坐定，郭秀琳次之。席间还有两人，一男一女，端坐于信臣先生正对面。这两人是郭信臣请来的贵客，无人相识。彼此颔首示意，算是认识了，场面颇有些尴尬。

诸位坐定。信臣遂介绍客人："诸位恕我冒昧，恰林川先生、伊平女士在铜盂公学公干，特邀林先生二人光临，与诸位同好共进午餐。"又逐一介绍在场各位。

伊平恭恭敬敬地给各位递上名片。徐庆平一看，是岭东日报记者，心中有了一点戒备。

徐庆平听说是林川，连忙起身，握手。伊平不失时机，按下快门拍照。

主客一阵寒暄客气之后，重又坐定。信臣先生兴致很好，多说了几句："今日大喜，各路豪贤，聚于仁记巷茅舍，乃三生有幸。承诸位赏光品尝在下信臣喜欢之练江河蚌，更大喜过望。此乃经年老蚌，还有刚刚上水不过两个时辰的凤眼鲑，金不换炒薄壳，濠浦都名品，于右任先生最是喜欢。此两物，朝贡则贵，在乡间，其实很平贱。"

林川搭讪道："潮汕人就是这样，山高皇帝远，又在省尾国角，不把天子当回事。朝贡的是薄壳，在本地，一文钱可置十几斤，无钱人的杂咸而已！美名凤眼鲑，把皇上诓得美滋滋的。"

徐庆平随声附和："林先生所言极是。不过，正德皇帝禀赋非常，乃一喜俗之人，不拘俗节，乃天下异禀，不可一概而论。直把小小海贝薄壳美出，誉为凤眼鲑，倒令人叫绝。"

"更绝的是，吾潮汕人，向来不畏皇权，倒是真的。皇宫厝，潮汕起，就是资证。到处都是中宪第、大夫堂、资政第，各种千古世家，无处不翘楚，遍地尽风流，连共产革命，潮汕七日红，也风云骤起，不甘人后！"仰天狮夹起一块河蚌，停在半空，看着筷头上肥艳膏腴的蚌肉，话中有话。

信臣端起酒杯祝酒。郭秀琳望着信臣先生手上的高脚酒盏，似有话说。他手里也举着同样的酒盏，说道："这只酒盏，有百余年历史，乾隆爷御制血珀酒盏，价值连城。潮汕就像这只酒盏，一半是血，一半是酒；一半让倭寇染指，一半危在旦夕。潮汕人，不，中国人，何时如此窝囊？让倭寇横行于家里？不驱倭寇，活着何用？"说着，一饮而尽，连连三杯。

气氛燃烧起来，新玉也举起酒杯，走到伊平面前："来，伊平女士，借鉴四爷的酒盏与酒，敬无冕之王，盼岭东日报，多多讨伐日寇！为潮汕不死，干杯！"

信臣捋了一把长须，颔首仰望正厅的神主牌位："有诸位在，小日本人得来，出不去，没有几天的命！来，诸位尽兴。秀琳，信臣有的，有用之物，尽管拿去，拜托！"他自饮一杯，把空盏朝下，说道，"上有天命，下有父母，诸位英雄，都是潮汕人，不分彼此，在朝在野，四海之内皆兄弟，同根同命。信臣无力追随，当亦步亦趋，尽绵薄之力矣！"

陈店嫂端上一个硕大无比的青花海盘："金不换炒薄壳。依鉴四爷交代，多加了金不换，先生们慢用！"

新玉拿起勺子，为各人分用，一边忙不迭地："多谢阿婶！"

空气里弥漫着浓得化不开的香味，潮汕金不换，无与伦比的特殊香气。

远处，海门方向传来几声炮响。日本人又在海上，炮轰冒死出海的渔船。

秀琳紧握的拳头，重重地砸在桌子上。新玉战栗了一下。

第二十一章　冬至

蚯蚓结　麋角解　水泉动

新玉是谁？在军统的花名册里，起码有几个跟新玉相似的女兵。其中有一个人的经历，类似苦初3号当时的情况。周苇姨妈说过一个故事，这是她80年代在统战部工作时遇到的事情。那时，她接待一个美国观光团，其中有一位60多岁陈姓潮汕女士。女士说她是1949年从汕头随军赴台的军统女兵。

周苇姨妈邀她回溪东看看。她的老家在溪东。她说她想去达濠，看一个叫中鞍头的地方。她问，那里的寮居还在吗？她俩用潮汕话交谈，但彼此还有些戒备。她似乎不太愿意谈论旧事。她说到中鞍头，说到寮居，她不愿意谈论旧事？在后来的几天里，她对周苇姨妈和盘托出。她们是同乡，都是田中央的，溪东人，她们都熟悉光德里。

光德里走出过多少女孩？

周苇姨妈不认识新玉，并不清楚新玉的事。当年，她跟母亲凌芳说到这位陈女士的事。母亲很吃惊："她不就是新玉吗？找了新玉这么多年，她应该就是新玉啊！没错！"

"错！"周苇姨妈叹了一口气，"新玉是我们的人，卧底军统，是南方地下党特科的。可此人不像是新玉！不过……"

周苇姨妈想了想又说："听陈女士说，她是在办公室直接被送上去台湾的军舰，完全没有预先告知。从命令下来到登船，不到一个小时。当时，她手足无措，非常惊恐，连找一个逃脱的机会都没有。所有联系都切断了！"

她话里有话，有一些难言的故事。这是周苇姨妈的结论。

周苇姨妈不愿意她是新玉。

潮汕人的冬至，是一年24个节气中最隆重的节气。人们在大雪之后的十五天里，早早为姗姗来迟的冬至，做足了一切该做的准备：舂米炊糕，三牲三鸟，库司纸钱。迎神送神，营老爷，拜祖公，祝福保贺等等，这全是雅姿娘的事。男人们就等着冬至之夜，再续立冬时那一碗热腾腾香喷喷的炣饭了。

那是一碗潮汕雅姿娘为男人们准备的炣饭。它和习惯于出远门，乐于漂洋过海，践行乌水的潮汕男人们怀揣的乡井土一样，是女人献给男人的礼物。这份即将行脚的礼物，是为将临的乡土，为未来的落叶归根而准备的一份最为至简而隆重的礼物。

潮汕的男人，无论婴儿少年，年轻或年老，在有生之年，都必然地敞开、拥吻、亲噬，并感恩于这一碗五味杂陈的炣饭。

那是一碗属于潮汕男子汉的炣饭。它年年如是，像花信风一般，在立冬时来到，在冬至之夜重温，如期而至。它如潮汕男人们生命的钟摆，准时、正点地匆匆赶来，在冬至的夕阳之前抵达。

在终年食糜的潮汕，迎接立冬且在冬至之夜再度莅临的，竟是一份硬硬而又绵绵，杂合着多种多样的炣饭，来自天空的、海洋的、山野的、田土里各种生命的味道。这是潮汕母亲们，为自己的男人、儿女，期待了整整一年时光所做的炣饭。它是母亲们积蓄一年的心情，又包含着来年全部的希望而做成的炣饭。

清雅的颜色，难言的浓郁，似有若无的目光，无以名状的心情故事，在那些已然沾色却依然无比晶莹，紧紧抱聚着的米粒之中，看见了无数岁月欢乐与忧伤的表情。

炣饭是一种男性的象征，却一定由女性形胜而成。它集结了所有时间与生命的阳气，在女性的阴动中，完成了类似节气的转换与嬗递。它选择了二十四节气之中的立冬来临，在冬至结束，在小寒与大寒的腊月之前，迎接即将到来的花信风，以及即将终了的苦楝花。

雅姿娘的味道，亦是母亲的味道。在潮汕，没有拒绝做母亲的雅姿娘，也没有拒绝做父亲的男人。他们的精血，共同地和合在炣饭的味道里。在冬至夜长日短的熙攘中，炣饭的味道，带着立冬的记忆和对冬至的敬重，香飘了无数条街巷、夜空和田洋中的阡陌。这是对秋收的礼赞和万物赐予的感恩。

在旧时的潮汕，在轿子和马车的年代，这些味道和侨批一起，从本土出生，却由远方而来！哪儿有稻草和炊烟，哪儿就有雅姿娘和母亲的味道，炣饭的味道。它和冬节圆一起，象征潮汕印记中源远流长的笔画。由这些笔画构成的每个字，既是象形的，又是表意的。象形男人和女人，表意父亲和母亲简单的爱情：炒饭和冬节圆，阳刚得斑斓，阴柔得流畅。

在24个节气中，冬至的花信风是最为迟缓的。在24个花信的120天花期中，始于去岁三月的梅花，终于来年谷雨的苦楝花。这是一个冬藏的花期。这之前，它们各自的花信，在成长与替换期间，已然经历了8个节气：小寒，大寒，立春，雨水，惊蛰，春分，清明，谷雨。

这些花期，各各守护着自己生命的蓬勃与凋零。它们一共有24种花，24个花信，当然，也就有着各自期许的花信风。正如潮水有信一样，花亦有信，而潮汕的花信风，就是侨批。从立冬到冬至，侨批如簇拥的花信，是从遥远的南方之南吹来的花信风。雅姿娘有福了：应知潮有信，嫁与弄潮儿！

它们从蓄苞到绽放，从舒展到凋谢，每一朵都至少有15天的花期，都有权阅历一次花信风的吹拂，都有一个经验三候的挫折。它们在公平的花期中，各自扮演了男性与女性的蛰伏，雄与雌的招摇，阴与阳的交合，或者雌雄同体的欢欣。

全年仅有120天的花期，开始于三月的花信，有诗："三月花开时，风名花信风。"此时，是春之梅花领先。其实，它是早早地含苞于寒冬的。它在彻骨的严寒中，积聚了为着三月春暖时怒放的力量。

多年以后，我终于知道了，梅花在三月的怒放，它愤怒或拼命开放的缘由。它短暂的花期，是为着九个月后，在苦楝花的谷雨终了时，自己的再度苏生。梅花的粉墨登场，是以苦楝花的无奈落英为代价的。世间万物，啖尽春秋，只叹无可奈何花落去！

在苦楝花已逝，梅花正孕的立冬和冬至之间，是阳气满盈的炒饭，铺陈了夜长日短，漫漫春宵的写意。在冬至，男人和女人，更形胜或更象征地说，是潮汕的踏埔（男人）和姿娘（女人），在冬至这一天，把旧时性别差序的分界，在阴阳与性质上，相互区别、辨认得更为清楚，各自更为明白造物主赋予的责任。如蚯蚓结，由屈曲而舒展；如麋角解，由郁阴而得阳刚，从而生动开解；如水泉动，由天一而阳气生也。

一碗炒饭，混合着天地、人间、万物的杂陈诉说；汇合着男人、女人的饮食交欢；铺垫着父亲母亲，他们一生的苦涩汗渍和平白经年的爱情。

在潮汕大地，我看过太多男男女女无须表达的浪漫，太多质朴的涩涩的日常生存；看过太多蜗居在精致的皇帝厝里，却粗朴、小心地终其一生的父亲母亲。

立冬过到冬至，不仅仅是漫长的冬季，还有更多的抒情。当然，最是感怀的，是女人或是母亲，暖暖地，无言地捧出一碗炯饭。先祭拜土地伯公，祖宗亡灵，再摆到男人面前，为他们，去实践一个男人的命名。

一个神圣的仪式，终于完成了从神到人的摆渡，是在三月到十二月的花期。

此刻，天空传来了花信风吹过树林的声响，风声传至遥远的海面，在信天翁渍血的翅膀上，久久地驻留不去。

待到夜半，灶火已冷，冬至的夜色里，城中似生起万千篝火。在母亲疲惫的笑纹里，我分明看到父亲突然远逝时残留的寄意。

于是整个潮汕大地，化为一个女人，一个无比壮阔的、潮汕的雅姿娘。她从立冬走到冬至，和她的爱情一起，年轻或者老去。最终，消失于无形，犹如花信风。

李纯洁病了。

几天下来，李纯洁形销骨立，他不肯去医院，说没病。又过了几日，李纯洁连站柜台都站不住，坐下去一会儿，再站起来，要花很大工夫。他的腰腿没有问题，就是发软。

他说很饿，想吃白面大馒头，就咸菜。新秀转了半条街，找到北方赵大哥开的面店，买了半打每个半斤的大馒头；又去西北人李嫂开的老兰州菜馆，打包了几斤酸辣咸菜。全是地道的西北口味。

李纯洁尝了几口，恶心，全呕了出来。他已经十多年不吃面食了，习惯跟潮汕人一样，食糜配鱼饭了。突然想吃家乡面食，却又变了习惯，回不去了。他这才真的绝望！原本就不是潮汕人，好不容易入乡随俗，顺了活法，现在可好，再做不成西北人，成三不像了。

新秀不信邪，信老中医。纯洁不去医院，她拗不过西北脾气，却能把老中医请到咸料铺里来，给李纯洁问闻望切一番。

老中医问诊的过程很短，三几下就有了结论：心病，邪风入内。他用揭西土话问新秀，是否看到不该看的，碰到不该碰的，做了不该做的，犯煞了。

新秀吓坏了，对老中医说："你就直说吧，直接问他好了，他是搞地球物理的，科学家，不迷信。"

老中医八十多了，忌讳特多，说还是先食几帖药，安安神，开开胃，补补气，再来理论为好，免吓着他。看样子，他吓不得的！

老中医临走，有意把新秀叫出来，说话，有几句话要说。过了街角，老中医说："食药归食药！吃过几帖之后，还是要请个师父，去他最近七天里经常去的地方，做个法事，拜拜土地爷！"

新秀一听就明白了，看样子，李纯洁是遇到什么地煞天罡的秽物了。

老中医有意无意地说："晚间熬些七色草水，给他洗洗吧，洗完连草带水倒到街路上，夜里让千人踏，万人踩，把秽气踩踏掉。再扎把七色草，悬到门楣上，挡挡煞气，避避邪吧！"

新秀陪李纯洁坐到午夜，累得哈欠连天，李纯洁不说话，也不肯去睡。明天还要起早，只好随他去。他就一个人，在客厅里沙发上，愣愣地坐着。

七天前。

他终于掀开了地库入口的德国造生铁盖板，他听到"咯噔"一声响动，随后是一阵"嗞嗞嗞"的声音。他使出全力，把铁盖挪出入口，一股热浪扑面而来。刚才那嗞嗞嗞的声音，变成"轰"的一声冲击，他嗅到一种类似玉兰幽香那样的香味，马上就醉了。他就势倒在地上，不省人事。

他在一片昏黑中醒来，一看表，已是晚上十一点。他依稀记得，自己是下午四时到来的，已经过去了六七个小时。

入口有步梯，仅容一个人进入，很黑。他不敢贸然进入，取来一根竹篙试探。步梯很深，他把丈把长的晾衣竹篙，顺着步梯滑溜下去。他听到一声暗哑的撞击声。他估摸了一下，大约六七米深。

他离开入口处，开始抽烟。他知道地库里有不明气体，只有两种可能，人为设置，或有机物腐烂产生沼气。他偏向于前者。他研究过陈公河有限的的资料，听说过他不少支离破碎的传说。一个十分诡异、老谋深算的老家伙。这种人，一般行事缜密，却往往千虑一失，反倒容易滑铁卢！区区一个死去多年的前清遗老，有多大机关胜算？

他细细观察入口处的每个部位，发现入口四沿分布着四个孔管，铁盖各有四个相应的塞子嵌入，打开铁盖，等于打开了塞子，孔管里的气体会迅速释放，致人昏迷，或者死命……德国人的智慧。

他打开了所有可能通风的地方。他不着急。他猜到即将来临的是什么！陈公河家族源远流长的财富，可能就全部隐藏在这个地库里。他知道陈公河有一个庞大的家族，后裔众多，分布辽阔，若地库曝光，将是一场旷世持久、矛盾丛生、错综复杂的战争。他要用最简单的方式来解决这个难题，避免这场战争。他幻想着，用这笔财富，以此改变平凉的历史。

他躺在地库靠近大门的地方，这儿通风，有暗淡的阳光，氨水一般的气味稍淡。他四仰八叉地贴地而躺。他要把这几十年来的每一件事都想个透，想明白，特别是关于贫富，损害与被损害，包括人世间的公正公平等等，特别是地球物理和咸料铺的关系，尽管他早已认命，将一切视若平常。可是，突如其来的机缘，陈公河的横空出世，推翻了他此前勉强搭建起来的沙灶。其实，一切都没有改变，他，李纯洁，依然是一个平凉的山地人。

他听到新秀的叫唤，那种软软的溪东口音。他连忙爬起来，盖好铁盖，锁门，若无其事地去迎向他走来的新秀。

六天前。

尽管李纯洁已经有了足够丰富的想象，当他进入地下库房时，他还是被眼前的情景惊住了。他的知识和想象，在这一切面前，远远不够用。他晕眩，手足无措。他的目光失去了焦点，他无法聚精会神于某个方位，他成了一个地地道道的乡下人，在陌生的闹市中，彻底走失了。迷路是惶恐的！他的心脏，似乎马上就要跳出来。他下意识地捂住心脏部位。

他迫不及待地四处张望，打着电筒到处扫射穿行。他好像行走在纵横密布的迷宫里。手电筒照到的地方，好像都是价值连城的宝物，他叫不出任何名称的宝物，堆得满地都是。无数卷成筒状的古旧书画，一摞摞经书，巨大的铜质佛像，一摞摞的线装书，五花八门的瓷器……各种各样在博物馆里才能看到的东西，应有尽有，堆放在各个角落。

这些年，偶尔看中央台的《寻宝》节目。李纯洁多少有些常识，这里的东西，都是百多年前的旧藏，件件都是真货。一个成化鸡公杯，拍出2.8亿，元青花鬼谷子4个多亿，《砥柱铭》4个多亿。这陈公河家族世世代代，上下几百年的收藏，值几百亿，上千亿吧！

这些宝藏，真把李纯洁惊呆了！

早在百年前，陈公河就把藏书楼藏到地底下。而农民烧掉的藏书楼，只是一个空架子。这个狡猾到极点的陈公河，哪来的先见之明？突然，李纯洁就笑出声来，人算不如天算，笑到最后的人，竟然是一只西北狼！

巨大的兴奋和突如其来的恐怖一样强烈。突然的晕眩弥漫全身，像钢箍一样，紧紧地箍住他，以至于虚脱乃至窒息。许多衣着古怪的古人，包围住他。对着他张牙舞爪，对着他无声地吼叫，在悄无声息中，面目狰狞。

突然，一大群人冲了进来，是农民协会的人，又好像是红卫兵。他们撕抢着书画，砸烂瓷器。不好！有人开始点火。

有两个女孩，抬着高高的尖尖的纸帽，戴上他的头，绳子绑住他的双手。要拉去游街？

他挣扎着，叫喊着，但没用，没有人理他。他双脚飘浮在空气里，被女孩牵引着，身不由己，到了大街上。许多人在呼口号：打倒李纯洁！

他被人踹了一脚，他跌回到地库里，头上撞出了大包。

李纯洁的脑子里一片空白，他仿佛进入电影电视剧的情境中。他在地库中穿行了一遍。整个地库大约有半个足球场大小，恰好是地面上两座驷马拖车的大约面积。地上散落着几张包过东西的旧报纸。李纯洁捡起来一看，有民国十年的《申报》，十二年的《大公报》，日期最近的是民国三十年六月的《岭东日报》。这个时间，距离陈公河去世的1960年，还有将近20年的时间。

20年，足够让一个社会，一个人，想很久，做很多事！也可能让一个社会，倒退到从前，做相反的事。

一定还有人知道这件事！这个地库，它不可能是绝缘的。陈公河一个人，也做不成这件事！李纯洁突然就想到这一点。

怎么办？怎么办？怎么办？

五天前。

李纯洁一觉醒来，发现自己在咸料铺的躺椅上。他努力回忆，这之前曾经发生过什么？好像在地库，又好像去过一个完全陌生的地方？好像还被人扔来扔去。他唯独没有想起的是，他是怎么离开地库，回到咸料铺的。他想得头脑发麻发热，就是想不起来。他问新秀，新秀不想让他想东想西，把脑子想坏掉，干脆说："自己走回来的！有什么不同吗？"

他不相信新秀，他坚持认为，有人把他从地库押送回咸料铺。他忽然就对新秀说："那本经书值五个亿，你知道吗？小心收好哦，有人要偷！"

"什么？五个亿，什么值五个亿？"新秀有一句没一句地敷衍他，以为他故意在说笑话。

"千万别告诉人家，别让陈公河发现！啊！"李纯洁很认真，又很忧虑地说。

正搅拌酸辣杂菜的新秀，一边往大缸里添香油，一边诧异地问他："谁？你说谁？谁是陈公，什么？"

李纯洁不语，他双目直视，一动不动，凝固一般："他来了，他就在箩筐里……"

李纯洁开始语无伦次。新秀终于停下活计，盯住李纯洁看。他睡着了，打着轻微的呼噜。眼睛却例外地大睁着，嘴巴抿得很紧，嘟成一个锥形。

新秀有些慌，这些天来，她有一种不祥的预感。李纯洁像变了一个人。不但反常，而且很奇怪。

他像是在说胡话。天气很热，屋里开着风扇，他却缩成一团，非常怕冷的样子。新秀给他盖上被单，他本能地裹住被单，有一种受惊的神态。

新秀真的害怕了！

一连几天，李纯洁不吃不喝，他完全废了。新秀喂他热汤，他会啜上几口，呆呆地对着她看。没有话说。

80岁高龄老中医陈方言的方子不错，李纯洁只吃了两服，便大有起色。新秀严格按陈方言的嘱咐去做。采来七色草，给李纯洁洗了一把，门楣上挂了一把，好像有点效果，李纯洁安静了许多。

李纯洁开始吃东西，胃口很好，但还是没有说话。新秀跟他说话，他只是点头摇头。看来脑子还不太灵光。

新秀终于松了一口气，但仍然不敢大意。

李纯洁突然说要回平凉一趟，说这些日子老是做梦，梦见姐姐和几个孩子，个个都生病了，他要回去看看。新秀走不开，又不放心他一个人走，想让堂弟跟着去，李纯洁死活不肯。新秀母亲说，坐飞机嘛，这边有人送，那边有人接，没事的。想想也是。

新秀想，他现在这个样子了，回老家去走走也好。他好多年没回去过，情理上也说不过去。

其实，结婚多年了，新秀对他们一家，还是一无所知。她很意外地遇到这个人，听他说什么，就信了什么，莫名就好上了。什么地球物理，很新鲜，也很高深，平添了许多好感。母亲将信将疑，看过了毕业证书，才稍微放心。好在不是外嫁，等于自家娶了个女婿。是招驸马，不是嫁女儿。女儿还住在自己家里，怎么说都十拿九稳。也就无须计较太多，等于捡了个便宜。

母亲想隆重大办，怎么说都是溪东世家大户，祖上是赫赫有名的举人陈公河。虽然在科举时代只是个举人，不算什么大儒，但在近代潮汕，也首屈一指，学富五车。而其藏书楼，虽早已焚毁，但其千年渊源，史上凿凿。

族长就是老中医陈方言。母亲找他商量，女儿婚事，要隆重大办。他很开明，也很古板。说要么老办，要么新办，不老不新不好办。母亲问：老办如何？新办又如何？

族长说，老办要行六礼，十里红妆。男方要父母双全，兄弟姐妹，五男二女，人丁兴旺，大门楼，好架势，大排场。陈氏祖上是显赫，现在呢？去哪找五男二女？行六礼都找不着地方叩拜。新办呢？好办，请族里人吃顿饭行了，反正男方就一个人，家里人连影都见不着，办什么办？溪东人，谁知它平凉在哪里？

母亲觉得有理，祖上陈公河还是在箩筐里成仙的，反成了一个神奇传说。照族长主意办就是了。母亲办了25桌酒席，族里人都来了，也算很有面子。

那天，新秀淡淡的，是个新嫁娘，更像个伴娘。李纯洁像个木偶，落落寡合，由人摆布。已经简化了许多情节，他俩还是觉得繁缛。在李纯洁看来，一个仪式而已，似乎和地球物理学无关，与他这个人的真实部分无关。

回平凉。他说走就走。

新秀准备了许多潮汕土特产，让他带去送给乡亲，做手信。她打好几大包，先快递去平凉，光快递费就花了两千多元。

她开车送他去机场，经过一片树林，几只羽毛乌黑的客鸟，总在车前车后翻飞。李纯洁眼眶里，有几滴泪在滚动。他看客鸟的眼神里，有一种异样的光色，湿湿的，亮亮的，像雨后的日光那样，有过分的柔弱，有点涩涩的。

第二十二章　小寒

梅花　山茶　水仙

雁北乡　鹊始巢　雉始雊

　　我想，光是到了应该知道自己身世的时候了。他母亲已经昏迷不醒，在垂危之际。她没有太多时间，也无法亲口告诉光，陈公河是他外公。虽然这一切，对光而言，可能已经不再重要。但是我希望光，能够回到陈氏家族，有精神的归宿。那毕竟是一个有几百年上千年文化承继的家族。还有，陈公河的地库，我希望并期待，有朝一日，我能有幸，和光一起，走进地库，穿越时空，走回民国、清朝、明朝，抵达宋朝，在南北朝的街巷，行走，读书，品茗。

　　我请林同志，把来龙去脉说与光听。光并不吃惊！他说内迁时（指1963年，蒋介石反攻大陆，沿海组织地富反坏右家庭迁往内地，便于监管）就知道了。他母亲完全靠娘家接济，才养大了几个孩子。

　　"知道陈公河吗？"林同志问。光狡黠地笑笑："外公嘛！"

　　这家伙，原来一直都在装傻！

　　"地库和藏宝！你知道吧？"我迫不及待地问。

　　"没听过传说吗？满大街的人都知道。你们都知道了，我还能不知道？"

　　我恍然大悟！心想，吴隆光，你这是什么人啊！我们知道的，他早知道。我们不知道的，他都知道！他还在装！

　　"你们没问过我啊！我也刚刚才听你们说起！"光又是狡黠地笑。

　　我看着林同志："这就是你做的学术！关起门来搞研究，不知门外世界。我看，还是要打开门和世界沟通啊！"

　　光对宋本不感兴趣，对地库宝藏有兴趣。他知道那是钱，母亲治病、护理，都需要钱啊！

我有同感。人非圣贤，犹如我辈！

光，我只能敬你一杯浊酒而已！

小寒，初候，雁北乡，一岁之气，雁凡四候。如十二月雁北乡者，乃大雁，雁之父母也。正月候，雁北者，乃小雁，雁之子也。盖先行者其大，随后者其小也。二候，鹊始巢：鹊知气至，故为来岁之巢。三候，雉雊：雉鸣也。雉火畜，感于阳而后有声。

阿雅的嫁人与阿三的不归，这两件事，发生在同一个时期，但几乎没有人把它们联系在一起。阿雅的出嫁曾经闹得沸沸扬扬。在光德里，每一个贴身姿娘（丫环）的出嫁，都是一件大事，与嫁女儿差不多。礼数与人情，大户人家的脸面等等考虑都有，何况可以做贴身姿娘的，大多沾亲带故，是穷亲戚家的漂亮女孩，她们从很小就被带进家门，和本家女儿一起成长，多少也带有帮衬收养的意思。

母亲凌芳的两个婢女，一个做书童，一个负责起居，三个女孩，一起生活，不分彼此，形同姐妹。在家长和外人眼里，这里面多少会有尊卑。但在孩子那里，若没有大人们的挑唆故意，孩子之间倒不致有什么隔阂。

阿雅和我母亲凌芳，吃住起居，读书游玩，都在一起，形影不离。母亲去上海，去圣约翰，阿雅也跟着去。

大人要她出嫁，她最不习惯的是离开同伴凌芳。两个从小形影不离的女孩，在 15 岁时的分离，本该分离而难以分离的撕裂，是一种深刻的伤痛。

有一年，省城中医学院的马陈远，带了几个人，七拐八拐来到溪东，他们装成病人，直奔溪东中医馆，找陈方言诊病。这个马陈远，是光德里后人，从小出外，乡情已很淡薄。他和同僚想见识一下这位声名远播，却在民间蛰伏多年的老中医，看看他本事到底有多神，再设法邀请这位大神，到省城去开班，主持专治疑难杂症的中药研究所。

陈方言的医馆，在他家的祖屋，一座四点金。他早先在街上开中药铺，卖中药，偶尔给人看病。近些年，他搬回老屋，把老屋做成了医馆。

中药铺，在潮汕乡镇可谓星罗棋布，一个几万人的乡镇，有十间八间中药铺很平常。

中药铺一般都是家传的。一个医师两个学徒。医师也是老板，既坐台问诊，又负责称药。炉火纯青的药师，抓药时，三只手指，似兰花般夹托一把药秤，药秤一般都是象牙做的，小巧轻省。药师一手抓药，将药在秤盘上象征性地过一下，分量十分准确，几乎分毫不差。

大学徒也叫药童，跟着包药，包药是一门艺术。一张一尺见方的马粪纸，要把十几味中药包起，裹紧，不是易事。一折，一卷，按痕，斩齐，通包，插贴，联动。系列动作，整齐，快捷，包起十几帖药，在分秒之间。看似简单，工序却十分复杂，均在瞬间行云流水完成。单就包药这门功夫，没有一年半载，出不了师。

刚入行的小学徒，负责打杂。主要工作是切药煎药，这也是一门功夫。小学徒屈腿打坐一般，坐在铡刀前，手起刀落，用心切药。每一片，每一段或节，薄如蝉翼或厚如膏腴，都要分毫不差，且片片都要先落在掌心，由心检验查重，再滑落盘中。煎药就更讲究。药方写明：用千流水，两碗煎八分，或碗六煎七分。千流水就是山泉或江河流动之水，讲究的是活水、活性……没有干净的千流水了，只能把井水搅打上千遍，这样煎出来的药汤，才有真效。陈方言处方，特别强调的是千流水。他甚至放言，做不到千流水，不必求鄙人问诊。

陈方言85岁了。这一带，这个岁数的人，年轻时大多出过洋，至少也去过省城，在大世界里闯荡过。说不定某个在街角蹲着，百无聊赖地晒着太阳的老头，曾经是个留美博士。他们那一代人，实在活得太精彩。若说人生辉煌，那真是大辉煌；说悲惨呢？也一定是大悲惨。在他们这一些人里，随便找几个人出来，细细考究，不是出身黄埔，就是圣约翰。

老人脾气很好，但是很执拗，话不说两遍。没有架子，但不好说话。主要问题是，他见过大世面、大人物，他说起事来，没商量，对一切都看不惯。

马陈远求医陈方言。先报上姓名。陈方言抬眼看了他一眼：何方人氏？

"田中央！"马陈远回答。

"光德里马！老四叔侄孙。"陈方言肯定地说。他鹰一般的眼睛里，闪烁着一种不容置疑的神色。

不等马陈远回答，陈方言与他四目相逼："不用看，无病！说吧，找我有什么事？"

马陈远一时语塞。这老先生料事如神！马陈远反而被问蒙了，他让老先生突如其来的叩问，乱了方寸。

"没事？那好，下一位！"陈方言很跩。

马陈远这才回过神来，连忙站立，说道："失礼失礼，老先生休怒，听我道来！"

"既然有话，待会儿说不迟。这几位客人诊完再说，先一边食茶，稍候片刻！"陈方言头也不抬，轻淡地说。继续为病人诊病。

对于马陈远来说，等候老先生的这个时辰，是最漫长的。老先生诊病，只切脉，望，闻，不问。最多看看舌苔，然后用毛笔写处方。那处方也就大徒弟能看懂。飞龙飞虎的，如一幅雅帖。

医馆外面，街上夜静人稀。医馆里华灯初上，天井正中，一张八仙桌，一张太师椅，坐着陈方言陈老先生，马陈远等围坐在条凳上。一杯清茶，别无其他。老先生的孤绝和清奇，是无处不在的。你很难想象，学堂高雅与乱世枭雄的血腥，曾经混合融通而成这个如今慈眉善目的老人。他曾经勇猛地年轻过，又如此沉静地渐渐老去。沉静到连说话都十分吝啬！他的经历，可能是一本耸人听闻的书。

马陈远说明了来意，沉默的气氛持续了好久。老人呷了一口茶，说："真想听我说？那好，听好了。"

"中医的命是什么？大家以为中医的命，就是中医有悠久的历史，中医有文化的内涵，为中华民族的繁衍立了多少功，是不是？中医这不灭亡了吗？没有人信你中医药了，你中医药已经没有疗效了，全部西化了，你不亡等什么呢？

"其实，中医真正的命是什么呢，真正的命是你的疗效啊！当年我在北京溪华堂。那17年里走了15个，没有人能补上来啊，是吧？你们中医药大学的学生，你补不上来啊，到社会上去找，找不来已经去世的15个人的水平了，是不是？焦（树德）老一走，焦老是带了很多徒弟，四五个，但是呢，这些徒弟观念呢，都开始有西化的问题。所以，焦老一走，强直性脊柱炎，没有一个能治成焦老那么好的，治不了啦！这个病就算了，交代了，没人能治了，那你说怎么能成啊！

"到现在，正骨的，这些大夫祖传的好多东西，全丢了。你看原来我们那个刘秉坤的儿子刘宝崎在这行医的时候，我亲眼见的，患者几十年的尺桡骨分裂症，手都变形了。我在现场见刘老施治。他说，我给调整调整，检查检查，咔一下，一按一拧，就平了，几十年的毛病，瞬间给患者治好了，然后病家就可以用手按桌子了，那病人高兴得都跳起来了。

　　"一个中年女教师的颈椎全脱位，这个地方已经没有支撑了，最后拿八号铅丝托着，才能出气。她从山东一路走来，所有医院都不收了，谁敢收啊！都高位截瘫了，治不了啊。到这了，刘宝崎托着上头那个铅丝，我托着这个（脖子），然后手在她身后，在她脖子那，这手咔一抖，我听着，啊！我说这下坏了，弄一高位截瘫，吓死我了！结果，她后头那句话，唉，我脖子有劲儿了，上上了。

　　"谁行啊？这些东西呢，没有传人呢，失传啦！多可惜啊。你说这种情况，你到西医那怎么治啊？打钢板，弄钢钉，花多少万做大手术啊？弄不好就高位截瘫，还长不上啊。这个呢，从前到后一共花了不到三百块钱，还给她把所有的好药都用上了，能用的全用上了，这膏药那膏药，能用的全用上了，花了不到三百块钱，连诊费带药费。

　　"你想想，中医多神奇啊！这么好的东西，丢啦！为什么？政策。你们这些东西，全都不让人家行医啊，这限制那限制，没有学历，没有这个那个，不能给你发医师证，行医都是非法行医，你就别说再传承了再带徒弟了。民间那么多医生，一个《医师法》下来，一年，还成绩呢，报纸上登的，查处了12万，非法行医，一共你中医底下基层有多少啊？你一年查处了12万，你不是把基层中医灭完了么？

　　"现在一个乡一个乡的，没中医啊！樊（正伦）教授去原来他们那个插队，宁夏插队，回他们县里头，他这一晚上就光公社的干部、乡里的干部、县里的干部看病，看到晚上十二点多，为什么？没有中医啊！一个县都没有一个像样的中医，你这中医还怎么发展？没有人才了。"

　　陈方言逼视着马陈远，他的目光从在座每个人脸上逐一扫过。他接着说："我真的没看出有中医的味道。"

　　年轻博士任从见到陈方言那一刻开始，就很忿。老头子盛气凌人不说，还十分霸道。任从很瞧不起这些野路子医道。他忍不住回应："中医有味道吗？"

陈方言看出这年轻人的情绪，小气量，不予理会。马陈远看出其中端倪，连忙大声说："陈老，说说您在帝国大学和北京医馆的事吧，那才叫味道。"他很不高兴地看了任从一眼，丢人现眼！

"说没有人才，不对啊！全国有多少中医药大学，年年毕业多少学生？可我还要问，人才在哪里？名中医在哪里？

"你说中医那时候治非典，确实中医的效果非常好，就那几个隔离区，把我们这个药成车地拉走，然后在食堂熬，大锅地熬。不仅非典疑似全部没了，连原来有点咳嗽的都治好了。但是你说上非典前线，中医能上不能上？去了以后号号脉开个方子能解决不能解决？当然能解决。问题是，谁去啊？人呢？你总不能让七十多岁的去吧？没有人啊，中医不是不成啊？中医成！中医是一个很好的东西。但是，没有中医大夫了，所以很可惜。

"那时候，你说那时候治脑炎治什么，哪还有大夫。蒲辅周那时候，周恩来从故宫把犀角拿出来，让他们做药，治流行性脑炎，那是蒲辅周带的人，能解决问题，全国马上办班推广开。现在再出问题，谁办得了？人呢？没有人啊。现在还想，哪国总统出问题，派个大夫去，去了马上把他治好，人呢？没有人了！"

陈方言猛地站起来，又颓然坐下。

"现在，光是治生孩子，有几个会治啊？前几天，柴松岩老先生刚治好一个。在协和医院最高级的专家给查完了，告诉你，你根本不能生孩子，你看你妇科有这个病那个病，给人数了一大堆，人家最后没办法了，找柴老了。找柴老治，怀了孕，去西医院，说你这不成，这孩子不成，将来生出来一定有这个那个毛病，现在必须马上流产。人家没办法，回来找柴老，前几天生了一个健康的胖胖的大儿子。现在问题是，这样的大夫，你们还有吗？"

老先生说到激愤时，站了起来，在天井里踱圈，来支烟，抽两口，咳几声。马陈远听傻了，小声对同僚说："老先生真性情！诸位大小都是个教授、博士，我只想说，教授算个屁！无地自容啊！我哪里敢说，请陈老先生去省城研究所，什么疑难杂症！我们才是疑难杂症，你们说，怎么治？"

任博士很为刚才失言懊丧。丢了大脸，又不知怎样弥补，有些尴尬。马陈远想转移话题，说些轻松的事。中医这个问题太乏味了，成天在中医的包围中，又似乎并不真知中医事。

第二天，马陈远托人给医馆送去一封信，不辞而别。其实，他此来还有另外一个目的，想向陈方言了解一些事情。不久前，他在整理父亲遗物时，看到一份密件，里面有马灿汉、马灿文、陈公河和陈方言的名字。这是一份有关藏书阁寄存物品的清单。这些物品大多为宋元明清大家的著述、画作、字帖。黄庭坚、董其昌、仇英、四王和珠山八友……还有部分状元、进士卷，等等。这份清单有十多页，计百余件，夹在孙中山的《建国大略》中。

马陈远的父亲，是我外祖父马灿汉的堂弟马灿文。这样看来，传说中陈公河的地下宝库，其建造是有一个周密计划的。他们共同预见了某种真实，而为着一个并不清晰的远方，保全了他们以为应当保全的东西，免被糟害。

马陈远一夜难眠，做出了违背初衷的决定。他不打算向陈方言询问什么！至少现在暂时不问。从陈方言直指他是光德里马时，他突然就明白了，其实陈方言对光德里，对陈公河，对这一件事，是了如指掌的。他本身就是陈氏同谋。他们之间，一定有一个共同的密约，即绝不泄密。这是他们那个时代的人的操守和品格。时至今日，陈方言依然如此，他的整个做派，有太多沉潜的韵味，没有人能改变他们。如果他想立功求荣，他早就公开这些秘密了。

让这些不可再世的东西，永远地避开人世间的同流合污，永远的留存在地底，也许是对先人最大的尊敬。马陈远常常有问探寻真相的冲动，可是，直到陈方言谢世，自己也进入难以自理的老年之时，他再也想不起此事了。

多年之后，当马陈远舅舅的电话永无人接听时，我突然想起，他已过了八十岁了。当年，当他面对 85 岁的陈方言老先生时，他还未届 60 岁。其实，他和我母亲一样，都是过去时代的人，那是一个可以也必定让人看淡一切的古旧的年代，一个不会再来的年代。

李纯洁在西去的绿皮火车上。

李纯洁没有去坐飞机，新秀把他送到机场，就回去了。他在候机室坐了许久，听任喇叭里不停地叫着他的名字，直到飞机开走了几个小时，他才离开机场，去了火车站，坐上了绿皮火车。他倚窗而坐，手里是那张过时作废的机票，他不知道自己为什么要这么做。他从没想过要这么做，这个举动让他自己很吃惊。他略略算了一下，这张机票款是十大缸50斤装的潮汕咸菜的价值。至少是两千多人吃一餐的分量，是自己前前后后工作十天的成果。

他把机票撕成细片，再细，直至无法再撕，撒向窗外，像细雪飘远。他看见橙黄泛青的咸菜叶，在风中追逐着。

那年，他去南方，也是坐绿皮火车，没有目的地，只要向南，或向东就可以。站票，没有座位，很挤，但省了三分之二的钱，很合算。坐了三天三夜，他本想在梅州下，去看看叶剑英故居，坐过了，终点站是潮汕。这一路，原本计划在几个地方下，玩一玩，再往前，直到终点再说。但每个计划停留的车站，都让他错过了。

三天三夜里，先是往前想，想此后直到60岁退休的38年，该怎样过？建功立业？想不出头绪，一点可靠明晰的图景也没有出现。

几天前，他从广场出来，连学校都没回，一个人，独自出了城，走了百多里路，在保定才敢坐上往南的绿皮车。前途不明，去路难料。毕业证还是多年以后才托人补办的。

至于前途，怎么想都没有结果，他只好往回想，从6岁开始回忆，之后16年，少有快乐的事，全是贫瘠和饥饿。高兴的时候也有，有望穿一件好点的衣服，可以到扶贫办去挑，那里有城里人捐献，堆成山的旧衣服，随便挑。

到了平凉，他没有回村庄，他从村边小路往山里走去，走进一片灌木丛生的乱坟岗里，站在一字排列的五个坟堆前面。四块小碑是无字碑，孩子没有成年，不宜留名碑上。中间那块碑石稍大，刻着姐姐的名字和生卒年月日。

李纯洁分别在四座小碑前，各烧了书包和文具盒，在姐姐坟前，烧了一件红色羊毛衫，这是姐姐生前的愿望。他早早就买好了，一直想亲手送给她。

他唯一的姐姐，在前年，和四个孩子一起去世了，在同一天同一个时辰。

这个噩耗，他没有告诉任何人，连新秀也不说。那时，他在潮汕，给老家村庄的村委会，汇去2万元，拜托他们料理后事。他没有留下地址。

那些日子，他每天都留意有关的消息，收集了一些报纸，反复阅读，读得滚瓜烂熟。读得最多的，是2016年9月10日中国网报道：

《甘肃女子杀4子女后自杀　对奶奶说：你不理解》

……

第二十三章　大寒

瑞香　兰花　山矾

鸡始乳　鸷鸟厉疾　水泽腹坚

这个叫光的人，终于找到了，但又好像不是我们一开始想找的那个光。

苦初 3 号好像也有了线索。是一个叫新玉的军统卧底。

似乎越来越接近中鞍头、寮居、地库和宝藏，传说眼看就要成现实了。

虽然一切连门都还没有。但是有味道，嗅到了浓浓的味道了。

那些丰富刺激的细节，一个个像冒泡似的，从水底"噗噗"地冒出来，遍布水面。

中鞍头与寮居的编年史，变得无比清晰，现实一点一点地倒退，退回海岸、栈桥，江面上已经起义投诚了的水巡队，包括那些年轻的面孔。他们在青救队、青抗队的种种表现，都在众人的回顾中，逐渐还原出真相。

巡视埠、报功路、苏州街、广济桥，都在复原之中，从沉睡中，慢慢地苏醒过来。

我要回溪东去。我在冥冥之中，看见苦初 3 号回来了。

我应该对她说点什么。

大寒，初候，鸡乳。鸡，水畜也，得阳气而乳育，故云乳。二候，征鸟厉疾。征鸟，鹰隼之属，杀气盛极，故猛厉迅疾而善击也。三候，水泽腹坚。阳气未达，杀风未至，故水泽正结而坚。

范德盛在铜钵盂，跟竹篾铺的箩筐婶讨一对箩筐，他说明用意，箩筐婶加了几条篾皮，一边说："挑盐的箩筐要密实，不会漏，装盐时垫上芭蕉叶，暑天担盐担久了，盐会化成水……"笋筐嫂很唠叨，看范德盛可怜，这么大年纪，还出来讨叹担盐。笋筐就白送了。

范德盛千恩万谢，对笋筐婶说："来日再谢！"他又讪着脸说，"阿婶，我没那么老，虚岁40。"

阿婶吃惊："噢！以为60啦，罪过罪过！"各自大笑。

范德盛沿着海边乡村走，每天一担盐，挑着往北走，边走边卖。有时一担盐，过一个村庄，半个时辰就卖光了，有时三五天没有人烟，没人买，一路又重又累。平均下来，一天净赚一个银元。一个月下来，相当于一个县令的俸禄，比撑官渡好到天上去。

潮汕人南去北上，都会行大运行好运。潮汕本土人多地少，逼仄得很。范德盛一路走来，沿海一带，多是商埠之地，但在人烟遥渺之处，时有草寇匪类出入。他一人寂寞孤单，便唱歌壮胆，一个人，大白天的，扯起喉咙，吼将起来："打起包裹过暹罗，来去暹罗牵猪哥……"

南边的红头船，去暹罗安南九死一生，在蛮荒之地落地生根。在潮汕，牵猪哥（上门配种）和阉猪阉鸡阉牛，是不入三十六行的卑贱营生，虽为畜生计，但亦要有高超技艺，阉割猪牛，不痛不血不药不久，干净利落，且无余患，这是这一行当的准则。这首歌谣，整个是闯荡谋生者，一首无奈自嘲的咏叹调。

撑渡范心无旁骛，他信了半面神算的话，每天出发时，先朝家乡方向拜几拜，算是拜过土地公了。就此心安，暗自叮嘱自己，这一日，要心诚诚赶路做事，不能回头，意明气顺执意北上，不敢差池。别的潮州歌谣记不完整，也唱不出来。这两句猪哥谣，倒是伴了他半世人生，唱出来，不好听，也无妨。牵猪本来就是常常让人耻笑的行当，却又偏偏是赚钱最多，最得实惠的营生。虽为禽畜操劳，但事关家畜传子传孙的事，图个兴旺顺利，主人家多不吝啬，总是多给点钱，送上吃的用的。猪哥每天最多配两三次，收成已是满满，又有钱收，又有物送，真是一件又积德又快乐的事。有人在渡船上听撑渡范唱牵猪哥，问："唱了小礼死呐（害羞丢脸）！"撑渡范笑答："有乜好小礼，佛祖都赞成，普度众生哩！要不都断子绝孙了！"

明明是北上，撑渡范却唱出了南下过番的心情，这正是潮汕人的德行。他过往的村舍，都盼着这个快乐的担盐大哥再来。他从海边担盐，要往山里去，才能卖出价钱，再从山里收些竹笋香菇等山货，挑到海边卖。这一进一出，少则三五天，多则半个月，倒是能赚出钱来，可是太耗时。哪天才能实现半面神算的所谓北上，在某地落地生根，发大财？

牵猪哥？他唱到牵猪哥！平日里，唱归唱，他从未去想过，有朝一日，自己也去牵猪哥。他撑了二十几年渡船，是渡过无数趟牵猪哥过江的人，见过无数各种各样的大公猪。他在心里鄙视牵猪哥这等角色，宁可撑渡死，不做牵猪哥！

现在不同了，人在异乡，没有熟人。担盐穿街走巷，实在太累，又太耗时日。他突然就有了去牵猪哥的打算。这是件很好玩的事，既然出来闯社会了，试试各行各业，不亦乐乎。

范家驹并不讳言"发财公"范德盛的这一段历史。

在范德盛抵达上海十六铺码头之前，他担盐，卖盐，牵过半年多的猪哥，一直牵到杭州。他在杭州遇到太平军兵匪，只好坐上逃难的小电船，从海路去上海。那令人忍俊不禁的一幕，成为发财公整个传说中一个最为有趣的情节：谁上船？发财公必须在猪哥或突然出现的大脚客婆之间，做一个明确选择。

这个简单的情节，所涉诸事，情况说起来还有些复杂。

在通往码头的土路上，逃难的人群争先恐后，范德盛牵着黑鬃耸立的雄伟公猪，随着人群往码头赶路。公猪行路缓慢，在人群里，被推搡得嗷嗷叫，四处乱拱。牵着猪哥的范德盛又顾着赶路，又顾着猪哥，还要顾惜着紧跟在他身边的女人。在人流里，他奔走得很仓皇。此时的范德盛，身边真多了一个女人。

这个女人已经跟了他好些日子，早几日，他全然不觉。昨日夜半，他住的小客栈里突然火光四起，人声大作。他披衣坐起，猛地蹿到门边，半掩门往外观察。只见院门里外，人影幢幢，有人拿枪拿棒，看样子是在搜捕人犯。他在外闯荡多时，见怪不怪。嗖地回身床铺，从枕下摸出一把牛刀，侧身门后。还没等他站好姿势，门外有人闪身入内，反手插上门闩。未看来人仔细，却有一丝女人味道拂过，黑暗中有亮眼凝聚，长发散开飘摇。那人迅速闪至床铺帐后，屋里一切归于宁静。他已猜出此人是谁，这几日有几次面对，算是眼熟，只是他并不十分留意。人在途中，与人为善就是。撑渡范阅人无数，半年多来，一路风尘，兵荒马乱，好人土贼，见得多了。这女子怕是遇到贼人了。他不动声色，先和衣躺下，把刀握在手里，顺好，随时可反击。

有人捶门，踢门，伴着恶狠狠的官话，有好些人的脚步声，匆匆而过，并未在门口久留。

远处有马蹄急急，人声远去，一切又归于寂静。他点亮油灯，那人从帐后出来，是一大脚女人。

撑渡范来不及问详，女人却落落大方，先一揖，再跪下："谢官人救命之恩，若来日有时，当涌泉相报！"她连叩三个响头。

范德盛连忙回应："小人没甚恩德，请阿姐起来，起来！"

灯光下，范德盛大惊，正是白天见到那人，白日里她是一个灰头土脸的黄脸婆，此刻却明眸皓齿，十分俏丽。她应是刚刚浴后，突遇变故，误闯入内。这女人胆子真大，男人的房间也敢闯入！范德盛反而有些不知所措。没有无缘无故的追杀，这女人是犯事了？

这女人也就二十多岁，一双大脚，分外引人注目。女人见他疑惑，便一五一十，从头道来："不瞒大哥，我是你们最讨厌的客婆，在太平军中两年，度日如年，知道入错行了。一个多月前，十几个姐妹一起逃出兵营，走散了，有的被抓，当场砍头。我走投无路，又孤单害怕，听人听声，知你是胶己人，跟了你几日，心安了许多，想万一有事，就用潮汕话喊你救命！今夜要不是你，差点被抓走砍头。"

哦，是太平军在搜捕逃兵。范德盛听得心怦怦跳。心想，这姿娘仔真会想，也很为自己得意，救人救到唔知。

她说她是丰顺人，客家人，半山客。潮汕话和客家话都会说。潮汕人最厌弃太平军里这些大脚客婆。不守妇道不说，还拿枪拿炮，和男匪们屠村掠抢。哪里有半点雅姿娘的样相。

说是这么说，他还是被她的坦荡直率惊到了。他不知该为她做什么事，傻傻地问："丰顺阿姐，现在怎么办？"

女人说："别叫我丰顺姐。我叫田秀婵，家在大田村，唉揭阳话。从今日起，不做大脚客婆，做个雅姿娘。请大哥收留我，做小妹，大哥去哪里，我跟去哪里就是了！"

撑渡范连连摆手，口里直说："孬孬孬！孬散唉哩！我一个撑渡的，哪里有这等福气!"

女人也不与他多话:"困死了,要睡!"说着,就在床上和衣而卧。又说道:"隔壁,是不敢回去了。"她怀疑是客栈主人告密。

范德盛无话,说了句:"那,那困了就睡吧,明早好赶路。"话音未落,女人已有微鼾。孤男寡女,怎么办?他四十年来,不知女色。

他十分惶恐,想来想去,无法。只好和衣躺到门边,有人来,好说得清楚。他翻来覆去,无法入睡。只好把油灯搬来,放在门边地上,翻阅昨天从柜台借来的报纸夹。

这是1860年(咸丰十年)的事。

这一年,英法联军攻入北京,洗劫圆明园。这一年,清军也掳掠了不少太平军,男的凌迟或斩首,女的骑木驴处刑。

此刻,客栈外月黑风高,客栈里人声惊惶,映入范德盛眼帘的是,1860年6月13日的《华北先驱报》,报上刊有一篇目睹清兵凌迟太平军俘虏的信件。读过几年私塾,粗通文墨的范德盛,被这些文字吓得心惊肉跳:

清军的残暴可见一斑:"太仓被占领的次日,上午十一时光景,有一大批俘虏被押送到卫康新附近清军营地。这批太平军,有男有女,有老有少,从刚出世的婴孩,到80岁蹒跚而行的老翁,从怀孕的妇人,到10至18岁的姑娘,无所不有。清军把这些妇女和姑娘,交给一批流氓强奸,再拖回来把她们处死。有些少女,刽子手将她们翻转来面朝天,撕去衣服,然后用刀直剖到胸口。

这些刽子手做剖腹工作,能不伤五脏,并且伸手进胸膛,把一颗冒热气的心掏出来。被害的人,直瞪着眼,看他们干这样惨无人道的事。还有很多吃奶的婴儿,也被从母亲怀里夺去剖腹。很多太平军俘虏,不但被剖腹,而且还受凌迟酷刑,他们的衣服被剥光,每个人被绑在一根木桩上面,受到了最精细的残忍酷刑。他们身体的各部分全被刺入了箭镞,血流如注。这种酷刑还不能满足那些刑卒的魔鬼的恶念,于是又换了别种方法。刽子手们割下他们一块一块的肉,有时塞到他们的嘴里,有时则抛向喧哗的观众之中,令人不忍辛睹……"

交十块大洋放一人上船。范德盛把20块大洋交给船役,一手挽着田秀婵，一手牵着猪哥，大大咧咧地登上船舷。船役把住猪哥，用杭帮话说："兄弟，猪哥也要坐船？两张票，20大洋。"

范德盛火起："说一张票也就罢了，两张票？什么道理？"

"少说也有二百来斤吧！活物，不是货呢。先生看看，应不应该？"船役说得有理，范德盛哑口无言。

田秀婵身无分文。范德盛身上还有十块大洋，带上猪哥，刚好，但田秀婵必须留下。若带上田秀婵，还有十块大洋做本！去上海有望咸鱼翻生，但猪哥必须留下，怎么办？

田秀婵见状，笑目相看，等着范先生决定。她心中有底，不言语。

船役一脸看热闹的神态，他不急，等着范先生决定。须臾，他笑笑："先生，很难决定么？我实话予您，刚才说笑话而已，猪哥是不允许上船的，当然，钱多另说。"他指着码头上黑压压的人群："太平军很快杀来，先杀的就是牵猪哥的。信不信？"

这话点醒了他，他下意识地松开手中的绳子，猪哥哼哼着跑开去。

这位猪哥先生，伴了他半年多，从宁波走到杭州，虽然面子不好看，但为他赚了不少钱，也颇有十里红妆的意味。最终还用它换了个大脚客婆。这辈子，和太平军扛上了。范德盛忽然有些胆战，自己究竟是同情太平军，怜惜大脚客婆呢，还是听命清政府，倾向屠杀太平军？他完全看不清自己。是更爱人包括这个大脚客婆，还是更爱那只风情万种、无私配种的猪哥呢？他说不好。一年多来的餐风饮露，疲于奔命，无法体面地生活，已使他刀枪不入，胆大皮厚。

还有一件事需要提前预告，从杭州码头出发的小电船，本次航程的目的地上海，已是中年的范德盛，将和年轻的郭仁卿再度相遇，并结下不解之缘。这是十九世纪中叶，一件改变历史走向的大事。但是，它只能在野史中传说，而注定为贤者讳。

当范德盛下意识松开牵着猪哥的绳子时，一个全新的范德盛及属于他的时代就开始了。而此刻，远在上海十六铺码头的堆栈上，如山的货物中，郭仁卿和他的法国买办，正在这堆货物中穿行。就在范德盛松开猪哥绳子的那一刻，郭仁卿手中的皮包也同时掉落在如山堆栈的货物中，而他毫无觉察。皮包里，是他刚刚从法国买办亨利手中拿到的绝密文件。

几乎同一时刻，湘军统领曾国藩，在深思熟虑之后，手中的毛笔，在上海潮州会馆的名头上，勾了一个圆圆的墨点。他如释重负地叹了一口气，一件沉溺心头已久，关乎几十万湘军粮草，以及剿灭太平军大计的事，终于尘埃落定。

　　这一年，是曾国藩最艰险的时候，他的几十万湘军，被太平军围困在江西安徽交界的一处山凹里，这是被称为"死地"的地方。而部下李元度却一意孤行……曾国藩不得不向死敌李鸿章求救。

　　他将和远在上海的两个潮汕家族及其德盛土行有密约。这是他此时最英明的战略决策。这种潜藏在冥冥之中的前定，是谁也无法预想到的。就连曾国藩自己也心有忐忑。他能把全部希望，把湘军几十万战士的军饷，把与逆贼洪秀全的决战，寄托在这两个潮汕人身上吗？

　　火轮船缓缓离岸，范德盛放眼码头，只见那只被弃的猪哥，在码头上无人的地方，形单影只地站立着，正望着海上渐行渐远的火轮船。突然，它慢慢倒下，伏地，似呼出一口长气。也许是死了？范德盛倒抽了一口冷气，瘫坐在甲板上。

　　这时，大脚客婆田秀婵真切地看到这一幕。在猪哥倒地的瞬间，海上似乎突然有了浪涌，白花花地向船头扑来，从两边船舷分切而去。她顿时从长久的晕眩中清朗过来。陆地消失了，小电船在茫茫大海中颠簸。她看见远处，有林立的高楼，不会是海市蜃楼吧？

　　多年以后，当发财公的嫡孙范家驹也去世多年，成了许多子孙缅怀中的曾祖父时，我问其卓有成就的曾孙范淳奇先生，祖谱里有否记载大脚客婆田秀婵的名字？不，应是范田氏，或田太孺人秀蝉？

　　范淳奇先生也不甚了了，距今七代人，所有记载尽失。人们只记得发财公与发财有关的点点滴滴。而已而已！

　　范德盛与我的太祖及高祖父郭仁卿、曾祖父郭信臣合伙土行德盛行，合伙将近50年。他在上海活到1922年，恰好100岁，增闰106岁。在他去世之前10余年，因他退隐而土行一分为二：各为范德盛、郭德盛两个名号。见证人为盛宣怀和张謇。这两人时为郭氏参股的船务招商局大股东。

　　郭氏族谱由郭氏后人大宁先生续编，十分完整，在描述郭德盛土行的缘起史料中，是有一个涉及范德盛的田氏女子，但此人不叫田秀蝉，其画像隐约可见，倒是大脚，十分迹近。历史在时间流逝的同时，遗失了许多真相，以至于后来的人，经常处于迷失的泥淖之中不能自拔。

郭德盛土行史料中的田姓女子，与大脚客婆田秀蝉是否同一人或有无关联，已不可考。但她在范郭两姓土行的发展关联中，倒是一个不可或缺的人物。

范家驹（1881—1943 年），别名芝生，晚年自署蹶翁，潮阳和平人。清光绪二十七年（1901 年）入庠，光绪二十八年（1902 年）中举人，光绪三十年（1904 年）登进士，曾任法部郎中，后绝意仕途，以病辞官回乡。光绪三十三年（1907 年）与郑邦任等办六都高等小学堂。1910 年随父往上海经商。

范家驹在上海期间，与黄遵宪、李瑞清、刘大同、朱汝珍等知名人士往来密切，为潮邑有名书法家。县内现保存其笔迹多处，如潮阳和平镇桥尾大峰祖师墓的古碑亭内，有其石刻题书"万事从宽其福自厚，仁慈者寿凶暴者亡"等笔迹。民国二十八年（1939 年）春支持马士纯到和平创办南侨中学第三校，曾与人合作创办潮安县开明电力公司，终因亏本关闭，晚年蛰居故里，潜心著述，惜手稿佚失。

范家驹一生临池不辍，师法汉隶、魏碑，尤其喜欢两爨。擅楷书、行书，造诣宏深。笔墨圆厚潇洒，外松内紧，挺劲秀丽，雄浑壮伟，古拙沉实，庄严肃穆，融隶楷于一炉。和平范氏祠堂有其楷书石刻，如王安石诗"岩壑转微径，云林隐法堂。羽人飞奏乐，天女跪焚香。竹外峰偏曙，藤阴水更凉。欲知禅坐久，行路长春芳"等横幅楷书，似隶非隶，近楷非楷，纯粹魏碑书风，圆厚华润，平正冲和，安静深穆，风度端凝。

范家驹所书扇面较多，书法风格大致相同。癸酉（1933 年）4 月，天羽仁长将北行，范家驹用扇面书仁王护国经赠之，仍属魏书风格，笔画多有隶意，圆润古拙，骨秀而不瘦，肌丰而不肥，令人喜爱。胡镇福家中又有行书扇面一件，是写给俊仁兄的，用笔潇洒，墨迹沉厚，扇面保存新鲜完好。

潮阳郭东生收藏其楷书对联："菱叶参差萍叶重，桃花历乱李花香。"这副对联的书法，笔法方圆兼用，行笔迟重，形象稚拙，宽纵沉稳，洞达疏朗精美秀整。蔡垂政收藏其楷书陶弘景五言绝句条幅："山中何所有，岭上多白云。只可自怡悦，不堪持寄君。"与其楷书对联字法风格相类似，化篆书、八分入楷，露锋出笔，能铺能提，间隔特别宽敞，显得更加萧疏淡雅，灵动清媚，神采秀逸，落笔竣而结体庄和，行墨涩而取势排宕。

　　范家驹的格言书法，不但是他影响最深远的作品，而且体现出了他豁达大度的气量、以善为本的情怀，这种气量和情怀，对现代人的养生和长寿，具有相当大的借鉴作用。

第二十四章　七十二候　花信

　　该寻找的人与事，时至今日，似乎已有些眉目，溪东那边好像也有事发生。不过，这些事，被淹没在日常人生的纷扰中。每个人，每户人家，似乎都沉浸在事不关己的隔阂之中。

　　林同志关心的问题，对于大众而言，不一定很重要。但对于某些人而言，就一定不是不重要。何况林同志寻找的人事，都发生在70年前，一半是已成故事的旧案，另一半则有待解码，可能是一个石破天惊的全新故事！

　　其实，林同志很早就注意了这些故事，但是，他过于关注学术成果，而忽略了现实事件及其细节的复杂性，而与一些重要的细枝末节，擦肩而过。

　　有两个人，都被他忽略了，以至于误入歧路而找不到准确方向。一个是来自光德里的医学教授马陈远，他与陈公河地库同谋马灿汉是叔侄关系，与同样是共谋的陈方言亦有勾连。虽然这些人已不在人世，但他对地库的寻找已有线索、想法与安排。

　　另一个人物，就是地库的发现者李纯洁，一个来自西北平凉的大学生。他捷足先登，成为第一个进入隐秘地库的人，他目击全部，而成为这个事件的重要人证。他是发现同时保守地库秘密的终结者。

　　七十二候，五天为一候，三候为一节气。又物候者，植物候：发芽，展叶，开花，叶变色，落叶；动物候：候鸟，昆虫，迁徙，初鸣，终眠，冬眠；水文候：初霜，终霜，结冰，消融，初雪，终雪。

　　三候为气，六气为时，四时为岁，二十四节气共七十二候，各候均以一物候相应，称候应。候应尤以花期为信。

　　多年以后，我在母亲去世周年的祭日，独自回到已经消失经年，连废墟也不存在，仅存屋基的老厝旧址。那里长满荒草，野生芭蕉，还有几棵缀满苞蕊的无花果。我找到记忆中凹斗门楼的方位，发现刻有"芳庐"的青石门

x

楣，跌落斜卧在草丛中。我瞬间回到童年，有个声音在说：母亲就在身边。

从老屋四点金的凹斗门楼望去，无边的湿地连着那叫花灯港的浅浅海沟。它原是从山上流下来的河，但连接着深深的海湾，潮汐便将狭长的河口，冲刷成一处咸淡水的会涨落的水系。水上原先有桥，后来做了船闸，边上有龙王庙，附着过几段不同朝代的爱情，有喜缘，也有悲苦，于是，索性给个美丽莫名的名字：花灯港。

童年的许多梦想，其实是从花灯港开始的，而故乡平民的生活，离不开凤眼鲑。这个和花灯港一样诱人的名称，其实是薄壳，和女性有关。

浅浅的海沟里，滋生着蛴菜和凤眼鲑，都是一簇一簇地抱团生长。在多子多福的时代，它们就是子女和母亲。薄壳是一种长约 2～3 厘米，宽 1.5 厘米的短齿小海贝，脆薄瓜状的外壳，呈青褐色花纹，像海潮弯曲的流水线。

薄壳分红肉和白肉，其肉色分别透在外壳或烧蓝或洋红的色序中，沉化在勾画细致、工笔清雅的纹饰里。巧夺天工之外，是一声海水的叹息。

儿时，薄壳一分钱一斤，自己去花灯港打捞也很便利。孩子们围坐在如山的薄壳丛中，把薄壳一粒粒摘下。母亲把油锅热了，姜、蒜、红米椒，加沙茶炒起，不忘撒一把翠绿的金不换。翻炒几秒钟的时间，出锅。孩子们一人抱一大碗，游走着吮食。剩下的汤汁，吮一口或拌饭，瞬间到达仙境。花灯港变得亲切和温暖，同时惹人想起婴儿时咬住乳房的吮吸，全是金不换的清雅香醇，天地间满是母亲挥之不去的体温和味道。

尽情酣畅的是金不换炒薄壳，满满是人在童年的口欲之美。而最是沧桑老熟，当是咸薄壳。把整簇的薄壳，伴粗盐入陶罐生腌数日，吃时一粒粒小心摘下，用冷开水冲净，食时在有麻油的鱼露中小蘸一下，吮其薄肉，满口异香，降火生津。

母亲从上海归来，她首先学会了腌薄壳。这让父亲很吃惊！她这么快就从一个养尊处优的上海小姐，适应了自力更生的生活。

在母亲含蓄的微笑里，我早早明白了什么叫尊敬。我会很主动地给母亲做下手。

薄壳另有美名凤眼鲑，它自有说法。《清朝野史大观》中有载：明朝正德皇帝微服私访东南沿海，一天，与随从走散，迷路。正德皇帝生性怪诞，贵为天子又不便声张，满口官话也令人难懂。他问路无方，失了方寸，饿得累乏，趴在一农户门口喘气。农妇便施白粥，配几粒"咸薄壳"与他。正德皇帝回宫之后，常常回味，以为人间珍馐。特别是那几粒不知名的贝壳，配与白粥一起，其味无穷。令御厨遍寻此物，大臣们觉咸薄壳名字太俗，便美其名为"凤眼鲑"。

"凤眼鲑"配白粥，自然是潮汕人最天然的雅食与专爱，若是佐酒，自然更有竹林七贤，必是杜康的兴致。将它腌藏于土制陶罐之中，数日，原封不动奉上，在酒桌上细心分碟。此乃原本平白的动作，因环境与气氛，而演化为仪式。它和凤眼鲑的命名一起，在天赐佳馐的造化中，于平常为高贵。

但看食客迫不及待，两只手指拈起一颗，在空中透视须臾，然后含于唇间，舌头先顶住齿口，暗力扩张撑开，同时双唇包紧凤眼鲑鼓臀部分，舌尖轻卷，暗力重出，把凤眼鲑齿口完全撑开。这一系列的口、唇、齿、舌之联动，看似是口舌之技，实际上是一种心理想象与唇齿本能的联动过程。是一颗被命名为凤眼鲑的短齿小海贝，从里到外，肉的颜色再现，味蕾的迸放，外壳纹饰的想象性审美等等形成的综合气场。

它处于一个具体的动作结构中，却又由一种纯属心灵的方式，在不断的感受中，渐次形成一个完整的有关口腹之欲的美感过程。其联动的微妙极致，类似啃瓜子，却无啃瓜子初始的干涩。它一开始就是圆饱的，温润的，清雅但是刺激的。它的过程与终结，潜沉在千百次预感之中的意外。它们相伴相随。吮吸巧取之间，令人感觉一股简单的咸甜幽香，包裹着复杂的难言之畅。这就是最普通的，难以形容的母亲的况味，神的赐予。

想象着某种奇趣，女孩啜咸薄壳，喝一口浓香的淡茶；男孩嗑咸薄壳，配一口老酒。这绝对是天仙配！花灯港龙王庙的爱情，因此不绝如缕……

说薄壳，潮汕无人不知。说凤眼鲑，人以为鲑鱼之一种。诚而正德，短命而罕世是皇帝却自命大将军，实谓正德大帝。薄壳贱生，却有奇味奇缘，且为皇上落难救拯之物，封赐如凤之睛，美目顾盼，自与金不换同羹。

四点金早已坍圮，无边的湿地和花灯港，连同龙王庙的几段爱情，一起消失在高楼的森林里。咸淡水没有涨落，船闸已然封死，薄壳在滩涂孤单地喘息，蛴菜在变味的海水里不再梳洗……

我依然在没有凹斗门楼的地方，望向乌有的、依然的花灯港。怀念母亲的体温、金不换炒薄壳的味道，还在。这就够了。湿地红花满天，一片花海和花灯，其中，有一只凤眼鲑。

着竹布长衫，戴着毡帽的徐庆平，在练江码头的街上，走了几个来回，他注意到中药铺今日出奇地热闹，人来人往。隔壁的猪肉铺却无半个人影，他不敢贸然进入。看看天色已晚，猪肉铺那里忽然来了好几个人，他便走上前去。肉铺正欲打烊，肉案上卖剩几条尾肉，往往会半价卖出，那几人是来买尾肉的。

他在肉铺那儿站了一会儿，四顾无甚可疑，快步走进陈方言的中药铺，他掏出药方，压在柜台上，低声对伙计说，想找陈先生把把脉，抓帖药。伙计示意：先生在后天井，请进！

天井里，几个人围着一张八仙桌，压低声说话。其中一人是方方。方方快步上前："徐先生，安之兄，快来快来！诸位就专等您了！"

徐庆平也不见外，拖了椅子坐下，喝了口水，说道："方兄，在下直说了，蒋委员长，哦，不，老蒋的特派专员明天就到，督战队随后也到。事不宜迟，随时都会有变故。您看？"

方方不正面回应，却笑道："先生喜得贵子，在下还未前去贺喜！哪天请吃喜圆啊？"

"承司令不吝收留，兄弟我有福了。拖累贵党，歉甚歉甚！"徐庆平连忙站起，抱拳作揖。

文雄见他如此，便十分认真地说："洪阳乡下穷僻，不比城里，嫂夫人方便否？有甚要求，在下可请人相帮！"说着从八仙桌下，取出一大包红糖和姜片，"这是让人从铜钵盂取来，给嫂夫人进补之用！"他双手捧上，置于桌子正中。

在座的也纷纷有所表示。

方方摆摆手，示意大家坐好："徐先生是胶己人，免客气！嫂夫人和孩子在洪阳很安全。徐兄，前年，老二也是在洪阳生的吧，周老婶，人是真好！老游击队员呢！好了，唉正事吧！"

林川认真地："请徐兄介绍一下状况吧！"

徐庆平请文雄展开地图："从海门去濠浦有两条路，走水路要从海上绕过两个海岬，通过狭窄的门嘴，进入濠江。门嘴是濠江通往南海的要塞。那里无风九尺浪，明礁暗礁密布。俗话说，行船浪险过门嘴，说的就是它。这里是渔船的鬼门关。因为是天险，当年日本人在濠浦登陆，是先由日本浪人买通海岸水巡队，由汉奸带领，里应外合，才顺利登陆。但在门嘴，还是撞沉了两只船。

"走陆路要经过辽阔空旷的湿地和海边滩涂，再进入剑麻疏朗的沙地，和长着木麻黄的沙丘。这片高低不平的丘陵地，有几座日本人留下的地堡。当时日本人为了壮胆，一有风吹草动，机关枪就乱射。附近几个小渔村，南山，鸡岗，全让日本人'三光'了，四周形同坟场。这条封锁线，很牢固，现在由保安团把守，加上国军两个排，火力很强，游击队的土炮，根本无法穿越！"

他停顿下来，望着方方对大家说："方司令有个计划，请方方兄说说吧！"

方方目光扫过在座的同志，最后落在徐庆平脸上。他说："策反水巡队，瓦解国军城防部队，同时阻住国军南渡台湾，争取和平解放，是收复汕头商埠的首要任务。从淮海战场溃退南下的胡琏残部，也是一个大麻烦。文雄，等会儿说说与文炎（马灿汉）的联系情况！"方方看定文雄，加重语气，"这是一个大题目！马虎不得，任务十分艰巨。"

林川接过话头，强调说："把这两条路上的各个据点守军，化敌为友，反过来就能与南下大军，以及韩江纵队一起，对盘踞汕头残部，形成合围之势。从牛田洋内海到濠江门嘴天险，是海岸水巡队的势力范围。这支水巡队，在抗战时退入敌后，与国民政府组织的青抗队一起，打击日寇起了巨大作用。现在，必须让他们掉转枪口！文雄同志，这方面，主要看你的！"

"是！文炎同志现在还联系不上，已经中断联系一个星期了，我派人去过光德里，那里全是国军三团的人，胡琏前卫部队也已提前到达。督战队方面，还没有情报。但是，有人见到很多剃光头剃眉毛的壮丁……"

方方显得沉重起来："文雄同志这个情况很重要，同志们再议一议。特别是负责联络林影，策反吴国光水巡队的文雄同志！要想办法找到文炎兄。同志们辛苦，辛苦了！"

这时，陈方言和仰天狮进来。他们向方方递了个眼色。方方马上对文雄说："古大存同志从东纵回来了！你跟我来一下！"

1948 年春节期间，濠浦街市，乡间的风水先生、神算似乎多了几个。这类人物，通常既千篇一律，又独领风骚。好像是不同的人，在同一个地方出现。又好像是同一个人，出现在不同的地方。这些风水先生，在街头巷尾出没，最不受人看重，也最易让人忽略。有些场合，又很是引人注目，毕竟这类人多少有些特殊，全看遇到的是谁。

今日在濠浦出现的风水先生，明显是从江西来的。江西先生与众不同的是，通常都会拿一面嵌有小锣的拨浪鼓，边走边摇，锣声鼓点，响亮清脆，很有戏出的效果。而别地来的先生，好像少了这个把戏。

青抗队队长林影扮成一个从江西来的风水先生。江西的风水师和神仙算子，历来对潮汕有浓烈兴趣，特别对潮阳六都之濠浦都，有着怪诞的神迷。濠浦奇特乖张的地形地貌，对风水先生有太多的吸引。

千百年来，潮汕大地常见来自江西的各路神仙，留下无数有关山川龙地说法古怪精灵的民间传说，引惹得游方术士，代代辈出。在一般缺少见识的潮汕人眼中，他们大部分是来搅局的，或专门来破法，以证明他们的法术高超。他们通常不怀好意，却又标榜为破解而来。他们是潮汕人生活中最为诡秘的故事来源。

时年不惑的林影，在这方面，扮鬼扮嘢，最有天分。

他今日的形象：一件青灰长衫，一头半长不短的头发，罩在墨黑旧缎的瓜皮帽里，有一分散仙的涩味。一粒橙黄的方正的翡翠帽正，衬着黑亮的瓜皮帽子，添了几分鬼祟杀气，阴沉之中不无狡黠的表情。再撑起半面旗幡，一面小鼓，带出零乱镲钹之声，十足一副痞子神算的模样。

1949 年的春节，已是风声萧瑟，连海风也吹拂着血的腥气，看得见黑煞的风向里，有腐尸的味道。山雨欲来，改朝换代的迹象，在街上行人的匆匆神色中，满目皆是。那种海风里腐尸的味道，就是逃亡的味道。

林影背着大小两张马扎，一路随行随置，一副逢人只说三分话，见面仅如颊过风的样相。他转了半个濠浦，在丁字街头停下来，摆摊。街上顾客很少，生意十分冷清。他一个人，坐在马扎上，在那里孤芳自赏。

林影今日的第一个顾客，是他正在等待的人，从大南山来的郭文雄。此刻，狭长冷清的小街，有帝国斜阳的况味。他透过墨镜，看到青石板街路上，走过来一个教书先生打扮的人。

　　此人是郭文雄？

　　他来到林影的马扎前。

　　林影从身后拖出一只小马扎，打开："先生请坐，问……"

　　文雄坐下，对着林影审视，看不出他墨镜后面的眼神，便悄声地："哪路神仙？"

　　"在承志祠！"牛头不对马嘴。就对了！

　　文雄收起小马扎，见这物件很是特别，用牛皮牛骨做成，看似轻薄，但承载百八十斤没有问题，还十分雅致。文雄突然对小马扎及林影这身行头产生兴味，离开时，不忘玩笑地说："大师改行好了，我来替你扮嚓，怎样？"说着急急走了。

　　这句无意间的玩笑话，在 17 年后，竟成为文雄的死穴，至死也无法说清究竟。

　　林影和文雄此前均未与吴国光谋过面，经由中间人李先生斡旋，在承志祠详议。三人以这种方式接头，先证身份再见面。文雄按时接上头，吴国光却迟迟未到。

　　文雄刚走开，林影眼中余光，见有一人就站在面前，此人年轻伟岸，一身水巡队的军装，十分英武。林影心中暗暗叫苦，吴国光应该也就在附近，此人突然出现，是何状况？是偶然巧合？还没想过给军人算命的台词。

　　那人十分有礼，先放下一块大洋，随后道："请问师父，鄙人即将远行，而父母之命，媒妁之言，至切至重，在下问，完婚可否？"

　　林影一时语塞，这本不是难题，但此时此地，一个军人，这就是大难题了。

　　"这位兄台，此事要分开来说，婚姻，事业，都是人生大事。可是，彼时，彼地，彼人，又容不得隔开分说。而合则分，而分能合，又是以分道扬镳，两者不可同日而语，定然顾此失彼也！"

　　"先生意思，是鱼与熊掌，不可兼得？"

　　"天下事，没有完全不可。然凡事有舍乃有得也。两相其美，择德者为其上矣!"林影一语双关,玄机百出。

军人有些明白,有些迷茫,似有所悟,又如坠泥淖。他表情犹豫,黯然离去。

突然,军人转了回来,凑近林影,对着他的脸端详了一会儿,掏出一瓶眼药说:"这是美国造,回春眼药,专治眼疾,送你明眼!"突如其来,把林影吓了一跳!见军人走远,林影才回过神来。江西先生,不好扮也。

吴国光在不远处的街角,远远地看着这一幕,听不到他们对话,不明就里,更不敢贸然上前。他惊觉的是,此人正是他的副手。他想干什么?莫非……他不敢想象。共军把触须同时伸向各个方向?冷汗冒了出来。他警惕地迅速转身离去。

林影毫无觉察,他不认识这个人。但这个人说的是纯正的濠浦口音。濠浦口音在潮汕话里,很特殊,很重,也很难学。这人有些面熟,是谁?至少有看过照片?刚才这人报过生辰八字,他掐算了一下。

始终站在街道转角处的郭文雄,把这一切看在眼里。他要弄清这名军人的来历。

承志祠可能暴露了!郭文雄决定暂时中断和林影的联系,他很怀疑刚才那位军人,起码这种偶然太反常!

军统在沿海几个重要的输台港口,加强了侦剿与密报的力度,来了一些陌生面孔。在这个时候,所有陌生面孔,特别是那些长期在外地工作,突然回乡的潮汕人,最为可疑。

郭文雄很快查明,这个军人名吴东,人们也叫他吴忠。水巡队副队长,不在策反人员名单之内,但议论过。此人生性高傲,去过日本士官学校,枪法神准,且很是自命不凡。在水巡队,屈身土包子出身的吴国光之下,有怀才不遇的情绪。他之来水巡队,可能是军统的刻意安插。此人要不十分危险顽固,要不就是策反的最佳对象。

文雄想,他对林影说了什么?对此进行分析,也许能找出些许端倪,一切有可能只是事发偶然,不必多虑。如果不是,则意味着事情泄露,已经让对方盯梢。如果吴东是真心问卦,则另当别论。这要让林影来判断。

必须让林影彻查吴东,他是吴国光身边的人,事关对吴国光的策反。

吴东今日情绪很不好，刚才无意间经过江西先生的卦摊，百无聊赖，竟破天荒去算命。他本不信这些，但近来的确心烦，时局不好，扑朔迷离，尽是些令人丧气的消息。水巡队跑了几个人，也跑得不明不白。有风声说去了香港，也有说去投奔了大南山。本来，作为水巡队队副，对此应该有个态度。队长吴国光让他去处理，他一时竟说不出个子丑寅卯来。心很乱，六神无主。刚才听江西先生一席话，若在平时，怎听得进去？此刻，却句句入心。偌大一个政府，说亡就亡了？可能吗？他不信。

我曾于 1971 年前后，两次见到吴忠。第一次是 1970 年底，我从海南黎母山回汕头探亲，帮吴忠儿子吴隆光带东西回家。好像是一块 2 两重的猴胶。那时猴胶每两 6 元，是专治老人气虚的补药。那时，每逢周日，公社收购站公开发售这类从猎人手中收购来的土特产。吴隆光用半个月的工资，买了 2 两，请我带给他父亲。

他家在一座大杂院里，一间小小的八尺（过道）。一张床，一个蜂窝煤炉，搁在门边，一个瘦骨嶙峋的汉子，病在床上。

我认得这位 50 岁的老人。每天早晨，去上学路上，我都会见到他。他的工作，是每天凌晨，拉着粪车，每家每户收集屎尿……

我放下猴胶。他连问话的力气都没有，一双深陷的眼睛，在昏黑的屋子里，分外亮，幽深得发绿。没说几句话，有治保来，在门口吼他："去扫街啦！"

我连忙告辞。

这些场景，于我习以为常。每回探家，受托到知青朋友家去，各家境况大同小异。破败与腐朽的人生，残碎的家庭与婚姻，遍布那些岁月！

后来，吴隆光在农场后招工去车站搬运组当工人，我在场部当文书，看到他交代的家庭情况，其中关于他父亲的文字，我稍为概括了一下。

吴忠，曾用名吴东，1917 年生，汕头濠江区达埠居民大队人，6 岁丧父，独子，有 6 个姐姐，1939 年日本占据达濠时，因生活无着，加上上几代都是单丁，故全家出走，其间饿死了 3 个姐姐，后流浪至现时潮南汕陇寨，参加了以达濠人纪明善组织的护乡队，与日军战斗至日本投降返乡，开始在达濠维护战后治安，后调任达濠水巡队任小队长，队副，后经青篮地下党林影指示（策反起义），遂暗赴普宁大南山执行秘密任务。

1948 年 3 月，与水巡队长吴国光一同发动起义，并参加共产党领导的迎接解放组织。解放后，被划成旧官吏，无职业，"文革"期间全家被内迁至潮南谷饶乡务农。1971 年由于疾病，加上当时的特殊原因，自尽而亡！

我再次见到吴隆光父亲的确切情景，已记不清楚了。那些日子的记忆，以往的事，有太多的错乱。太频繁又类似的事件，互相纠结重置，完全模糊了细节和真相。总之，是一些令人遗憾与不快的记忆。

我在《走失的小酒馆》中，写到一个叫胡剑光的知青，此人就是吴隆光。我完全按他的原型来写。我和他有近 30 年断了联系，前几日，在知青聚会上见到他。还是老样子，健壮，运动员的打扮，球衣，球鞋，还有点武状元的意味与做派。为人很老派又有点现代的写意，一个地地道道的小城居民，不同的是，是那种小时从城里出去，在山里生活了许多年，老了又回到城里来的人。他们从头开始，重新活过。所以，他们这一群，和一直在城里生活的人，有点不一样，怪怪的。所谓行过乌水的人，有了乌水的气味！

在大家敬酒的空隙，他把我拉到一边，很神秘地问："听说你把我写进书里？"

我以为他有兴师问罪的意思，等着他往下说。他却说："谢你，我很想读的！"他的谦卑，令我心酸。

我有些意外。"我们这种人，入你的眼，即便写上一句，真好！"他不无欣慰，似乎名字到了书上，就很有价值。我明白他的心情，他一生都没受到尊重，没有尊严。

我们俩，从 15 岁到 22 岁，在黎母山原始森林伐木，共度了 7 年的苦役，九死一生。他比我年长 2 岁，力气也大，在山里野外劳作生活，他对我时有照顾。在山里伐木，谁有一点坏心，置人死地而不露痕迹，是随时随地的事。在林中伐木，是一件需要彼此心知，生死相托的行当。

我写吴隆光，是感念友谊。"纪念往事而已。"我对他说。

"你还在写吧！能不能……"他支吾着，"记得写上我爸一笔，一笔就好，有个名字就好。他太可怜了！至死也没个名分。"他甚至没有说冤枉，只是说可怜，他想为自己的父亲，要回一点尊严。

我在心里说：朋友，有些事，无须明说。

那一天，彼此心里都很难过。

我问他现状，他苦笑："无家无狗，从海南回来，单身。错过办社保，成了无业游民，车站搬运组早就解散了，档案也找不见了。母亲92岁，瘫在床上，不能自理，没有知觉。"

我默默听着，听着一个70岁的老知青，述说他母亲："她白天昏睡不醒，夜里才有动静，我只好在夜里，通宵为她护理。感谢黎母山，我手脚还可以，还能撑几年。母亲有四千元退休金，够两个人活。母亲若过世，我也只好跟着她走了。"他蹙着眉头，咧开嘴苦笑，很熟悉很典型的苦笑！从我认识他起，他一直这样笑，50年来，丝毫未变。

我告诉他，听说90岁以上，医药费全免，今年好像有新政策。他小声更正："是95岁以上，可是母亲撑不过三年了！"他的目光投向别处，苦笑着。

我跟他说，我母亲去年97岁走了，新政策来得有些晚。有多少人活过95岁呢？有跟无同。

心很酸，有些痛。华灯初上时，夜风更冷冽，街上很冷清。还是黎母山的林中篝火，有些温暖。从这里望过去，恰好是当年的小码头中鞍头。那年，就是在这里搭小电船，从江口摆渡到牛田洋，再转乘红卫轮，去海南岛，一晃50年了。

第二十五章　天罡地煞

那天夜里，我告别光所在的废墟，告别残垣断壁的大夫第，告别知青朋友吴隆光之后，回到溪东。

我先去新秀家坐了一会儿，说起新玉的故事，问一些李纯洁过去的经历。李纯洁太像那年我在北京木樨地认识的一个人。

说到李纯洁，新秀很黯然。看得出，她依然无法忘情于他，她说天天在等着他回来。她说他没有理由不回来！有三个仔呢。我只好顺她的意说："是的。"我没有对她说杨改兰的事，也没有提醒她，李纯洁不姓李，姓杨。

离开咸料铺，经过后库的废墟，在月光惨白的夜色中，我下意识地望了黑黝黝的废墟一眼。

随后，约林同志，去看练江平原夜的湿地。

湿地的河汊里有舢板，摇橹的姑娘在唱歌，唱的竟是朱庆馀的《近试上张水部》的七言绝句，很令人意外。

"洞房昨夜停红烛，待晓堂前拜舅姑。妆罢低声问夫婿，画眉深浅入时无。"

有长长的唢呐声，从湿地深处传来。我想象中的声音，在红的水烛、黄的水烛上驻留着，弹跳着，同时呜咽着。

在一片又一片血红的水烛中，走出送嫁的队伍。那是娘家人的队伍。

十六人抬的是庞大的两进眠床屋，八人抬的是四叠的梳妆台，四人抬的是巨大的双花柜，两人抬的是娇羞的绣桌，一人挑起的是套式红脚桶，两人扛着的是装着提桶、果桶、瓷瓶、埕罐的红扛箱。

一担担、一杠杠，朱漆鎏金，流光溢彩。床桌器具箱笼被褥，一应俱全，日常所需无所不包。它们从女婴出生那天开始，便由父母请传家的工匠，精雕细刻，日久天长做了十五年，和随酿十五年的女儿红一起，出花园，出闺阁，新嫁娘，踏上十里红妆路。

蜿蜒十里的送嫁红妆，正从湿地深处，顺着河流，绕行洲渚，从女家窈宛，一直延伸到夫家桃李，浩浩荡荡。这条裹挟红袍的金龙，洋溢吉祥，炫耀喜庆，唢呐深深吹，摇曳十里红妆！

上海十六铺码头，在外滩，是远东最大的码头，始建于清朝的咸丰、同治年间。十六铺颇有来历。为了防御太平军进攻，当时的上海县将城厢内外的商号建立起一种联保联防的"铺"。由"铺"负责铺内治安，公事则由铺内各个商号共同承担。最初计划划分 27 个铺，因为种种原因实际只划分了 16 个铺（即从头铺到十六铺）。而其中十六铺是 16 个铺中区域最大的，包括了上海县城大东门外，西至城濠，东至黄浦江，北至小东门大街与法租界接壤，南至万裕码头街及王家码头街。1909 年，上海县实行地方自治，各铺随之取消。但是因为十六铺地处上海港最热闹的地方，客运货运集中，码头林立，"十六铺"倒成了外滩最繁华的地方。

在范德盛的时代，十六铺既是一个码头，更是具有铺保的地域。

在上海，没有猪哥可牵的范德盛，先是在十六铺码头附近租了个棚屋，把大脚客婆安顿下来。自己无事可做，每日在十六铺码头附近晃荡，没几日，把牵猪哥余下的十个银元花得精光。他想找个撑渡的营生。但人生地不熟，哪里容他去找这等好事？他开始怀疑半面神算的话了，他笑自己，怎么就信了一个算命的话？想也不想，不辞千辛万苦，从潮汕跑到一个举目无亲的地方来。

大脚客婆倒是开朗，她望着码头上山一般的堆栈，说，这么多货物，要人搬运的吧？我去，找里面管事的。

大脚客婆在码头里走了一圈，回来对范德盛说，码头倒是需要搬运苦力的，但活都是把头把持着。我找到一个说话口音特别像潮汕人的苦力，和他说了几句潮汕话，他居然把我当亲戚了，我们马上拉扯上了关系。一说是胶己人，马上就说妥了，他愿意担保我们去当搬运工。

这个大脚客婆了得！马上就把活说下来。他们俩承包了码头上一个最大的堆栈，又去附近招募了十几个苦力，做起二把头来，不到两天，把如山的货物，从码头搬到仓库。把账和大把头、十几个工人结了，不到两天，净赚十个光洋。大脚客婆把这一切办得妥妥的，大把头和工人们，个个皆大欢喜。

范德盛从地净人空的码头上，捡到一个皮包。皮包很沉，有暗锁，看样子装了不少东西，想必很重要。他没有打开看。

他让大脚客婆先回去，他抱着皮包，在码头上等失主来找！

皮包丢失了！郭太爷问亨利，亨利问郭太爷，他们面面相觑。谁都说不清，记不得，皮包是在谁手里丢失的？在什么地方？五天了，他们找遍了这五天里去过的所有地方！就是没有想到十六铺码头。第六天，当伙计送来码头的提货单时，郭太爷这才如梦初醒。皮包一定掉在码头，十六铺码头。那天的情景，倏忽而至。

那天，码头突然响起瞽师椰胡的声音。潮州歌册在稚嫩的女声中唱响了。郭太爷完全被这久违的乡音，摄住了魂魄，以至于忘了一切，皮包自然就失落在堆栈中。

郭太爷如久梦初醒！他来不及去找亨利，叫了一辆黄包车，急速往十六铺码头方向狂奔。

接下来的事情变得很简单。

郭太爷赶到码头时，只见一个人，坐在拴船的礅子上，怀里就是那个失落了好些天的皮包。

郭太爷在码头礅子前站定，站得定定的。不知站了多久。他只是觉得站了很久很久。他对着怀抱着他皮包的人，一直看着。这人坐着，却疲倦地睡着了。他不想叫醒他。

此次相逢，无须多加叙述，像无数传奇故事发生一样，这个小小的偶然与巧合，本是与后来的重大开场，毫无关联的事件，却成一个最为重要的开端，成为唯一启动这个开端的机关。

没有 1862 年同治元年这一天郭太爷和范德盛的码头邂逅；没有曾经在同个时辰里，他们各自在不同地方，发生过的几宗毫无关联的事件，就没有后来互相勾连的可能。这些事的发生，在开始时都是互不关联的。

是神使他们这两个的出生地近得无法再近，却完全陌生的潮汕人，在千里之外的上海，走到了一起；又和另外一个人，一个可能改变中国近代史的曾国藩，他们三个人，共同完成了一桩长达 50 年的，持续于他们生前死后的大事：德盛土行，以及在半个世纪里的往世今生。

此刻——同治元年年末，在上海十六铺码头上，两个人浓重的潮汕口音，各以笃信的开诚布公，在"胶己人"的乡谊中，走到一起。他们发现，两个人之间的距离，竟然形同铜钵盂与南阳一江之隔，咫尺之遥。隔江一声喊，两岸同呼应。

在潮汕，没有谁是一个人。相牵掼，正有伴。这是潮汕人在外"讨叞"的江湖法则。潮汕人若在上海罢一天工，全上海立马瘫痪。街上人，连一口水都喝不上。郭太爷把这个道理，说给范德盛听。

半面神算的话，终于成为现实，一语中的。身无分文的范德盛，一夜之间，一点也不夸大，是一夜之间！将成为上海滩最显赫、最有财力的土行德盛土行老板之一。站在他旁边的是，已为外滩豪富的郭太爷，站在他后面的是两江总督曾国藩。

在码头坐了一夜的范德盛，在第二天午时，等来了坐黄包车来的郭太爷。

他是来找包的。范德盛明白，这个包有多重要！范德盛并无多言，就把包放到他手上。

他们俩，开头，一个坐在码头礅上，一个蹲在地上，谈天。后来，两个中年汉子，都坐到地上。太阳西沉时，夜风吹起。该收煞（解决）了。他们站起来，从此刻开始，上海滩不一样了。

当他们一起步行走出码头的时候，郭太爷把原本称为"永源行"的商号，改为"德盛行"，民间称为"德盛土行"。随后，在练江两岸，"发财公"的传奇，开始流传。

他们不是第一次见面，一年前，范德盛在铜钵盂汾阳世家，是见过郭太爷的。不知为什么，他们彼此都没有说起这件旧事。

李纯洁失踪了。

李纯洁去平凉半年之后，陈新秀在时任溪东派出所所长陈新年的陪同下，按照当年李纯洁申领暂住证，登记结婚手续时的材料，家庭住址，找到平凉地处偏僻的杨家村。

这个村庄全部杨姓，只有一家姓李，这户人家，是有一个年龄相仿的人叫李纯洁。但此人早在二十多年前的 1989 年去世了，死因不明。除此之外，没有另一个读地球物理的李纯洁。

陈新秀丈夫李纯洁的材料，基本上全是伪托，身份证是真的，持证人是假的。

村庄里的人证明，这张身份证上的人，就是去世多年的李纯洁。这个结果，连从警多年的陈新年，都目瞪口呆。陈新秀差点昏死过去。结婚这么多年的丈夫，竟然是一个死去多年，不，来历不明的人。而这个人，现在消失得无影无踪。

不可思议的惶恐与害怕，重重绞杀着她的内心。

这个自称专业是地球物理的人，究竟是谁？陈新年根据李纯洁提供的学籍，上网搜查，的确有一个来自平凉那个村庄的学生，此人不叫李纯洁，他叫杨基业。陈新年马上向所在学校发函求证。

函件尚在路上，他们回到溪东。悲愤欲绝的陈新秀对堂哥说：只想去跳楼，一了百了！堂哥本能地揪住她的手臂。她一甩，大笑说："去，我有那么傻吗？堂哥放心，新秀不会傻到去跳楼，还有三个孩子呢！"问题是，此事太惊人，令人后怕，怎么交代？向家族，向所有的人。

收拾了好几天，陈新秀才把李纯洁的东西整理好，归置在两个大箱里。每天进进出出，她会下意识地看看箱子，仿佛李纯洁就坐在那里，对着她笑。

她把李纯洁那些证书，包括毕业证书一一收好。她发现其中有一个羊皮夹子，打开一看，是毕业证书，姓名就是杨基业，照片有些模糊，像他，又不太像，很瘦。看来李纯洁并没有刻意藏匿这些东西，就那样随随便便放在抽屉里，并不担心被新秀看到，只是新秀没有翻看东西的习惯。

李纯洁不是坏人，甚至还是一个好男人，潮汕雅姿娘眼中的好男人。这些她都可以确定。二十几年了，好人坏人早已分明。即使他骗了她，一切都是假的，包括身份和名字，可人是真的，这就够了。但是，你不能玩失踪啊！纯洁，只要你回来，我是不会怪你的！一句都不会说你。新秀在心里大声地呐喊着。她相信有一天他会回来，一定会回来的！她不相信，一个大活人，会这样不明不白地就没了。

她一点一点地怀想这个男人，从第一次认识时想起，一直想到前些日子，送他去机场。那天经过小树林，许多羽毛乌黑的客鸟，跟在车前车后，上下翻飞。那时，她就觉得有些不太舒服。她突然想起，一向健康的李纯洁，怎么突然就病了。他病得有些怪，按老话说，似乎是伤了土，中了邪的样子。

她想到后库。李纯洁的怪病，似乎与他经常泡在后库房有关。她打电话给堂哥新年，通了，她又掐掉了。还是别太四散（扩散）！先弄明白再说。

她打开后库的门。后库房里一如往常般整洁。十几口咸菜缸，像一队列兵，整齐地排列在墙脚。粗木做成的框架上，摆满同一个型号的玻璃罐。浆瓜，橄榄，杨梅……各种瓜果腌制的小菜，按照时间先后排序。

李纯洁做事干净利落，有条有理。架子上有两大瓶苦初计，是李纯洁来的那年腌制的，二十多年了，清亮如初。李纯洁舍不得打开它。每回家人有小疾，想动用它，他都说他要收藏好时间和岁月。他说，这苦初计藏着他的记忆。那是新秀用苦初计，治好他肠胃痛时的记忆。在内心深处，李纯洁还是有些浪漫的。

她坐到李纯洁经常坐的那张躺椅上。她的目光，落在对面的墙角，那里堆放着杂物。这个杂乱的角落和整洁的地库很不搭，似乎有意要掩藏什么？新秀最见不得肮脏杂乱，她开始清理。

地面上高出一层新浇的水泥！新秀觉得很奇怪。她多次来过地库，好像从没见过这个样子，对此全无印象。是谁？浇上这些水泥何故？

李纯洁在离开这里时，是做了手脚的。他为什么要在好好的地板上，浇上一层水泥砂石？下面是什么？他是打算要回来的？他没有想到永远离开？要不，浇上水泥干什么？他不想让人发现下面的东西？下面会有什么东西呢？无数的问号，烦扰着新秀，她心里乱得很。

忽然，电光火石一般，新秀想起了那些传说，关于爷爷陈公河的传说。传说里有说到地库，藏宝的地库。只是传得越多，越无人相信。

阿雅嫁到很远的地方。究竟嫁去了哪里？嫁给谁？外祖母郑素冰不说。她总是语焉不详，渐渐地，人们也就淡忘了这件事。母亲凌芳倒是时常说起，外祖母去世前，说了阿雅的事，听得母亲只是叹息。

练江两岸上了年纪的人，大多还记得1990年冬天的那一场风光大葬。主人公就是阿雅。这是母亲认定的阿雅，不一定是外祖母故事中的阿雅。她们心目中各有各的阿雅。

外祖母故事中的阿雅，是由她做主，经桃花牵线，嫁给大南山一户有钱人家的阿雅，一生平常，生了七八个子女，后来得了伤寒，去世了。去世时年龄不详。

这不是母亲要的阿雅的故事，母亲的阿雅，另有故事。

阿雅出嫁大南山，这应该没有问题。出嫁时很隆重，十里红妆的盛大排场，轰动练江两岸的所有村庄。据传新娘红轿，包括嫁妆挑担，全部藏着送往大南山的粮食军火。而阿雅早在几天前就逃婚出走，直接去了大南山。而这一切，全是马灿汉导演的一出戏。

对于这个民间流传，讲述阿雅故事的小插曲，外祖母不置可否。她对待诘问的经典方式，总是报以一个笑意盎然的脸庞，上面有许多天真单纯的迷惘。

外祖母口中的阿雅故事，是简明而且传统的，是一个古旧的潮汕姿娘的千古人生。而母亲记忆中的阿雅故事，则有太多的现代想象。

阿雅出嫁两年后，她在梅峰市集上偶遇阿三。母亲的叙述里，阿雅是一个很妩媚温情的女孩，而且办事果敢。

昔日光德里的小长工阿三，20岁的阿三，此时已是梅峰抗日救亡义勇队的队长。

故人相见，分外亲热！有着四五个随从，英气十足的队长阿三，很是令阿雅刮目相看。"想不到汝只虫仔，变大老虎了！"阿雅开玩笑地说。

当年，长工阿三可是不敢正眼看阿雅小姐的。现在不同了。他手压着驳壳枪，有些得意地对阿雅说："你猜这枪从哪来？说对了，送你玩！"

阿雅不屑："谁稀罕！杀人的东西，留着自己用吧！"她歪着脑袋，一垂散发，半遮着脸，一双丹凤眼，越过阿三，望着他头顶的天空。她嗑着瓜子，不紧不慢，散淡慵懒。她冰清玉洁的样子，惹得阿三心头痒痒。

"方十三，知道吧！枪是缴方十三的！不信？"阿三更加得意，"知道方十三是谁吧？潮普惠大土豪！可厉害啦！"

阿雅对此不感兴趣，淡淡地："勿做积恶啊！"

队长阿三请阿雅到梅峰酒楼喝茶。阿雅逛了半天街，也累了渴了，正好去坐一坐解乏。

阿三做了队长，手里有枪，说话口气都非同寻常。他学问浅，但说话理论却深，开口闭口马列主义、唯物辩证法。

母亲在讲述阿三这个情节时，不忘说起父亲："阿三是拾了你父亲的牙慧。那年他在大南山讲《唯物辩证法》，害得拿枪杆子的，开口不说几个新词，就显得没文化。阿三就是典型。他是大南山的学习标兵。"

光德里的长工，都是马家亲戚，大多在马氏家庙读过几年私塾，粗通文墨，书写马列这些字，还是颇为流利的，开口说些新词，也不困难。

又过了一年。

队长阿三夜袭阿雅夫家的村庄，原本是计划打几家土豪，劫些粮草细软，却不料刚进村，就受到顽强抵抗。原来护乡队以为来了日本人，双方都往死里打。阿三边逃边打，慌乱中把一家土豪的房子给烧了。他在火里见到奔逃的阿雅，发现烧的是阿雅夫家。阿雅正是这家小媳妇，遂把阿雅从火中救出，顺手把阿雅带走。他回队上报告，说是解救地主家的丫环。因是同乡，所以识得。

阿雅面临两种选择，要么回夫家去，要么参加队伍。而阿三却说要娶她。阿雅原来对阿三还有好感，毕竟在马家一起长大。但她不喜欢阿三的匪气，他夸夸其谈，不懂装懂，令她生厌恶。她本想留在队伍，因为阿三这块甜蝶（又黏又稠），她怕了阿三，一心要回家，回光德里！

说回光德里，阿三不敢拦阻。他虽然革命了，是队长阿三了，但马家老太，他还是不敢惹！

阿雅离开大南山，阿三骑马送她到南阳，从南阳官渡，坐撑渡船往南十九里，就是田中央光德里。

阿雅在南阳撑渡上走失了。

几日后，龟头海发现沉船，就是那只撑渡，完好如初。至于沉船乘客多少，有没有死人伤人？不知，县衙没有收到报告。

阿雅乘坐的那只撑渡，就是九十年前范德盛的撑渡。这是父亲的朋友，一个研究潮汕文史的老先生郭马风说的。一只撑渡寿命有多长？修修补补，何止一百年！我宁可相信，它至少使我有一种想象的历史感。后来我问过一位古船专家，他说老船新板，用牛血，最好是人血桐油贝灰沤草，混合春杵而成的黏船灰，寿命岂止百年！

这就对了，旧日时光，缓慢得如同老牛破车，器物的生命也如是维持，应运相生。

阿雅的生死，无人知晓。多情的阿三，据说曾来过光德里，本想来求婚，但没有见到阿雅，自然不敢说出实情。他带来聘礼，几挑布匹绸缎，糕点咸鱼三牲。阿雅不在，这些聘礼，无人可送。机灵的阿三，借口给马老太郑素冰拜寿，让兵们把花红柳绿的东西搬进光德里。

马老太心中明白。这个阿三，从小在光德里长大成人。派他去大南山打听文雄消息，一去却杳如黄鹤。若不是郑喜来无意说起，还一直担心他的安危呢！现在，看着他有架势，人出息，也就欢喜了。

马老太笑说："生日才过去几个月，拜哪年的寿？阿三学哙啖话了。"说着，给阿三带来的十几个兵，每人赏了两块大洋，另给阿三大洋一大摞，少说也有十几个。弄得阿三笑逐颜开，又几分赧色。

1955 年，周苇姨妈从北京来广州开会，约见母亲。她们说起阿雅。周苇姨妈说，她有两次见过阿雅，一次是在抗战后期，在延安。那时，延安正在筹划派往东北的干部，她在延河边，见到一群女兵，其中有一个很像是阿雅。她们还用潮阳话说了一会儿。第二次，好像在北京，一次国务院召开的会议上，她在过道，与一个女军人擦肩而过。那人与阿雅很像，她用潮阳话喊她。她好像有点反应，又好像没有。后来，她查了会议人员名册，没有叫阿雅的，她也许改名了。一个革命者，不会叫没名没姓的阿雅。

母亲的回忆里，有许多不确定的东西。周苇姨妈的消息，令阿雅的人生命运充满疑云。真假莫辨的故事情节，使阿雅这个人变得分外扑朔迷离。

1967 年，冬天很冷，天黑得很早，夜又很长。姐姐去渔场补渔网还没回来，我一个人在家。有人敲门。是一个乡下打扮的中年妇女。她手里提着网兜，里面是几个番薯，几条咸鱼。她用头巾包住头脸，进门一会儿才褪下头巾，露出一张很漂亮但很疲惫的脸。我倒水请她喝："没有茶，真对不起。"她抚摸我的头说："阿雷，长得真趣味，像妈！"我有些不好意思："阿姨请坐！妈不在家。"

她笑笑："我知呐，所以才来！"

"你不是来找我妈？"

她苦笑："见你妈时，说阿雅来过，就好。"她放下东西，走了。

许多年过去，我想起那个冬夜，阿雅带来的番薯和咸鱼，那味道还在。

有时去市场买菜会想起，总是不能同时买到番薯和咸鱼，和那晚一模一样的番薯和咸鱼。

想起阿雅和母亲，心里很痛。

两个不同的故事，两个阿雅的人生，哪个是对的？我只能说，哪个都不会错。但有一点，是绝对的。她和我母亲同龄。如果活着，也有98岁了。

外祖母和母亲，分别讲述的阿雅，再加上周苇姨妈的说法，应该有三个阿雅，或阿雅的三种人生。大南山的少年阿雅，延安的青年阿雅，北京的中年阿雅，包括1967年我遇见的阿雅。阿雅至少有四段人生故事。每一段故事都很真实，都存在不同的记忆中。

1967年以后，我寻找过阿雅，但没有着落，我毕竟是家中最后见到阿雅的人。她和我说过的每一句话，我都很清楚地用心记住。

在母亲弥留之际，她在深度昏迷之中，我忽然听到她微弱但是清晰地问："阿雅去了哪里？"

我知道，母亲至死都没有忘怀，那些在1967年前后的日子里，仍然敢于关心、记挂她的人！

铜钵盂，仁记巷，田中央，光德里，溪东村，郭仁卿，秀才六，郭信臣，马灿汉，郭文雄，马凌芳，陈公河以及仰天狮和趴地虎。这部五卷本的《中国往事》，到此应该作结了。可是，他们的生命仍在存在中继续，不管活着还是逝去。

我愿意把他们零碎的人生，奉献给读者。一切都没有完结。我们的苍白，是因为他们的时代，太辉煌同时残酷。而我们的平庸，是因为他们的生命里，有酒，有火，有海和灯塔，有受伤的，牺牲的信天翁……

第二十六章　天地玄黄

在胡琏残部拥入潮汕之前，达濠这个小渔港，实际上是个化外之城。虽经日本人"三光"政策涂毒经年，达濠人口已减至历史低点。水巡队几十人丁，全部是达濠人。当胡琏残部拥塞达濠狭小街巷，人满为患之时，水巡队事实上已经瘫痪了。他们已经无力控制达濠的混乱局势。

水巡队队长吴国光看不明白，国军兵败如山倒的战况，将会导致什么结局？他心中无底。

他不敢贸然和林影交底，他突然想到一个人，水巡队副队长吴东。这个人，是他十分看重的人。此人不是水巡队老人，抗战胜利后第三年，他才从青抗队转过来，是时任汕头市长方少云举荐来的。他平日不苟言笑，也很少和兄弟们来往，心事重重，颇有城府的样子。吴国光想探听他对时局的看法。

林影知道吴国光的忧虑，水巡队里，吴东是一个重要人物。策反水巡队，此人举足轻重。林影找到林世文，要他出来谋划，探一下吴东的心思。他们几个，是河东书院的同窗，世文年长几岁。

世文满口应允，说道，我一介书生，人人知我不事政事，只知吟诗作对，说什么都无妨。他意味深长地对林影笑笑。其实，世文早就是读书会的东主。

那日世文生日，借此，由世文出面，广邀同窗小聚。

林影给世文一个主题，尽叙乡情乡谊、文史掌故，不谈国事，相信大家自会明白。

生日庆典就在望江楼。这是国光伯父开的酒楼。徐庆平也答应前来为世文祝寿。

庆生排场礼数从略。世文为几个人安排了一处临江望海看帆的边厢，杂咸小碟，鲜腌虾蟹，血蛤杜龙，外加一个热气腾腾的紫铜边炉。几杯"濠江大曲"，更把几位热血青年，燃烧得热血沸腾！

酒过三巡，徐庆平望着中鞍头栈桥边，水巡队的几只小电船，心中颇为感慨。濠江浴血多时，弄不好，即将到来的，是血流成河。

　　水巡队，胡琏残部，会合伙抱团，濠江血战，在所难免。这里三面是海，一面临江，一旦陷入，双方全无退路。只有切实策反水巡队，利用这支力量在沿海形成障碍，扼制胡琏南渡台湾，再逼 460 师起义，才能……这应该是大南山的计划，也是公开的秘密。虽然这只是自己的判断，徐庆平对大南山的计划一无所知，但局势的正确发展，必定朝这个方向。

　　徐庆平示意林影，请世文讲讲濠浦文史。世文也不谦让，开讲就是。他从达濠古早说起。

　　达濠古城也称招收城，呈正方形，城墙高 5.3 米，厚 1.35 米，墙顶有城堞。城墙下半部用石块垒砌，上半部用贝灰、粗砂和黏土夯筑。城设东、西二城门，东门称"达善门"，西门叫"西濠门"，为高 3 米、宽 4.5 米石拱门。

　　原来城门上筑有城楼，向外是布满枪洞的高墙，对内是重檐三开间大厅。城的四个角都筑有瞭望平台，其中东南角平台最大，面积达 200 多平方米。从东门到西门有一条长约 100 米、宽 3 米的小路相通，是小城唯一的街道。

　　建城后实行守更制，每夜戌时起更，更楼开始敲鼓，鼓点由疏而密，由慢而急，均以"精忠报国鼓"鼓谱为依据。遂之实行宵禁，按时巡更，直至五更打启明鼓才解禁。如此森严的城防措施，实在不切合渔、盐民的作息。尽管如此，明眼人也不难看出城池的破绽，它北靠山地，远离海岸；城西的民居与城墙只隔一条一米见宽的巷道，民居的山墙几乎与城墙一样高。这样的城池没有什么防御能力。地方官许欺君妄上的行为，被杨琳觉察。许自知罪责难赦，遂自缢而终。然而，许为官一任，为民一方的风范却倍受当地人的赞赏，达濠人为纪念许，于清康熙五十七年募资，在城南修建了"许公祠"，供人拜谒，香火甚旺。

　　城西设有"水师左营守备府"，相当于现在团一级的军事指挥部；东面设"招宁司巡检署"，即公安局；城北则设"招收盐场"，相当于盐务局；东、西、北三个机构呈品字形布局，古城成了招收都的政治、军事、经济中心。

　　民国期间"招宁司巡检署"改为"达濠警察所"。1918 年后，城内还建有"群英""盛德"两所小学，住有居民几十户（多是前清来濠小官吏的后裔）。1939 年，日军侵占达濠，将城内居民尽皆逐出城外，并拆去民房，古城成为一座空城。后逢饥荒年，"招收盐场"改为孤儿院。

日军占领达濠五六年间，达濠人口从三万多锐减至一万多。计有一万八千人或在日军登陆时惨遭屠杀，或在沦陷时伤病饿死。赤港山、澳头山两座万人冢，青草凄凄……

世文说到这里，徐庆平插话："好不容易等到抗战胜利了。全国十三个日军受降点，达濠排第三位，几万日本人在澳头关押受审。达濠人这才扬眉吐气。君不见，赤港溪里，天天有日本人在挖泥清浚，轮到他们为中国人做苦役！做完苦役才把他们遣送回国。为什么？达濠当年有六个日军登陆点，日军从六个点同时登陆，进村见人就杀，用机枪对着门户疯狂扫射。从全国来看，达濠在有限时间地点，被日本人残害最深，死人最多！大家说，达濠是个什么地方，无足轻重吗？大家说说看！"

徐庆平是军人，在座的只知他是中宣部专员，不知其详。大家见他如此激昂，很是惊诧。连林影都对之肃然起敬。林影知道，只要自己把情况一汇报给大南山。徐庆平就会若隐若现地出现在某个场合。这个徐庆平，明里是国府专员，暗中是大南山的人？

林世文不愧为河东书院的老学究，年纪轻轻，却已被人称为世文佬，这位教书先生人望不凡。达濠历史人文，经由他口出，听者无不动容。原来这弹丸之地，还有如此家国情怀。

"诸位仁兄先生，安静了几百年的达濠，将往何处去？在座的可都是河东翘楚啊！"林世文叩问众人。

忽然，他又自我解嘲地："哦哦！我怎么啦！今天是我生日，莫谈国事！莫谈国事。"

此前，林影曾向文雄报告："吴国光还在摇摆，还在观望。吴国光担心的人是吴东。"

此刻，吴东很想问问徐庆平，要问达濠往何处去，是否应该先问问中国往何处去？他犹豫再三，虽然彼此都是达濠人，又是河东书院的前后同窗，但毕竟官阶悬殊。他终于没有问。他要再看看！这个生日会，听话听声，家事国事天下事，事事有因，话外有话，看得出，徐庆平、林世文包括林影，是项庄舞剑，意在沛公。他们究竟在唱什么戏？他下决心绝对不说第一句话。

吴东的矜持与自重，令吴国光很不舒服。他很少去想达濠历史与时局的关系，他只是担心行脚踏错。在这多事之秋，瞬间风云骤变，一步错，步步错。共产党真的能得天下吗？

吴国光很想知道吴东的真正想法。在他看来，吴东既然是方少云的人，他对时局的看法就很重要。至于徐庆平，他的真实身份现在也看不清楚。他说的话，虽然滴水不漏，看不出他的真实意思，但是，林影把这些人弄在一起，必有他的道理。

前几年，海匪，共产党，国军，日本人和汉奸，轮番出场，此去彼出，小小地方，热闹非凡。加上江西各路神仙先生，时时光临搅局造势，濠浦时有千古奇观。种种道场道行，早已把吴国光一个粗人，磨砺得世故圆融。吴国光已经习惯了短短几十里濠江之上的霸凌人生，今日屈尊，聆听世文佬文绉绉的一番说道，也算开了眼界，有点自惭形秽。何况与徐专员这般国府大官同桌，也算是三生有幸了。他终于慢慢地看出形势趋向了。必须把吴东拖下水，做鬼也要有伴呵。他明白，在水巡队，只有吴东是个明白人。

吴东很想寻机单独与徐庆平请教，看他和林影、世文的说话口气，吴东已悟出几分。徐庆平毕竟是国府高官，请他指点迷津，应无纰漏。

林影希望吴国光在濠浦公开宣布起义，率先拉起一支起义队伍，造出声势，在濠江南山与460师对峙。大南山通过3号告诉他，不同意执行这个计划。理由是现在还不能公开这个行动。濠浦目前驻扎了大量准备赴台的胡琏残部，一路还抓捕了大量壮丁，剃去头发眉毛，成连成排的，整日在拍索埕操练。这些壮丁也是不可忽略的兵员。水巡队若公开宣布起义，很快会被460师扑灭。不过，可预先在甲子举行秘密起义签约。

林影没见过苦初3号，他与苦初3号的联系，情报就藏在中鞍头，寮居里某个竹棚支柱的空节里。他猜想这个苦初3号，可能是水巡队里的人。

林影直到生命的最后时刻都没见过苦初3号，他被关押的临时牢房，恰好就是那座他与苦初3号交接情报的寮居棚屋。那时，他特别想见的就是苦初3号，但无人知道苦初3号是怎么回事。直到三十多年后的1985年，他的后人璇，为他领到一份平反通知书，苦初3号仍然是个谜。

多年以后，我在写作有关丁未起义的长篇小说时，在别的档案里，偶然看到一份与苦初3号十分相似的旁证材料，它是涉及某个专案的证人陈述。

它与南方局的一个行动计划有关，但不一定属于同一事件。潮汕解放前夕，许多文件鱼龙混杂，这类事情交叉太多。

真的有一个叫苦初3号的人？多份材料都指向一个代号苦初3号的行动。这个行动在进行到中间的时候，突然，另一个相关计划出现变故，有人叛逃台湾。苦初3号接到命令，马上撤出。来不及交代下线，寮居情报站就被摧毁了。

以上档案已经解密。但材料来源不是本案，是另一个案卷中附带出现的情节。所以，苦初3号的真伪及更详密的脉络，还是没有句号。究竟苦初3号是谁？根据有限的材料推演，应是一位潜伏多年的地下工作者。这位同志在撤出后，失去联系，或遭遇不测？还是有其他原因？暂时没有答案。当时的情况及形势非常诡秘，濠浦是南渡的最前端，也是去往香港东南亚的渡海港口。四面八方的人涌向这个弹丸之地，人们在南下的风潮中，争先恐后抢夺渡海工具。

徐庆平没有如期去机场，他放弃了一个千金难买的机位。他有七个未成年的儿女和一位不识字的发妻，他决定和家人们在一起，简单地生活。他已得到方方的默认，他准备好了，安然等待一个平静的裁决。

他面对两个大儿子，无限感怀。这两个儿子，是在抗战后期，最黑暗最困难的年代，由方方安排，在大南山区洪阳方方家中的老屋出生。

多年以后，同学林克家邀我到海边山地走走。我的父母也安息在那片山地。山叫凤凰山。世界上有许多凤凰山，这里的凤凰山向海飞翔，直迎门嘴。

那里有一片墓地，开阔但是隐蔽，向阳而且林木茂盛。他领着我去看几个墓碑。

墓地正中是他太祖母的主碑。上刻：祖十六世妣太夫人福贤林氏墓。从右到左，刻有：附孙男笃义徐公 附孙媳顺发李氏。落款为：中宣部专员曾孙庆平竖立。民国丙寅年菊月重修。

主碑青龙边是时任广东省政府主席，一级上将罗卓英题的"地灵人杰"并附：徐母林太夫人归虞之庆。广东省政府主席罗卓英赠。

白虎边是时任汕头市市长方少云题的"秀毓山川"。附字：徐老祖母林太夫人归虞。广东省政府委员方少云敬赠。

距墓地三几米处，有一块3米多高的巨大奇石，石上刻有"福人福地"

四个大字，附字是：徐母林太夫人归虞之庆。潮阳县县长余健中赠，并敕印鉴。

所谓归虞，是太夫人仙逝，因未找到灵穴，或家中长子长孙，因国事公务未能及时前来送殡尽孝，便留柩家中，择时下葬。

有留柩数年数十年的。徐母1942年百余岁离世，国家正于抗战之中，汕头沦陷，故棺柩留于家中，于抗战胜利后的1946年，方厚葬于此。

潮汕是中国顽固笃行古礼，包括行丁忧三年之礼，留柩多年风俗的地方。

徐庆平，1911年生，汕头市达濠青篮乡人。从"河东书院"走进燕京大学，后东渡日本。东北沦陷，弃学回国，与北平和东北归国留学生一起，组成请愿团，为抗日救亡奔走呼号，并在报刊发表文章，声讨侵略者。

1932年，吴铁城任上海市长并警备司令，徐庆平为其当文化秘书。1937年，吴铁城调任广东省政府主席时，徐庆平随调广东。1939年，吴铁城任国民党港澳海外部长，徐庆平随驻香港负责筹集港澳抗战物资。1941年该办事机构撤出香港，时南京政府已迁都重庆，徐庆平被委任为中央宣传部宣传专员，举家随迁重庆。

1941年底，国共合作，成立各战区，徐庆平就任闽粤赣三省监察专员，转战三地。1946年秋，其曾祖母葬礼在青篮和平巷隆重举行。省、市、县都有官员参加。葬礼结束后，携家眷赴南京中央宣传部上任。

1947年底，其母亲病逝，遂请假回乡安葬其母，墓地位于青篮埠上园。时任国府副院长兼外交部长吴铁城、中央宣传部长吴国桢送来挽联，并敕石立碑，后来被毁，现只存主碑。

葬母之后，徐庆平接到调回南京的命令，他祈请留滞汕头，国民政府遂委任其为专员公署专员。但因故未履职。

滞汕期间，徐庆平主要从事写作，以"安之""伟溪""正安"等笔名出版多部作品，其中有文选入小学课本。也曾作为《潮汕伟人》封面人物。

有人敲门。

巡视埠祠堂东厢，林影正在与吴国光密谈。忽听有人敲门，是那种坚定、冷静、十分用力的手势。林影心中一惊，吴国光一手抓起桌面上的驳壳枪，立马站了起来，一脚踏在太师椅上，示意林影别吭声。只听见门外有人发声：

"吴队长，我知你在里面，开门！我有话说。"

是吴东的声音。吴国光看着林影，同时应声："就来！"

林影打开门："是吴先生，久违久违！"他伸出手，吴东却高举双手，连连作揖。

吴国光冷眼观望。他以为事情败露，莫非吴东是来搅局的？他随时准备应变，他悄悄顶开了驳壳枪的保险。

吴东转身把门关严，闩上，把腰间的手枪卸下，放在吴国光面前的桌面上，随即坐下："吴兄，实不相瞒，我是尾随而来，在门外多时了，对不住了！"

"有事？"吴国光还没真正回过神来，听不明白吴东来意。

林影听得明白，他不动声色，想静观事态发展，一会儿再说。

"吴兄，说起来，我们还是叔伯兄弟，有好事、大事，不相透（相告），不应该啊！"

吴国光听不出吴东是什么意思，他紧张得面色发白。林影一时也有些发蒙，此公是说真话，还是有诈？

吴东给俩人敬烟，自己冲起茶来："吃茶！"他反客为主，"二位大人，不要紧张！"

吴国光更加紧张。

"兄弟，你在说什么？哪来的好事！"吴国光终于冷静下来！

"两位兄台心中所想，在下全都明白。小弟今日前来，是来听两位兄长吩咐的。说吧！要兄弟怎么做？"

林影大约听出吴东的意思，但还不太放心，一时不敢和盘托出。他看着吴国光："你这位兄弟？"他摊开双手，一个大问号。

吴东对林影说："你扮江西神算，我一眼看穿。你说过的话忘啦？世文先生讲达濠文史，说达濠往何处去，是你的主意吧？国光仁兄，我现在是来听你发落的！怎么？不想收留兄弟？"说着，假装拔脚要走。

吴国光摁住他。三人相视大笑。

此刻，天地玄黄。天空由靛蓝而深黑，大地一片青黄，上清下浊，一派混沌。

濠江起风了。

阿雅走后，母亲凌芳多次问起阿雅的事，她想见阿雅。

在解放后的几十年间，她问遍了光德里的所有亲戚，没有人知道阿雅的消息。

姑妈马楚娟从台湾回来探亲，要找庆舅（马陈远），庆舅的电话通了，却永远没有人接。我说找到阿雅，就可以找到庆舅。

我记得那一次，我送阿雅姨妈到大路口，我看到庆舅远远地等在那里。他们是一起来的。

有一次我问庆舅阿雅姨妈在哪里？庆舅说好像在泰国。那年，他陪她去达濠，是去找蛇头的。阿雅要去香港，偷渡。在90年代，说偷渡香港，不丢人，甚至有点牛人。

阿雅姨妈偷渡一事，庆舅也说不清楚，也许他记错了。光德里，有好几个叫阿雅的，只是雅字音调不同。那时，庆舅有些老年痴呆了。

阿雅偷渡一事，我倒有几分相信。那几年，达濠偷渡成风。从达濠偷渡香港，若顺风顺水，一个流水，8小时就到香港了。

庆舅说，他曾在球场听到一个当年偷渡的神话，说给大家知道，各位不要追问真假。"讲古的是个年近七十的老者，他说他年轻时有一个工友叫阿威，花名叫神迹。这花名的由来是因为一件神迹真的发生在他身上。阿威是个下放海南的老三届知青。他已经是第三次偷渡了，经历了十几天的亡命起锚，拖着极端疲弱的身躯下了大鹏湾。在大鹏湾的风浪中搏斗了大半夜。他在巨浪中浮浮沉沉，虚弱得连叫救命都叫不出来，只能在心里默念求神仙搭救。

"就在他停止挣扎，生命即将离开他的躯体之际，他真的遇到了一个神仙。他感到，那神仙的拂尘一挥，把他卷起，他就不省人事了。当他醒来时，发觉自己躺在山上，周围有十几个民兵，拿着枪，围着他。阿威奇怪自己昨晚明明是在海中死去，海水只能把他送到海边，为何会在山上？

"那些民兵也说，明明看到他已死在海中，也不知他为何会在山上。他对民兵说，是个神仙在他弥留的最后时刻用拂尘送他上山。大家将信将疑。

"阿威后来第四次偷渡成功，他逢人就说，他第三次偷渡的时候遇到神仙搭救。听的人半信半疑，日久则给了他一个神迹的花名。真的！他自己也解释不了自己明明已死在海里，为何醒来会在山上，不是神迹是什么？

"那些年，许多人的偷渡过程，有很多事，要用神迹来解释才行。我自己就遇上一次。在我行动的那晚，在村前的浅海中，巡逻的炮舰开着探照灯，近到连我都能听到他们的说话声，他们其中一人，是我队一个妇女的老公，我都认得，这么近，他都捉不到我。那不是神迹是什么？的确，我们这些人，当年勇敢的行动，是受到很多神明保佑的，你信不信？"

庆舅把朋友阿威的经历，转述得神乎其神！阿威虽然讲述零乱，啰唆，可也颇真实传神！

阿雅有神佑么？

尾　声

阿雅出嫁了吗？阿雅嫁到哪里？后来阿雅又去了哪里？1967 年那一次，我见到的女人，她是不是阿雅？

母亲平时很少在人前提到阿雅。临终前那段时光，她在半昏迷状态中，却时而梦呓似的说到阿雅。她为阿雅设想了许多结局……类似电影文艺片的终场，每个都与铜钵盂、光德里和仁记巷有关，都是她 15 岁时的记忆。

似乎她和阿雅，永远驻留在 15 岁。没有后来，永远不会有后来。

所有的后来，都很不堪，也许人生就是如此。所有的幸福与不幸，几乎都与出花园的开始有关。对于雅姿娘来说，这是一个待字闺中，月色朦胧又怦然心动的时间。

而男孩子呢？江湖正在展开，风雷迎面而来。生而为人，孰行孰止？

母亲临终的情绪，在我意料之外。她放弃了她此生的忧虑，独自回到 15 岁，回到一个含苞欲放的年龄。尽管那时战火连天，她依然在圣约翰，找到她心灵平静的一角。这是她后来，与阿雅有截然不同人生的因由吗？我不知道。

尽管我依然无法确定，小说里名叫阿雅，包括桃花、凌芳、新玉和苦初 3 号，等等，众多的女性，她们是否真有其人？她们在我母亲凌芳的那个时代，个个独自彩排，又同台演出。我们却成了观众，似乎把她们的人生当戏剧看，当文艺电影欣赏，并不加入她们的人生，参与她们的彩排与演出！

写到这里，我正于彷徨与惶惑之中，忽然传来两个消息：我的研究生，一位考上了上海师大博士生；另外一位论文外审，二审没有通过，必须延期一年答辩（这是我近百名研究生中的唯一例外）。一喜一忧，使我暂时忘却了阿雅的命运。

以我的经验，想必其中一定出了什么差错。我立即调来评语，果然大有问题。论文题目《论×××作家》，拟题确乎有些宽泛，但加上副标题，就有所规范与约束，顺理成章。中国语文就是如此神奇！

一审的两位先生很有趣，一位评语好到天上，一位差评尔尔，但皆有建设性。一褒一贬，势成水火，无法中庸，只好二审。为认真慎重，我花了两个多小时，对学生耳提面命。然又有他虑，唯求平稳，割爱删去一位重要作家……论文因此减色若干。学生接连数日，彻夜修改，以为至上。谁知二审先生更加有趣，他干脆来个开门一击：评××作家而所论作品，有些与××无关？

我十分惊愕！不啻于在圣彼得堡城墙上，看见骑马执戟而来的拿破仑。这位仁兄先生，竟把"××作家"等同"××文学"！究其实，一个是身份，一个是题材。两个截然不同的学理序列，混为一谈，一锅煮成粥了。以致二审被毙！先生学问不能质疑，谅为误读，而已而已！

但还是必须想起拿破仑。

想起15岁将要嫁人而不愿出嫁的阿雅！

想起不情愿但必须认命南渡的特工苦初3号！

想起黎母山中那棵悬崖上的倒树！

想起老树飘叶与小芽落英，它们之间，隔着多么深的悲凉！

想起……想起！

不想想起。

不由得再一次想起，凌芳在那一年里，她原本想做的几件事：等待浸会录取的通知；照一张戴硕士帽的相，背景是一朵花；愉快地奉职，出嫁，或者谈一场前所未有的恋爱；干脆沉默了一场原本对家人的报喜……

凌晨卯时，母亲在这个时间，于难产中生下了我。此刻，我在异常平静中，在学生论文的封面空白处，写下了七条眉批。最末一条原文照录：建议作者从各个层面上申诉，召开二级教授以上，本专业专家论证会。本人愿意代学生公开答辩（似不妥，遂加上辩护式答辩）等等。

戒烟多年，此时烟火再起，粤地连日风雨，端午如期而至。我嗅到假冒中华烟带香精的涩味。

能于凌晨睡去，遑论天明，是惬意的。

这事引起大家重视，讨论热烈，总的目的是回到零公里。因为那里，有一个叫规定的东西，蛰伏在暗处，却堂而皇之地张牙舞爪，无形地挡住了所有去路。

经过一番嘈切，学生回信息：我已释怀。

很好。这是我一开始就立命的主题。她初遇的惊慌与惶惑，已荡然而去。结果也许并不重要，共同努力的过程才是真正的目的。活下去，比活下去的理由更重要。

我对她说，再一次用"感谢"这个虚伪的字眼，真诚地感谢关怀这件事的人。

这是这部小说"尾声"中的小插曲。

至此，阿雅出嫁与否，她于何处生死？已不重要。

起风了。远处唢呐深吹，呜咽，辽阔。近处素裹红妆，十里飘摇。唱诗班来了又去，黑色的袍衣，在风雨中，像一片乌云，无声地拂过原野……

在光德里的四层碉楼上，可以瞭望整个潮汕平原。平原所及的丘陵、河流与海边滩涂，连同高大峻拔的皇帝厝，尖耸的古塔和为数不多的教堂。在鸟瞰的视野中，这些东西，不过是平原上积木似的块垒或隆起的点缀。

在光德里这座中西合璧的巨大目光中，十个世纪以来，潮汕平原在不断变老，却向来甚少长高。它在不断繁殖衍生中，逐渐肥阔，却永不向高处抽枝扬叶。以至于许多东西，千年不变。你难以想象，在十个世纪的缓慢更迭之中，要有多么强大的毅力，方能忍受千年百代人匍匐般的生存。缓慢前行所造就的蜗居，使潮汕人的传统、思想和人文精神，成为自有人类以来，最精致也最自守的族群文化。

光德里崛起的碉楼，是十个世纪以来，这条蛇行线上，一个开始崩裂的拐点。在这里登高眺望，至少有了四面八方的广阔视野，而不再是单纯的向前向后。原本巍峨耸立的皇帝厝以及无处不在的祠堂、古塔，变得不那么高大雄伟了。而光德里的高处，改变了潮汕人仰视的习惯，独上碉楼，在俯视之中，目光透彻了平原上最隐秘的角落。一览无余的湖海田畴，绝处逢生的大淖地角，在北方吹来的暴风骤雨中，年复一年苏醒蜕变，鹅黄新绿以至于老气横秋。

潮汕的玄奥与神秘，因此而明朗起来，那些沉潜在人间火烛袅袅青烟之中的密约密码，历经千年不变的谜面谜底，在缓慢的松弛中，一点点开解。宁可去信一只蟑螂的如约如期，也不去和潮汐赌一场涝水（潮汐周期）。

如果从大南山出发，经练江的溪东，向下入海门，然后顺海湾之势，越过凤岗，再折向中鞍头，最后落在拍索埕，这条曲线形成一个大大的问号，拍索埕正好是这个大问号下端的圆点。

桅、帆布与绳索，是三桅船航海时代的主角，拍索埕是生产布帆、绳索与渔网的场所，也是渔村的广场。三合土夯实的土埕上，深深渗透着几个世纪以来，熏染风帆及腌渍渔具留下的颜色。那种薯郎与生牛血混合而成的赭红色，有浓烈的血腥味。这种混合物，是使帆布变得坚韧，获得生命的染料。

拍索埕是一片赭红色的土地。在濠浦，半个足球场大小的拍索埕，在某些年代，兼做了刑场。古时秋后立斩，建有断头台；后来改为枪毙，则立有带血的木桩。有风雨的夜晚，常有冤鬼的声音。此刻，拍索埕薯郎和牛血的腥气里，多了一些人与鬼的想象。

在拍索埕被行刑的人有多少？没有统计。但几个世纪来，薯郎、牛血和人血渗透到地底有多深？一时无法分辨，却耐人寻味！宁可将之看作一个哲学问题。

拍索埕从来就是一个惊怵之地。它离海很近，在还没有修建海马养殖场、埝埭和防波堤的时候，潮满时海水会漫上来，淹没整个拍索埕。

半月一次的涝水（潮汐周期），在拍索埕如期而至。待到半夜时分，潮水退走，拍索埕上会留下一片白花花的鱼货。鱼货在月光下，闪耀着亮晶晶的鳞光。硕大的海蟹爬得满地都是，巨大的海蜇像银盘似的三三两两贴在各处，到处是褐色的海藻和蛴菜。一对对的鲎，公母贴在一起，静静地伏在地上。

这是拍索埕半月一次的盛大节日，鱼货多到无人关顾。拍索埕的阿嫂们，会把这些鱼货运到鱼露厂，直接沤到鱼池里去，白送给厂里制作鱼露。

拍索埕和中鞍头、花灯港，形成一个等腰三角形。拍索埕和中鞍头之间，有一个小小的船坞，专门制作小型的三桅船。这种船轻巧灵便，四个人抬起就走。最适合偷渡。

1967 年，阿雅就是从这里偷渡香港的吗？

传说那晚，月色很好。新做的三桅船，白天已经披挂得当，躺在沙滩上，离海水只有几步之遥，推到海里就可以乘风破浪而去。

公安局早就得到密报：是日傍晚，有人要用这条船，趁海水退潮出海偷渡香港。奇怪的是，到了傍晚时分，这条船却被翻了过来，底朝天扣在沙滩上，有几个船工，正在为船缝粘灰泥。海边的人都知道，刚上的灰泥要好几天才干，干透了才能下海。守候多时的公安见状，认为偷渡者已改变行动计划，遂放弃警戒。

第二天凌晨，人们还在梦乡中，四个偷渡者推着三桅船，在平滑如镜的滩涂上，飞快地滑行，奔向大海。

有一个女人，就藏在这条船上。

这个女人也叫阿雅？她是不是那个大南山的老游击队员阿雅？不得而知。但她这次的偷渡经历，在香港被当作一个案例，蛇头如法炮制。

这个阿雅，是不是母亲凌芳年少时的同伴阿雅？是我曾经见过的阿雅姨妈？还是另有其人？多年来始终没有得到证实。

新秀等不来李纯洁。她心知水泥浇地一事，定有蹊跷，但又想不出究竟为何？也就不去想它。她每日在咸料铺行走，老是看到李纯洁的身影，还有一些奇奇怪怪的人，不像本地人，像是在电视里看到的那些西北人。有大人，有小孩，神色很是仓皇。她明白，这些人是李纯洁家乡的人。她和堂哥去过平凉，对平凉的人有印象。仔细辨认，这些人又好像不是真人，他们透明得像玻璃，似乎是幻觉中的鬼影，把她惊出一身冷汗！

有一日，街道有人来通知，说社区要搞文明建设，街边一些闲荒的土地要改造成绿地，后库的废墟实在有碍观瞻……新秀木然地听着。她没有说什么，只是透过窗棂，望着那片长满野草野树的废墟。那里，如以往那样阴森，在烈日炎炎的中午也是。只是此刻，飞来几只羽毛乌黑如蓝的客鸟。她想起那天送李纯洁去机场时的情景。

推土机轰隆隆开过来，废墟消失了。从海南深山里移来的几棵大树，长得郁郁葱葱，后库瞬间如同原始森林。

又过了不久，人们经过后库时，发现那片原始森林不见了，换上了一些儿童器械、滑梯什么的。溪东也有了大妈，穿着军装，在那里跳忠字舞，很是飒爽英姿。里面没有新秀。

后库变成了舞场，再度封堵了陈公河魂魄的出口，歌舞升平使陈公河无可奈何。尽管他已经去世许多年。

又过不久，新秀发现自己也到了大妈的年龄，孩子们都到外地读书，谋生，都不愿回来。

陈新秀关闭了咸料铺。这是她和李纯洁两个人半生的结晶。现在，李纯洁不知去了哪里？咸料铺倒了半边，关门大吉。

很久没有见到十八了。

街上有人还记得，最后一次见到十八，是好多年前的事了。那时，练江码头还没有拆掉，从龟头海来的驳船和捞沙船，还经常停泊在码头附近。练江上还有以捕鱼为生的船户，他们每天去龟头海捕鱼，回码头上卖，都是些浅海的时新渔获。当渔船驳岸时，十八照例会到码头来，挑几条心仪的小鱼，用竹篾穿起，勾在手指头上，娉娉婷婷地走回家去。

一袭老式的香云纱衣裤，黑色或玄色，宽宽地套着她窄窄的身段，像一抹乌云，或是玄色的风，从码头的街上飘过。

这是街上老人的记忆了。

码头拆掉以后，街市渐渐凋零，那一带的人家，也慢慢地搬走了。老码头痕迹还在，可是，当年的热闹不再。

练江上捕鱼为生的船户，也慢慢地销声匿迹了。龟头海日见淤塞，没有鱼，练江上全是臭水和浮萍。报纸上说，治理练江，最少要投五百个亿。中央巡视组要求各级领导轮流住到最脏的河段旁，领导们很响应。不知住得可舒服？现在还住不住？

若十八在世，又做领导，无论如何，她是不会去住的。不过，她不是领导，她也没有这个权利。

十八年老的时候，练江水开始变臭。变臭的练江，是见不到十八的。

有人看到十八了。

在渔政工作，后来改建制为海警的郑大副，他说他看到十八了。他年轻时曾有心追求十八，没敢去追，后来发现十八早就嫁给水鬼马了，只好从此割爱。

他说的十八，应该是另一个女人。他喜欢把小说里的人搬到生活中，或者相反。

但十八后来的确在这一带出现过，有许多人在传说，就像电影《西西里的美丽传说》中的那个美丽女人。美丽传说，是不分什么国度和人种的。

桃花的葬礼，堪比旧时的十里红妆。纸人纸马，楼台亭阁……论其排场，比十里红妆更甚。其实，出嫁，送葬，是人生面朝两个截然不同的方向而已。一个从东门进，一个从西门出。这是陈方言的说法。这位仁兄先生，一生都在做着说破英雄惊东人的话。

自从陈公河死后，桃花不再求神拜佛。那时，乡里缺个妇女主任，大家公推桃花。桃花也不推辞，妇女主任能顶半个族长。做惯了族长夫人的桃花，还是有点官瘾的。

摆脱了陈公河的桃花，翻身得解放，认识到妇女能顶半边天的伟大真理。于是，美丽的桃花，当上了乡妇女主任，时年 52 岁。那是 1960 年冬天，三年经济困难还没完全过去，桃花想了许多办法，帮村民渡过难关。她有个侄子，在外轮当船长。桃花让他把船上船员们吃剩的米饭、面包，收集晒干，带回乡里，按户口人数均分，救活了不少人。

桃花从此成了一个积极分子，入了党。几年后，轰轰烈烈的"四清"运动开始。桃花成了年龄最大的"政治学徒"，参加"四清"运动，做了小组长。她对乡里的情况了如指掌，对工作组的工作有很大帮助。在她的指引下，揪出了一大批"四不清"干部。

上了年纪的桃花，老当益壮，到处宣讲，教育了不少年轻人。她的忆苦思甜，令年轻人落泪，令老年人诧异：桃花苦从何来？她嫁给陈公河，享了半辈子的福，解放后又做了干部。她有什么苦可诉呢？

她在忆苦会上，带头吃芭蕉根，吃得嘴唇发肿，找陈方言抓药。陈方言说："火气大，开帖大黄泻泻。"连方子也不写，让伙计抓一把了事。桃花恨恨地走了。

解放前后判若两人的桃花，后来的命运如何？

有多种说法。有说在一次批判走资派的斗争会上，她在带头高呼口号时，心肌梗死，倒地而亡。又有说传错了！是走资派倒地而亡，她好好的，还活了好多年。

还有说她风烛残年，晚景凄凉。她七发七中的儿女们，讨厌她的老不正经，都离她而去。她一个人生活，很是孤单。最后贫病交加，死在老屋里，一个多月之后，才被人发现。

桃花的结局，不予置评。

我有些大惑不解的是，桃花如此革命，她为什么不把陈公河地库藏宝这么重大的事公开？或作为大礼献给组织？她始终保守这个秘密，直至去世。

陈氏宗祠里陈公河的《遗书》原件，也随之消失。从此世上再无《陈公河遗书》。

多年以后，年轻的非遗传人，做竹篾的箩筐婶（不知是第几代传人的箩筐婶了），说起祖上三百多年来的箩筐史，颇为酸楚。她从本家老祖婶送给发财公范德盛一挑箩筐，帮助他挑盐发财说起，将这件传说中的同治遗事，描述得十分伤感。这个流传了一个多世纪的传说，几成潮汕人行善发财的楷模。有一本潮汕歌册，就题为《潮阳有个发财公》，是清朝末年的印本。

练江平原几个有名有姓的人物，都与箩筐婶家族的箩筐有关。当年的抗日勇士郭秀琳，在南阳保卫战中牺牲，是箩筐婶编了一个人形簸筐，从战场上抬下来，抬进大夫第的。

诸位还记得仰天狮郭贤辉吧！抗战初期，于右任专程来溪东，请仰天狮出山。他并不情愿地做了几年县长，直至生疾瘫痪，退位归田。后来窝在箩筐里，让一对儿女抬着，去了刑场。那箩筐，也是箩筐婶所编。她知道编成什么样子，窝进去才会稍微舒服一些。

而陈公河因为天生畸形，水鸡脚手的模样，只有箩筐，方为舒展。箩筐婶一家几代传人，都为各种革命做了大善事。

至于桃花的葬礼，说是很隆重，但没有任何特别的说法。所以，人们很快就遗忘了。练江平原年年都有这样的葬礼，并不稀奇。

箩筐婶一生平凡。有许多年，没有遇到类似的事了。"那是祖上的荣耀！"年轻的箩筐婶不无遗憾地说。她有些忧伤。

最不堪言的，是烧毁陈公河藏书楼的事。

当年陈公河的书童郑卓仁，活到七十多岁。我在 20 世纪 90 年代还见过他。他住在离溪东不远的大寮村。这个村庄很不简单，中国第一代电影人郑正秋就出生在这里。现在做拉近影视的许钟民，也是大寮人。这个村庄，仿佛和电影电视有缘。

陈公河死后，郑卓仁无业，在祠堂里混了个看管的差事，帮忙决策祖祠事务，兼代写书信，收个三毛两毛的。他给人写字，有求必应，没有要价，润笔由人随送。

每日凌晨卯时，他会准时到祠堂添香插烛，清扫庭院，然后为人看相算命。每每时年八节，婚丧嫁娶，免费为人写楹联牌匾，反而红包多多。他的墨迹遍及练江平原，大小南山。他在地方上，也算一个名人。他画画的风格是宋人笔致，他写的字也是宋人的瘦金体。一切皆因师承陈公河，得了他的真传。陈公河崇尚宋人，郑卓仁自然也随了宋人书画的风格。

他跟我说起藏书楼："大火烧了三四天，闷烧。你知道闷烧吧，先是明火，第二天转暗火，都是线装书、绢画，火郁在里面，浓烟烈火，热了半条街。这架势，把放火的那些人吓着了。眼看殃及邻近屋厝，民兵又号召去灭火。灭得了么？都是古本孤本啊！你们没见过的，传了好几百年的书画，烧得满天乌乌的。潮汕人向来敬惜字纸，也不明白那些民兵，怎么下得了手？"

时隔多年，在他口中，12万册线装书之殇，依然历历在目。他却诉说得平静平凡，时而还带着一丝丝的苦笑。

后来，听说郑卓仁去世了。临终前，他让家人去找箩筐婶，讨个箩筐。他也想坐在箩筐里，去往西天。箩筐婶已去了城里文化创意园，开了个非遗的竹艺店。她早已不做箩筐了。

郑卓仁很失望，他终究做不成陈公河！

记得郑卓仁在世时，我说起地库藏宝的传说，他看了我一眼，十分警惕的眼神。他低头冲茶，不再言语。我心知触到他的痛处，知道他不会说，我也不应该问。

那时，他还年少，地库藏宝的事，照理应不知情，但是，他是离传说最近的人。这么重大的计划，陈公河想必不会让他知道，可他未必不知道。他毕竟是藏书楼的最后传人。

每当说到此事，他总是欲言又止，语焉不详，或干脆声明一无所知。

濠浦小城驻军，每周都会为民众放一次露天电影，16毫米电影机放映，那银幕在黑夜里，像是方太阳，照亮了一方小小的暗淡的天地。银幕上的影像，投射在附近的树上、墙壁上，影影绰绰的，在夜色中十分瘆人。

每周一次的露天电影，是孩子们最快乐的节日。拍索埕本来就小，银幕正面挤满黑压压的人群，孩子们全都聚到银幕反面，看反的电影，跑来跑去嬉闹。

此时，我会突然想起拍索埕流传了许多年的刑场故事，世世代代的刑场故事，从断头台到枪决的故事。故事模糊同时清晰，没有一个故事与人物是完整的，都是些没有面孔的人头，从拖着辫子到光着脑袋，身着囚衣或长袍马褂，或穿着各色各样的军装，有的大义凛然，有的冤苦无告……电影里的战斗故事，给了我许多的联想。

黄昏，和船老大的孩子，相约在中鞍头，去等渔船归来，我都不敢一人经过拍索埕，要绕上半条苏州街，过两座石拱桥，到中鞍头。

小时候，我就知道每个朝代官衙都会杀人，总有一些人被杀头，被杀的一定是坏人，他们死后变成了鬼，又去害人。如此循环。后来长大了，反倒不明白，混沌了。只知道，明辨是非，是一件多么艰难的事！真相永远在杳渺的地方。在一些时间里，拍索埕的故事，经常会有别样的讲述，连同截然不同的解释，包括原因和结果。也许因为时间太久远了，人们已经永远地遗忘了，遗忘了拍索埕曾有的一切。

这是很自然的事。

拍索埕早就没有了。那儿盖上了大楼，成了小区，大门口有保安，出入都要刷卡。小区有一个名字，叫"美丽家园"。

中鞍头也消失了，那儿填了一大片海面，造地，建了一排厂房，做文胸和牛仔裤，旁边还有一个鱼露厂。海边的空气里，有一股浓浓的石灰味，混合着沤鱼的腥气，随着海风，四处吹散。

我在写作《中国书院与酒及魏晋风度》时，偶然住进民宿"资政第"。很偶然，整座资政第，就我一个客人。

那天午夜，我突然醒来，只觉得大半个胸部如乱草拥塞，疼痛难忍，在痛苦的辗转中翻侧，终于跌下床来。在一个多病的时代，我第一个反应，就是心肌梗死或脑梗。

我身体向来很好，没有不良嗜好，更没有心血管方面的问题。

我慢慢地站起来，疼痛消失。我走出房门，向着天空，深呼吸，舒畅之气，贯通全身。

月光很好，我在天井里踱步，刚才的疼痛，如梦境一般，退得无影无踪。我努力回忆刚才的一切，似乎其中有一种旅次的玄奥。那种在客居期间，来自久远年代的莫名召唤，如期而至的邂逅，在即将到来时的心灵感应。

我突然有一种彻底释怀的感觉。多年来纠缠郁结于心的某种不知名的焦灼，忽然就化开了，天地如此清朗！

我住的房间，位于这座名为"资政第"老宅的东北角。我记得很清楚，这是父亲住过的房间，他的那本《中国人的哲学问题》就是在这间屋子里完成的。

记忆在一点点地发掘中，慢慢地汇聚为一段完整的故事。

透过客厅隔扇网状的管孔，我望见父亲伏案的背影。他宽阔却又瘦削的肩膀，过早灰白的向后梳的头发，都在泄露他疲惫的心情。我想象他此刻的面容，那种无比熟悉的眉头微蹙的神态。我呢，无心正在做着的作业，一心想着逃去海边玩耍。

已经过去两三个钟头，父亲始终保持一个姿态，在那儿写作。母亲坐在离他很近的藤椅上看书，也是一个姿势。他们都背对着我。风从海上来，吹进来几片新开桃花的花瓣，粉红带白，落在母亲盖着双腿的毛毯上，她不经意地拈起一片。我感觉到那花瓣，在母亲唇边的香气。

我忽然就没有了逃去海边的念头和勇气。那天，我的作业本上，落满了泪痕。我莫名地感觉到，他们好像很快就会离我而去。就在昨天，学校礼堂里，贴满了许多关于父亲的大字报。

这是 1966 年 6 月的事。

多年以后，在一个寒冷的午夜，我忽然想起了父亲，泪流满面，却记起了一些别的事。

对于他们这一代作家而言，记忆是有颜色的。那颜色很分明，很庄严，却又无法说清，无法细细分辨。现实之上，颜色玄幻、迷离。现实之下，泥滞沉铅，浮华尽染……

他自称老迈，年轻的女作家们，都亲热地叫他迈哥。我的儿女称他金爷……我则在不同年龄与时期，称他金干事、金叔叔、金老、金老师。他离开秦城时，只见他满头长长的灰发，留一把尺许的灰白长髯，从那时起，我称他金老。后来他去了长髯，又回到33岁时写《欧阳海之歌》的模样：一位伟岸的军人。此时，我称他金老师，直至他暮年。

那天，我和建江、东方、晓琪一起去陆军总医院看他。

金老师刚做完透析，很倦，但脸色红润。我们逐一抚握他的手。他的手很温软，饱满，肤白如雪，像20多岁的质地。他眼神依然锐利，时睁时闭，没有话。护工问：知道是谁吗？过了一会儿，他突然大声说："知道！"声音洪亮，磁性如金石相击，这是金老师一贯的音色。

前两年，我陪他去汕头，过南滨，我告诉他，当年的埭头团部，就在达濠岛的另一边。他说起了1958年的往事……很少有人知道，埭头部队团部的金干事，就是后来写出《欧阳海之歌》的金敬迈。

那时，每至周末，部队便来人请父亲去团部驻地埭头喝酒。半夜时分，几个兵会把父亲从吉普车上搀下来。母亲让我们排队，一个个鞠躬，谢过兵们，其中时有金叔叔。然后，我们兄弟姐妹6人，开始聆听父亲例行的酒话。他喷着酒气，却清楚地描画着儿女们未来的前途。母亲立于一旁，忍俊不禁，她很开心。

1965年，父亲让我读《欧阳海之歌》。我带着很特别的情绪读这本书，做了许多摘录，特别是书末的"四秒钟"。

我去海南岛，带着一木箱书。全是马恩列斯的著作，夹着几本文学书，是撕去封面的《格林童话》，有封面的小说《欧阳海之歌》和《边疆晓歌》。

在广州候船去海南，海上有暴风。有同学说去中山纪念堂，看《欧阳海之歌》的作者宣讲，不知为什么，我没有去。心想一定人山人海！高山仰止。

童年记忆的颜色已然褪尽。再见金老师时，他正在劫后逢春的高位上，在任何场合，他的形象气色都赫然左右。虽不动声色，却傲然鹤立。在血水里泡过三次的人，自然如是。阿·托尔斯泰说得没错。

和金老一起乘机，机场柜台看了金老的军官证，是中央军委签发的，就说有专人带去贵宾室休息登机。我说，我在机上等您。他说，不去贵宾室，走！

最后一次与金老外出，在潮汕高铁站，去6号站台有点远，我找来轮椅，金老不肯坐。他始终尊严地站立与行走。

我告诉他，本月 27 日下午，广东省作协召开"金敬迈研讨会"，我们一起去参加，朋友们都很想他。我会做个发言，他没有回应。

期盼那天，他能去现场，接受"终身成就奖"的祝贺。在他眼中，不再有"好大的月亮好大的天哪"！

这是写于 2018 年 9 月 2 日的一则日记。

2019 年 9 月 30 日下午，金敬迈研讨会在作家协会 23 楼如期召开。金老病危，缺席，他的儿子金大东和金二东等到会。

没有来由的午夜胸痛，其实是一种警告或指引，一种心灵砥砺的变相。我经历了好几次，也应验了好几次。

只是这一次，来得有些奇怪。

我毫无预想地住进"资政第"。这一夜，我是唯一的住客，且意外地住进了父亲的房间。多年前，这里曾是我们的家。这么多的巧合，把我这个不速之客，推到记忆的悬崖。

神或父亲，究竟要告诉我什么？

我在资政第的天井里坐到凌晨，此刻正在卯时。我出了大门，在曙色熹微之中，我见到隔过河东书院的花匠林炮伯。他原来是学校的厨师，退休后做了花匠。他急急忙忙，边走边说："昨夜午时，东围墙倒了，邻近的地塌陷了一角。"他去向校长报告！

我到了东围墙，天已大亮。在倒塌的砖砾中，有一块长方形的竖碑，上面有五个肥厚的魏碑体字：陈耀振已墙。

在塌陷的地方，露出一个深洞，依稀可见里面埋有东西。我蹲下来，拨去虚土，出现了两尊半人高的泥塑，孔子与关公的坐像……

将近三百年的历史之谜，显露端倪。三百年来，河东书院创始人陈耀振，一直少有故事流传。现在，关于陈耀振的故事，终于开始了。

这几件东西，后来听说，被送去濠江中的龟山秘藏。龟山，是一个收纳置放濠浦神秘之物的地方。

我大约明白了胸痛的原因，在同一个时间里，不同的告知在渴望着互相的通连。

我决定了去龟山的日子，廷顺兄好提前备船。龟山，是一个无人的荒岛。江西来的风水先生，曾经怂恿四个小鬼，在午夜时分，分四角抬起龟山，要赶在日出之前，去填堵门嘴，把濠江的出海口堵上，把濠浦堵塞成死港，破了风水。四个勤奋的小鬼，抬了半夜，门嘴在望，即将堵上之时，凤岗的雄鸡提前一更打鸣了。小鬼听见鸡鸣，吓得撤下龟山，逃命去了！

　　有人作法，破了江西先生的诡计，江岸上，十里声声鸡鸣，雄鸡破晓，破了妖法。龟山从小鬼肩上跌落，掉在江心，门嘴得救，濠浦得救。

　　我和林克家的再次重逢，已经是50年之后了，彼此都成了老人。这次重逢，在曾经有长长栈桥的中鞍头，那里原来有一个寮居，现在建了一个水闸，挡住了看海的视线。花灯港、灯塔、贝灰窑，三桅船以及辽阔的滩涂，弯曲多石的海岸线……我们童年的那一切，都已消失无踪。

　　记得那一年，那天早晨，就在严寒的中鞍头，我上了摆渡的小电船，中转牛田洋，再登轮远去，去海南岛。送行的人很少，来看热闹的人很多。几天后，林克家也去了海陆丰插队。他曾被作为"联动分子"抓捕入狱，刚刚出来不久。

　　我们在中鞍头告别，没有悲伤，没有激动，甚至全无希望、全无憧憬与理想。不，也许有一些明知永远无法实现的所谓理想，但没用，有的只是一心一意盼着离开，永远！我们都厌恶自己正在生活着的地方，包括中鞍头和拍索埕。

　　皆因未来是一片茫然的空白。

　　我们甚至没有互相握手道别，那时的少年没有这种礼数，而作揖又还没学会。此刻，我终于知道他的几乎是公开的秘密：他不姓林，姓徐，是某个不可言说的人的遗腹子。

　　他从小就知道自己的身世？从小就生活在努力保守这个秘密的氛围中？这是他多年来饱受歧视的理由？这理由天然地存在他身上，他无力改变这一切，同时，又必须无条件服从这一切。我和他从小学到中学，一共九年。这九年里，我隐隐约约地听闻一些他的故事，却一点也不明白其中的世故以及予他的伤害！

　　他只能比别人更努力地生活，时刻在绝地去谋求逢生的机会。他从乡下回来，去朋友的工地，回城开餐馆，做各种各样的事，同时娶妻生子，像光一样，没有名分地生活，期待与父亲相逢的时刻。

他一直活在关于他生父的故事叙述之中，而故事的阴影却又现实地落在他身上。他从没见过生父徐庆平，徐庆平始终是他人生的阴霾，他为寻找父亲以及真相，而耗尽一生的才华。

多年以后，我才知道，那人叫徐庆平。凡做民国史的学者，对此人并不陌生。这么多年，他一直在寻找这个他从没见过的父亲，以及在他两岁时，把他送给林家收养的孤苦无告的母亲。

他母亲是不识字的小家碧玉，他父亲认识太多的字！应该是个大学者。

那天在惠州，邦廷嘱咐我：把一切写出来。我明白！他说的这个一切，横亘在父与子之间，不单是指某个人，而是指……我同样也在寻找，某种我并不明确的东西。

中鞍头和拍索埕，隐藏了太多的故事，真相鲜为人知。而我，只能轻描淡写，记录下一些许多人不愿提及的遗忘。

这些遗忘，今天看来，抽象而且分明，可以不假思索地判断。而退回去一百年，半个世纪，那就是无比地迷乱，人身处其中，很难分清是非。在一些大的时代，个人根本无法自持，很难依赖自身的力量，去决定自己，全由时势或变局，拖曳牵拉着前行，遑论善恶。

也许，十八是一个例外，她在任何年代，都是一个独一无二的十八。或许，她本身就是一种遗忘。苦初3号和光，就更是如此。

好像已经找到光，找到他和陈公河的关系。抗战期间，光的一家避走日寇回到老家，在溪东生活过。后来，又被遣送回乡，仍然是回溪东。

在寻找光的过程中，我突然发现，其实，在90年代初，我是写过一个与光很相似的人的，那是一个叫吴剑光的知青朋友。他们或许是同一个人？文章发表在天津《八小时之外》。辑录如下：

> 剑光，外号亚猪。男，1949年生。1966年上山下乡海南黎母山林场。当过伐木工、搬运工，跑过单帮，开小酒馆并将其抵赌债。现无业，走失，不知所终。

在他开的小酒馆里，客人已经走尽，泥夯的地板凹凸不平，散落着顾客吐落的骨头和菜屑，粉红色的卫生纸污秽地沾在泥地上。酒馆打烊了。昏黄的路灯光射进来，惨惨地在泥地上画出一圈圈暗淡。

有许多年没见他，但我一直视他为最好的朋友之一。他刚过四十，但已经老气横秋，脸色苍白，有无穷的倦意，眉骨耸突将那永远眯缝着的眼睛淹埋得更幽深，似一扇粗木门的关不紧的门缝，透出黑屋子的森然。那本来就已经突起的颧骨似乎拉得更高更开，宽阔的脸盘因此骨棱棱的，剔不出一丝肉来，一张永远没有笑意的脸，冷漠得如同沙砾。

他昨夜又搓麻将至天明，输了许多钱，我费了九牛二虎之力找遍了这个处于海榆中线中段的小县城里星罗棋布的小饭店，直近黄昏时分才找到他。他原在县汽车站搬运组当苦力，知青农场于 1979 年解散后他便被安排到那儿。我去搬运组找他时，这个组也已经解散多时了。原因是此地的原始森林已经砍伐殆尽，汽车无木可拉。以搬运木头为主要工作的搬运组便无存在的必要，苦力们都自行寻找出路。公路沿线便出现了许多失业知青经营的各种活计，诸如摆烟摊、卖水豆腐、转录音带、开小酒馆等等。他拖着三个女儿几乎做过所有的下等行当，还当过几天公安局业余探子，凭着一腔胆气和武功，在小县城上也威风了几天。最终还是弄了个执照开了小酒馆。

我找到他时，他正在与人交割小酒馆的赎买手续。一脸的阴沉。他昨夜又输了钱，连同以前的赌债累计下来，不下万元。他毫不犹豫地把小酒馆抵押了。今夜是最后一夜，明晨 8 时小酒馆易主。合同上这样写。一切原封不动。

他阴沉着脸，没有一丝一毫的痛悔或沮丧。他妻子只和我寒暄几句便不见了，避开我，没有说酒馆易主和输钱的事。

早就风闻他豪赌，他说心里闷极，不知干什么好。只有赌到天明，什么都忘干净也就好过了，妻子便拥着三个女儿哀哀地啜泣。他呆呆地迟滞地看着别处，把带回来的早点塞在女儿的脏手上，便摇摇晃晃地走了。

他曾经很快活。

那年我们将去下乡，到海南岛黎母山去。招工的人说那有个松涛水库，天天可以到里面划船捉鱼游水，一根针还可以向黎苗族老乡换回一只鸡。我们都相信。但原始森林的神秘和蛮野更有吸引力。可是到那儿才知道，松涛水库是真的，可离农场几十公里远。我在那儿待了六年多，只翻山越岭去游过一回，累得半死。

我与他分在一个伐木队，他外号叫亚猪，胖墩墩的，脸圆圆的，长得不好看但很可爱。在知青中我年纪最小，他比我年长且力大无穷。他砍伐的树总是先倒，便过来抢去我的锯子接着锯，他赤膊光着上身，肚子一鼓一鼓地伸缩着。树倒了，他也倒了埋在树叶中，我扑过去，他却从我背后钻出来，扮着鬼脸搭着我的肩膀把我吓得半死，然后是两个人抱在一起滚进山溪里浸上半个时辰。然后生火焖木薯，烤山鼠，就着山泉水或砍几段鸡血藤吸那红红的、苦涩得让人龇牙咧嘴的汁液，于是便昏沉沉睡上一会儿，然后再把那倒下的树锯成段，赶下山沟里去让牛驮着走。

经过苗寨，他便唱着歌，引得那凶猛无比的狗群咬着他脚后跟又跳又吠。他腾跳着在狗群里左冲右突，冷不防抱住一头不大不小的黑狗，就势滚进河沟里，憋住气藏在水里直到把那狗活活憋死，他才紫涨着脸向惊呆的我吹了一声呼哨，顺着河水漂走了。

傍晚他又唱着歌消失在莽林里，半夜里鼻青眼肿归来，抱着一脖子的陶罐，带着一股酒香冲进窝棚。他偷了老乡的酒，顺手摸了鸡窝，让值夜的一阵追杀……

我鄙视他敬佩他，跟他在一起又惊又怕，可又从心里盼望跟他在一起，一起干活儿一起去偷东西来填肚子。

他撕着狗腿吃得满嘴是油，忽然静默谈起他父亲，极爱吃狗肉可久不知肉味。我见过他父亲，是在他临死前不久。那次我们一起去探家，他父亲已奄奄一息。在那间破屋里，一个皮包骨的活物裹在破棉絮里。听人说他父亲曾是国民党水巡队队长，解放时被拉去刑场处决，临了忽接一纸通知，说是据查他曾保护过共产党人，因此免于一死就地监管。夫妻俩便被安排进环管站。终日推着粪车，走街串巷为人倒马桶……他从小便背着妹妹拉着弟弟跟在粪车后头拾破烂，勉强读到初一便辍学推起粪车来，上山下乡每月有16元35斤大米对他无啻于福音。他是自愿来的没人迫着他，于是他至今不悔。

他父亲死时他没有一滴泪，我去看他，他只淡淡地说了一句话："他终于安乐了，不必活受罪，其实他早已经死了。"那时我16岁，什么都听不懂却记得极清楚。他仅比我年长2岁，可是心肠铁硬，我一点也不明白。

有人在他窗外发现一块烧成一角的报纸片，报纸上刚好有半幅领袖像。报到场里如临大敌。他的同室，地主出身的小陈惊惶至极，原来是他无意间闯下的祸。他乜了哭哭啼啼不知所措的小陈一眼，到场里认了，说是自己干的。他跪在太阳下晒了五天，被批斗了五天。他戴着手铐被带走的那天，没有人敢去送他，他孤零零地被押送着翻过山脊。从此没有人再理睬小陈，直到他困退回城时，依然孤零零一人去车站。

而他 1976 年平反回场时，几乎是让知青们给抬着、簇拥着走了二十几道山梁。

在属于他的小酒馆最后一夜，我们一直对着孤灯坐到天亮。我问他为什么不继续在公安局帮忙，慢慢干出成绩，弄个编制成正式的，有个铁饭碗不是挺好？

他不言语，只是阴沉着脸。

他帮公安局破了几件案子，可是眼见罪犯妻儿的穷愁潦倒，他又心软，企图替罪犯翻供，暗地里为之传递口信，弄得办案人员极反感。有一次险被当作同案人牵连进去。

他没有了小酒馆，就什么也没有了。临近天明，我这才发现他眼中有泪。我知对他无须安慰也无须开导，他既有泪，也就知道怎样挨过去。我相信他。

"天无绝人之路"，他开始跑单帮，从山里把山货贩运到海口，居然也赚到一些钱。河谷边上的草顶的小木屋也贴上了瓦片，还花了几百元拉了电灯。

半年前，又听说他犯事了。

他本是县城上一个人物，太爱揽事。说起他的大名胡剑光，没人知道，若说胡亚猪，则大名鼎鼎。有一日，也当过知青的老乡来找他，说是另一老乡，一个在公安局做事的小青年，因怀疑局长与妻子有奸情，一怒之下，拔出手枪枪杀局长。恰逢副局长到来，见状边喝令小青年住手边去护局长，被枪击中身亡。小青年遂被判死刑。副局长是本地一个地处穷乡僻壤的乡村里唯一做了官的人，村人视为荣耀，忽然无辜遭害，便商议去刑场劫尸，碎尸解恨。小青年的亲属闻讯惊惶，便托人来找胡剑光，请他抱不平。

他二话不说，即四处串联，居然纠集了两三卡车的知青，大军压境似的早早开赴刑场，做出一副架势，把几十名村人给镇住了。枪声响后，他跳跃过去，抱起那具尚温热的尸体，跳上预先准备好的小型货车，裹上十几层草纸，包上塑料布。他便守着那尸体，过海峡，直奔死者故乡。在无顶篷的卡车上，让寒风吹打了两天一夜。村人丢了面子，又闹到公安局。公安局为平息事端，也觉胡剑光此举不妥，单凭偷运尸体过海也有错误，便要收审他。他也不逃，拘押了几日，放了。

此后再没见过他。海南有熟人来，我每每问及，都说在那县城上没见过他。也许他又抛下妻儿云游去了，或跑单帮挣钱。总之是没了他的消息。雷铎曾与我在他的小酒馆里待过，把玩过他那根从知青时代就伴随着他、他从黎母山里砍出来的榄木做成的棍棒，那棍棒因为岁月沧桑变得油亮。雷铎说："郭小东你怎么有这样的朋友，真不可思议。"

我说我有这样的朋友理所当然，他点头称是，然后说这人是一部真实的小说，日后定然采写他。

可是，他已经没了消息。但我坚信他依然活得潇洒，他的人生里有许多我们这些人所没有或许不可能有的精彩与无奈。我惦记着他！许多年后，我们也许会再度抵达那再次属于他的小酒馆，把酒喝到天明。

我无法确定苦初 3 号和光。他们早已消失在茫茫人海之中，没有留下任何痕迹。我努力寻找的，不过是一份情义。至于许多与他们相似或关联的所谓真相，我已经不感兴趣了。

也许历史永远没有真相可言。胜利者也并不能决定人性的胜败。真正真实的人间情怀，常常在失败者那儿，表达得淋漓尽致出神入化。可惜这一切，遗忘与丢失，是它们的命运。

苦初 3 号和光，他们像儿时的游戏打水漂：一块块残缺的瓦片，被用力甩出，它贴着水面，与水面平行着跳跃，翻飞而去，把平静的池水点划出一圈又一圈大大小小的涟漪。

想象那不断扩大的涟漪，它们突破池水的局限，至大无边。

而池塘却年年如是，复为春水，了无痕迹！如有限的人生，在无限中的消失。

从田中央，从溪东出发，或经中鞍头南渡，又或在拍索埕终结……他们以青春绞断岁月，遂以生命结绳记事。

尾声

289

他们将时间拧挂出十里红妆的花信。由是唢呐低吹，椰胡乱马。天地间，忽然就彤红姹艳，欢喜了！

有一个声音："那含泪播种的，必含笑获享收成。"

《圣经》的话，谁真正懂得？

然而，天堂是喜欢了！人间是欢喜了！欢喜了！到处是锣鼓声！

2018 年 8 月 26 日—2019 年 7 月 3 日卯时·初稿·广州

2019 年 10 月 8 日完稿

跋

从溪东到中鞍头，其实是很短的距离，却要经练江、榕江、湖泊、海边湿地、平原和多石的海岸，无端隆起的丘陵，辽阔的田洋，多座 15 世纪的教堂和文艺复兴以后的碉楼。无论向南，或向东，尽管方向稍偏，但距离大致相等。再往前，就是大海。去大海的起点，或生命的终点，有两个：一个是有栈桥和寮居的中鞍头；一个是有薯郎牛血渗透的拍索埕。许多人的起点和终点，都在这两个地方。

人一走进这两个地方，故事就有了结局，一个重归往生，一个去向未来！

在某个下雨的黄昏，火烧云在天际，半藏在海中。雨来噢！雅姿娘在海岸上站成一个剪影，丰乳肥臀，有红色的毛边，而衣裙飘扬部分，却是透明的海的晚风，有黑色的波浪在忧伤中流动。

繁华然而虚弱得慵懒，同时变态成痨病症的城市，呼吸里有太多的空洞，像乡下的风箱在抽。

有堤岸的地方，基本上是涂抹着粉黛的呻吟与喘息，总是在夜里过分放纵而透支了风华，早晨入睡时已成一副空壳，天亮正是它黑夜的开始。

这部自《铜钵盂》《仁记巷》《光德里》，从这些流光溢彩，却苦难深重的屋厝写起，而坠入《桃花渡》，渴望《十里红妆》去的小说，它无奈地走过田中央，这个百年前潮汕"七日红"的原点。它们中经溪东，与陈公河一起，藏宝八百年而终成废墟。

它在龟头海拐角，去龟山和蛇山，以南渡下尾河东，再见中鞍头寮居。小小的拍索埕，只不过是，风吹过隙时，鬼头刀下，一丝凉凉的血痕。

所以，小说应该拥有一个花篮，叫青篮。装满库司和香烛，金银两种，红白两种，焚之通神，三奇而多奇。

经过南门李，抬头见"李氏家庙"，差点忽略一座明正统年间已阅三世、四世的古坟……宛容安在。

在广澳角的古驿道，想起"沉东京浮南澳"的神话，以及四个小鬼搬龟山填门嘴的诡局。在佩服江西小神仙的同时，还是要感念另类半面神的神机妙算。否则，怎么会有同治元年潮阳"发财公"的传说，以及郭范两家"德盛土行"的百年神话。当然，曾国藩拿不到土行军饷，太平天国只好席卷中华。天京百世，国人静好！

从后江看过去是东湖，一个出产黄瓤西瓜的海边小村。明明是面对大海，却自称后江，非把地理上属后库的濠江当前锋。再把一个没有河的小村，佯称河渡，然后，拍出电影《无名岛》。这就是青篮，一个装得下所有所说的地方！

还是有荒凉的地方，起码它容得下真实真相。在无人的海岬下尾，才真的是诗与远方。

小提琴和小号，在无名的风中吹响！只有曼妙的音乐，无标题，无言语。唯有不知，不说，任由流淌的荒凉，才真的值得生命为之付出。凡是明确正确，光荣伟大，都与生命、与音乐无关。如是，也将是。

写过同治，中经己丑，结于己亥。一百五十年间，五代人的潮汕，蚀骨融髓的人情风土，就这样。

无数平淡的生命和岁月，在潮汕歌册里，几声轻唱，几段锯弦，几下胜杯（掷卦），再把万千库司，焚为一缕青烟。在烟尘里，回眸细看，潮汕仍在，在有无中。

说是"中国往事"，无非是说说以潮汕为情怀的中国往事。常常有人问起，怎样写潮汕？把潮汕当中国来写，或说把中国当潮汕来写，这就是了。潮汕乃中土，五山环峙如国中五岭，三江穿流如烟雨九派，所谓"崖山之后无中国"，非也。潮汕延续且保持了中国三千年的文化血脉，即使当年，独送宋昺入瀛海，潮汕唯存，是为中原形胜地。

这是"中国往事"五卷本的最后一部。于我个人而言，是一种跋涉之后的告别，而于文学，才刚刚开始。

2019 年 10 月 10 日